레 미제라블 1

레 미제라블 1

빅토르 위고 지음 | 베스트트랜스 옮김

더클래식

| 차례 |

1. 올바른 사람

미리엘 씨

1815년 샤를 프랑수아 비앵브뉘 미리엘 씨는 디뉴의 주교였다. 그는 일흔다섯 살쯤 된 노인으로 1806년부터 디뉴의 주교직을 맡아 오고 있었다.

그가 교구에 막 부임하던 시절에 알려졌던 그에 대한 소문이나 평판을 여기에 소상히 적는 것은 이제부터 이어질 이야기와는 그다지 상관이 없지만, 정확성을 위해서라면 밝혀 두는 편이 더 좋을 것이다. 그것이 진실이든 혹은 거짓이든 간에, 어떤 사람에 대한 소문이라는 것은 그 사람의 생애와 그 사람의 운명에 마치 실제와도 비슷한 영향력을 미칠 수가 있다. 미리엘 씨는 엑스 고등법원 평의원의 아들로 지체 높은 법관 가문에서 태어났다. 소문에 따르면, 그의 아버지는 아들에게 자신의 지위를 넘겨주기 위해 그즈음의 고등법원 집안 사이에서 유행처럼 번지던 관습대로 그가 열여덟 살이나 스무 살쯤 되었을 때 서둘러 결혼을 시켰다고 한다. 샤를 미리엘은 결혼 뒤에도 숱한 뜬소문을 불러일으켰다.

그는 체격이 다부진 사나이로 키는 작달막했으나 품위 있고 단정하며 재치가 넘쳤다. 그는 젊은 시절을 사교계 활동으로 보냈다. 그러나 혁명이 일어나면서 평화는 깨졌다. 고등법원과 관계된 많은 집안이 추방되고 살해되고 흩어져 갔다.

샤를 미리엘 씨는 혁명 초기에 이탈리아로 망명을 했고 그의 아내는 지병인 폐질환으로 이탈리아에서 사망했다. 그들 사이에 자식은 없었다. 그 뒤로 미리엘 씨의 운명은 어디로 흘러갔던가. 프랑스 기존 체제의 붕괴와 집안의 몰락, 그리고 1793년의 혼란한 광경들—극한 공포심에 사로잡혀 망명자로서 그 혼란함을 목도한 자들이 느꼈을 그 비극적인 광경—등이 속세에 대한 그의 마음을 비우고 고독으로 향하는 길을 열었던 것일까?

세상의 격렬한 변동으로 자신의 모든 생활과 재산을 빼앗기고도 의연해 보였던 그가, 심경의 변화로 새롭게 얻어진 신비롭고도 불가사의한 충격으로 그의 모든 생활에 깊숙이 퍼져 있던 모든 향락과 애정을 떨쳐 버렸던 것일까? 그에 대해 누구도 섣불리 말할 수 없으리라. 다만 분명한 것은 그가 이탈리아에서 돌아왔을 때는 사제의 신분이었다는 것이다.

1804년 미리엘 씨는 브리뇰의 주임 사제였다. 그는 이미 기력이 쇠한 노인이 되어 은둔 생활을 하고 있었다.

그해 12월, 나폴레옹 황제의 대관식이 있던 무렵, 그는 주임 사제로서 페슈 추기경에게 도움을 청하기 위해 파리에 나갔다. 페슈 추기경은 리옹의 대주교이자 바티칸 주재 프랑스 대사로 나폴레옹의 숙부였다.

마침 황제가 페슈 추기경을 만나러 와 있어서 이 체격 좋은 주임 사제는 대합실에서 황제의 행차와 마주쳤다. 나폴레옹은 그 노인이 자신을 인상 깊게 바라보는 것을 느끼고는 몸을 홱 돌리며 물었다.

"거기서 나를 지그시 바라보는 노인은 도대체 누구인가?"

"폐하."

미리엘 씨는 대답했다.

"폐하께서는 한 늙은이를 보고 계시고, 저는 한 위인을 보고 있습니다.

그러니 폐하도 저도 모두 얻는 것이 있겠지요.”

황제는 그날 밤 추기경에게 이 주임 사제의 이름을 물어보았고, 얼마 지나지 않아 미리엘 주교는 디뉴의 주교로 임명되었다. 그 사실을 알게 된 미리엘 주교는 무척 놀랐다.

미리엘 씨의 젊은 시절에 대해 알려진 것이 얼마나 진실할까? 그것은 누구도 장담할 수 없다. 혁명 이전의 미리엘 가문의 행적을 아는 사람은 거의 남아 있지 않았다.

미리엘 씨는 작은 마을에 혼자 온 낯선 사람이라면 으레 당하게 되는 일을 겪게 되었다. 그런 곳에서는 흔히 뒤에서 쏙닥거리는 자는 많아도 속이 꽉 찬 사람은 없는 법이다. 그는 주교였음에도, 아니 주교였기에 그런 운명을 감수해야 했다. 그리고 얼마 뒤에는 그에 대한 이야기는 그저 한때의 관심사가 되었을 뿐이다. 그것은 소문이며 험담이며 뒷말에 지나지 않았던 것이다. 뒷말이라기보다는 어쩌면 남부 지방에서 잘 알려진 표현대로라면 ‘뜬구름’ 정도도 못 되었을 것이다.

아무튼 디뉴의 주교직에 9년째 부임해 온 지금에 와서는 그 작은 마을을 소란하게 했던 갖가지 소문은 망각 속으로 사라져 갔다. 이제는 누구도 그에 대해 말하려고 들지 않았고, 아무도 그 생각을 다시 끄집어내려고 하지 않았다.

미리엘 씨는 디뉴로 오면서 노처녀를 한 명 데려왔다. 그녀는 그의 누이동생인 바티스틴으로 그보다 열 살가량 어렸다.

시중을 들어 줄 사람으로는 바티스틴과 동갑인 하녀가 한 명 있었는데, 바로 마글루아르 부인이었다. 그녀는 처음에는 ‘주임 사제의 하녀’였으나 이로써 노처녀의 하녀, 그리고 주교 예하의 가정부라는 이중 직함을 갖게 되었다.

바티스틴은 키가 크고 수척하며 순한 여자였다. 그녀는 세상 사람들로부터 존경스럽다는 말을 들을 만한 그런 여자였다. 좋은 어머니라는 이미지가 어울린다면 존경을 받을 만하다는 평을 들을 만하기 때문이었다.

그녀는 어쩌면 아름다운 아가씨였던 적은 없었을지도 모른다. 하느님을 섬기는 일에 몸과 마음을 다해 온 그녀의 인생은 그녀에게 성스러움과 밝은 빛을 갖게 했다.

나이가 들어가면서 그녀는 온화한 아름다움의 덕목을 갖게 되었다. 젊었을 때부터 야위었던 몸은 나이를 먹어 가면서 투명한 느낌을 갖게 되었다. 마치 그 투명한 몸에서 천사의 모습이 보이는 듯했다. 그것은 여자라기보다는 고귀한 영혼의 모습이었다. 그녀의 몸은 마치 무언가의 그림자로 이루어진 것 같았다. 그 몸은 남녀라는 개념이 섞여 들어갈 틈이 없었다. 무한한 빛을 가진 육체 속에 사물을 지그시 바라보는 큰 눈, 그야말로 하나의 영혼을 지상에 머물게 하는 무언가였다.

마글루아르 부인은 작은 키에 살찐 몸집, 흰 피부를 가진 할멈으로 워낙 일을 많이 하는 데다 해수병에 걸려 늘 숨을 헐떡거렸다.

도착하던 날, 미리엘 씨는 여단장 바로 밑의 지위를 가진 주교 직위에 합당한 대우를 받으며 주교관으로 향했다. 시장과 시의회 의장이 그를 알현했고, 장군과 지사가 따라왔다.

취임식이 모두 끝나고 이제 디뉴 시는 새로운 주교의 임무를 기다리고 있었다.

미리엘 주교, 비앵브뉘 예하가 되다

디뉴의 주교관과 공립 자선병원은 나란히 위치해 있었다.

주교관은 아름답고 웅장한 석조 건물로 1712년 시모르의 수도원장에서 디뉴의 주교로 임명된 파리 대학 신학 박사 앙리 퓌제 예하의 뜻에 따라 지어졌다. 이 석조 건물은 교구의 최고 지위에 어울릴 법한 외관을 지녔다. 그 모든 것이 장엄했다.—주교의 거실이며 객실, 서재뿐 아니라 피렌체 양식을 따른 아치형 회랑이 있는 산책용 뜰, 그리고 훌륭한 나무들이 심어진 정원까지.

정원으로 이어진 맨 아래층의 화려하고 웅장한 긴 회랑식 식당에서는 1714년 7월 29일경 앙리 퓌제 예하가 앙브룅의 대주교이자 공작인 샤를 브륄라드 드 장리스 예하와 프란체스코파이자 그라스의 주교인 앙투안 드 메그리니 예하, 프랑스 대수도원장이자 생토노레 드 레랭의 수도원장 필리프 드 방돔 예하, 방스의 주교이자 남작인 프랑수아 드 베르통 드 그리용 예하, 글랑데브의 주교 영주인 세자르 드 사브랑 드 포르칼키에 예하, 그리고 스네의 주교 영주이자 오라토리오 파인 국왕의 상임 설교사 장 소낭 예하를 초대해 함께 만찬회를 한 적이 있었다. 방에는 그들 일곱 명의 모습을 담은 고귀한 초상화가 장식되어 있었으며, '1714년 7월 29일'이라는 날짜를 흰 대리석 판에 새겨 기념하고 있었다.

자선병원은 자그마한 뜰이 달린 낮고 좁은 2층 건물이었다.

도착한 지 사흘이 되는 날, 주교는 자선병원을 방문했다. 그러고는 방문을 마친 뒤 원장에게 자기 집까지 직접 와 달라고 요청했다.

"원장님, 환자가 모두 몇이나 됩니까?"

"모두 스물여섯 명입니다, 예하."

"내가 본 바로도 그랬습니다."

"침대가 너무나……."

원장이 말을 이었다.

"붙어 있지요."

"내 생각도 그러했습니다."

"통풍도 잘 안 되고요."

"내가 본 바로도 그랬습니다."

"햇빛이 비추는 시간에도 뜰은 모든 환자가 산책하기에는 너무나 좁지요."

"내 생각도 그러했습니다."

"만약 전염병이라도 돈다면─올해는 티푸스가 돌았고, 재작년에는 좁쌀결핵이 돌아서─환자 수가 100명에 이를 때도 있는데 아무런 대책이 없습니다."

"나도 병원을 돌며 같은 생각이 들었습니다."

"어쩔 수 없지요."

원장이 말했다.

"포기하는 수밖에요."

이 대화는 주교관 맨 아래층의 회랑 식당에서 이어지고 있었다.

주교는 잠시 침묵하더니 갑자기 원장을 바라보았다.

"원장님, 여기에 침대를 몇 개나 더 놓을 수 있을까요?"

원장은 깜짝 놀라서 소리를 쳤다.

"예하의 여기 이 식당 말입니까?"

주교는 방 안을 둘러보며 길이와 너비를 눈대중으로 재 보았다.

"스무 개 정도는 충분히 놓을 수 있을지도……."

주교는 혼잣말을 하듯 중얼거렸다. 그러고는 목소리를 가다듬고 말을 이었다.

"원장님, 이것은 짚고 넘어갈 만한 일이니 말씀을 드리지요. 당신의 병원에는 자그마한 방을 스물여섯 명이 쓰고 있지만, 여기는 세 사람이 예순 명이 쓸 수 있는 공간을 사용하고 있습니다. 이것은 분명 잘못이지요. 당신이 여기에 와서 지내고, 내가 그곳으로 가서 사는 게 마땅합니다. 그러니 내가 살 집을 비워 주십시오. 여기는 이제부터 당신의 집입니다."

이튿날, 스물여섯 명의 환자는 주교관으로 거처를 옮겼고, 주교는 병원으로 이사를 했다.

미리엘 주교는 재산이 거의 없었다. 자신의 집안은 혁명으로 몰락한 지 오래였다. 누이동생은 500프랑 정도의 종신연금을 받고 있어 주교관에서도 자신의 생활을 꾸려 갈 수 있었다. 미리엘 씨는 국가에서 1만 5천 프랑의 봉급을 받고 있었다. 그는 자선병원으로 이사를 한 날, 그 돈을 이렇게 쓰기로 마음먹었다.

그가 손수 적은 예산서의 내용은 이렇다.

우리 집 지출 예산서

신학 예비교를 위해 1500리브르

전도회 100리브르

몽디디에의 성 라자로 회원에게 100리브르

파리 외국 선교회 신학교 200리브르

성령 수도회 150리브르

성지 종교회관 100리브르

성모 자선회 300리브르

아를 자선회 50리브르

감옥 개선 사업 400리브르

죄수 위문 및 구제 사업 500리브르

빚으로 복역 중인 가장의 석방을 위해 1천 리브르

관할 교구의 가난한 교사 보조 2천 리브르

오트알프의 곡물 저장고 100리브르

빈민 여인의 무료 교육을 위한 디뉴, 마노스크, 시스트롱 각 지구의 부인 수도회 1500리브르

가난한 사람들을 위해 6천 리브르

나의 개인 비용 1천 리브르

디뉴의 주교직을 수행하는 동안 미리엘 주교는 이러한 예산안을 변경 없이 시행했다. 그는 이것을 위에 쓰인 것과 같이 '우리 집 지출 예산서'라고 불렀다.

바티스틴 양 또한 이 방침에 순종했다. 이 성스러운 노처녀에게 디뉴의 주교란 오빠이자 주교였으며, 그들 사이로 치자면 다정한 벗이었고, 성당에서는 상사였다.

바티스틴 양은 그를 존경하며 사랑하고 있었다. 주교가 지시를 내리면 조용히 그 말을 따랐으며, 어떤 일이든 먼저 나서서 도왔다.

하지만 하녀 마글루아르 부인은 가끔 불평을 늘어놓았다. 예산서에 적힌 것처럼 주교는 자신에게 1천 리브르만을 썼고, 바티스틴 양의 연금과 합쳐 보아야 1년에 1500프랑이 될 뿐이었다. 그 1500프랑으로 노인과 두 노부인이 살아가야 했던 것이다. 그러나 마을의 주임 사제가 디뉴에 오면, 마글루아르 부인의 엄격한 절약 정신과 바티스틴 양의 알뜰한 살림 덕분에 주교는 그런대로 손님을 접대할 수가 있었다.

디뉴 생활이 석 달쯤 접어들었을 때, 주교가 말을 꺼냈다.

"이렇게 해서는 조금 쪼들리겠군."

"그럴 수밖에요."

마글루아르 부인이 소리쳤다.

"주교님께서 시내를 갈 때 드는 마차 삯이나 교구 순회 때 드는 연금조차 청구하지 않으시니 그렇지요. 이전의 주교님들은 모두 청구하셨는걸요."

"그렇군."

주교는 말을 이었다.

"당신의 말이 옳습니다, 마글루아르 부인."

그는 그 비용을 청구했다.

얼마 뒤 도의회에서는 청구에 대한 협의회가 열리고, 다음과 같은 명목으로 그에게 3천 프랑씩을 지불하기로 했다.—'사륜마차, 역마차비 및 교구 순회 비용을 주교에게 지급하겠음.'

그러자 시민층의 반발이 이어졌다. 그리고 그 틈을 타서 국회 상원 의원이자 혁명력 2월 18일 사건에 공을 세운 오백인회의 한 사람으로 디뉴에서 엄청난 재산을 세습받은 누군가가 종교 대신 비고 드 프레아므뇌 씨에게 항의 편지를 보냈다.

그 가운데 몇 줄을 여기에 옮겨 보자면 이렇다.

'……사륜마차비라니요? 인구 4천도 안 되는 작은 도시에서 그게 합당한 명목입니까? 역마차비 및 교구 순회 비용이라니요. 대체 어디를 순회한다는 것이지요? 이런 산동네에서 어떻게 역마차를 타고 달릴 수 있답니까? 마찻길도 없어서 말에 올라 겨우 지나다닐 지경인데 말이지요. 샤토아르누로 뻗은 뒤랑스 강의 다리만 해도 아찔합니다. 이륜마차도 지나기 힘들어요.

사제들은 다 그런 썩어 빠진 생각을 갖고 있지요. 어찌나 탐욕스러운지 모릅니다. 이번에 부임한 사제도 처음에는 선량한 사도처럼 굴었지요. 하지만 지금 보니 예전의 주교들과 다른 것이 없군요. 그에게 사륜마차와 역마차가 필요하다니요. 그는 사치와 호사를 누리고 싶어 안달이 난 겁니다. 정말로 사제들이란 똑같군요! 백작님, 황제 폐하께서 저희를 이런 더러운 사제들로부터 해방시켜 주시기 전까지는 이런 작태가 끝나지 않을 겁니다. 교황을 타도하라!—그즈음에 여러 가지 일로 로마와 분규가 있었다.—저는 오직 황제 폐하만을 위해 봉사하는 사람입니다.'

그러나 마글루아르 부인은 이와 반대로 무척 기뻐했다.

그녀는 바티스틴 양에게 이렇게 말했다.

"얼마나 잘된 일인지 몰라요. 주교님께서는 모든 것을 남을 위해 베풀고자 하셨지만 결국 본인의 일을 하시기 위해서는 비용이 필요하지요. 자선사업에 대한 기금은 이미 정해져 있으니 3천 리브르는 우리가 쓰게 되겠군요!"

그날 밤, 주교는 다른 한 장의 예산서를 적어서 누이동생 바티스틴 양에게 주었다.

마차와 순회 비용

자선병원 환자에게 줄 고깃국 1500리브르
엑스의 성모 자선회에게 250리브르
드라기냥의 성모 자선회에게 250리브르
버려진 아이들에게 500리브르
고아들에게 500리브르
합계 3천 리브르

이것이 미리엘 주교의 두 번째 예산서였다.

주교는 관할 교구에서 받는 성식 사례비—결혼 공시 면제, 결혼 허가, 영세, 강론, 성체강복식, 결혼식 등에서 얻는 수익—도 가난한 사람들에게 나누어 주기 위해서 많이 징수했다.

얼마 지나지 않아 현금이 많이 모였다. 많이 가진 자도 적게 가진 자도 미리엘 주교에게 찾아왔다. 어떤 사람은 베풀기 위해서 왔고, 어떤 사람은 도움을 받기 위해서 왔다. 주교는 1년이 지나지 않아서 모든 자선단체와 가난한 모임의 회계원이 되었다. 거액의 돈이 그를 거쳐 들어오고 빠져나갔다. 그러나 그의 생활은 아무런 변화가 없었다. 그는 그 무엇도 자신을 위해서 사용하지 않았다.

아마 그럴 찰나의 여유도 없었을 것이다. 세상에는 늘 인정 많은 자들이 어려운 자들보다 적은 법이다. 얻은 것들은 쌓이기도 전에 술술 빠져 나갔다. 아무리 많은 기금을 받아도 주교는 빈털터리였다. 그래서 주교 는 입고 있는 옷조차 벗어 주어야 할 판이었다.

관습상 주교는 모든 종교상의 명령이며 교서의 첫머리에 본인의 세례명을 쓰게 되어 있었다. 이 마을의 가난한 자들은 어떤 본능적인 힘이 이끌렸는지, 주교의 긴 이름 중에서 자신들에게 애착이 느껴지는 '환영'이라는 뜻의 비앵브뉘를 골라 주교를 비앵브뉘 예하라고 불렀다. 그러니 우리도 그를 그렇게 불러야 할 것이다. 주교 역시 그 호칭을 마음에 들어 했다.

"나 역시 이 이름이 좋군. 비앵브뉘라는 말은 예하라는 말을 한층 부드럽게 해 주니까."

그는 이렇게 말했다.

우리는 여기에서 나타나는 그의 모습이 진실 그대로인지는 알 수 없다. 그저 비슷하다고는 말하고자 한다.

착한 주교에 어려운 교구

주교는 마차비를 더 많은 자선 활동을 하는 데 사용했고 순회 또한 중단하지 않았다. 디뉘는 지형이 힘한 곳이었다. 앞서 나온 것처럼 산이 많고 평지가 적어 평탄한 길이 없었다. 32개의 사제관과 41개의 사제보관, 285개의 분교회당을 모두 찾아다니는 것은 무척 힘든 일이었다. 그러나 주교는 그것을 해냈다. 가까운 곳을 갈 때는 걸었고, 평지는 삼륜 마차로, 그리고 산은 나귀를 타고 올라서 넘었다. 두 노부인도 주교를 따랐다. 그러나 만약 너무 힘한 여정일 성싶으면 주교는 혼자서 길을 떠났다.

어느 날 주교는 옛 주교관 소재지였던 스네라는 마을로 나귀를 타고 갔다. 사정이 좋지 않아 다른 것을 탈 형편도 되지 않았다. 시장이 주교 관 문 앞에 나와 그가 나귀에서 내리는 것을 못마땅하게 쳐다보았다. 주변에 모여든 시민들은 비웃고 있었다.

"시장님 그리고 시민 여러분."

주교는 말했다.

"당신들이 왜 못마땅하게 여기는지는 나도 잘 알고 있습니다. 예수 그리스도께서 타시던 나귀를 나 또한 타는 것이 보잘것없는 목자로서 무례한 일이라고 생각하시는 모양입니다. 바로 보셨습니다. 절대 허영심에서가 아니랍니다."

그는 온화하고 여유로운 표정으로 순회를 했다. 강론을 한다기보다는 사람들 앞에 무릎을 꿇고 마주 대하는 듯했다. 그는 덕에 대해 강론할 때도 아주 높이 떠받들며 이야기하지 않았다. 자신의 의견을 말하거나 예를 들 때도 결코 먼 곳의 이야기를 대지 않았다. 어느 마을 사람들에게나 친숙할 만한 이웃의 예를 들었다. 가난한 사람들에게 박한 마을에 가서는 이렇게 이야기했다.

"브리앙송 사람들이 어떤지 아십니까? 그분들은 가난한 사람이나 미망인, 고아에게는 다른 사람보다 사흘 먼저 목장의 풀을 베게 합니다. 그들의 집이 무너지면 무료로 개축해 주지요. 그곳은 신의 축복을 받은 마을입니다. 100년 동안 한 명의 살인자도 생기지 않았지요."

많은 이익과 추수에 혈안이 된 마을에서는 이렇게 말했다.

"앙브룅 사람들이 어떤지 아십니까? 추수할 때 아들이 군대에 가서 없고 딸은 도시로 돈을 벌러 가 있고, 아버지는 병이 깊어 일을 할 수 없다면, 신부는 주일 미사 강론에서 그 사정을 마을 사람들에게 알린답니다. 그러면 미사 뒤에 마을의 모든 사람이 그 가정을 위해 추수를 도와줍니다."

돈이나 상속 문제로 화목하지 못한 사람들에게는 이렇게 말했다.

"드볼뤼의 산골 사람들이 어떻게 사는지 아십니까? 그곳은 50년 동안 꾀꼬리 소리가 들린 적 없을 정도로 황폐한 곳입니다. 하지만 한 가정의 가장이 죽으면, 누이들이 시집갈 수 있도록 재산을 물려주고 아들들은 다른 고장으로 돈벌이를 하러 떠납니다."

재판에 목숨을 걸고서 소작인을 파산하게 하는 마을에 가서는 이렇게 말했다.

"케라스 산골의 착한 농부들을 아십니까? 그곳에는 3천 명이 넘게 살지만 마치 공화국을 보는 듯하답니다. 그곳에는 재판관도 집행관도 없습니다. 어떤 일이든 마을 이장이 해결하지요. 그는 세금을 매기고 모든 사람에게서 양심적으로 추렴을 하고, 무료로 분쟁을 조정하고, 보수 없이 유산을 분배해 줍니다. 모든 사람이 그에게 복종하지요. 그것은 그가 다른 순수하고 순박한 사람 속에서도 더욱 올바른 사람이기 때문입니다."

학교와 교사가 없는 마을에 가서는 다시 케라스 마을 이야기를 꺼냈다.

"그곳 사람들을 아십니까? 열다섯 집 정도 되는 작은 마을에서 선생님을 모실 수 없어서 산간 지방 전체를 통틀어 공동으로 선생님을 모시고 있지요. 선생님들은 마을을 돌며 일주일은 여기에서, 열흘은 저기에서 아이들을 가르칩니다. 선생님들은 장터에도 나오지요. 나는 거기서 선생님들을 만난 적이 있습니다. 그들은 모자 리본에 깃털 펜을 꽂고 있어 한눈에 알 수 있지요. 읽기 선생님은 깃털 펜을 한 개, 읽기와 수학 선생님은 깃털 펜 두 개, 읽기와 수학과 라틴어 선생님은 깃털 세 개를 꽂는답니다. 세 개를 꽂은 분은 대학자이지요. 무식하다는 것은 부끄러운 일입니다. 케라스 사람들을 본받으십시오."

그는 진지하면서도 자애로운 목소리로 사람들을 타일렀다. 만약 적당한 이야기가 없다면 그에 맞는 우화를 만들어 내고, 간결하지만 뇌리에 박힐 수 있는 말만 골라 했다. 그것은 스스로를 믿고 많은 사람에게 강복을 주었던 예수 그리스도의 가르침과 같았다.

말과 일치되는 행위

주교의 이야기는 차분하고 재미있었다. 자기와 함께 여생을 보내는 두 노부인에게도 잘 알아들을 수 있도록 차근차근 이야기하곤 했다. 재미있는 이야기를 할 때면 마치 초등학생처럼 순진해 보였다.

마글루아르 부인은 그를 '큰어르신'이라고 즐겨 불렀다. 어느 날 그는 안락의자에서 일어나 서재로 갔다. 책장은 무척 높아 그는 책을 꺼내기가 힘들었다.

"마글루아르 부인, 의자를 좀 가져다주시지요. 아무리 큰어르신이라고 해도 내 손은 저기에 닿질 않는답니다."

그는 말했다.

주교의 먼 친척인 백작 부인은 틈만 나면 그에게 와서 자신의 세 아들이 장래에 상속받을 수 있는 유산에 대해 떠들어 대곤 했다. 백작 부인의 친척 중에는 세상을 뜰 날이 머지않은 연로한 이들이 아주 많았고, 때가 되면 이들의 재산은 자연히 그녀의 아들들이 받게 되어 있었다. 그중에서 막내는 큰 고모로부터 10만 리브르의 연금을, 차남은 큰아버지에게서 공작 작위를, 그리고 장남은 할아버지의 작위를 물려받게 될 것이었다. 주교는 늘 조용한 태도로 백작 부인의 악의 없고도 어리석은 말들을 듣고만 있었다.

그런데 어느 날 백작 부인은 또다시 그 유산상속에 대해 끈질기게 말을 늘어놓기 시작했고 주교의 태도는 다른 때보다 훨씬 더 조용하고 깊은 생각에 빠져 있는 듯 보였다. 백작 부인은 그것을 보고서 말을 멈추었다.

"오라버니! 지금 무슨 생각에 빠져 계시는 거예요?"

"글쎄, 좀 묘한 일이랄까? 아마도 성 아우구스티누스의 책에 나오는 말일 게야. 거기에 이런 구절이 있지. '뒤이을 자를 남기지 않는 이에게 당신의 모든 희망을 걸어라!'"

언젠가 주교는 그 지방 어느 귀족의 부고를 받았다. 거기에는 고인의 작위에서부터 모든 친척의 봉건귀족 칭호가 빠짐없이 적혀 있었다.

"죽음이란 이렇게도 튼튼한 어깨를 필요로 하는군! 죽음에 이토록 무거운 짐을 잔뜩 짊어지게 하다니! 무덤조차 허영에 빠지게 하다니! 인간들이란 참으로 놀라워!"

주교는 이렇게 소리쳤다.

그는 가끔씩은 가벼운 농담을 하기도 했다. 하지만 그 속에는 늘 깊은 뜻이 담겨 있었다. 사순절에 한 젊은 사제보가 디뉴에 와서 대성당에서 강론을 했다. 그는 굉장한 달변가였다. 강론의 주제는 자선이었다. 그는 지옥을 아주 무시무시한 곳으로, 천국을 아름답고 즐거운 곳으로 묘사했다. 또한 지옥을 피하고 천국에 무사히 가려거든 가난한 사람들을 위해 자선을 행하라고 부자들에게 말했다.

청중 중에는 제보랑이라는 은퇴한 부자 상인이 있었다. 그는 질이 떨어지는 나사(羅紗)나 서지(serge), 능직포나 터키모자 따위를 팔아서 평생 동안 50만 리브르쯤을 모았다. 제보랑 씨는 단 한 번도 가난한 사람들을 위해 자신의 것을 베푼 적이 없었다. 그런데 그 강론을 듣고 나서 그는 주일마다 대성당 현관 앞에 나와 있는 늙은 여자 거지에게 1수(1프랑의 20분의 1_옮긴이)를 주었다. 1수는 여자 거지 여섯 사람의 몫이었다. 어느 날 주교는 제보랑 씨가 여자 거지에게 돈을 주는 것을 보고서 밝게 웃으며 누이동생에게 말했다.

"저기를 보아라. 제보랑 씨는 1수로 천국을 사고 있구나."

주교는 자선에 관련된 일이라면 거절당하더라도 물러서지 않고 듣는 이에게 깊은 감명을 줄 수 있는 말들을 생각해 내곤 했다. 언젠가 그는 거리의 어느 살롱에서 가난한 사람들을 위한 기부금을 모금하고 있었다. 거기에는 상당한 부자이지만 매우 인색하기로 소문이 난 샹테르시에 후작 노인이 있었다. 그는 극도의 왕당파이면서 동시에 볼테르파이기도 했다. 세상에는 그런 곡예사도 있는 법이었다. 주교는 그를 보고서 가까이 다가가 팔을 가볍게 건드렸다.

"후작님께서도 뭘 좀 내어 주셔야겠습니다."

그러나 후작은 차갑게 돌아보며 말했다.

"예하, 내게도 가난한 자들이 많습니다."

그러자 주교는 이렇게 말했다.

"그러니 그걸 내게 내어 달라는 말입니다."

어느 날 주교는 대성당에서 이런 강론을 했다.

"친애하는 형제 여러분, 나의 선량한 친구인 여러분! 프랑스에는 대문과 창문을 합쳐 문이 세 개밖에 없는 농가가 132만 호, 대문과 창문을 합쳐 두 개밖에 없는 집이 181만 7천 호, 그리고 대문밖에 없는 오막살이가 34만 6천 호가 됩니다.

이것은 대문세와 창문세를 징수하기 때문입니다. 가난한 가족, 늙은 부인과 어린아이를 그런 환경에 두니 온갖 질병이 끊이지 않은 것입니다. 아, 어떻게 이토록 비극적인 일이 있을 수가 있답니까! 주님께서는 인간에게 공기를 주셨으나, 법률은 그것을 인간에게 팔고 있습니다.

그러나 나는 법률을 탓하려는 게 아닙니다! 주님을 찬양하려는 것입니다. 이제르 현, 바르 현, 상하 두 알프 현에서는 손수레조차 없어서 농부들이 직접 등에 거름을 지고 일합니다. 그들은 초가 없어서 관솔이나 송진에 새끼를 적셔서 태웁니다. 도피네의 산간 지방도 어렵기는 마찬가지입니다. 그들은 반년 치 분량의 빵을 한꺼번에 만들어서 마치 말린 쇠똥처럼 말려 둡니다. 그래서 겨울이 오면 그것을 도끼로 쪼개어 먹을 수 있도록 물에 불립니다. 형제 여러분! 이들에게 사랑과 동정을 베풀어 주십시오! 우리 주위에는 가난으로 고통받는 이들이 넘치고 있습니다."

프로방스 지방 태생인 주교는 남부 지방의 사투리를 여럿 구사할 수 있었다. 그는 랑그도크 지방의 사투리로 '밤새 편안하셨어유?'라고 한다거나 또는 알프 지방의 사투리로 '어데 갔다 왔노?'라고 말하고는 또 도피네 지방 사투리로 '맛 좋은 양고기와 차진 치즈를 갖고 왔당께!'라고 말하기도 했다. 그러면 민중은 그에게 마음의 문을 열고 열띤 환호를 보냈다.

주교는 오두막집에서나 두메산골에 있을 때나 마찬가지였다. 그는 평범한 말투로 매우 심오한 메시지를 전파했다. 여러 지방의 사투리를 자유자재로 쓰면서 모든 사람의 마음속을 파고들었던 것이다.

게다가 주교는 상류사회 사람들과 하류계급 사람들을 차별 없이 대했다.

주위 상황을 살펴보지 않고 아무 근거 없이 짐작을 해서 잘못을 꾸짖는 일도 없었다. 그는 자주 이런 말을 썼다.

"일이 어떻게 해서 잘못되었는지를 들어 보는 게 좋겠네."

자기 자신에 대해 말할 때 '원래 죄를 지은 자'라고 말하며 미소를 짓는 그는 남을 함부로 꾸짖는 일이 없었고, 눈살 하나 찌푸리지 않고 오직 하나의 교리를 공언했다. 그 내용은 이러했다.

"인간이 가진 육체는 무거운 짐이며 동시에 유혹이다. 인간은 그것을 짊어지고 또 그것에 끌려다닌다. 인간은 그것을 경계하고 억제하여 최후의 순간까지도 굴복해서는 안 된다. 만약 여러 과실로 인해 그에 굴복했다면 두려워하지 말라. 이는 용서받을 수 있다. 그것은 되돌릴 수 없는 실수이나 기도로써 구원받을 수 있다.

성자에 이르는 것은 예외요, 현인이 되는 것은 통칙이다. 판단을 그르치고, 게으름에 빠지고 죄를 짓게 되더라도 올바른 사람이 되는 길을 포기하지 말라. 죄를 적게 저지르는 것이 인간의 길이다. 죄를 전혀 저지르지 않는 것은 천사의 꿈이다. 지상의 모든 것은 죄를 면할 수 없다. 죄는 사람의 일이다."

사람들이 크게 소리를 지르고 화를 내는 것을 보면 그는 지그시 미소를 지으며 말했다.

"언뜻 보기에 큰 죄라고 생각되지만, 사실 누구나 죄를 짓고 산다. 위선이라는 것이 갑자기 위협을 받으면 변명하고 감추려고 드는 법이다."

그는 인간 사회에서 무거운 고통을 짊어지고 가는 여자들이나 가난한 이들에게 늘 너그러운 태도를 보였다.

"여자와 어린이, 하인과 약자, 가난하고 무지한 이의 잘못은 모두 남편과 부모, 주인과 강자, 부자와 학자의 잘못이다."

주교는 이렇게 말하곤 했다.

"무지한 인간에게는 되도록 많은 것을 가르쳐야 한다. 그들을 무료로 가르치지 않는 것은 죄악이다. 사회는 스스로 만들어 낸 음지에 대한 책임을 짊어져야 한다. 우리의 영혼에 그늘이 지면 그곳에서 죄악이 태어나는 법이다. 죄인은 죄를 지은 자가 아니다. 누군가로부터 영혼 속에 그늘을 선사받은 이들이다."

지금까지 이야기한 것과 같이, 주교는 사물을 바라보는 남다른 시각을 가지고 있었다. 나는 주교가 어느 복음서를 읽으며 그것을 깨달았을 거라고 본다.

어느 날 한 살롱에서 이미 예심이 끝나 판결을 기다리고 있는 어느 형사소송 사건 소식을 들었다. 한 남자와 여자가 그들 사이에 태어난 아이를 위해 어쩔 수 없이 위조지폐를 만들었다. 위조지폐를 만든 자에게는 사형이 구형되던 시절이었다. 남자는 위조지폐를 만들었고, 여자는 그것을 사용하다가 구속되었다. 여자가 위조지폐를 사용했다는 것 외에는 아무것도 발각되지 않았다. 그러나 여자가 자백을 한다면 그녀의 정부는 죗값을 피할 길이 없었다. 그러나 여자는 아무것도 자백하지 않았다.

검사는 위조지폐를 만든 자를 잡아내기 위해 묘책을 생각해 냈다. 검사는 교묘하게 만든 위조 편지를 보여 주면서 그녀가 완전히 속았으며 남자와 그의 연적에게 이용당했다고 믿게 했다. 그 사실에 속은 여자는 모든 것을 자백하여 남자를 파멸로 몰고 갔다.

남자는 희망이 보이지 않았다. 곧 공범인 여자와 함께 판결을 받게 될 처지였다. 사람들은 이 사건을 이야기하면서 법관의 묘책에 감탄했다. 여자의 질투심을 이용해 진실을 밝혀냈고, 복수심을 통해 정의를 이끌어 냈다는 것이다. 주교는 줄곧 이야기를 듣고만 있었다. 그리고 이야기가 끝나자 이렇게 물었다.

"그 남자와 여자는 어디서 재판을 받습니까?"

"중죄 재판소입니다."

주교는 말을 이었다.

"그렇다면 검사는 어디에서 재판을 받지요?"

그 무렵 디뉴에 비극적인 사건이 또 일어났다. 한 남자가 살인죄로 사형에 처해지게 되었다. 그는 유식한 사람이 못 되었지만 그렇다고 무식한 사람도 아니었다. 그는 장터에서 마술사를 하기도 했고, 대서인을 한 적도 있었다.

이 재판에 민중의 관심이 쏠렸다. 사형 집행 전날 감옥의 교회사(敎誨師)가 병이 났다. 그래서 사형수의 최후의 순간을 위해 주임 사제를 모신다는 전갈이 왔다. 그러나 주임 사제는 이를 거절했다.

"그것은 내가 할 일이 아니오. 나는 마술사 따위의 시끄러운 일은 모르오. 나 또한 몸이 불편하오. 게다가 그 일은 내 직책에 맞지 않소."

주임 사제의 거절은 주교에게도 보고되었다. 그러자 주교는 이렇게 말했다.

"주임 사제의 말은 옳다. 그것은 그의 직책이 아니라 내 직책에 맞다."

그는 감옥으로 가서 마술사를 만났다. 그리고 마술사의 손을 잡고 그의 이름을 부르며 이야기를 나누었다. 주교는 꼬박 하루 동안 그의 곁에 있으면서 사형수의 영혼을 위해 기도를 올렸으며 자신의 영혼을 위해서 그 사형수에게 기도를 했다. 그리고 그는 단순하면서도 최고에 가까운 진리를 그에게 이야기해 주었다.

주교는 마술사의 아버지이자 형제이자 친구가 되어 주었다. 오직 축복을 내릴 때에만 주교가 되어 주었다. 그는 마술사를 안정시켜 주고 위로해 주었다.

그는 절망의 늪을 헤매던 중이었다. 죽음은 그 마술사에게는 헤어날 수 없는 심연이었다. 어두운 죽음의 입구에서 그는 뒷걸음치고 있었다. 그는 두려움을 모를 정도로 무지하지 않았다. 처형이란 그 절박함은 사물의 신비로부터 그를 가로막고서, 인생이라는 장벽을 무너뜨려 놓은 것 같았다. 그는 그 무서운 틈새로 세상을 내다보면서 짙은 어둠을 느꼈다. 그러나 주교는 그에게 빛을 주었다.

이튿날 사람들이 죄수를 데리러 갔을 때, 주교는 그의 곁에 머물고 있었다. 그는 죄수의 뒤를 따랐다. 자주색 법의를 걸치고 주교 십자가를 목에 두른 주교의 모습이 밧줄에 묶인 죄수 옆에 나란히 보였다.

주교는 죄수와 함께 수레를 타고 단두대에 올랐다. 전날만 해도 어둠에 잠겨 있던 죄수의 영혼이 빛으로 충만해져 있었다. 그는 주님께 모든 것을 의지하고서 영혼의 구원을 느끼는 듯 보였다.

주교는 죄수와 포옹을 나누었다. 그리고 칼이 내리치려는 찰나에 죄수에게 말했다.

"인간의 손에 죽은 자는 주님께서 되돌려 주실 것입니다. 동포에게 쫓긴 자는 주님을 만나게 될 것입니다. 주님께 기도를 올리고 생명 속으로 들어가십시오. 주님께서는 거기에 계십니다."

단두대에서 주교가 내려올 때 그의 눈이 강렬하게 빛나 사람들은 옷깃을 여몄다. 모든 사람의 마음을 울린 그 빛이 창백함 때문이었는지 아니면 태연함 때문이었는지는 알 길이 없었다.

주교는 그가 늘 '나의 궁전'이라고 부르는 그 허름한 숙소로 돌아와 누이 동생에게 이렇게 말했다.

"나는 지금 주교의 의식을 행하고 왔다."

가장 숭고한 것은 쉽게 이해되지 않는 법이다. 따라서 거리의 사람들은 주교의 행동을 위선이며 가식이라고 폄하하기도 했다. 하지만 그것은 일부 사람들의 이야기에 지나지 않았다. 그같이 신성한 행위를 지켜본 수많은 사람들은 하나같이 주교의 태도에 감명받고 감탄을 했다.

주교는 그 나름대로 단두대의 처형을 지켜본 일이 매우 충격적이었다. 그래서 그 일을 잊고 마음을 추스르기까지는 오랜 시간이 걸렸다.

단두대는 사람들에게 환각을 일으킨다. 단두대의 처형을 직접 보지 않는 한 사람들은 죽음의 실재와 그 고통에 대해 무감각하며 그것의 옳고 그름에 대해 논하지 않는다. 하지만 단두대의 처형을 보고 나면 그 충격은 너무나 커서 옳고 그름에 대해 무심할 수가 없다. 사람들은 즉각 둘로 나뉘어서 메스트르(프랑스의 종교철학자_옮긴이)처럼 찬성하기도 하고, 베카리아(이탈리아의 철학자이자 형법학자_옮긴이)처럼 저주하기도 한다.

단두대는 법률의 구현과도 같다. 그것은 사회적 복수의 형벌이라 불리며 사람이 중립의 위치에 서는 것을 용납하지 않는다. 그것을 목도하는 자는 신비에 가까운 전율을 느낀다. 모든 사회문제는 단두대의 칼날에 회의를 갖게 한다. 단두대는 환영인 것이다. 그것은 나무 뼈대나 기계가 아니다. 그것은 나무와 쇠, 밧줄로 이루어진 기계장치가 아니다. 그것은 마치 생물과도 같으며 극도의 음산함을 내뿜는다. 마치 눈을 위한 나무 뼈대, 귀를 위한 기계, 머리를 위한 장치를 갖추고 있는 듯한 이것은 그 구조물들의 의지를 가지고 영원할 것만 같다. 그것을 보면 영혼이 파멸해 가는 무서운 모습과 극한의 공포감이 떠오른다.

단두대는 사형집행인의 조력자와 같다. 그것은 사람을 삼키고 고기를 씹고 피를 마신다. 단두대는 재판관과 목수가 만든 살아 있는 괴물로, 자신이 행한 죽음으로써 생명력을 연장하는 악귀와도 같다.

그러므로 그것은 매우 음산하고 무섭다. 사형이 집행된 다음 날과 그 이후로 많은 날이 지났음에도 주교는 허탈감에 젖어 있었다. 사형이 집행되던 날의 침착함과 평정심은 온데간데없이 사라지고, 사회정의의 환영이 그의 마음을 괴롭혀 왔다. 언제나 밝은 미소를 띠었던 그가 스스로를 매질하는 것처럼 보였다.

그는 가끔 홀로 중얼거리며 스스로에게 물었다.

다음의 말들은 어느 날 밤 누이동생이 그의 말을 적어 두었던 것이다.

'그것이 이토록 무서울 줄은 몰랐다. 인간의 규범을 몰랐을 만큼 신의 규범에 빠져 있었던 것은 내 잘못이다. 죽음은 주님의 뜻에 달려 있다. 그런데 도대체 무슨 권리로 인간이 이것을 빼앗는 것인가?'

그러나 시간이 흐르면서 그의 영혼도 차츰 안정을 되찾았다. 그리고 마침내는 극복해 냈을 것이다. 그러나 사람들은 그 이후로 주교가 사형장을 피한다는 것을 알았다.

병자가 있는 곳에는 늘 미리엘 주교가 있었다. 그는 그것이 자신의 직책이자 의무임을 잘 알고 있었다. 과부나 고아의 집에서는 일부러 그를 청할 필요도 없었다. 그는 그런 집이라면 자진해서 시간을 냈다. 아내를 잃은 사내나 아들을 잃은 어머니 곁이라면 주교는 몇 시간이든 그들 옆을 지켰다. 묵묵히 옆자리를 지켜 주어야 할 때와 힘이 되는 이야기를 해 주어야 할 때를 주교는 알고 있었다. 위대한 위안자여! 그는 잊음으로써 고통을 지우려 하지 않고 희망으로써 그것을 감싸고 존엄한 것에 이르게 했다.

그는 말했다.

"여러분은 우리보다 먼저 죽은 사람들을 생각할 때 늘 이것을 기억해야 할 것입니다. 썩어 가는 것을 생각하지 마십시오. 똑똑히 그 안을 들여다보십시오. 그래야 하늘 높은 곳에서 이어지는 고인의 영롱한 빛을 만날 수 있을 것입니다."

그는 신앙이 건전한 것임을 믿었다. 그는 참고 인내하는 자들의 이야기를 들려주며 그들을 위로해 주었으며, 별을 바라보는 사람의 슬픔을 이야기하며 무덤을 지키는 사람들의 슬픔을 달래 주었다.

비앵브뉘 예하는 같은 법의를 너무 오래 입었다

미리엘 씨의 개인적인 생활은 그의 공적인 생활의 철학과 다르지 않았다. 이 디뉴의 주교님은 스스로가 바라는 청빈한 삶을 올곧이 살아갔으며, 그것은 직접 본 사람에게는 장엄하고도 아름다운 광경이었다.

모든 노인과 사상가가 그렇듯이 그는 잠을 오래 자지 않았다. 그러나 짧은 시간 동안 숙면을 취했다. 아침에는 한 시간쯤 명상을 했고, 그 후 대성당이나 자기 집에 마련한 기도실에서 미사를 드렸다. 그 이후에는 집에서 기르는 젖소에서 짠 우유에 호밀빵 한 덩이를 곁들여 아침을 먹었고 그날의 일을 시작했다.

주교는 매우 바쁘다. 거의 매일 주교관의 서기를 만났으며 관할 교구의 사제보들을 만나야 했다. 각종 수도회를 감독하며 기도서나 교구의 교리문답 등 서류를 살피고 교서를 쓰고 강론을 허가하는 일도 빠뜨릴 수 없었다. 주임 사제와 시장이나 읍장 간의 관계를 조율하고 정부나 바티칸에 서신을 쓰는 등 처리해야 할 일이 수없이 많았다.

그러한 크고 작은 일들과 미사를 마치고 남는 시간에는 가난한 사람과 병자를 위해 일했다. 어떤 때에는 정원의 꽃밭을 가꾸고, 책을 읽고 글을 쓰기도 했다. 그는 그 일을 밭일이라고 부르면서 "인간의 정신은 밭이다."라는 말을 자주 하곤 했다.

정오에 그는 점심을 먹었다. 아침상과 마찬가지로 점심상도 소박했다.

날씨가 좋은 날이면 그는 2시쯤 집을 나서서 들과 시내를 다니며 오두막집들에도 들렀다. 긴 지팡이를 쥐고, 자줏빛 외투를 걸치고 자줏빛 긴 양말에 큼지막한 신발을 신고서 술 달린 납작모자를 쓴 채 깊은 생각에 잠겨 길을 걷는 그의 모습은 사람들에게 친근했다.

그가 가는 곳이면 어디든 잔칫집이 되었다. 그가 지나가는 길에는 언제나 따사로운 빛이 들었다. 어린이와 노인은 태양빛을 반기는 듯 그에게 환호를 했다. 그는 모든 이에게 축복을 주었고, 사람들은 그를 축복했다. 깊은 시름과 절망에 빠진 이들은 모두 주교의 집을 찾았다.

주교는 길을 걸으며 언제나 아이들에게 말을 걸었고, 어머니들에게 미소를 보냈다. 주교는 남는 돈이 있을 때면 가난한 이들을 찾았고, 돈이 없을 때는 부자들을 찾아갔다.

주교가 입은 법의는 너무 낡아서 누더기에 가까웠다. 주교는 그것이 사람들의 눈에 띄지 않게 하려고 자줏빛 솜 외투를 위에 걸쳤다. 여름철이 오면 주교는 매우 곤란하고 불편했다.

주교는 저녁 8시 30분이 되면 마글루아르 부인의 시중을 받으며 누이동생과 함께 저녁 식사를 했다. 평소의 상차림은 아주 검소했다. 하지만 주임 사제에게 저녁 식사를 대접할 때는 마글루아르 부인은 매우 반기면서 싱싱한 생선과 맛있는 고기를 식탁에 놓았다. 주임 사제에게는 맛있는 음식을 대접해야 한다는 게 마글루아르 부인의 철칙이었다. 주교는 부인의 뜻을 가로막지 않았지만 보통의 식사는 삶은 채소와 스프가 전부였다. 그래서 사람들은 이렇게 말하곤 했다.

"주교님은 주임 사제를 대접하지 않을 때는 마치 트라피스트(매우 검소한 트라프파의 수도사_옮긴이)처럼 식사를 하신다고 해."

저녁 식사 뒤에는 30분쯤 바티스틴 양과 마글루아르 부인과 함께 이야기를 나누고 방으로 돌아가서 루스리프나 이절본의 여백에 글을 썼다. 주교는 글을 잘 쓰는 학자이기도 했다. 학문적 성취가 뛰어난 대여섯 편의

원고도 있었다. 그중 〈창세기〉의 이런 구절에 관한 논문도 있었다. '태초에 하느님의 영이 물을 덮고 있었다.' 그는 이를 세 가지 원전과 대조했다. 아라비아어 번역은 '신의 바람이 불고 있었다.'라고 되어 있었고, 플라비우스 요세푸스(유태인 역사학자_옮긴이)는 '천상의 바람이 지상으로 불어 내리고 있었다.'라고 했으며, 옹켈로스는 칼데아어로 이렇게 해석했다. '신의 바람이 물 위로 불고 있었다.'

주교는 다른 논문에서 이 책을 쓰고 있는 필자의 종증조부뻘 되는 프톨레마이스의 주교인 위고의 신학 저술을 검토하며, 18세기에 바를레쿠르라는 필명으로 발표한 몇 가지 저작을 위고가 쓴 것으로 인정해야 한다고 주장했다.

그는 때로 책을 읽으며 깊은 명상에 잠겼다. 그러고는 책 글귀 아래에 메모를 했다. 가끔은 책 내용과 아무 관계없는 내용을 적기도 했다. 여기에 그가 적었던 구절을 옮겨 보고자 한다. 그것은 이런 표제의 책 사절판—클린턴 장군, 콘월리스 장군, 그리고 미국 주둔군의 여러 사령관과 교환한 제르맹 경의 서간집, 베르사유, 푸앵소 출판사 및 파리 오귀스탱 강변 피소 출판사 간행—의 여백에 적혀 있었다.

그 구절은 아래와 같다.

'아, 당신은 누구입니까! 〈전도서〉에서는 당신을 전능이라고 말하고 〈마카베오서〉에서는 당신을 창조주라 하고 〈에페소서〉에서는 당신을 자유라 하고 바루크는 당신을 광대무변이라 하고, 〈시편〉은 당신을 지혜와 진리라고 하며 요한은 당신을 빛이라 하며, 〈열왕기〉는 당신을 주님이라 하고, 〈출애굽기〉는 당신을 섭리라 하고, 〈레위기〉는 성스러운 자라 하며, 〈에즈라서〉는 정의라 합니다. 당신은 신이라 불리며, 인간은 당신을 아버지라고 합니다. 그런데 솔로몬은 당신을 자비라고 불렀습니다. 그것은 당신의 많은 이름 가운데에서도 가장 아름답습니다.'

담소가 끝나고 9시쯤이 되면 두 노부인은 2층의 자기 방으로 올라가고, 주교는 아침까지 아래층에 남아 있었다.

여기서 디뉴의 주교 저택에 대해 살펴볼 필요가 있겠다.

그는 누구에게 집을 지키게 했나

주교가 사는 집은 앞에 나온 것처럼 아래층과 위층으로 되어 있었다. 아래층에는 방이 세 개, 2층에는 방이 세 개, 그리고 다락방이 하나 있었다. 집 뒤에는 4분의 1에이커쯤 되는 뜰이 있었다. 주로 두 부인이 2층을 썼고, 주교는 아래층을 썼다. 길 쪽에 있는 첫 번째 방은 식당, 그다음은 침실, 마지막 방은 기도실이었다.

기도실에서 나오려면 침실을 거쳐야만 했고, 침실에서 나오려면 식당을 지나야만 했다. 기도실 안에는 손님용 침대를 위한 문 달린 벽장이 있었다. 주교는 이 침대를 교구의 일이나 디뉴로 볼일을 보러 온 사람들을 위해 제공했다.

뜰 쪽으로 튀어나온 부분은 자선병원 때 약국으로 쓰던 곳으로 지금은 부엌 겸 광으로 사용했다.

마당 가운데에는 외양간이 있었다. 주교는 젖소를 두 마리 키우면서 우유량의 절반을 병원의 환자들에게 보냈다. 주교는 그것을 십일조를 보내는 마음으로 성실히 지켰다.

주교의 방은 꽤 넓었는데 겨울을 나기가 힘들 만큼 무척 추웠다. 디뉴의 장작값은 무척 비쌌으므로 주교는 외양간에 판자를 가로막아 방을 만들기로 했고, 추운 겨울이 오면 거기에서 지냈다. 주교는 그곳을 겨울 응접실이라고 불렀다.

이 겨울 응접실에 놓인 것이라고는 식당과 마찬가지로 테이블 한 개와 짚 의자 네 개가 전부였다. 식당에는 그 외에 낡은 그릇장이 하나 더 있었을 뿐이다. 주교는 그것과 비슷한 찬장에 흰 레이스를 덮어 기도실에 놓고 제단으로 사용했다.

디뉴의 신앙심 깊은 부인들과 부잣집 여인들이 주교의 기도실에 좋은 제단을 놓아 주기 위해 기금을 모아 주었으나, 주교는 돈을 받으면 늘 가난한 사람들에게 다시 나누어 주었다. 그러고는 늘 이렇게 말했다.

"제게 가장 훌륭한 제단은 주님께 감사의 기도를 올리는 가난하고 불쌍한 이들의 영혼입니다."

그의 기도실에는 짚 의자가 두 개 있었고, 침실에도 짚을 넣은 의자가 하나 있었다. 한꺼번에 많은 손님을 대접할 때면 외양간에 있는 의자와 기도실의 의자, 침실의 의자를 모두 가지러 가야 했다. 그러면 열한 명의 손님까지는 맞이할 수가 있었다. 손님이 올 때면 방 안의 가구들이 왔다 갔다 해야 했다.

만일 손님이 열두 명에 이를 때면 주교는 겨울에는 벽난로 앞에 서서 이야기를 나누었고, 여름에는 함께 뜰을 돌자고 하면서 상황을 모면했다.

기도실 안쪽의 침실에도 의자가 있었지만 워낙 낡은 데다가 다리가 세 개뿐이어서 벽에 기대어 놓을 수밖에 없었다. 바티스틴 양의 방에는 남경(南京) 공단을 씌우고 금칠을 했던 꽃무늬 의자가 있었지만, 층계가 좁아 2층 창문을 통해 옮긴 것이었으므로 손님이 왔을 때 사용할 수 없었다.

바티스틴 양은 장미꽃 무늬가 있는 노란 위트레흐트산 벨벳을 씌우고 백조 머리를 조각한 마호가니 응접세트와 긴 의자를 사고 싶었다. 그것을 사려면 500프랑은 필요했다. 하지만 5년 동안 돈을 모아도 겨우 42프랑 10수밖에 되지 않는다는 것을 계산해 보고서는 마음을 접었다. 세상에 자기 뜻을 다 이루고 살 수 있는 사람이 몇이나 되겠는가?

아마도 주교의 침실만큼 단출한 공간은 찾아보려고 해도 찾기 힘들 것이다. 창과 문을 겸하는 출입구가 뜰 쪽으로 나 있고, 맞은편의 철제 병원 침대에는 녹색 서지 휘장이 둘러져 있었다. 커튼 안쪽에는 옛날 사교계에 다녔던 사람들의 고상한 흔적 그대로 화장 도구가 있었다. 벽난로 옆의 문은 기도실로 통했고, 다른 문은 식당으로 통하고 있었다. 유리 책장 안에는 책이 가득했다. 대리석 무늬를 칠한 벽난로에는 불기가 없었다. 장작 받침대와 은칠을 한 화병은 이 방의 사치품이었다. 벽난로 위에는 은칠이 벗겨진 구리 십자가가 검은 벨벳으로 묶여 있었다. 출입문 옆에는 커다란 테이블이 있었고, 각종 서류와 책, 잉크병이 보였다. 테이블 앞에는 팔걸이의자와 기도대가 있었다.

침대 양쪽 벽에는 타원형 초상화 액자가 두 개 걸려 있었다. 인물 옆에는 작은 글씨가 쓰여 있었는데 한 사람은 생클로드의 주교이자 살리오의 대수도원장이었고, 다른 한 사람은 아그드의 주교 총대리이며 그랑샹 수도원장이자 교구의 시토 수도회 소속의 투르토 신부였다. 주교는 이 방으로 이사를 올 때 그 액자를 보았지만 그대로 걸어 두었다. 두 사람은 사제였으며 이 자선병원에 기부를 한 사람인 모양이었다. 주교는 그 이유만으로도 그 둘을 충분히 존경했다.

그 두 사람에 대해 아는 것이라고는 그들이 같은 날인 1785년 4월 27일에 한 사람은 주교직에, 다른 한 사람은 유급 성직에 올랐다는 것이었다. 마글루아르 부인이 먼지를 털기 위해 초상화를 벽에서 떼어 낼 때 주교는 잉크로 그러한 내용을 써 놓은 종잇조각을 발견했다. 그 종이는 누렇게 빛이 바래어 그랑샹 수도원장의 초상화 뒤에 풀로 붙여져 있었다.

창문에는 값싼 구식 커튼이 달려 있었다. 너무 낡아서 새것을 장만하는 게 나을 듯싶었지만 돈을 절약하기 위해서 마글루아르 부인은 커튼 한복판에 커다란 천을 대어 꿰맸다. 덧댄 자국은 십자가 모양이었다. 그래서 주교는 가끔 그것을 보면서 "아주 맘에 들어!" 하고 말하곤 했다.

아래층이나 위층 모두 석회유가 하얗게 칠해져 있었다. 그것은 자선병원에서 쉽게 볼 수 있는 모습이었다. 그러나 마글루아르 부인은 바티스틴 양의 방에 흰 칠 아래로 그림이 있었던 것을 발견했다. 병원으로 사용하기 전에 이 저택은 부르주아들의 만찬장으로 쓰였던 것이다. 방바닥의 붉은 벽돌은 매주 물로 닦아 관리했고 침대 앞에는 짚으로 만든 방석을 놓았다. 이 집은 두 여인이 관리를 해서인지 아주 청결하고 깔끔했다. 그것이 주교가 누린 단 하나의 사치였다. 그는 이렇게 말했다.

"그것은 가난한 사람들에게서 아무것도 뺏지 않는다."

그러나 주교에게 여섯 벌의 은그릇과 커다란 스프용 스푼이 있다는 것은 여기에 밝혀 두어야겠다. 마글루아르 부인은 초라한 식탁 위를 그것들이 알차게 꾸며 주는 것을 보며 늘 즐거워했다.

그리고 우리는 디뉴의 주교의 있는 그대로의 모습을 보기 위해 다음 사실도 짚고 넘어가야 할 것이다. 그는 몇 번이나 이런 말을 해 왔다.

"나는 식사 때 은그릇 쓰는 것을 그만두자고 하고 싶지만 쉽지가 않을 것 같군."

커다란 은 촛대도 두 개나 있었다. 그것은 그가 대고모에게서 물려받은 것이었다. 두 은 촛대에는 초를 꽂아 주교의 벽난로 위에 두고 있었다. 저녁 식사에 손님을 모시는 날이면, 마글루아르 부인은 초에 불을 붙여 테이블에 놓았다.

주교의 방에는 침대 밑에 작은 벽장이 있었다. 마글루아르 부인은 저녁마다 여섯 벌의 은그릇과 커다란 스프용 스푼을 거기에 넣었다. 벽장 열쇠는 늘 그곳에 꽂힌 채였지만 말이다.

건물이 초라해서인지 뜰의 풍경도 조금은 을씨년스러웠다. 하수도 웅덩이 주변에는 십자 형태로 놓인 통로가 네 개 있었다. 다른 통로는 흰 담을 따라서 둥글게 둘러쳐 있었다. 통로들은 다른 길 사이에 네 개의 장방형으로 되어 있었고, 그 사이에는 회양목이 있었다. 그중 세 개는 마글루아르 부인이 텃밭으로 썼고, 나머지 하나는 주교가 꽃을 심어 놓았다.

군데군데 과일나무도 보였다.

마글루아르 부인은 이런 말을 꺼낸 적이 있었다.

"예하께서는 모든 것을 잘 활용하시면서도 이 땅만은 버려두시네요. 꽃보다는 채소가 낫지 않을까요?"

주교가 대답했다.

"마글루아르 부인, 그렇지 않습니다. 아름다운 것은 쓸모 있는 것만큼이나 유익하지요."

그러고는 잠시 뒤 이런 말을 덧붙였다.

"아니요, 아마 그 이상일지도 모른답니다."

주교는 서너 개의 꽃밭이 놓인 네 번째 땅을 책만큼이나 사랑했다. 주교는 짬을 내서 그곳에서 시간을 보내며 풀을 뽑고 여기저기 땅을 일구고 씨앗을 심었다. 그는 벌레를 보고서도 놀라지 않았다. 게다가 그는 식물학에 대해서도 별다른 주의나 주장을 믿지 않았다. 갖가지 분류나 조직의 경화에 관한 병리학에 대해서도 무심했다. 투른포르의 분류법과 자연분류법 중 어느 쪽을 고민할 필요도 없이 떡잎에서 열매를 얻으려고 하지도 않고 쥐시에와 린네의 학설 가운데 어느 것을 찬성하거나 반대하는 일도 없었다. 주교는 식물을 연구로 대하지 않고 사랑으로 대했다. 그는 학자들을 매우 존경했지만, 무지한 사람에 대해서도 그만큼 사랑을 보냈다. 그래서 양쪽 중 어디에도 치우치지 않고 여름이 오면 저녁마다 푸른 함석 물뿌리개로 화단에 물을 뿌렸다.

집 안의 문에는 어디에도 자물쇠를 채우지 않았다. 식당 문은 층계참도 없이 곧바로 성당 광장으로 향할 수 있게 되어 있었다. 과거에는 마치 감옥처럼 자물쇠와 빗장이 걸려 있었을 테지만 주교는 쇠붙이들을 모두 없애고 그저 손잡이만으로 닫아 두고 있었다. 누구나 문을 열면 안으로 들어올 수 있었다.

두 노부인은 이를 두고 매우 걱정을 했지만 디뉴의 주교는 그녀들에게 이렇게 말했다.

"자기 방의 문을 잠그는 건 간섭하지 않겠소."

시간이 흐르면서 그녀들 역시 주교와 마찬가지로 안심하게 되었다. 아니, 마글루아르 부인만큼은 안심하는 척했다고 봐야 할지도 모른다. 그녀는 종종 무서움에 떨었다. 주교는 그에 대해서라면 언젠가 성서의 여백에 그가 적어 놓은 글귀처럼 생각했다.

'여기에 그 묘한 의미가 있다. 의사의 문은 결코 닫히는 법이 없고, 사제의 문은 언제나 열려 있어야 한다.'

《의학의 철리(哲理)》라는 책에 그는 이렇게 적은 적도 있었다.

'나 역시 그들에게 의사가 아닌가? 내게는 병자가 있다. 그들 스스로를 병자라고 부르는 이들, 그리고 내가 불행한 이들이라고 부르는 병자들.'

그는 다른 책에는 이렇게 적어 두고 있었다.

'잠자리를 청하는 자에게 이름을 물어서는 안 된다. 몸을 의지할 곳을 찾는 자는 스스로 이름을 알리기를 꺼리기 때문이다.'

언젠가 쿨루브루의 주임 사제였던가 혹은 퐁피에리의 주임 사제였던가가 마글루아르 부인의 청을 받고서 주교에게 물어본 적이 있었다. 들어오고 싶어 하는 자들을 위해 문을 열어 두고 밤에도 자물쇠를 채우지 않는 것이 좀 불안하지는 않은지, 그렇게 문단속을 했다가 혹여 무슨 일이라도 일어날까 걱정이 되지는 않느냐고. 그러자 주교는 상대의 어깨에 손을 올리며 너그러운 미소를 띠며 말했다.

"주님께서 집을 지켜 주시니 아무 걱정할 필요가 없소."

그러고는 다른 이야기를 하기 시작했던 것이다.

그는 이런 말을 자주 쓰곤 했다.

"용기병(龍騎兵) 대장의 용기처럼 사제에게는 용기가 있다."

그리고 이렇게 덧붙였다.

"다만 사제의 용기란 조용해야 하는 법이다."

크라바트

이쯤에서 꼭 해 두어야 할 이야기가 있다. 그것은 디뉴의 주교가 어떤 인물인지를 더욱 잘 나타내 줄 것이기 때문이다.

올리울 골짜기를 주름잡던 가스파르 베스 일당이 사라진 뒤, 그 부두목이었던 크라바트라는 사람이 산속으로 도망갔다. 그는 가스파르 베스에 함께 있던 부하들과 니스의 백작 영지에 숨어 있다가 피에몬테 지방으로 갔었는데 다시 바르슬로네트 지방에 나타났다. 조지에르에 나타났던 그는 이윽고 퇼에도 나타났다. 주드레글의 동굴에 살면서 그는 위바예와 위바옛 골짜기를 지나서 마을로 내려오곤 했다. 그러던 크라바트는 앙브룅까지 내려오더니 어느 날 밤 대성당에 들어와서 성기실(聖器室)의 물건을 훔쳐 달아났다.

그의 잔악함과 포악성에 온 마을이 떨고 있었다. 헌병들이 그를 쫓았지만 헛수고였다. 언제나 그는 도망을 쳤고 끝까지 저항했다. 악랄하기 그지없는 악당이었다.

그즈음 주교가 그 지방을 순회했다. 샤스틀라르의 읍장이 와서 주교에게 몸을 피하라고 권했다. 크라바트가 아르슈 저쪽까지 내려와 있다는 것이었다. 읍장은 호위병을 거느려도 아무 소용이 없고 공연히 그들의 목숨만 위태롭게 만들 뿐이라고 말했다.

주교는 말했다.

"그렇다면 호위병 없이 홀로 가겠소."

읍장이 말했다.

"진심이십니까, 예하?"

"그렇습니다. 헌병은 필요 없습니다. 한 시간 뒤에 가겠습니다."

"출발하신다고요?"

"그렇습니다."

"혼자서요?"

"그렇습니다."

"예하, 그건 절대 안 됩니다!"

주교는 말을 이었다.

"저 산속에 이곳처럼 가난한 마을이 있습니다. 나는 3년 동안 그곳에 가지 못했습니다. 그곳에 사는 사람들은 선량하고 정직한 양치기들로 모두 나의 좋은 벗들이지요. 그들이 지키는 양 서른 마리당 한 마리 정도는 그들의 몫입니다. 그들은 아름다운 털실을 만들고 작은 피리를 만들어 산노래를 부르지요. 그들에게는 주님의 노래 또한 필요하답니다. 주교가 두려움에 떤다면 그들이 뭐라고 하겠습니까? 내가 가지 않는다면 그들은 어떻게 합니까?"

"예하, 아주 악랄한 산적입니다! 그를 만난다면 어쩌시겠습니까?"

"나 또한 생각하고 있습니다. 물론 당신의 말처럼 산적을 만날 수도 있지요. 그에게도 주님의 말씀은 필요할 겁니다."

"예하! 그들은 보통 사람이 아닙니다. 짐승보다 못한 놈들이에요."

"읍장님, 예수님께서는 나를 목자로 만드시어 그와 같은 무리의 목자가 되기를 바라셨는지도 모릅니다. 주님께서 정하신 일이 무엇인지는 알 수 없으니까요."

"그들은 예하의 물건을 빼앗을 겁니다."

"난 가진 것이 없습니다."

"그들은 예하의 목숨을 빼앗을 겁니다."

"아무 힘도 없는 늙은 사제를 말입니까? 그렇게 해서 뭘 얻는다고요?"

"아, 어찌해야 좋을지요. 만약 그들을 만나면 어찌시렵니까?"

"나는 그들에게 적선을 권하겠습니다. 가난한 사람들을 위해서요."

"예하, 생명이 위태롭습니다. 제발 가지 마십시오."

주교는 말했다.

"읍장님, 괜찮습니다. 내가 세상에 있는 이유는 내 생명을 위해서가 아니라 다른 이들의 영혼을 위해서니까요. 모든 일이 다 잘될 겁니다."

읍장도 더는 어쩔 수가 없었다. 길라잡이로 나선 아이 한 명을 데리고 주교는 길을 떠났다. 그의 완고함에 모든 이가 놀랐다.

주교는 누이동생과 마글루아르 부인도 데려가지 않았다. 그는 나귀를 타고 산을 넘는 동안 산적을 만나지 않고 무사히 양치기 마을에 갔다. 그러고는 15일 동안 머물면서 강론을 하고 성사를 베풀었다. 마지막 날이 되자, 그는 정식으로 미사를 지내고 '감사 찬미가'를 부르기로 계획했다. 그는 주임 사제에게 의견을 말했으나, 그곳에는 제식 도구가 하나도 없었다. 그나마 쓸 만한 것이라고는 조그만 성기실과 낡아 빠진 사제복 두서너 벌이 전부였다.

"괜찮습니다, 주임 사제님. 주일미사에서 모두 함께 감사 찬미가를 부릅시다."

사람들은 성당 이곳저곳을 뒤졌지만 합창대원 한 사람 복장도 꾸밀 형편이 못 되었다.

그때 사제관으로 큰 상자 하나가 배달되었다. 말을 타고 온 그들은 상자를 놓고서 빨리 길을 떠났다. 상자 속에는 금실로 수놓은 비단 법복과 다이아몬드가 박힌 주교관, 십자가와 지팡이, 그리고 한 달 전 앙브룅 노트르담 성당에서 도둑맞은 주교복 한 벌이 들어 있었다. 그리고 작은 쪽지도 보였다.

'크라바트가 비앵브뉘 예하께 올립니다.'

"내가 모든 게 다 잘될 거라고 하지 않았습니까? 주교는 밝게 미소 지으며 이렇게 덧붙였다.

"주임 사제의 흰 제복이면 만족했을 사람에게 주님께서 대주교의 법복을 내려 주시는군요."

"예하."

주임 사제가 물끄러미 바라보며 물었다.

"주님께서 주신 것일까요? 어쩌면 악마가 주었는지도 모르지 않습니까?"

주교는 주임 사제를 바라보며 말했다.

"주님이랍니다."

주교가 샤스틀라르로 돌아가는 길에는 모든 사람이 거리로 나와 그를 보았다. 샤스틀라르 주교관에서는 바티스틴 양과 마글루아르 부인이 그를 기다리고 있었다. 주교는 누이동생에게 말했다.

"어때? 모든 일이 다 잘되었지? 나는 빈손으로 그 불쌍한 이들을 찾아갔는데, 두 손 가득 들고 왔단다. 주님에 대한 믿음만 가지고 떠났던 내가 대성당의 보물을 모두 얻어 왔어."

그날 밤 자리에 들 때 그는 다시 한 번 말했다.

"도둑이나 살인자를 두려워하지 마라. 그것은 아주 작은 위험일 뿐이야. 두려운 것은 우리 자신이다. 온갖 편견, 이것이야말로 도둑이며 살인자야. 큰 위험은 우리 안에 있어. 우리의 몸이나 돈을 노리는 것들은 두려운 게 아니다. 우리의 영혼을 노리는 것들을 경계해야 해."

그러고는 누이동생에게 말했다.

"바티스틴, 사제는 이웃을 경계하지 않는단다. 이웃이 무슨 일을 하든 그것은 주님이 허락하셨기 때문이야. 우리에게 위험이 닥치거든 주님께 기도를 드리자. 우리 자신을 위해서가 아니라 우리의 형제가 우리에게 죄를 짓지 않도록 기도드리는 거야."

물론 그의 인생에 이런 일들만이 있었던 것은 아니다. 이것은 우리가 알아 두어야 할 사건이었을 뿐이다. 그는 언제나 같은 시간에 같은 일을 하며 살고 있었다. 그에게 한 해의 한 달은 하루의 한 시간과 같았다.

앙브룅 대성당의 보물이 어떻게 되었는지 물어본다면 나로서는 좀 곤란하다. 그것은 진귀하고 훔치고 싶은 욕망이 드는 물건이었다. 아니, 이미 그것은 훔쳐졌던 것들이다. 일은 모두 마무리되어 가고 있었다. 다만 도둑질의 목적을 가난한 사람들을 위한 것으로 변경하는 일만이 남겨져 있었다.

이 일에 대한 설명은 이쯤에서 마무리하겠다. 다만 주교의 메모지에서는 확실하지는 않지만 이에 얽힌 메모가 발견되었다. 그 내용은 다음과 같다.

'이것을 대성당으로 돌려보내야 할까, 아니면 자선병원으로 보내야 할까?'

한잔 뒤의 철학

앞에 잠깐 이야기했던 그 상원 의원은 스스로의 양심이나 맹세, 정의나 의무와는 아무 상관없이 요령으로 자기 길을 똑바로 걸어가는 사람이었다. 그는 목적을 향해 앞으로 나아갔고, 이익을 위해서라면 무엇이든 망설여 본 적이 없었다. 그는 검사를 지낸 경험으로 한층 유순해졌고, 아들이나 사위, 친척이나 친구에게 비교적 친절하게 대하고 할 수 있는 한 편의를 베풀었다. 그는 이익과 좋은 기회만을 좇아 뜻밖의 성공을 거두었다. 그는 그 외의 일이라면 무가치하게 여길 뿐이었다.

그는 학식과 재치를 겸비하고 있었다. 스스로를 에피쿠로스의 후계자라고 생각했지만 사실은 피고르브룅(외설적인 소설을 쓴 프랑스 작가_옮긴이)이 그린 인물의 발치에도 가지 못했다. 그는 영원무궁이라든가 주교의 강론에 대해 비웃곤 했다. 때로는 조용히 지켜보는 미리엘 주교 앞에서도 그런 것들을 비웃곤 했다.

어떤 모임에서 백작과 미리엘 주교는 지사의 저택에서 만찬을 나누었다. 식사를 마치고 차를 마시면서 상원 의원은 큰 목소리로 외쳤다.

"주교님, 토론을 좀 나눠 볼까요? 물론 상원 의원과 주교는 나란히 얼굴을 마주 보기가 좀 껄끄럽지요. 하지만 우리 모두는 세상을 아우르는 철인들이니, 함께 이야기를 나눠 보지요. 제게는 저만의 철학이 있으니까요."

주교는 대답했다.

"물론입니다. 인간은 자신이 믿는 철학 위에 누워서 자는 법입니다. 상원 의원님, 당신은 법관 출신이니 붉은빛의 침대에 누워 계시겠군요."

상원 의원은 이렇게 답했다.

"서로에게 착한 아이가 되어 주기로 하지요."

"아니, 착한 악마는 어떨까요?"

"분명히 말해 두고 싶은 것은."

상원 의원이 말을 이었다.

"아르장스 후작이나 피론, 홉스와 네종은 비속하지 않다는 것이지요. 나는 이 철학자들의 이름을 금박한 책을 네 권이나 갖고 있지요."

주교가 말했다.

"그들은 백작님 같은 사람들이지요."

상원 의원이 대답했다.

"나는 디드로가 싫습니다. 그는 관념론자이고, 무엇이든 장담하기를 좋아하지요. 그는 혁명가이면서도 신을 믿고 볼테르만큼이나 완고합니다. 볼테르가 니덤을 비웃은 것은 큰 잘못이지요. 니덤의 뱀장어를 보면 신이 없다는 것이 드러나니까요. 밀가루 반죽 속에 식초 한 방울만 떨어뜨리면 '빛이 있으라.'와 다르지 않게 되지요. 식초 한 숟가락을 부으면 천지가 창조되고요. 곧 인간은 뱀장어입니다. 주님이 다 무슨 필요가 있을까요? 주교님, 이제 구세주를 말하는 일은 신물이 납니다. 그런 이야기들은 헛된 공상을 찾는 사람들이 만들어 낸 말에 불과하지요.

나를 괴롭게 만드는 위대한 전일자(全一者)를 타도합시다! 내게 평화를 주는 무(無)여, 만세! 당신께만 드리는 말이지만, 나의 목자이신 당신께 말하자면 나는 그렇게 허술한 사람은 아닙니다. 매번 자기희생을 외치는 당신의 그 예수님께 나는 충성을 바칠 수가 없어요. 그것은 구두쇠가 거지에게 충고하는 것과 다른 게 없지요. 자기 자신을 모두 바친다니요! 왜? 도대체 왜 그래야 합니까? 나는 짐승이 다른 짐승을 위해서 자기희생을 행할 거라고 생각하지는 않습니다.

우리는 자연 그대로 살아야 하지요. 우리는 고고한 철학을 가져야 합니다. 겨우 남들의 코끝에 닿을 정도를 생각하며 산다면 높이 앉아 있다고 달라질 게 있겠습니까? 한 번뿐인 인생 즐기면서 살아야지요. 나는 내세에 천국이 있든 지옥이 있든 그런 말은 믿지 않고 살아갑니다. 그들은 내게 희생과 포기를 강조하지요. 내가 왜 모든 행위를 조심하면서 선과 악, 정의와 불의, 합법과 불법에 골몰해야 합니까? 언젠가는 내 행위에 대한 벌을 받아야 한다고요? 언제요? 내가 죽고 난 뒤에요? 정말 황홀한 꿈이군요. 죽은 나를 벌할 수 있다니 대단들 하십니다. 망령의 손이 잿가루를 움켜쥘 수 있답니까?

진실이 중요합니다. 신비의 베일 속에 감춰진 이시스 여신의 스커트를 들어 올린 우리입니다. 선은 없습니다. 악도 없어요. 생장만이 있을 따름이지요. 끝까지 현실을 파고들어야 합니다. 그 속에서 진리를 찾아내야 합니다. 그때 진리는 우리에게 무한한 기쁨을 줄 것입니다. 그래서 우리는 강해지고 진정 웃을 수 있게 될 겁니다. 나는 그런 신념을 가진 사람이지요. 주교님, 불멸의 인간이란 반딧불과 같은 거예요. 아니! 어쩌면 굉장한 약속일지도 모르니, 굳게 믿어 보십시오! 아담은 얼마나 훌륭한 어음을 가졌습니까? 인간은 영혼이며 천사가 될 것이며 날개를 달 것이라니요. 테르툴리아누스가 이렇게 말했던가요? 행복한 인간은 하나의 별에서 다른 별로 옮겨 간다고요.

말은 좋지요. 인간이 메뚜기처럼 이 별에서 저 별로 옮겨 가 신을 보게 된다니요. 하하하, 정말로 웃기는 노릇입니다. 천국 같은 건 없답니다. 신이란 조작일 뿐이지요. 물론 나는 신문 잡지에다 이런 의견을 내놓은 적은 없습니다. 친한 사이에서나 하는 말들이지요. 술자리에서들 말입니다. 지상을 천국의 희생물로 만든다는 건, 글쎄요 그건 개가 물에 비친 자기 그림자를 보고 입에 문 먹이를 놓치는 노릇이지요. 무한한 것에 속는 것보다 바보 같은 노릇이 또 있을까요? 나는 허무입니다. 상원 의원이자 허무 백작이지요. 태어나기 전에 나는 존재했을까요? 아니요. 그럼 죽은 뒤에는 존재할까요? 아니지요. 나는 무엇일까요? 그저 유기체의 조직이자 한 줌의 먼지일 뿐입니다.

그렇다면 나는 지상에서 무엇을 해야 할까요? 나는 선택의 자유를 가졌습니다. 괴로워해야 하는가, 즐겨야 하는가? 괴로움을 택한다면 나는 어떻게 될 것인가? 허무이지요. 이미 모든 고통을 겪고서 말입니다. 즐거움을 택한다면 나는 또 어떻게 될까요? 허무이지요. 모든 것을 즐기고 나서 말입니다. 선택할 필요도 없지요. 먹느냐 먹히느냐의 문제라면 나는 먹겠습니다. 풀이 되기보다는 이빨이 되겠습니다. 그것이 바로 나의 지혜입니다. 그 뒤에는 무덤 파는 인부를 만나게 되겠지요. 우리 중 누군가는 판테온에 갈지도 모르지만, 아무튼 우리 모두는 불구덩이로 갈 겁니다. 그렇게 마지막 종말이자 소멸을 맞이하는 것입니다. 죽음은 이미 죽은 뒤의 일입니다. 거기에 나를 재판할 누군가가 기다리고 있다는 건 우스운 이야기이지요. 그런 건 유모가 들려주는 옛날이야기 같은 거랍니다. 도깨비나 구세주나 거기서 거기지요. 우리의 내일이란 밤일 뿐이고, 무덤 옆에는 허무가 있다는 것이지요. 사르다나팔루스나 성 뱅상 드 폴도 전무 다 허무해지는 겁니다. 이게 바로 진실입니다.

그러니 우리는 살아가야 합니다. 당신이 자아를 가지고 있다면 그대로 살아가야 합니다. 주교님, 내게는 나의 철학자들과 나만의 철학이 있습니다. 나는 그릇된 말로 나를 꾸밀 생각이 없습니다. 물론 하류계급 사람이나 거지, 부랑아에게는 뭔가가 있어야겠지요. 전설이나 환상, 영혼 불멸의 무언가, 천국이나 별 말입니다. 아무래도 그들에게는 먹는 게 남는 것일 테니 값싼 빵에 그런 것들을 잔뜩 발라 먹으려고 들겠지요. 하지만 그뿐입니다. 그에 대해 나는 반대할 생각이 없습니다. 하지만 나는 네종의 학설을 믿습니다. 민중을 위한 하느님은 편리한 도구에 불과합니다."

주교는 모든 이야기를 다 듣고 나서 박수를 쳤다.

"참으로 놀랍습니다. 정말로 대단하군요! 당신의 유물론은 아주 멋집니다! 그런 생각의 체계를 갖기란 쉬운 일이 아니지요. 아니! 그런 것들만 파악해도 남에게 속는 일은 없을 겁니다. 카토처럼 추방되어 고생할 일도 없을 테고, 성 스데반처럼 돌에 맞아 죽지도 않을 것이며, 잔다르크처럼 살아서 불타는 일도 없을 겁니다. 그런 대단한 유물론을 생각한 사람은 책임감에서 벗어날 수 있겠지요. 어떻게 얻어 냈건 지위도 직책도 계급도 권력도 이득에 따른 변절도 배신도 양심과의 불화도 그 밖에 모든 것도 안심하고 누릴 수 있겠지요. 그리고 그 모든 것 앞에서 떳떳하게 무덤 속으로 간다는 생각을 누릴 수 있을 겁니다. 얼마나 기쁜 일입니까!

지금 하는 말은 당신 한 사람에게만 하려는 말이 아닙니다. 그러나 당신에게도 축복을 내리지 않을 수 없군요. 당신같이 훌륭한 사람들은 아까 당신이 말한 것처럼 자기 자신만의 철학을 갖고 있지요. 고상하고 우아하며 부자들만이 가진 전지전능한 철학 말입니다. 그런 것들은 질펀한 인생에 풍미를 더해 주겠지요. 바로 당신과 같은 이들이 저 깊은 곳에서 퍼 올린 철학 말입니다. 당신들은 정말이지 너그러우십니다. 하느님에 대한 신앙이 민중의 철학이어서 해롭지 않다고 해 주시니까요. 마치 밤을 곁들인 거위 요리가 가난한 이들에게는 트뤼프를 곁들인 칠면조 요리가 되는 것처럼 말입니다."

누이가 말하는 오빠

디뉴 주교관의 가정생활과 두 여인이 말과 행동으로써, 어느 때는 그녀들조차 놀랄 정도로 주교의 뜻과 습관에 잘 따라 주는 일상을 엿보기 위해서 바티스틴 양이 소꿉친구였던 브아슈브롱 자작 부인에게 보내는 편지를 여기에 소개하려 한다.

그 편지는 작자인 내가 간직하고 있다.

디뉴, 18XX, 12월 16일

친애하는 자작 부인, 우리는 늘 당신을 생각하며 당신의 이야기를 하루도 빠뜨리지 않는답니다. 이제 그것은 우리에게 습관이 된 듯싶지만, 다른 이유도 있지요. 마글루아르 부인이 천장과 벽 먼지를 털다가 놀라운 것을 찾아냈어요. 석회 칠을 한 낡은 벽지를 바른 우리의 방이 당신 저택에 있는 화려한 방처럼 놀랍고 멋진 방이 되었답니다.

마글루아르 부인이 벽지를 모두 떼어 냈더니 그 밑에 있던 무언가가 또렷이 드러났어요. 2층 객실은 그저 빨래방으로 쓰고 있었는데 높이는 15자에 폭은 18자로 천장에는 금빛 칠이 되어 있고 도리는 자작 부인의 저택처럼 생겼지요. 자선병원이었던 때에는 천으로 가려 두었던 모양인데 벽, 판자, 세공품들은 전부 우리 할머니 시대의 것들이에요.

그런데 말씀드릴 방은 제 거실로 쓰는 방이에요. 마글루아르 부인이 벽지를 자그마치 열 장이나 벗기니 그 밑에서 그림이 나타났답니다. 아주 훌륭한 건 아니라도 그럭저럭 볼 만하답니다. 텔레마코스가 말을 타고 미네르바의 대접을 받는 장면과 정원에 있는 텔레마코스의 모습이 그려져 있어요. 화가의 이름은 모르겠지만 로마 귀부인들이 노는 장면도 그려져 있어요. 어떻게 설명하면 좋을지요. 아무튼 많은 로마 남자들과 여자들, 그리고 노예들이 보입니다. 마글루아르 부인은 그림 먼지를 깨끗이 벗겨 냈어요. 아마 여름쯤 몇 군데를 수리하고 칠을 하고 나면 제 방은 박물관처럼 될 거예요.

그녀는 지붕 밑 헛간에서도 나무 탁자를 두 개나 찾아냈어요. 그것을 금칠하려면 6리브르 은전 두 닢을 들여야 한다니 가난한 사람들에게 나누어 주는 게 나을 것 같아요. 사실 그 탁자는 그리 예쁘지 않아서 나는 둥근 마호가니 탁자를 새로 사는 게 좋다고 생각하고 있답니다.

나는 아주 행복하게 지내고 있어요. 자상한 오라버님은 모든 것을 가난한 사람에게 나누어 주시지요. 그래서 우리는 조금 곤란할 때도 많답니다. 여기는 겨울이 아주 추워요. 그래서 가난하고 헐벗은 이들을 더 살뜰히 보살펴야 한답니다. 우리도 겨우 불을 때고 촛불을 켜는 형편이지만 아주 즐겁게 지내고 있답니다.

오라버님 또한 잘 지내고 계세요. 언제나 말씀 앞에는 주교는 이래야 한다는 설명이 붙는답니다. 문에는 자물쇠를 걸지 않아요. 주교관에는 누구나 들어올 수 있어야 한다고 말씀하신답니다. 그러면 곧장 오라버니 방으로 통하니까요. 그분은 무엇도 두려워하시지 않아요. 깊은 밤이 되어도요. 그게 바로 오라버니의 용기이지요.

마글루아르 부인이나 내가 오라버니를 걱정하는 것을 그분은 원하지 않아요. 어떤 위험이든 초연하시면서도 우리가 그것을 내심 걱정하는 것은 싫어하신답니다. 그러니 그런 오라버님의 마음을 잘 헤아려 드려야 해요. 오라버님은 폭우가 쏟아져도 밖에 나가시고, 몸소 강을 건너시고, 겨울철에도 순회를 나가신답니다. 어두운 곳도 외진 곳도 화를 입을까 봐 걱정하는 일도 없으세요.

지난해에 오라버님은 도둑 떼가 점령한 지방을 홀로 가셨어요. 우리는 데려가지 않으셨어요. 그리고 15일 동안 연락이 없으시더니 무사히 돌아오셨답니다. 모두들 돌아가신 줄 알고 걱정을 했는데 아무 일도 없었어요. 그러면서 "도둑들을 정말로 만났지!" 하시면서 앙브룅 대성당의 보물을 한 아름 안고 오셨어요. 도둑들이 오라버님께 드렸다고 하더군요.

나는 오라버님 친구들과 20리 길을 마중 나갔는데 어찌나 불평이 나오는지 마차 바퀴 소리가 시끄러울 때만 조금 재잘거렸답니다.

처음에는 '아무것도 오라버님의 뜻을 막을 수가 없다. 오라버님은 곧은 분이야.' 하고 생각했는데 이제는 아주 익숙해졌답니다. 나는 오라버님의 뜻을 최대한 거스르지 않기 위해 마글루아르 부인을 잘 이해시키고 있답니다. 오라버님은 한번 마음먹은 일은 어떤 위험이 따라도 포기하지 않으시지요.

나는 마글루아르 부인과 함께 내 방에서 오라버님을 위한 기도를 드린 뒤 잠자리에 든답니다. 내 마음은 평화롭답니다. 만약 오라버님께 무슨 일이라도 일어난다면 나 역시도 마지막이라는 각오를 해 두고 있어요. 나는 내 오라버님이자 주교이신 분과 함께 주님을 만나러 갈 거예요.

마글루아르 부인은 그녀의 표현처럼 오라버님의 태평스러운 기질에 적응하시느라 나보다 곱절로 애를 먹었답니다. 하지만 그녀도 이제는 익숙해졌어요. 우리 둘은 함께 기도를 하고, 또 굳은 각오를 하고서 함께 잠자리에 든답니다. 만약 사악한 악마가 집 안에 들어온다 해도 그저 그대로 둘 뿐이에요. 우리가 두려워할 것은 아무것도 없답니다. 가장 강한 분이 옆에 계시니까요. 악마가 이 집을 버리고 나갈지도 몰라요. 그러나 그 이전에 이 집에는 하느님이 살고 계세요.

나는 그것으로 충분합니다. 오라버님이 아무 말씀도 하지 않으실 때에도 나는 그분의 마음을 알 수 있어요. 우리는 주님의 뜻에 모든 것을 맡겼답니다.

위대한 정신을 품은 사람과 더불어 살기 위해서는 이렇게 사는 방법밖에는 없답니다.

포 집안의 일은 오라버님께 여쭈어 보았어요. 오라버님은 그런 일에 밝으시고 또 기억력이 좋으시지요. 오라버님은 변함없는 왕당파니까요. 그 집안은 옛 캉 납세 구역에 속했던 유서 깊은 노르망디 가문이라고 해요. 500년 전에는 라울 드 포, 장 드 포, 토마 드 포 같은 귀족들이 있었고 그중 한 사람은 로슈포르의 영주였다고 해요. 그 가문의 마지막 인물은 기 에티엔 알렉상드르로 연대장을 지냈고, 브르타뉴 경기병대에서 높은 직위에 있었다고 해요. 그의 딸 마리루이즈는 프랑스 궁정의 귀족이자 친위대 대장이며 육군 중장인 루이 드 그라몽 공작의 아들과 결혼했다고 해요. '포'라는 성은 'faux', 'fauq', 'faouq' 등 세 가지로 쓴다고 해요.

친애하는 자작 부인, 당신의 친척이신 추기경 예하께도 안부 말씀을 전해 주세요. 아름다운 실바니 아가씨가 곁에 머물고 계시다니 얼마나 기쁘실지요. 간간이 소식을 전해 주세요. 늘 건강하게 잘 지내시며 더불어 나를 생각해 주시니 얼마나 감사한지 모릅니다. 당신을 통해 여러 안부 말씀을 들어 무척 기쁩니다. 내 건강도 그리 나쁘지 않아요. 날로 여위어 가고 있지만 괜찮답니다. 그럼, 이만. 너무 길어졌네요. 이만 줄일게요. 건강을 빕니다.

바티스틴

추신—당신의 올케도 아이들과 함께 이곳에 계세요. 조카는 정말 예쁘더군요. 곧 다섯 살이 된다고 하더군요. 어제도 다리를 싸맨 말을 보더니 이렇게 말했어요. "말아, 다리가 왜 그래?" 어찌나 귀엽던지요! 그 밑의 아기는 빗자루를 말처럼 타더니 방 안을 뛰어다니며 "이랴, 이랴."를 외치더군요.

이 편지에서 보듯이 주교관의 두 노부인은 남자가 자신의 모습에 대해 생각하는 것보다 훨씬 세심하게 상대방을 이해하는 여자들 특유의 눈으로 주교의 생활 방식에 잘 따르고 있었다. 디뉴의 주교는 늘 온화한 인품을 보이면서도 또 위대하고 강직하며 숭고한 일들을 자신이 깨닫지 못한 사이에 해내곤 했다.

그럴 때면 두 노부인은 무척 걱정스러웠지만 주교의 뜻을 아무 말없이 지켜보았다. 간혹 마글루아르 부인은 주교님께 몇 마디를 하는 것처럼 보였지만 결국에는 아무 말없이 주교의 뜻에 따랐다. 아무튼 어떤 상황이 벌어지고 나면 말이든 행동이든 결코 주교의 뜻을 거스르지 않았다.

어떤 때에는 주교의 방식이 너무나 단순했기 때문에 두 노부인은 주교의 설명을 들을 필요도 없이 그의 뜻을 느꼈다. 그럴 때면 노부인들은 마치 집 안의 그림자처럼 되었다. 그들은 그를 위해 봉사하고 만약 그를 위해서라면 뒷자리로 물러나는 일도 그대로 따랐다.

두 노부인은 본능적으로 상대방을 향한 배려가 때로는 해가 될 수 있다는 것을 알고 있었다. 그래서 주교가 위험에 빠져 있다고 생각될 때에도 그의 성격을 잘 알고 있는 그녀들은 그를 의식하지 않으려고 애썼다. 두 노부인은 주교를 주님께 맡겨 두고 있었던 것이다.

특히 바티스틴 양은 오빠의 최후는 바로 자신의 최후라고 여겼다. 그리고 직접 입으로 말하지는 않았지만 마글루아르 부인 역시 그런 각오로 살고 있었다.

미지의 빛 앞에 선 주교

앞에 인용한 편지보다 조금 뒤에 일어난 일인데 주교는 도둑이 점령한 산을 지나는 것보다 더 위험한 일을 했다.

디뉴에서 가까운 어느 마을에 한 남자가 쓸쓸하게 살고 있었다. 그는 전 국민의회의 의원 G였다.

디뉴의 비좁은 사교계에서는 전 국민의회 의원 G에 대한 소문이 들끓고 있었다. 국민의회 의원이란 누구인가? 그들은 서로 말을 놓고 지내며 서로 '동무'라고 부르던 때의 존재들이다. 그를 괴물이라고 해도 지나친 말은 아니었을 것이다. 그는 국왕의 사형에 찬성표를 내지는 않았지만 그런 것과 다름이 없었다. 루이 16세를 죽인 것이다. 얼마나 무서운 사내 인가? 왕권이 부활된 뒤에도 그는 임시 중죄 재판소에 소환되지 않았다. 목을 자를 필요는 없었을 것이다. 아마 추방형이 적절하지 않았을지. 게 다가 그는 무신론자였다. 마치 독수리를 에워싼 거위 떼처럼 소란했다.

그런데 G는 정말로 독수리였을까? 고독에 사무쳐 초췌하고 흉악해진 몰골을 보고 말하자면, 그는 국왕의 처형에 찬성표를 던지지 않아서 추 방되지 않고 프랑스 땅에 머무를 수 있었다.

그는 시내에서 45분쯤 떨어진 인적이 드문 골짜기에 살고 있었다. 그 곳은 어느 길과도 어느 집과도 통하지 않은 곳에 있었다. 그는 밭 한 뙈 기와 움막, 굴에서 살았다. 누구도 그와 왕래하는 일이 없었다. 그가 골짜 기에 정착한 뒤로 오솔길은 풀로 뒤덮여 흔적 없이 사라졌고 사람들은 그곳을 마치 사형집행인의 집처럼 여겼다.

주교는 언제나 그 골짜기를 생각했고, 그쪽으로 향한 지평선을 바라보 며 이렇게 말하곤 했다.

"저기 외로운 영혼이 있다."

그러고는 가슴 깊은 곳에서 우러나오는 마음의 소리로 이렇게 외쳤다.

"나는 그를 찾아가 봐야 한다. 그것이 내 의무이다."

그러나 사실 그런 일은 옳은 일처럼 보이지만 실제로 보자면 불가능에 가까운 일이었다. 왜냐하면 주교의 마음 역시 다른 이들과 다르지 않아 서 국민의회 의원이라면 증오와도 비슷한 감정이 느껴졌기 때문이었다.

그렇지만 더러운 피부병에 걸린 새끼 양을 목자가 포기할 수 있겠는가?

주교는 어떻게 해야 할지 곰곰이 생각했다. 그리고 그를 찾아가 보기 로 결심했다.

그러던 어느 날, 마을에 소문이 번졌다. 골짜기에 사는 전 국민의회 의원 G가 죽어 가고 있다는 것이다. 그의 시중을 들던 소년은 의사를 찾으러 마을에 왔고, G는 뇌출혈로 온몸이 마비되어 위중한 상태라고 했다.

"그것참, 잘됐군."

사람들은 그렇게 말하기도 했다.

주교는 지팡이를 들고 낡은 법의를 감추느라 외투를 걸치고는 집을 나섰다.

주교가 그곳에 도착했을 때, 태양은 지평선에 걸쳐 있었다. 어떤 두려움이 그의 마음에 붙어닥쳤다. 점점 짐승 소굴이 가까워지고 있었다. 도랑을 건너고 나무 울타리를 넘고 울바자를 헤치고서 그는 채소밭에 들어가 몇 발자국을 뗐다. 그러자 무성한 덤불 사이로 굴이 보였다.

그것은 너무나 형편없는 움막이었다. 정면에는 포도 덩굴이 얽혀 있었다.

문 앞에는 바퀴 달린 의자 앞에 백발의 사내가 밝게 웃고 있었다.

노인 옆에는 목동이 보였다. 그는 노인에게 우유를 따라 주고 있었다.

주교가 그곳을 바라보자 노인이 목소리를 가다듬고 말했다.

"고맙구나. 이제는 아무것도 필요 없단다."

사내의 미소는 노을빛을 받으며 소년에게 향했다.

주교는 한 발짝 더 앞으로 걸어갔다. 그러자 노인이 고개를 돌렸다. 그의 얼굴에 긴 생애를 견뎌 온 시간의 흐름에도 느낄 수 있는 놀라움이 모두 나타났다.

노인이 말했다.

"내가 여기에 온 뒤로 누군가가 찾아오긴 처음이구려. 당신은 누구요?"

주교는 대답했다.

"나는 비앵브뉘 미리엘입니다."

"비앵브뉘 미리엘! 들어 본 적이 있소. 사람들이 비앵브뉘 미리엘 예하라고 부르던 사람이 바로 당신이었구려."

"그렇습니다."

노인이 미소를 지으며 말했다.

"당신이 바로 나의 주교로군."

"그렇습니다."

"들어오시오."

국민의회 의원이 손을 내밀었다. 하지만 주교는 그 손을 마주 잡지 않았다.

"사람들 말이 틀렸군요. 많이 아픈 것 같지 않아 다행입니다."

"아마 곧 나을 겁니다."

노인은 이렇게 말하더니 다시 말을 이었다.

"아마 세 시간쯤 뒤에 죽을 거요."

그러고는 다시 말을 잇기 시작했다.

"나는 의학에 대해 조금 안다오. 인간이 어떻게 최후를 맞이하는지도 알고 있지요. 어제는 발끝이 차가웠소. 하지만 오늘은 무릎까지 차갑소. 그리고 지금은 허리께까지 싸늘하오. 그러니 곧 심장이 냉기가 돌면서 멈추겠지요. 태양이 어찌나 아름다운지 모르겠소. 나는 마지막으로 여러 가지 사물을 보기 위해 의자를 끌고 나왔소. 어떤 이야기든 좋소이다. 나는 피로하지 않으니 괜찮소. 죽어 가는 한 사내를 보기 위해 이렇게 와 주다니…… 임종을 지켜 주는 것은 고마운 일이오. 사람들에게는 저마다 고집이 있지요. 나는 새벽까지 버텨 보고 싶구려. 하지만 세 시간이면 모든 게 끝날 거요. 아무렇든 상관없소. 삶이 끝난다는 것은 단순한 일이오. 그러니 아침을 기다릴 필요는 없겠소. 나는 별이 빛나는 하늘 아래서 죽겠소."

노인은 목동에게 말했다.

"너는 그만 자거라. 어제도 밤새도록 잠을 자지 못했지. 얼마나 피곤

하겠느냐."

소년은 움막 안으로 들어갔다.

노인은 그 모습을 보다가 입을 열었다.

"저 아이가 잠든 사이에 나는 갈 거요. 아이의 잠과 내 영원한 잠은 좋은 친구가 될 거요."

주교는 그의 말에 그리 감동하지 않았다. 이런 죽음도 신이 목도할 거라고는 생각할 수가 없었다. 본심을 말한다면—그의 위대한 정신에도 조금씩 깃든 작은 것들에 대해 말하고자 한다면—평소에는 그리 신경 쓰지 않았지만 왠지 '예하'라는 칭호를 쓰지 않는 그의 태도가 별로 마음에 들지 않았다. 그래서 '자네'라고 부르고 싶은 것을 참느라 진땀을 뺐다. 그렇다면 의사나 사제가 주로 그러하듯 퉁명스럽게 말하는 태도를 취해 보려 했지만 그것도 그에게는 별로 내키지가 않았다. 아무튼 전 국민의회 의원도, 지금 이 초라한 사나이도, 이 민중의 대표자도 한때는 막강한 권력을 휘둘렀을 것이다. 그렇게 생각하자 주교의 마음에는 약간의 엄숙함이 느껴지기 시작했다.

전 국민의회 의원은 공손한 태도로 주교를 대했다. 거기에는 죽음 직전에 와 있는 인간의 겸손한 면모가 어려 있었다.

주교는 호기심은 때로 죄악에 가깝다는 스스로의 믿음을 지켜 내기 위해 애를 쓰고는 있었지만 전 국민의회 의원의 모습을 살펴보고 싶었다. 그것은 동정심이 아니었기에 만약 다른 상대방 앞에서 그랬다면 그는 죄의식을 느꼈을 것이다. 그러나 전 국민의회 의원을 보고서는 그는 마치 인간 밖의 인간, 신의 사랑 밖에 있는 사람이라는 인상을 느꼈다.

G는 흐트러지지 않은 자세로 꼿꼿이 앉아 있었으며 목소리에도 힘이 있어서 생리학자들이 보기에도 감탄할 만큼의 풍채 좋은 팔순 노인이었다. 대혁명은 시대에 어울릴 법한 이런 인간들을 많이 만들어 내는 법이다. 이 노인에게는 시련을 이겨 낸 인간이라는 이미지가 어울렸다. 날카

로운 눈빛과 당당한 말투, 어깨의 움직임은 죽음의 그림자와는 어울리지 않았다. 이슬람교의 무덤의 천사 이즈라일이라도 집을 잘못 찾은 줄 알고 발길을 돌렸을 것이다.

G는 마치 스스로 원한 죽음 속으로 가고 싶어 하는 것 같았다. 임종의 고통 속에는 자유스러움이 있었다. 두 다리만은 굳어 있었다. 아래쪽에 드리워진 암흑이 점점 그를 휘감는 듯했다. 두 발은 이미 죽어서 싸늘했지만 머리는 아직 살아남아 남은 빛을 모두 쏟아 내는 듯했다. G는 이 엄숙한 순간에 상반신은 인간의 몸이지만 하반신은 대리석이었다는 동방의 옛이야기 속 왕처럼 보였다.

주교는 돌에 걸터앉았다. 그리고 이렇게 말을 꺼냈다.

"당신을 만나 기쁩니다. 당신은 그나마 왕의 사형에는 찬성표를 던지지 않았으니까요."

주교의 말투는 꾸짖음에 가까웠다.

국민의회 의원은 '그나마'라는 표현의 속뜻을 알아챈 것 같지는 않다. 그는 대답했다.

"기뻐할 필요는 없소. 나는 폭군의 종말에 찬성했으니."

그것은 혹독한 어조에 어울리는 당당한 말투였다.

"그게 무슨 뜻이오?"

주교가 물었다.

"인간은 누구나 폭군을 갖고 있소. 바로 무지라는 폭군이오. 나는 그것의 종말에 찬성했소. 폭군은 왕권을 낳았고, 왕권이란 허영으로 얻은 권력이오. 반대로 학문이라는 것은 진실에서 얻은 권력이오. 인간을 지배할 수 있는 것은 오직 학문이오."

"그것과 동시에 양심이 지켜져야 하겠지요."

주교는 이렇게 덧붙였다.

"그 두 가지는 결국 같소. 양심은 우리가 지닌 학문의 양이오."

비앵브뉘 예하는 조금 더 그의 말을 들어 보기로 했다.

전 국민의회 의원이 말을 이었다.

"루이 16세에 대해서 말해 보자면 물론 나는 사형에 반대했소. 나는 그를 죽일 권리가 내게 있다고는 생각하지 않소. 다만 악을 근절할 의무가 있다고 느꼈소. 나는 폭군의 종말에 찬성했소. 여성에게는 매춘의 종말, 남성에게는 노예의 종말, 어린이에게는 방임의 종말 말이오. 나는 공화제에 찬성했소. 그럼으로써 우애와 화합을 이루고자 했소. 나는 모든 종류의 편견과 오류를 붕괴하는 편에 섰소. 그것은 광명으로 이어지는 법이오. 우리는 낡은 세계를 타파했소. 그럼으로써 세계를 환희로 물들게 했던 것이오."

"그것은 혼란한 환희!"

주교가 말했다.

"그렇게 말한들 어쩔 수 없겠지. 오늘날, 1814년의 비통한 과거가 복귀되고 기쁨은 사라졌소. 모든 게 불완전했기에 이렇게 되었다는 것은 인정하오. 우리는 구제도를 몰아냈지만 사상적인 기반을 잡지 못했소. 악습을 그저 타도하는 것만으로는 부족했소. 그 뿌리를 제대로 세웠어야 했소. 이제 풍차는 없어졌소. 그저 바람만이 불고 있을 뿐이오."

"당신들은 모든 것을 파괴했습니다. 더러는 그것이 유익할 수도 있겠지요. 하지만 분노가 깃든 파괴는 옳지 않습니다."

"주교님, 모든 정의에는 분노감이 있는 것이오. 그리고 타당한 분노는 진보를 낳는 것이오. 이제 누가 어떻게 평가를 하든 프랑스대혁명은 그리스도 탄생 이래로 인류를 위한 가장 큰 발걸음이었소. 불완전했을지언정 그것은 참으로 숭고했소. 대혁명은 천한 사람들을 해방시켜 주었소. 사람들의 정신을 열게 하고 평화와 안정과 빛을 주었소. 지상에 문명의 물결이 일렁였다는 건 얼마나 훌륭한 일이오. 프랑스대혁명은 인류를 신성하게 했소."

주교는 이야기를 가만히 듣고 있기가 힘들었다.

"그럴 리가 없지. 이 1793년!"

전 국민의회 의원은 천천히 그러나 장엄한 모습으로 자리에서 일어나 죽어 가는 한 인간이 내지를 수 있는 함성을 목청껏 내질렀다.

"아! 결국은 당신의 입에서 그런 말이 나오는군요! 1793년이라! 나는 그 말을 기다렸소. 1500년 동안 먹구름이 끼어 있었지. 15세기가 지난 후에야 그것이 걷힌 것이오. 당신은 뇌성벽력을 탓하고 있는 것 같군요."

주교는 인정하지 않았지만 그의 말에 큰 충격을 받았다. 하지만 내색을 하지 않고서 이렇게 말했다.

"재판관은 정의의 이름으로 말을 하고, 사제는 연민의 이름으로 말을 합니다. 이때 연민이란 한 차원 더 높은 정의에 해당됩니다. 뇌성벽력이라는 말을 덮어씌우는 우를 범해서는 안 되겠지요."

그러고 나서 주교는 전 국민의회 의원을 바라보며 차갑게 말했다.

"그렇다면 루이 17세는?"

"루이 17세! 잠시 기다려 주시오. 당신의 눈물은 무엇 때문이오? 죄 없는 어린아이를 위함이오? 그렇다면 나도 당신과 함께 눈물을 흘리겠소. 아니면 그 아이가 왕자였기 때문이오? 카르투슈(유명한 도둑_옮긴이)의 아우는 오로지 카르투슈의 동생이라는 이유로 그레브 광장에서 산 채로 매달려 죽임을 당했소. 루이 15세의 손자 역시 그런 죄로 탕플 성 탑에서 죄 없이 고통스럽게 죽었소.

"그 두 사람을 비교하는 건 옳지 않습니다."

"그게 카르투슈 때문이오? 아니면 루이 15세를 위해서? 그중 어느 쪽을 위함이오?"

잠깐의 침묵이 흘렀다. 주교는 이 골짜기로 온 것이 약간 후회스러워졌다. 하지만 왠지 모르게 마음이 동요하는 것이 느껴졌다.

전 국민의회 의원이 말했다.

"주교님! 당신은 진실을 피하려는군요. 그리스도께서는 그렇게 하지 않으셨소. 그분께서는 회초리를 들고 예루살렘 신전에서 악덕 상인들을 쫓아냈소. 회초리는 그야말로 진실의 빛이었소.

그분께서 '어린아이들을 용납하고 내게 오는 것을 금하지 말라.'고 하셨을 때, 그는 어른과 어린아이를 차별하지 않았소. 그는 바라바의 아들과 헤롯의 아들을 동등하게 대했소. 순수한 마음은 그대로 왕관이 되는 법이오. 왕가의 출신이라고 해서 다른 것은 없소. 순수한 마음은 누더기를 입어도 백합꽃 장식을 단 것처럼 빛나는 것이오."

"그렇습니다."

주교는 대답했다.

"한 가지 말해 둘 게 있소."

전 국민의회 의원 G가 다시 말을 이었다.

"당신은 루이 17세의 이름을 말했소. 여기에 대해 동의합시다. 우리가 죄 없는 모든 이와 모든 순교자와 어린아이, 하류계급 사람들을 위해서도 눈물을 흘려야 한다는 것에는 이견이 없소. 그러나 그보다 우리는 1793년 이전으로 가 봐야 하오. 눈물은 루이 17세 이전부터 흘려졌어야 하오. 그렇다면 나도 당신과 함께 옛 왕자를 위해 눈물을 흘리겠소. 당신이 나와 함께 민중의 어린아이들을 위해 눈물을 흘린다면 말이오."

"나는 이 땅의 모든 이를 위해 눈물을 흘립니다."

주교는 말했다.

"모두에게 공평하다는 말이오?"

G가 울부짖었다.

"만약 한쪽에 마음을 써야 한다면 그것은 민중이어야 할 것이오. 오래도록 핍박과 설움을 당해 온 것은 민중이오."

또다시 침묵의 시간이 찾아왔다. 먼저 그것을 깬 것은 전 국민의회 의원이었다. 그는 팔꿈치를 딛고 일어나서 엄지손가락과 집게손가락으로 빰을 살짝 꼬집어 보더니 자신의 남은 힘을 모두 쏟아 내듯이 강력하게 주교에게 말했다. 그것은 거의 폭발에 가까웠다.

"민중은 오랜 시간 동안 고통을 받아 왔소. 그것은 두말할 필요도 없는 사실이오. 그런데 당신은 왜 내게 루이 17세의 이야기를 꺼낸 것이오? 나는 당신을 잘 알지 못하오. 이곳에 정착한 뒤로 나는 이 골짜기에 홀로 숨어 살아왔소. 밖으로는 한 번도 나간 적이 없고, 목동 아이 외에는 누구도 만나지 않았소.

당신의 이름을 어렴풋이 들어 본 적이 있소. 게다가 좋은 평판을 얻고 있다고 들었소. 하지만 아무 의미도 없구려. 당신 같은 사람들은 민중을 꾀어내는 갖가지 방법을 알고 있을 테니.

나는 당신의 마차 소리를 듣지 못했소. 숲 뒤의 먼 갈림길에 세워 둔 모양일 텐데. 나는 당신이 어떤 사람인지 모르겠소. 당신은 주교이지만 그게 당신의 인격에 대해 알려 주는 것은 아무것도 없소. 의문만 남을 뿐이오.

당신은 누구지? 당신은 주교요. 교회의 수장이자 금실로 수를 놓은 비단옷을 입고 갖은 휘장으로 몸을 감싸고 연금을 받고 거기에 막대한 봉급—아마 디뉴의 주교라면 1만 5천 프랑의 수입에 1만 프랑의 보상금을 합쳐 2만 5천 프랑—을 받는 사람이겠지. 화려한 저택과 실력 있는 요리사와 많은 하인이 있으니 당신은 늘 맛있는 음식을 먹고 하인을 거느리고 대형 사륜마차를 타고 순회를 돌겠지. 당신은 고위 성직자이니 연금과 저택, 말, 노복, 진수성찬을 누리면서 인간이 누릴 수 있는 최고의 쾌락을 누리겠지. 당신은 모든 것을 소유할 수 있고 즐길 수 있소. 그건 그렇다고 해 둡시다.

내 말에 어긋난 점이 있을지도 모르지만 아무튼 내 영혼을 위해 당신은 내면적 가치 그 이외에 해 줄 수 있는 것은 아무것도 없는 것 같소. 내가 도대체 누구와 이야기를 나누고 있는지, 당신은 대체 누구요!"

주교는 고개를 떨구었다.

"나는 한낱 벌레에 지나지 않습니다."

"사륜마차를 타는 벌레도 다 있소?"

의원은 오만한 미소를 지었고, 주교의 태도는 처음과 같이 겸손했다.

주교가 나직이 입을 열었다.

"아무래도 좋습니다. 그러나 조금의 설명을 듣고 싶습니다. 오솔길에 세워 둔 내 사륜마차와 저택에서 즐기는 진수성찬, 그리고 2만 5천 프랑의 수입과 내가 쓰는 주교관과 노복이, 왜 연민이 덕이 될 수 없고 관용이 의무가 아니며 1793년이 가혹하지 않았다는 이유가 된답니까?"

의원은 손으로 이마를 짚었다.

"대답하겠소. 그전에."

그가 말을 이었다.

"나를 용서해 주기를 바라오. 내가 당신에게 잘못을 저지른 것 같소. 당신은 내 집에 온 손님이고 나는 당신에게 예의를 갖춰야 마땅하오. 당신은 내 의견을 비판하지만 나는 그저 반박하는 수준에 그쳐야 했소. 당신의 소유물과 쾌락은 그저 당신을 공격하기 위한 수단이 되었소. 그런 것은 빼는 편이 나을 것 같소. 그러니 그런 이야기는 하지 않겠소."

"그렇다면 고맙겠습니다."

주교는 말했다.

G가 다시 말을 이었다.

"당신이 원하는 설명을 하자면, 잠깐 어디서부터 말을 해야 할지. 그렇소! 1793년은 가혹했다는 그 말에 대해서!"

"가혹! 바로 그 부분입니다."

주교는 말했다.

"단두대를 향해 박수를 치는 마라를 어떻게 보십니까?"

"루이 14세의 신교도 박해에 찬사를 보낸 보쉬에를 어떻게 생각하십니까?"

주교는 그의 물음을 듣는 순간 온몸이 오싹해지는 것을 느꼈다. 순간 주교의 머릿속에는 아무것도 떠오르지 않았다. 그리고 보쉬에의 예를 든 의원의 수법에 다시 한 번 당혹감을 느꼈다. 드높은 정신의 소유자도 자신만의 숭배자가 있는 법이다. 따라서 말뿐이더라도 그것을 해하려 하면 자기 자신이 당한 것 같은 불쾌감을 느꼈다.

전 국민의회 의원의 숨소리가 한층 거칠어졌다. 마지막 임종의 순간으로 치닫는 그의 숨소리는 그의 말을 끊고 말았다. 그러나 그는 다시 정신을 가다듬고 말을 이었다.

"아직도 할 말이 많소. 혁명은 인류의 진보를 위한 발걸음이었지만, 그 대혁명에서 빠져나온 1793년은 하나의 항변과 같았소. 1793년을 들어 가혹하다고 말한다면, 왕정 시대는 어떻다는 거요?

카리에를 들어 극악무도한 인간이라고 한다면 몽트르벨은 어떻게 부르겠소? 푸키에탱빌을 악마라고 한다면 라무아뇽바빌은 어떻게 생각하오? 마이야르를 야수라고 한다면 소타반은? 〈페르 뒤셴〉지가 흉악하다면 르텔리에 신부는 어떻소? 주르당쿠프테트가 도적이라도 루부아 후작 보다는 덜하면 덜했지 더하지는 않았소.

주교님, 나는 마리 앙투아네트 왕비를 가엾게 여기오. 그러나 위그노파의 여인 또한 가엾소. 그 여인은 1685년 루이 대왕 때 갓난아기에게 젖을 물리다가 연행되어 허리까지 벗겨져서 말뚝에 묶였소. 유방은 젖과 슬픔으로 부풀어 올랐소. 아기는 그 모습을 보며 몸부림을 쳤소. 사형집행인은 그 여인에게 개종을 권하며, 양심과 아기의 죽음 중 하나를 고르게 했소.

지상의 한 어머니에게 행해진 이 탄탈로스의 형벌을 어떻게 생각하시오? 이제 알겠소? 프랑스혁명은 정당한 이유를 가지고 있었소. 정당한 분노는 먼 훗날 용서를 받게 될 것이오. 그리고 그 결과 더 나은 세계가 펼쳐질 것이오. 거기에서 인류애가 생겨나는 것이오. 이제 이렇게 이야기를 끝내야겠소. 내 의견이 훨씬 더 유리하기도 하고, 내 몸은 지금 죽어 가고 있소."

그는 주교에게서 눈길을 거두며 몇 마디를 더 보태 주교의 사상을 결론지었다.

"포악한 진보를 혁명이라고 부르지요. 그것이 모두 지나가면 사람들은 이것을 깨닫습니다. 인류는 고통을 지나왔다. 그리고 진보했다."

전 국민의회 의원은 자신이 주교의 사상과 믿음의 벽을 천천히 부수었다고 믿었다. 그러나 한 가지가 남아 있었다. 비앵브뉘 예하의 최후의 믿음의 벽에서 다음과 같은 말이 나왔다. 그의 말은 처음 했던 말만큼이나 신랄하고 단호했다.

"진보는 주님에 대한 믿음 위에 있어야 합니다. 선은 믿음 없는 노복을 얻을 수 없습니다. 무신론자는 나쁜 지도자입니다."

한때 민중의 대표자였던 노인은 아무 말도 하지 않았다. 그는 온몸을 떨고 있었다. 그가 하늘을 물끄러미 올려다보았을 때 눈가에서 눈물이 뺨을 타고 흘러내렸다. 하늘 먼 곳을 응시하면서 그가 중얼거리듯 내뱉었다.

"오, 그대여! 그대만이 홀로 존재할지니."

주교는 그의 모습에 큰 충격을 받았다. 잠시 침묵의 시간이 흘렀다. 이윽고 G가 두 팔을 쳐들고 허공에 소리쳤다.

"오직 무한만이 존재한다. 저기에 그 무한이 있다. 무한이 자아를 내포하지 않는다면 자아는 무한을 한정할 것이다. 무한은 무한일 수 없게 될 것이다. 그러나 무한은 존재한다. 그러므로 무한은 자아를 내포한다. 무한이 내포하는 자아, 그것이 신이다!"

죽음을 목전에 둔 이 사내는 마치 누군가를 만난 듯이 최후의 말을 소리 높여 부르짖었다.

모든 말을 마치고서 그는 두 눈을 감았다. 그에게 남아 있던 마지막 힘이 모두 빠져나간 것 같았다. 그는 그의 마지막 몇 시간을 한순간에 살았다. 마지막 말은 그를 죽음으로 더욱 강하게 끌어당겼다. 임종의 순간만이 남아 있었다.

주교는 그것을 깨닫고 있었다. 남은 시간이 없었다. 주교는 사제로서 이곳에 왔다. 그는 극도로 냉엄한 태도로 그를 대했으나, 마음 한구석에서 들끓는 감동의 기운을 억누를 수가 없었다. 주교는 그의 감은 눈을 바라보며 그의 싸늘한 손을 마주 잡고 그에게 몸을 기울였다.

"자, 이제 주님의 시간이 왔습니다. 우리의 만남이 헛된 일이 된다면 얼마나 애석한 일입니까?"

전 국민의회 의원이 눈을 떴다. 죽음의 기운이 서린 그의 눈에 장엄함이 맴돌았다.

그가 천천히 입을 열었다.

"주교님."

그의 느린 움직임은 아마 쇠약한 육체 때문이 아니라 장엄함에서 오는 것이 분명했다.

"나는 평생 동안 명상과 학문 연구에 힘써 왔소. 조국이 내 도움을 필요로 했을 때는 내 나이 예순이었소. 그 길은 험난했지만 나는 그에 따랐고 그와 싸웠소. 훌륭한 사상과 정의로써 폭정을 이겨 냈소. 나는 그 길을 흔들림 없이 걸어갔소. 프랑스 국토가 침범되고 나라 전체가 위협을 받았소. 나는 목숨 바쳐 그것을 지켜 냈소. 나는 부자가 아니라 가난뱅이였소. 그러나 국가 지도자의 한 사람으로 나라를 위해 일했소. 그로써 프랑스는 부유해졌소.

나는 아르브르세크 거리에서 22수짜리 식사를 했소. 그러나 고통받고 학대당하는 이들을 위해 일했소. 내가 마지막 제단을 파괴한 것은 부인할 수 없는 사실이오. 그러나 나는 조국의 허물을 덮기 위해 그 일을 택했소.

나는 인류의 광명을 위해 전진하기를 바랐고, 무자비한 진보에 저항해 보기도 하였소. 그리고 나의 적, 당신들을 감싸기도 해 보았소. 메로빙 왕조의 후손의 여름 궁전이던 플랑드르의 페테겜에 성 클라라회 수녀의 수도원인 성 클라라 앙 볼리외 대수도원이 있었지. 나는 1793년에 그것을 구했소. 나는 내 직책 안에서 내가 할 수 있는 모든 것을 다 했고, 선을 행했소. 그러나 나는 결국은 몰려나고 쫓겨나고 배척당했소.

나는 오래전부터 이 백발머리를 보며 느끼고 있었소. 다른 많은 이가 나를 무시할 권리를 가진 듯 나를 대할 것을. 어리석은 민중의 눈에 나는 천벌을 받을 놈으로 보일 것이오. 나는 누구도 원망하지 않고서 내 몫을 감당하려 했소. 이제 나는 여든여섯 살이 되었고 나는 죽어 가고 있소. 당신은 나를 위해 무엇을 해 주겠소?"

"하느님의 자비를!"

주교는 강복했다.

주교가 고개를 들었을 때, 전 국민의회 의원의 얼굴은 엄숙하게 굳어 있었다. 마지막 숨이 끊긴 뒤였다.

주교는 벅찬 감동을 가슴에 품고 집으로 돌아왔다. 그러고는 기도를 하며 밤을 지새웠다.

이튿날, G에 대한 이야기가 들끓었지만 주교는 잠자코 허공만을 바라보았다. 그리고 그 이후로 고통받는 이들과 어린아이에 대한 사랑은 두 배로 늘었다.

이 극악무도한 G 노인의 마지막 임종을 지킨 일은 주교에게 특별한 의미로 남았다. 주교의 굳건한 사상과 정신을 한순간 흔들리게 했던 그의 정신과 주교의 양심과 궤적을 같이했던 그의 양심은 주교를 더 완벽한 인간으로 거듭나게 했다. 그러나 주교의 방문은 두고두고 이야깃거리가 되었다.

"주교님은 왜 그런 죄인의 임종에 찾아가셨을까? 그가 참회를 모르는 인간이라는 건 두말할 필요가 없는데. 혁명가는 모두 이교도야. 대체 왜 거기에 가신 거지? 주교님이 바란 건 무엇이었을까? 주교님은 악마가 영혼을 끌고 가는 순간을 목도하셨을 거야."

어느 날, 말재주를 부리기 좋아하는 수다쟁이 미망인 노파가 주교에게 말했다.

"주교님, 사람들은 모두들 주교님이 빨간 모자(혁명당의 빨간 모자_옮긴이)를 언제 받을지 궁금해 하고 있답니다."

"당치 않은 소리! 빨간색은 천한 빛깔입니다. 모자 색이면 천대를 받았을지 모르나 그나마 붉은 관(추기경의 빨간 모자_옮긴이)이라면 다행이겠습니다만."

주교는 대답했다.

하나의 한계

그러나 위의 이야기를 가지고서 비앵브뉘 예하를 가리켜 철학자 주교라거나 애국자 주임 사제로 생각한다면 큰 오해일 것이다. 전 국민의회 의원 G와의 결합이라 해도 부족하지 않을 그 만남 이후 주교는 마음속 경이로움을 토대로 더욱 온화한 인물이 되었다. 그러나 그뿐이었다.

비앵브뉘 예하는 정치적인 면모가 없었다. 그 무렵 일어난 사건에 대해서 그가 만약 어떤 태도를 취했다면 어땠을지 간단히 짚고 넘어가도록 하자.

미리엘 씨가 주교로 임명됐을 무렵, 황제는 그와 다른 주교들에게 남작의 지위를 주었다. 그리고 모두 아는 바와 같이 1809년 7월 5일 밤부터 6일까지 교황 체포 사건이 벌어졌다. 그때 미리엘 씨는 파리에서 열린 프랑스 – 이탈리아 주교 회의에 나폴레옹의 소집을 받았다.

이 주교 회의는 페슈 추기경을 의장으로 하여, 노트르담 대성당에서 1811년 6월 15일 개최되었다. 미리엘 씨는 95명의 주교 중 한 사람이었으며 그 후 몇 번의 특별 협의회에 출석했다. 시골 교구의 주교로 소박하고 검소한 생활을 해 오던 그는 고위 인사들 사이에 다른 영향을 안겨 준 것처럼 여겨졌다.

주교는 곧 디뉴로 돌아왔고, 왜 그렇게 빨리 돌아왔느냐는 질문을 들을 때면 항상 이같이 말했다.

"저는 그분들에게 신선한 바깥 공기를 알게 해 드렸지요. 괜한 방해만 끼친 것 같습니다. 아무튼 깊은 인상을 준 것 같긴 합니다만."

그리고 어떤 때에는 이렇게 말했다.

"어쩌겠습니까? 모두 높으신 분들이지만 저는 시골 마을의 주교니까요."

주교는 사람들의 마음을 이끌어 내지 못하고 있었다. 여러 가지 일화 중 이런 일이 있었다. 최고위층 동료의 저택에 초대받았을 때 그는 불쑥 이렇게 내뱉고 말았다.

"이 아름다운 괘종시계와 양탄자! 이렇게 멋지고 화려한 하인들의 옷차림! 정말 수고스러우시겠습니다. 저는 이런 사치는 아예 모르고 사는데 말이지요. 이런 것들과 더불어 살면 귓가에 이런 말이 들릴 것만 같습니다. '수많은 굶주린 자들을 생각해라! 추위에 떠는 사람들을 잊지 마라! 가난한 사람들을 찾아 나서라!'"

말이 나온 김에 이야기해 보자면, 사치를 경계하는 것이 지적인 것에 대한 혐오는 아니다. 그 혐오 속에는 예술에 대한 의견도 있겠지만 교인들에게 연극 정도를 제외하고는 사치는 맞지 않다. 그것은 애정과 덕망이 결핍된 것처럼 여겨질 수 있다. 사치스러운 생활을 누리는 사제가 있다면 모순 덩어리일 것이다. 사제는 가난한 사람의 편이어야 한다. 모든 노동자에게 따르는 신성한 빈곤을 헤아리지 않고서 어떻게 지상의 갖가지 고난과 역경, 가난을 감쌀 수 있겠는가?

활활 타오르는 난롯불 옆에서 따뜻함을 모를 수 있는가? 용광로 옆에서 하루 종일 일하고도 그을음과 재, 땀방울을 모를 수 있는가? 사제, 특히 주교에게 필요한 덕목은 바로 청빈함이다.

디뉴의 주교도 아마 그런 것을 생각했을 것이다. 판단을 내리기 힘든 여러 어려운 문제에 대해서 주교가 다른 사람들과 마찬가지로 시대적 관점이라는 것을 생각했다고 하면 잘못된 판단일 것이다. 주교는 신학상의 논쟁에서 빠져 있었으며, 교회와 국가가 연루된 문제에는 의견을 내세우지 않았다.

만약 주교의 의견을 듣고자 했다면 그는 프랑스 가톨릭보다는 로마 교황의 의견을 따랐을 것이다. 우리는 주교라는 인물을 알아봄에 있어 아무런 거짓도 원하지 않으므로, 그가 저물어 가는 나폴레옹에도 냉담한 입장을 취했다는 것도 알아 두어야겠다. 1813년 그는 나폴레옹을 반대하는 모든 움직임에 찬성표를 보냈다. 나폴레옹이 엘바 섬을 탈출하고 돌아왔을 때도 영접을 거부했고, 백일천하에도 황제를 위한 기도회는 교구 내에서 이루어지지 않았다.

주교에게는 누이동생 바티스틴 양 외에 형제가 둘 있었다. 한 명은 장군이었고, 다른 한 명은 지사였다. 그는 이들과 활발히 서신 왕래를 했다. 그중 장군인 형제는 나폴레옹의 칸 상륙 때 프로방스 사령관으로 황제를 추적했다. 그러나 이것은 황제를 도망치게 한 추적과 같았으므로 주교는 한동안 이 장군 형제를 멀리했다.

주교는 애정을 듬뿍 담아 형제들에게 편지를 보냈다. 지사였던 형제는 호인으로 알려진 훌륭한 인물로, 지금은 은퇴를 하고 파리 카세트 거리에서 살고 있었다.

비앵브뉘 예하 역시 마음의 갈등을 겪기도 하고, 고통을 겪고 또 우울함을 경험하기도 했다. 어두운 감정의 파편들이 영원한 것을 위해 정신을 쏟는 온화하고 위대한 그의 마음을 어지럽히기도 했던 것이다. 이러한 인물은 정치적 의견을 개진하지 않는 것이 옳다. 이때 이 말을 오해해서는 안 된다. 우리는 정치적 의견을 오늘날의 토대가 된 진보에 대한 열망이나 애국주의, 민주주의, 또는 숭고함과 혼동해서는 안 된다.

그러나 이 책의 주제와 거리가 먼 이야기는 이쯤 해 두도록 하고 다음의 이야기를 하겠다. 비앵브뉘 예하가 왕당파가 아니었다면 더욱 훌륭했을 것이다. 그리고 인간 사회의 굴곡, 그 너머의 진리와 정의, 애덕의 세 가지 빛을 볼 수 있는 경지에 달하지 않았다면 그는 더욱 훌륭했을지도 모른다.

하느님이 정치적인 이유를 위해 비앵브뉘 예하를 이 땅에 내려보낸 것이 아니라는 것을 잘 알지만, 그것이 나폴레옹과 사회정의를 위한 항의이자 의미 있는 저항이었다면 우리는 더욱 그의 편을 들었을 것이다.

그러나 권위를 누리는 사람을 볼 때 느끼는 유쾌함도 내리막길을 걷는 사람을 보면 사라지는 법이다. 우리는 아찔한 싸움에 쾌감을 느낀다. 최초의 투쟁자만이 최후의 격멸자가 된다. 누군가의 전성기에 최고의 저항가가 아니었다면 상대방이 침몰했다 해도 지켜보고만 있어야 한다. 성공의 고발자만이 실패를 떳떳이 지켜볼 수 있다. 우리는 상황의 흐름을 그저 지켜볼 수밖에 없다.

1812년은 우리가 무장해제를 했던 해였다. 1813년에는 굳건히 자리를 지켰던 입법회의가 비겁하게 침묵을 깼다. 그것은 비난받아 마땅한 일이다. 1814년에는 반역자들 앞에서, 지난날 신성하게 이어져 내려온 것을 부정하며 저속한 행위를 일삼은 상원 앞에서, 그리고 도망치면서 우상을 부정하는 우상 숭배자들 앞에서 사람들은 그들을 무시하는 게 마땅했다. 1815년 마침내 파국의 그림자가 보이고, 프랑스에 전운이 감돌고, 워털루의 패전이 다가오는 것이 느껴졌을 때 패배자들에 대한 민중의 탄식은 웃어넘길 일이 아니었다. 독재자에 전적으로 찬동하지 않더라도, 주교와 같은 의견을 가진 사람들은 파국으로 치달은 조국의 위대한 국민과 영웅이 화합한 것에 감동이 있었음을 부정해서는 안 된다.

그 외에 주교는 어떤 일에든 올바르고 진실하고 공정하고 겸손했다. 그는 자비롭고도 친절했다. 그는 사제이면서 현자였고, 한 인간이었다. 그리고 꼭 말해 두어야 할 것은―우리가 앞서 말한 정치적 의견에서도 그는 너그러운 입장이었고 자기 고집을 부리지 않았다. 적어도 여기에 그것을 낱낱이 이야기하고 있는 우리보다는 훨씬 침착했다.

디뉴의 시청 수위는 황제 시대부터 그 일을 해 온 사람인데, 근위대 하사로 아우스터리츠 전투에 참가해서 십자훈장을 갖고 있었고 마치 독수리 문장처럼 황제와 떼려야 뗄 수 없는 보나파르트파였다. 이 불쌍한 사나이는 가끔 금기어에 속하는 아슬아슬한 말을 내뱉곤 했다. 레지옹 도뇌르 훈장에서 황제의 옆얼굴이 사라진 뒤부터 그는 군복을 입지 않았다. 십자훈장을 달지 않기 위해서였다. 그는 나폴레옹에게 받은 십자훈장에서 황제의 초상을 손수 경건하게 도려냈다. 그 자리에는 구멍이 뚫렸는데 그는 그것을 그대로 두었다. 그러고는 "새롭게 개구리 세 마리(훈장에 새로 새긴 세 개의 꽃잎_옮긴이)를 다느니 차라리 죽겠다."고 말하고 다녔다.

그는 가끔 큰 소리로 루이 18세를 비웃었다.

"영국 각반을 찬 병든 늙은이! 그 선모(仙茅) 머리끄덩이랑 같이 프로이센으로 꺼져라!"

그는 가장 싫어하는 영국과 프로이센을 한데 묶어 욕을 하면서 쾌감을 느꼈다. 그러나 어찌나 욕이 심했는지 결국은 지위를 잃고 가족을 거느리고 길을 떠도는 신세가 되었다. 주교는 그를 불러 대성당 문지기 자리를 주었다.

주교는 교구 안에서 모든 사람의 친구이자 진정한 주님의 목자였다.

9년 동안 비앵브뉘 예하는 훌륭한 인덕과 태도로 디뉴 민중의 존경을 얻었다. 나폴레옹에 대한 그의 태도까지도 민중에게 반감을 사지 않았다. 선하고 착한 사람들은 그들의 황제를 숭배하는 마음으로 주교를 사랑했던 것이다.

비앵브뉘 예하의 고독

장군의 주변에 젊은 장교들이 모이는 것처럼 주교 주변에도 젊은 성직자들이 많았다. 주네브의 주교, 성 프랑수아 드 살이 늘 '젖내도 안 빠진 사내들'이라고 말하는 이들이었다. 어떤 직업이든 그 길을 가려는 젊은이들은 성공한 자 주변으로 몰려든다. 어떻게 권위자 없이 성공을 하고, 아첨 없이 지위를 얻겠는가! 미래를 위해 나아가는 사람들은 화려한 현재를 좇으려 든다.

대주교 관구에는 늘 뒤따르는 무리가 있었다. 제 목소리를 내는 주교 옆에는 신학생들이 모여들어 주교관의 질서를 따르면서 안팎을 살피고 주교의 일거수일투족을 엿보았다. 주교의 총애를 받는 것은 성공으로 가는 지도를 얻은 것과 같다. 그러니 성공하는 길을 스스로 찾아 나서는 수밖에.

세속 사회에 지위가 존재하듯이, 교회에도 주교관(主教冠)이 있다. 국왕의 총애를 받고, 많은 수입과 윤택한 생활이 보장되며, 사교계의 인기를 받고 능수능란하게 인맥을 관리하며, 신께 올리는 기도에서부터 남을 위한 탄원까지 올리고, 또한 교구의 사람들과 친밀히 면담을 나누며 성당 살림을 잘 꾸려 나가고, 사제보다는 대수도원장, 주교보다는 교황청의 고위 성직자가 어울릴 만한 주교들 말이다. 그와 가까이 지낸다면 진정으로 행복할 것이다!

그들은 부러움 없이 권세를 누리므로, 주변의 아첨꾼들이나 젊은이들에게 장차 주교 자리를 얻기 위한 부유한 교구와 봉급, 보좌신부 직위와 대성당 안에서의 역할을 나누어 준다. 그리고 차차 승진을 시켜 주위를 넓혀 준다. 마치 전진해 가는 태양계처럼.

그들이 가진 아우라는 많은 추종자들을 끌어당긴다. 그들의 권세가 커질수록 그 추종자들은 많은 것들을 얻게 된다. 교구가 흥할수록 사제들의 힘도 커진다. 로마로 가야 한다. 대주교, 추기경에 오를 사람은 추종자들을 데리고 로마로 갈 것이다. 그러면 로마 최고법원에서 팔리움(교황과 대주교가 목에 두르는 띠_옮긴이)을 수여하고 배심원을 거쳐 교황의 시종이 되고 주교에 오를 것이다. 주교와 추기경의 차이는 한 걸음일 뿐이고, 추기경과 교황 사이에는 비밀투표만이 있을 뿐이다. 모든 추기경의 붉은 모자는 교황의 3층 모자를 꿈꾼다. 사제만이 엘리트 코스를 밟아 왕에 오를 수 있는 유일한 인간이다. 지상의 유일한 왕!

신학교는 많은 이의 동경을 한 몸에 받는 곳이다. 얼마나 많은 수줍은 소년들이, 얼마나 많은 성직자들이 페레트의 우유 항아리를 머리에 지고 있는가! 야망이란 얼마나 간사하게 사람을 속이고 있는가. 그들은 야심이 그들의 천직인 줄을 까맣게 모르고 있도다!

비앵브뉘 예하는 겸손하고 가난하고 소탈한 사람이었다. 그래서 권세를 떨치는 주교관 중에 들어 있지 않았다. 그의 주변에는 젊은 사제 추종자가 한 명도 없었다. 파리에 가서도 인기를 끌지 못했다는 건 앞에서 이미 이야기한 바가 있다. 미래를 위해서라도 이 늙은이를 앞세워 무엇을 얻어 내려 하는 자는 아무도 없었다. 야망을 가진 젊은이들은 늙은 고목에서 새로운 가지를 뻗어 내려는 우둔함을 가지지 않았다. 그의 밑에 속한 주교회원이나 사제보들은 모두 선한 노인들이었다. 그들 역시 그와 마찬가지로 평민답게 생활했고 추기경이 될 희망이라곤 전혀 없는 이 교구에 틀어박혀 평화롭게 지냈다.

그들의 생활은 주교와 너무나 비슷했다. 다른 점이 있다면 그들은 늙었고, 주교는 경지에 이르렀다는 것을 들 수 있을까. 비앵브뉘 예하 아래에서 승진은 꿈꿀 수 없는 것이었다. 그래서 그 아래에서 젊은 사제가 나온다 해도 신학교를 졸업하면 바로 엑스나 오슈의 대주교에게 붙어 그의 교구를 떠났다.

사람들은 모두 출세를 바란다. 자기희생과 봉사에 몸 바친 성자는 위험하기까지 하다. 성자는 피할 수 없는 가난과 막힌 출셋길, 그리고 자기희생을 다른 이들에게까지 전파할 가능성이 있다. 그래서 사람들은 그런 면모를 피하려 든다. 비앵브뉘 예하가 고독한 이유는 바로 그것이었다. 우리는 어두운 사회를 살아가고 있다. 성공이란 부패의 골짜기에서 한 방울 한 방울 떨어져 내릴 뿐이다.

조금 더 보태서 이야기하자면, 성공이야말로 도저히 싫어질 수가 없는 것이다. 성공은 진실한 가치들과 헷갈리기가 쉽다. 그래서 사람들은 그 유사성 앞에서 길을 잃는다. 대중은 성공과 우월함을 구분하지 못한다. 성공은 재능의 탈을 쓰고서 사람들을 현혹한다. 우리의 역사는 이런 유사성에 취약하다. 유베날리스와 타키투스만이 그것을 지적했을 뿐이다.

오늘날 성공이라는 가치관은 위협받지 않는다. 성공해야 한다는 것은 학설에 가깝다. 출세는 능력을 토대로 하고 있다. 투기를 하고 돈을 끌어모아야 능력 좋은 사람으로 인정받는다. 승리하는 자가 존경받는다. 애초에 좋은 팔자로 태어난다면 모든 것이 쉬워진다. 그러니 기회를 잡아라. 그러면 모든 것은 저절로 이루어진다. 목숨 걸고 행복해져라. 그러면 당신은 위대하다고 여겨질 것이다. 훌륭한 몇몇 예외를 제외하고는 순금이나 도금이나 무슨 차이가 있겠는가. 어떻게 되었든 성공만 하면 된다. 평범한 사람은 자신을 숭배하고 남에게 갈채를 보내는 쓸모없는 나르키소스다.

한 사람이 모세가 되고, 아이스킬로스가 되고, 단테가 되고, 미켈란젤로가 되고, 나폴레옹이 되게 하는 그런 놀라운 재능을, 사람들은 어떻든 목표를 이룬 자라면 누구에게나 환호하며 갖다 바친다. 어떤 공증인이 국회의원의 자리에 앉고, 가짜 코르네유가 〈티리다트〉를 쓰고, 어떤 환관이 후궁을 갖고, 프뤼돔 같은 어떤 군인이 승리를 하고, 어떤 약제사가 상브르 에 뫼즈 부대를 위해 판지 구두창을 가죽이라고 속여 40만 리브르를 벌고, 어떤 행상이 고리대금업자와 결혼해 칠팔백만의 돈을 만들어 부자가 되고, 어떤 설교사가 콧소리 덕에 주교가 되고, 어떤 집사가 얼렁뚱땅 재무 장관이 되면 사람들은 그들을 천재라고 부른다. 그것은 마치 무스크통을 단아하다고 칭찬하고 클로드의 외모를 왕의 위엄이라고 말하는 것과 같다. 세상 사람들은 흙에 찍힌 오리 발자국과 하늘의 별자리를 구분하지 못하고 있다.

주교의 신앙

로마가톨릭교의 입장에서 본다면, 우리는 디뉴의 주교를 굳이 검증해볼 필요가 없다. 이와 같은 순수한 성자 앞에 존경과 감사를 표하면 될 것이다. 올바른 사람의 양심은 그대로 믿어야 한다. 어떤 기질을 가진 사람이든 우리는 혹여 우리와 신앙이 다를지라도 그에게 인간의 모든 미덕이 내재되어 있다는 가능성을 믿어야 한다.

이런 교리에 대해서 또 이런 신비에 대해서 주교는 어떤 생각을 갖고 있었을까? 마음 깊숙한 곳의 이러한 비밀은 인간의 영혼이 무덤에 들어갔을 때에야 비로소 알 수 있을 것이다. 다만 확실한 것이 있다면, 신앙적으로 큰 위기에 빠졌을지언정 그는 위선을 저지르지 않았다는 것이다.

다이아몬드에 부패가 있을 수 있는가? 그는 신앙에 의지해 왔다.

주교는 자주 이렇게 말했다.

"아버지이신 주님을 흠숭하나이다."

또한 그는 양심을 굳건히 하는 믿음을 선한 행위 속에서 구했고, 그럼으로써 주님과 더불어 있다는 먼 곳의 목소리를 들을 수가 있었다.

우리가 여기에 적어 두지 않으면 안 되는 바로 그것은, 주교가 신앙을 넘어서서, 그것을 초월한 경지에 다다를 만한 사랑을 갖고 있었다는 것이다. 에고이즘과 현학을 금과옥조로 여기는 이런 사회에서 이른바 진지한 사람들이나 근엄한 사람들, 예의 바른 사람들에게 주교가 해로운 인물이라고 판단된 것은 이러한 이유에서였다. 그가 너무나 지나치게도 사랑을 베풀었기 때문이다. 지나친 사랑이란 어떤 것일까? 우리가 앞서 말한 것처럼 인간의 경지에서 초월하여 사물에까지 가 닿는 맑은 물 같은 순수한 마음 말이다.

주교는 그 무엇도 무시하지 않았다. 신의 창조물인 이 땅의 모든 것을 너그러운 마음으로 대했다. 인간은 아무리 훌륭한 사람일지라도 짐승에 대한 흉악한 마음을 갖고 있다. 사제들 또한 그런 잔인성을 품고 있다. 그런데 디뉴의 주교는 그런 마음이 전혀 없었다. 바라문교 승려에 견줄 바는 아니겠지만, 그는 동물의 혼은 어디로 가는가, 하는 〈전도서〉의 말씀을 너무나 깊이 생각했던 것 같다. 동물 모양의 추악함이나 본능적인 불결함 따위도 그는 자연스럽게 여겼다. 오히려 마음에 감동을 느끼고 불쌍히 여길 정도였다.

주교는 깊은 생각에 빠져서 그 원인을 동물의 존재를 초월한 경지에서 이해하려는 듯했다. 때로는 하느님께 그 존재에 대해 간곡히 비는 것처럼 보이기도 했다. 주교는 마치 양피지에 새겨진 옛 문자를 유심히 살피는 언어학자처럼 자연 속에 존재하는 어지러운 혼돈을 유심히 살폈다.

깊은 몽상 때문인지 주교의 입에서는 가끔 이상한 말이 튀어나왔다.

어느 날 아침 그는 뜰을 산책하고 있었다. 뒤에 누이동생이 있었는데 그는 그것을 알지 못했다. 주교는 갑자기 걸음을 멈추더니, 땅 위의 무언가를 바라보았다. 털이 숭숭 돋은 시커먼 거미였다. 누이동생은 그의 말소리를 들었다.

"가련한 녀석! 네 잘못은 아닐 테지만."

어떻게 그 같은 말을 참겠는가! 마치 신처럼 자비롭고 순수한 그의 말은 어쩌면 어린아이의 말이었는지도 모른다. 그의 이 천진난만함은 아시시의 성 프란체스코나 마르쿠스 아우렐리우스만큼이나 거룩했다. 그는 개미를 발로 밟지 않고 피하려다가 발목을 삐끗한 일도 있었다.

이 훌륭한 성자는 이렇게 살고 있었다. 가끔 뜰에서 조는 모습조차 거룩하게 보일 정도였다.

그의 청년 시절이나 장년 시절의 이야기를 들어 보자면, 비앵브뉘 예하도 과거 한때에는 열정을 지닌, 아주 큰 열망을 품은 사람이었다고 한다. 지금 그가 가진 너그러움은 태생적인 기질이라기보다는 굽이친 인생길을 따라 살아오면서 맑은 물처럼 그의 마음에 깃들고, 사랑의 정신으로 인해 그의 내부에 맺힌 신념 때문이었다. 사람의 성격이란 바위처럼 물방울로 그 속에 구멍을 낼 수 있다. 그 구멍은 채워지지 않으며, 그것은 사라지지 않는다.

1815년에 그는 일흔다섯 살을 맞았다. 그러나 예순 살이 넘어 보이지 않았다. 키는 그리 크지 않았고 풍채가 컸는데 그는 살이 찌는 걸 피하기 위해 걷기를 즐겼다. 허리는 비교적 꼿꼿했고, 걸음걸이는 당당했다. 그러나 우리는 이런 사소한 것으로부터 무엇을 결론지으려는 것이 아니다. 그레고리 16세는 여든 살에도 가지런한 자세에 미소를 띤 얼굴이었다고는 하지만 나쁜 주교였다. 비앵브뉘 예하는 민중이 그저 그런 얼굴이라고 말하는 외모였지만, 선한 표정은 그 모든 것을 잊게 했다.

주교는 유달리 천진난만한 성품을 지니고 있었다. 그것은 그의 우아한 기질 중 하나로 그가 어린아이와 같은 미소로 이야기를 하면 모두가 그의 곁에서 안식을 얻었다. 그의 몸에서는 마치 행복의 샘이 솟아나는 것 같았다. 붉은 혈색이 감도는 얼굴빛이며 가지런하고 흰 이는 장년들이라면 '총각'이라고 부르고, 노인이라면 '젊은 양반'이라고 부를 정도로 깔끔한 인상을 안겨 주었다.

나폴레옹이 그에게서 받은 인상도 그와 다르지 않았을 것이다. 잘 모르는 사람이라면, 문득 그를 보고서 곱게 늙은 노인이라고 생각했을 것이다.

그러나 그와 함께 몇 시간만 지내 보면 또 그가 깊은 생각에 빠져 있는 것을 보면 풍채 좋은 노인의 모습에서 어딘가 모를 장엄함을 느끼게 될 것이다. 백발을 드리운 넓은 이마에서는 기품이 흘러나왔고, 그의 풍채에서는 늘 위엄이 느껴졌다. 사람들은 미소를 띤 천사가 날갯짓을 하는 것을 지켜봤을 때의 경이로움과 감동을 느꼈다. 마음속은 온통 그를 향한 존경심으로 물들고 한 생애를 살아간 위대한 영혼을 마주하는 감동이 일었다. 그와 같은 영혼과 마주하면 너무나 위대하여 강직하기보다는 너그럽다는 인상이 들 수밖에 없다.

기도와 성무, 자선 행사, 그리고 밭일, 검소, 환대, 우애, 체념, 믿음, 연구, 저술 등이 그의 나날을 빽빽이 채우고 있었다. 이 말은 아주 적절한데, 주교의 하루는 훌륭한 사상과 말과 행위로 가득 차 있었다.

그러나 밤에 두 부인이 2층으로 올라가고 난 뒤 한두 시간 동안 춥거나 비가 내려 뜰에 나가지 못하게 되면 주교는 하루의 보람을 느낄 수 없었다. 그는 밤하늘을 보며 명상을 하고 잠을 자는 것을 의식처럼 수행했다.

두 부인이 깊은 밤까지 잠에 들지 못하는 날이면, 뜰에서 사각사각하는 주교의 발소리를 들을 수 있었다. 그는 그곳을 거닐며 자신을 마주 대하고 명상을 하고, 주님을 찬양하고, 마음을 수양하고, 어둠 속에 깃든 성좌의 빛과 먼 곳에 있는 주님의 모습에 감동하며 갖가지 생각으로 마음을 채웠다.

이때 주교는 한밤의 꽃들이 전해 주는 향내를 맡으며, 찬란히 비치는 별빛 아래 등불처럼 타오르는 가슴을 내밀고서 창조의 빛에 홀로 서 있으면서도 자기 자신의 정신에 어떤 일이 일어나고 있는지 쉽게 말하지 못했을 것이다. 그는 무엇인가가 자기 밖으로 흘러 나가고, 무엇인가가 자신 속으로 들어오는 것을 느꼈다. 영혼의 심연과 자연의 심연이 그의 몸 안팎을 넘나들고 있었다.

그는 주님의 위대함을 마음 깊이 생각하고 있었다. 도저히 알 수 없는 미래의 영원과 더욱 알 수 없는 과거의 영원, 그리고 눈앞에 도사리고 있는 모든 무한한 힘에 대해 생각했다. 그는 알 수 없는 것을 파헤치기보다 조용히 바라보았다.

미리엘 주교는 주님을 연구하지 않았다. 그에 빠져 있었다. 그는 원자의 믿을 수 없는 결합을 생각했다. 그것이 갖가지 형태를 만들고, 그러면서 힘을 얻고 통일감 속에서 개성을 드러내고, 불균형 속에서 균형을 이루고, 무한함 가운데서 무수(無數)를 만들어 내고, 빛으로 아름다움을 창출해 내는 것이다. 그런 결합은 끊임없이 이어지고 또 끊어진다. 삶과 죽음이 거기에 있다.

주교는 시든 포도 덩굴 앞의 벤치에 앉아서 과일나무 사이로 별을 바라보았다. 몇 그루 나무와 헛간, 오두막이 늘어선 이 땅은 그에게 너무나 과분하고 만족스러운 곳이었다.

바쁜 임무 속에서도 틈틈이 낮이면 밭일을, 밤이면 명상을 하는 노인에게 그 이상 필요한 것이 있을까. 하늘을 지붕으로 삼은 작은 울타리 안은 가장 높은 조화로움을 이루고서 주님을 흠숭하기에 충분했다. 그리고 거기에 모든 것이 있었다. 더 바랄 것이 없었다. 산책을 할 수 있는 작은 뜰과 명상을 하기 좋은 끝없는 하늘, 발치에는 가꿀 것들이 머리 위에는 명상하고 연구할 것이, 땅에는 꽃들이 하늘에는 별들이 가득했다.

주교의 사상

마지막으로 한마디만 더 하겠다.

앞에 말한 여러 내용으로 보자면, 디뉴의 주교를 오늘날의 말로 치면 '범신론자'답다고 생각할지도 모른다. 그에게 칭찬이 될지 욕이 될지는 모르겠지만, 아무튼 고독한 인간의 정신 속에서 외로이 자라나 결국 종교에 이른 그 고유하고도 놀라운 철학이 그에게 있다고 생각할지도 모른다. 여기서 강조하고자 하는 것은 비앵브뉘 예하를 실제로 아는 사람들이라면 그렇게 생각하지 않았을 거라는 사실이다. 그를 빛나게 만들어 준 것은 그의 마음이었다. 그의 철학은 그 마음의 빛에서 비롯된 것이었다.

온갖 사상이 난무하고 행위도 많다. 난해한 추론은 오류를 낳는다. 그가 정신을 신비로운 세계로 이끈 적은 한 번도 없다. 사도라면 대담해야 하지만 주교는 그래서는 안 된다. 그는 위대한 정신을 이루기 위해 노력을 기울이거나 깊은 생각에 빠지는 것을 경계했다. 의문의 문 앞에는 신성한 공포가 있다. 그 어두운 입구는 입을 떡 벌리고서 당신에게 절대 들어와서는 안 된다고 속삭인다. 거기에 들어오는 자는 불행해진다. 천재들은 추상과 순수의 심연에 빠져든다. 그리고 갖가지 교리 위에서 신 앞에 자신의 사상을 논한다. 그들의 기도는 연구의 결과이며, 질문이다. 그런 사람들에게, 그것들은 불안함과 책임감으로 얼룩진 종교가 된다.

명상에는 끝이 없다. 인간은 명상을 위해서는 어떤 위험도 마다하지 않고 그 자체에 빠져드는 것을 분석한다. 어떤 막을 수 없는 반대편의 힘이 그것을 현혹시키려고 든다. 우리를 에워싼 세계는 도리어 우리를 낱낱이 파헤치려 드는 것일지도 모른다. 이 세상에는 명상의 저 끝 편에 높은 절대자의 고지를 뚜렷이 보고 무한한 산의 환영을 보는 자들이—과연 그것이 인간일까?—있는 것이다.

비앵브뉘 예하는 그런 사람에 속하지 않았다. 그는 천재가 아니었으며 그런 훌륭한 경지에 갈 생각이 없었다. 위대한 사람들, 그러니까 스베덴보리나 파스칼도 그런 경지에서 미끄러져 정신착란에 빠졌을 것이다. 그런 명상은 정신적으로 좋은 영향을 주고, 그런 여정을 거치며 인간은 완전한 세계로 간다. 그러나 주교는 지름길, 곧 복음서를 선택했다.

주교는 자신의 법의에 엘리야의 외투를 쓰려고 하지 않았다. 그는 어려운 사건 앞에 쉽사리 광휘를 뻗게 하지 않았고, 사물을 모아 한 덩이 불꽃을 만들려 하지도 않았다. 그에게 예언자 같은 면모는 없었다. 겸손한 그 영혼에게는 오직 사랑이 있었다. 그게 전부였다.

미리엘 주교의 기도가 인간의 한계를 넘어서 희망에 다다랐다는 것은 사실이다. 그러나 사랑은 아무리 커도 지나치지 않으며 기도 또한 아무리 많이 해도 지나치지 않다. 성서 이상으로 기도를 하는 게 이단이라면, 성녀 데레사나 히에로니무스는 이단자인가?

주교는 괴로워하는 자에게 또 회개하는 자에게 몸을 구부렸다. 그는 세상에 널리 퍼진 질병을 온몸으로 느낄 수 있었다. 그는 그것에 의문을 갖지 않고 오직 질병을 치료하기 위해 애썼다. 하느님의 창조물들이 겪는 무서운 일을 그는 측은하게 여겼다. 주교는 가장 큰 위로가 될 수 있는 방법을 생각했고 그것을 전파하기 위해 애썼다. 지상에 존재하는 모든 것은 이 선량한 사제에게는 위로를 구하는 슬픔이었다.

세상에는 황금을 얻기 위해 일하는 사람들이 있다. 주교는 위로를 하기 위해 일했다. 온 세계가 비참한 광산과 같았다. 곳곳에 숨겨진 고통은 그에게 선을 베풀 수 있는 기회였다. 서로 사랑하라는 주교의 말은 모든 것을 완전하게 만들었다. 그의 말에는 그의 모든 교리가 담겨 있었다.

어느 날, 자신을 철학자라 여기는 그 상원 의원이 주교에게 말했다.

"하지만 세상 돌아가는 꼴 좀 보십시오. 모든 사람이 싸움질을 합니다. 가장 강한 사람은 가장 똑똑한 사람이지요. 당신의 그 서로 사랑하라는 말은 아무짝에도 쓸모가 없습니다.”

비앵브뉘 예하는 대답했다.

“그게 쓸모없는 말일지언정 영혼은 충만한 사랑 안에 있어야 합니다. 진주가 조개 속에 있는 것처럼 말입니다.”

주교는 큰 사랑을 실천하며 그에 만족했다. 사람의 마음을 현혹하고 공포감을 주는 힘과 알 수 없는 깊은 심연, 형이상학의 골짜기는 모두 마음 밖으로 밀어냈다. 사도에게는 신, 그리고 무신론자에게는 허무가 되는 그 심연―운명, 선과 악, 투쟁, 인간 정신, 동물들의 몽유병, 죽은 육신, 생존, 자아에 대한 애정, 본질, 실체, 영혼, 자연, 자유, 필연, 대천사들이 바라보는 난해한 문제들, 루크레티우스와 마누, 성 바울, 단테가 응시한 무한과 그에 대적하는 무서운 심연―그 모든 것은 미뤄 놓았다.

비앵브뉘 예하는 그 신비로운 문제들을 밖에서만 볼 뿐 깊이 파헤쳐 정신을 어지럽히지 않았다. 그러나 신비의 어둠에 존경을 품고 있는 한 인간으로 살았다.

2. 추락

온 하루를 걸은 날 저녁

1815년 10월 초 해가 지기 한 시간 전 무렵, 먼 길을 걸어온 한 사내가 디뉴의 작은 골목으로 들어섰다.

마침 창이나 문을 열고 거리로 나와 있던 사람들은 이 낯선 행색의 사내를 보고 불안함을 느꼈다. 떠돌이라고는 하지만 이보다 더 초라한 행색을 하기는 힘들었다.

나그네는 보통 키에 어깨가 딱 벌어져 기운이 좋을 듯한 사내였다. 아마 마흔여섯에서 여덟쯤 되었을까. 눌러쓴 가죽 모자의 챙이 햇볕에 그을리고 땀범벅이 된 그의 얼굴을 가려 주고 있었다. 누런 셔츠는 목덜미만 겨우 은빛 핀으로 고정해 가슴털이 훤히 보였다. 넥타이는 돌돌 말려 있고 푸른 줄이 간 무명 바지는 어찌나 낡았는지 한쪽은 바래 있고 한쪽은 구멍이 나 있었다.

낡은 회색빛 재킷은 팔꿈치에 푸른 무명 조각을 덧대 꿰매져 있었고, 등에는 쇠를 박은 새 배낭을 짊어지고 있었다. 지팡이를 짚고, 맨발에 징박힌 구두를 신고, 머리는 짧으며, 턱수염이 길었다.

땀과 더위, 긴 여정과 먼지가 이 초라한 사내의 모습을 한층 불결해 보이게 만들었다.

머리는 짧은 채 곤두서 있었는데, 아주 짧게 깎았다가 좀 기른 듯 보였다.

그를 아는 사람은 아무도 없었다. 그는 우연히 마을을 지나는 낯선 이였다. 어디에서 왔을까? 아마도 남쪽 바다 마을에서 왔을 것이다. 왜냐하면 일곱 달 전에 나폴레옹이 칸에서 파리로 갔을 때와 똑같은 길로 디뉴에 들어왔던 것이다.

그 사내는 하루 종일 걸었는지 몹시 지쳐 보였다. 아랫마을의 옛 시장 터에 있던 부인들이 보니, 사내는 가상디 산책길 아래에 걸음을 멈추고는 샘물을 마셨다. 갈증이 나는 모양이었다. 그의 뒤를 졸졸 쫓아가던 아이들은 거기서 200걸음쯤 떨어진 곳에서 다시 샘물을 마시는 그의 모습을 똑똑히 보았다.

프아슈베르 거리 모퉁이에서 그는 왼쪽으로 꺾어 시청 쪽으로 향했다. 그는 시청 안으로 들어갔다가 15분쯤 뒤에 나왔다. 정문 옆에는 헌병이 앉아 있었다. 드루오 장군이 지난 3월 4일, 디뉴 시민들에게 쥐앙 만 상륙 선언을 포고했던 곳이었다. 사내는 모자를 벗고 헌병에게 고개를 숙였다.

헌병은 그의 인사를 받지 않고 사내를 뚫어지게 쳐다보다가 시청 안으로 들어갔다.

디뉴에는 크루아드콜바라는 괜찮은 여관이 있었다. 주인장의 이름은 자캥 라바르였다. 그는 길잡이 병사였는데 그르노블에서 트루아도팽 여관을 하는 라바르와도 친척이어서 좋은 평판을 듣고 있었다. 황제가 왔을 때, 트루아도팽 여관에 관한 소문이 그곳까지 전해졌던 것이다.

소문에 의하면, 베르트랑 장군은 수레꾼으로 변장을 하고 1월 달부터 몇 번이나 그곳에 와서는 병사들에게 명예 훈장을 주고 시민들에게 나폴레옹의 금화를 주었다고 했다. 사실 황제는 그르노블에 왔을 때 지사 저택에 묵는 것을 꺼리고는 "내가 아는 사람의 집으로 가겠소."라고 답하고 트루아도팽 여관으로 갔다고 한다. 트루아도팽이 얻은 명성은 25리 그 떨어진 크루아드콜바의 라바르에게 이어졌다. 모두들 그를 '그르노블의 라바르 사촌'이라고 불렀다.

사내는 마을에서 가장 좋은 그 여관으로 갔다. 그는 길 쪽으로 문이 난 주방에 들어섰다. 화덕과 벽난로에 불이 타오르고 있었다.

주방장을 겸하고 있는 주인은 아궁이와 냄비 주변을 오가며 분주히 요리사들을 감독하고 있었다. 옆의 식당에서 마차꾼들이 와자지껄 떠드는 소리가 들렸다. 여행을 해 본 사람이라면 알겠지만 마차꾼들처럼 먹성 좋은 이들도 없다. 살찐 알프스 토끼와 흰 자고새, 멧닭이 꼬챙이에 끼워져 지글지글 익어 갔고, 화덕 위에는 로제 호수에서 잡아온 커다란 잉어와 알로즈 호수의 무지개송어가 익고 있었다.

주인은 손님이 들어오는 기척을 듣고도 화덕에서 눈을 떼지 못하고 말했다.

"어서 오십시오, 손님."

"저녁 식사와 방이 필요합니다."

"그러시지요."

주인은 대답했다. 그러나 고개를 돌려 그의 모습을 보고서는 말을 얼버무렸다.

"······돈만 제대로 내신다면야."

사나이는 작업복 윗주머니에서 가죽 지갑을 꺼냈다.

"돈은 있습니다."

"좋습니다."

사내는 지갑을 다시 윗주머니에 넣고서 배낭을 바닥에 내려놓더니 지팡이를 들고 불 옆의 의자에 앉았다. 산중에 자리 잡은 디뉴는 10월 저녁 무렵도 무척이나 추웠다.

주인은 부엌을 요리조리 오가면서도 사내에게서 시선을 떼지 않았다.

사나이가 물었다.

"식사는 곧 됩니까?"

"물론입니다."

낯선 손님이 등을 돌리고 불을 쬘 때, 여관 주인 자캥 라바르는 주머니에서 연필을 꺼내 테이블 위에 있던 신문지의 귀퉁이를 찢어 뭐라고 쓴 다음, 허드렛일을 돕는 소년에게 건네주었다. 여관 주인이 귓속말을 하자, 소년은 헐레벌떡 시청으로 뛰어갔다.

사나이는 무슨 일이 벌어지는지 전혀 모르고 있었다.

그는 다시 한 번 물었다.

"식사는 언제 됩니까?"

"곧 됩니다."

소년이 종이쪽지를 갖고 돌아왔다. 주인은 재빨리 쪽지를 펼쳐 읽더니 한참 동안 생각에 빠졌다. 그러더니 그는 사내 쪽으로 발걸음을 옮겼다.

"손님."

주인이 말을 이었다.

"여기에 묵는 건 좀 곤란하겠습니다."

사내는 그 자리에서 엉거주춤 일어섰다.

"왜 그렇습니까? 돈을 내지 않을까 봐서 그럽니까? 미리 내도 좋습니다. 돈은 있다고 이미 말했어요."

"그게 아니라."

"그럼 왜 그러는 겁니까?"

"돈은 있지만은……."

"그런데요!"

사내가 말했다.

"남은 방이 없습니다."

주인이 말했다.

"그렇다면 마구간이라도 좋습니다."

"안 되겠습니다."

"왜죠?"

"말들로 꽉 차 있어서요."

"헛간 구석이라도 괜찮습니다. 우선 식사나 주십시오."

사내가 말했다.

"그것도 곤란하겠습니다."

주인의 말은 무척 정중했지만 사내에게는 몹시 거슬렸던 모양이었다.

"젠장! 나는 배가 고파 죽을 지경이오. 오늘 해가 뜰 때부터 걸어서 지금까지 12리그를 걸었소. 돈을 낼 테니 제발 음식을 내오시오."

"아무것도 없습니다."

그러자 사내는 껄껄 웃으며 화덕을 가리켰다.

"그럼, 저건 뭐요?"

"저건 모두 예약이 되어 있답니다."

"누구한테 말이오?"

"마차 끄는 분들이요."

"모두 몇 사람인데 그러시오?"

"열두 분입니다."

"스무 사람 몫도 넘겠소."

"다 예약이 돼 있어서 말입니다. 돈도 미리 받았고요."

사내는 다시 자리에 앉았다. 그리고 조용히 다시 말을 꺼냈다.

"나는 여관에 와 있고 몹시 배가 고프오. 여기서 나갈 힘이 없소."

그러자 주인은 몸을 숙여 사내의 귀에 대고 그의 몸이 얼어붙을 듯한 어조로 말했다.

"당장 나가!"

그때 사내는 몸을 숙여서 쇠붙이 달린 지팡이 끝이 탄 자국을 만지다가 화들짝 놀라 뒤를 돌아보았다. 그리고 입을 열려고 했을 때 주인은 그를 째려보면서 이렇게 말했다.

"포기하는 게 좋을 거요. 내가 당신의 이름을 말해 볼까? 당신은 바로장 발장. 당신이 어떤 사람인지 말해 볼까? 당신이 들어오고 나서 나는 아이를 시켜 시청에 보냈었지. 자, 여기 답장을 좀 보라고."

주인은 여관에서 시청으로, 시청에서 다시 여관으로 돌아온 쪽지를 펼쳐 사내에게 들이밀었다. 사내는 그것을 훑어보았다. 주인은 잠시 침묵하더니 다시 말을 이었다.

"나는 누구에게나 친절을 베푸는 사람이오, 얼른 나가 주시오."

사내는 고개를 떨구고 바닥에 놓았던 배낭을 들고서 나갔다.

그는 길을 따라 걸어갔다. 슬픔에 취한 사람처럼 집 쪽으로 바짝 붙어 정처 없이 걸어갔다. 그는 뒤돌아보지 않았다. 만약 그가 등을 돌렸다면 크루아드콜바 여관 주인이 손님과 행인 사이에서 손가락을 휘두르며 큰소리치는 꼴을 보았을 것이다. 그리고 사람들의 불신과 경계의 눈초리를 보며 자신이 온 마을의 이야깃거리가 되었음을 알았을 것이다.

그러나 그는 아무것도 보지 않았다. 극심한 고통을 겪은 사람은 돌아보지 않는 법이다. 가혹한 운명이 뒤따르고 있다는 것을 이미 알고 있기 때문이다.

그는 한참 동안 그렇게 걸었다. 슬픔에 잠긴 사람들이 그렇듯이 몸의 피로도 잊고서 낯선 거리를 터덜터덜 걸어갔다. 배고픔이 어찌나 심했는지 그는 자리에 멈추고 말았다. 땅거미가 지고 사위가 어두워지고 있었다. 그는 쉬어 갈 곳이 없는지 간절한 마음으로 주위를 둘러보았다.

이미 좋은 여관에서는 그를 쫓아냈으니 그는 초라한 주막이나 여인숙을 찾고 있었다.

맞은편 끝에서 불빛이 보였다. 쇠기둥에 매달린 나뭇가지가 검게 그림자를 드리우고 있었다. 사내는 황급히 그곳으로 향했다.

그곳은 샤포 거리에 있는 목로술집이었다.

사내는 창 너머로 안을 들여다보았다. 천장이 낮은 술집 안은 램프와 벽난로의 불이 활활 타오르고 있었다. 사내 몇이 거나하게 취해 있었다. 주인은 난롯불을 쬐고 있었다. 쇠고리에 걸린 철 냄비가 보글보글 끓었다.

술집에는 묵어 갈 방도 마련되어 있었고, 출입문도 두 개였다. 하나는 길가로, 하나는 짚 더미를 깔아 놓은 문 쪽으로 나 있었다. 그는 도저히 길가의 문으로 들어갈 용기가 나지 않았다. 그래서 안마당으로 들어가 출입문을 살짝 열었다.

"누구십니까?"

주인이 말했다.

"식사와 잠자리를 구하는 중입니다."

"네, 가능합니다."

사내는 주막 안으로 들어갔다. 술 마시던 사람들이 모두 그를 쳐다보았다. 램프와 벽난로가 그를 비추었다. 배낭을 내려놓을 때까지 사람들은 그를 뚫어져라 쳐다보았다.

주인이 말했다.

"여기 불 쪽으로 와서 몸을 좀 녹이시지요. 저녁밥은 냄비 안에 끓이는 중입니다."

그는 불 옆으로 가서 두 다리를 쭉 뻗고 앉았다. 맛있는 냄새가 피어오르고 있었다. 모자 밖으로 살짝 보이는 그의 얼굴에는 안도감과 함께 피로감과 고통이 묻어났다.

무척이나 강직하고 굳세면서도 우울한 낯빛이었다. 여러 표정이 얽힌 모습이었는데, 처음에는 겸손한 듯 보이지만 우직함이 서려 있는 듯했다. 그의 눈은 마치 불덩이처럼 눈썹 아래 타오르는 듯했다.

테이블 가운데에는 생선 장수가 앉아 있었다. 그는 샤포 가의 이 술집으로 오기 전에 라바르의 마구간에 말을 맡기러 갔었다. 그리고 그날 아침에 이 무섭게 생긴 사내가 브라 다스와······—나는 그 이름을 잊었지만 아마 에스쿠블롱일 것이라 여겨진다.—와의 사이를 걷고 있는 것을 보았다. 사내는 어찌나 지쳤는지 그를 보고서 말 뒤에 좀 태워 줄 수 없겠느냐고 했지만 생선 장수는 일언지하에 거절했다. 그리고 반시간쯤 전에는 자캥 라바르를 둘러싼 사람들 속에 끼어 있었던 것이다. 그는 크루아드콜바 여관에 모인 사람들에게 자기가 아침에 겪었던 짜증스러운 일화를 들려주었다.

생선 장수는 슬그머니 주인장에게 눈짓을 보냈다. 주인은 그에게 갔고 둘은 귓속말을 몇 마디 주고받았다.

낯선 사내는 깊은 생각에 잠겨 있었다.

"어서 나가 주시오!"

낯선 사내가 주인의 말을 듣고 나직이 말했다.

"아! 당신도 얘기를 들었구려."

"그렇소이다."

"나는 다른 여관에서도 쫓겨났소."

"여기서도 나가 주었으면 하오."

"어디로?"

"아무튼 다른 곳으로."

사내는 지팡이와 배낭을 들고 방을 나섰다.

그가 길가로 나왔을 때, 크루아드콜바 여관에서부터 그를 쫓아온 조무래기 몇 명이 그에게 돌을 던졌다. 그는 화가 치밀어서 아이들에게 지팡이를 휘둘렀다. 그러자 아이들은 새 떼처럼 흩어졌다.

그는 형무소 앞을 지나갔다. 그는 길게 늘어진 초인종을 보고서 종을 울렸다.

문이 열렸다.

"간수님, 하룻밤만 재워 주십시오."

그가 정중히 모자를 벗으며 말했다.

안에서 대답 소리가 들렸다.

"형무소가 여관인가? 붙잡혀 들어오면 그때 재워 주지."

문이 닫혔다.

사내는 정원이 있는 작은 길로 들어섰다. 어떤 정원은 울타리를 둘러치고 길까지 불빛이 보였다. 그 사이에 작은 2층집이 있었다. 유리창 안이 불빛으로 밝게 빛났다. 그는 목로술집을 보듯 가까이 다가가 창 안을 들여다보았다. 석회칠이 된 큰 방과 침대, 요람, 나무 의자들과 엽총이 보였다.

방 한가운데에는 식탁 위에 저녁 식사가 차려져 있었다. 구리 램프가 흰 무명 식탁보를 환히 비추고, 은빛 주석 주전자에는 포도주가 가득했고, 갈색 스프에서는 김이 올라왔다. 식탁 앞에는 유쾌해 보이는 사십대 사내가 무릎 위에 남자아이를 앉혀 놓고 달래고 있었다. 그 옆에는 젊은 부인이 아기에게 젖을 먹이고 있었다. 아버지도 어린아이도 어머니도 미소 짓고 있었다.

사내는 화기애애하고 평화로운 풍경을 멀거니 지켜보고 있었다. 그는 무슨 생각을 했던 것일까? 그것을 아는 사람은 오직 사내 자신이었을 것이다. 그는 아마도 이렇게 화목한 가정이라면 자신을 반겨 줄지도 모른다고, 아니면 조금이라도 동정받을 수 있을 거라고 생각했던 모양이었다.

그는 창문을 두드렸다.

집 안의 누구도 그 소리를 듣지 못했다.

그는 다시 한 번 두드렸다.

여자가 말했다.

"여보, 문소리가 들려요."

"아닌 것 같은데?"

남편이 대답했다.

그가 세 번째로 두드렸다.

남편이 자리에서 일어나 램프를 들고서 문을 열었다.

그는 농부가 아니라면 어쩌면 직공처럼 보이는 키가 큰 사내였다. 그는 왼쪽 어깨까지 가죽 앞치마를 두르고 벨트 포켓에 망치와 붉은 천, 화약통 등을 넣어 불룩하게 감싸고 있었다.

그가 고개를 치켜드니 흰 목과 가슴께가 드러났다. 짙은 눈썹과 검고넓은 구레나룻, 큰 눈, 하관이 발달한 턱, 그리고 화목한 가정을 부양하는 만족감이 맴돌았다.

사내가 말했다.

"실례하지만 사례를 할 테니 스프 한 그릇 먹을 수 있을까요? 마당 헛간에서 잠을 잘 수 없는지요? 부탁드리겠습니다. 돈은 얼마든지 드리겠습니다."

"당신은 누구요?"

집주인이 물었다.

사내는 말했다.

"나는 퓌무아송에서 왔습니다. 하루 종일 12리그를 걸었습니다. 부탁하겠습니다. 돈은 드리겠습니다."

"그렇게 하겠소. 돈까지 내겠다는데 마다할 이유가 없소. 그런데 왜 여관으로 가지 않고 이리로 왔소?"

"빈방이 없다고 했습니다."

"그럴 리가 있나! 오늘이 장날이나 축제일도 아닌데 말이오. 라바르의여관에 가 봤소?"

"그렇습니다."

"그런데 왜?"

사내가 당황하며 대답했다.

"나를 받아 주지 않았습니다."

"그럼, 샤포 가에도 가 봤소?"

낯선 사내는 더욱 당황스러웠다. 그는 나직이 읊조렸다.

"거기서도 받아 주지 않았습니다."

농부가 의심 어린 눈동자로 그를 머리끝에서 발끝까지 훑어보았다. 그러고는 갑자기 소리쳤다.

"당신이 바로 그자로군!"

집주인은 다시 한 번 낯선 사내를 훑어보더니 램프를 식탁 위에 두고는 엽총을 집었다.

그사이에 남편의 말을 듣고 있던 부인은 두 아이를 품에 안고 남편의 뒤에 숨어서 젖가슴을 드러낸 채 덜덜 떨며 낯선 사내에게 중얼거렸다.

"도둑놈!"

이 모든 일이 눈코 뜰 새 없이 순식간에 벌어졌다. 집주인은 독사를 보는 듯이 사내를 한참 쩨려본 뒤 말을 이었다.

"얼른 나가!"

"물 한 모금만이라도!"

사내가 말했다.

"쏘아 버리겠어!"

농부는 있는 힘껏 문을 닫았다. 사내는 빗장이 걸리는 소리를 들었다. 조금 뒤에는 창의 덧문을 내리고, 쇠막대를 걸치는 소리까지 들려왔다.

밤은 깊어 가고 있었다. 알프스의 찬 공기가 휘몰아쳤다. 낮에 감돌았던 희미한 마지막 빛이 길가의 정원에 남아 있었다. 그는 얼른 울타리를 뛰어넘어 정원으로 갔다.

움막 문은 무척 낮고 좁았다. 그것은 마치 길가에서 도로 인부들이 쓰는 가건물 같았다. 그는 움막이 그런 가건물인 줄 알았다. 그는 무척 춥고 배가 고팠다. 배를 채우는 일은 포기했으니 이곳에서 추위나 피해 갔으면 하는 마음이 간절했다. 가건물은 밤중에는 비어 있을 게 뻔했다.

그는 움막으로 기어 들어갔다. 그 안은 추위를 피하기 알맞게 따뜻했고 괜찮은 짚자리도 있었다. 그는 그 위에 꼼짝없이 누워 있었다. 몸을 비틀 힘조차 남아 있지 않았던 것이다. 그러다 등에 멘 배낭이 불편하고 베개로 쓰자는 생각이 들어 멜빵을 풀기 시작했다. 그러자 으르렁대는 소리가 들렸다. 그가 눈을 뜨자 커다란 개가 움막 입구에서 눈을 번뜩였다.

그것은 개집이었다.

사내도 힘이라면 누구 못지않게 센 사람이었다. 그는 지팡이와 배낭으로 방어를 하며 개집을 빠져나왔지만 누더기 같던 옷은 전보다 더 찢어졌다.

그는 정원에서 나와 길을 걸었다. 쫓아오는 개를 떼어 내기 위해 지팡이를 휘저으며 뒷걸음질을 쳤다.

겨우 울타리를 넘어서 길로 나왔지만 잠을 잘 만한 곳도 지붕 따위도 몸을 덮을 것도 아무것도 없었다. 개집에서조차 쫓겨난 그는 돌 위에 걸터앉다가 바로 쓰러져 버렸다. 누군가 그곳을 지나갔다면 그의 울부짖음을 들었을 것이다.

"개만도 못하다니!"

조금 뒤에 그는 다시 길을 걷기 시작했다. 그는 시내를 벗어났다. 들판에서 나무나 짚 더미라도 찾아서 쉴 생각이었다.

그는 고개를 떨군 채 한참을 걸어갔다. 민가에서 멀찍이 떨어졌을 때에야 그는 비로소 주위를 둘러보았다. 그는 들판 한가운데에 와 있었다. 주변에는 바싹 벤 밀보리밭과 너른 언덕이 보였다. 추수를 마친 뒤의 밭은 아무것도 남아 있지 않았다.

지평선은 한층 어두워 보였다. 밤의 어둠 때문만은 아니었다. 낮은 구름이 언덕을 덮으며 차츰 온 하늘을 덮으려 하고 있었다. 달이 솟아오르기 전 하늘에는 아직 황혼의 빛이 남아 있었고, 구름은 하늘 위에서 아치를 이루며 희미한 빛을 내뿜었다.

하늘보다도 지상이 밝아 묘한 이미지를 내뿜었다. 황량한 언덕은 어두운 지평선 사이로 어슴푸레하게 보였다. 모든 게 좀 흉측하고 음울해 보였다. 들과 언덕에는 나무 한 그루 외에는 아무것도 없었다. 나무는 사내옆에서 몸을 떨며 서 있었다.

사내는 자연의 신비로움에 감동하는 감성적이고 지성이 풍부한 사람이 아니었다. 그러나 하늘과 언덕, 들판과 나무에 슬픈 기운이 있었으므로 잠시 우울한 감상에 젖어 한동안 자리에 서 있었다. 그러다 그는 발길을 돌렸다. 대자연마저도 꺼려지는 날이 있는 법이었다.

그는 다시 길을 되돌아갔다. 디뉴의 성문은 굳게 닫혀 있었다. 종교전쟁 때 여러 공격을 받은 디뉴 시는 파괴되었지만 1815년에는 낡은 성벽으로 둘러싸여 있었다. 사내는 성벽이 무너진 곳을 통해 시내로 들어갔다.

밤 8시쯤 되었을까. 그는 시내 지리에 어두웠으므로 발길 닿는 대로 아무 데로나 향했다.

그래서 그는 시청과 신학교까지 갔다. 대성당 광장을 지나면서 그는 성당을 향해 주먹질을 했다.

광장 모퉁이에는 인쇄소가 있었다. 나폴레옹이 자신의 말을 받아 적게 하여 처음 인쇄한 곳으로 엘바 섬에서 가져온 황제의 성명서와 친위대의 성명서를 펴낸 곳이었다.

그는 인쇄소 옆에 놓인 돌의자에 엎드렸다.

그때 성당에서 노부인이 나와 그에게 말을 건넸다.

"이보시오. 왜 여기 있는 게요?"

그는 퉁명스럽게 말을 내뱉었다.

"친절하시구려. 보시다시피 나는 거리에 누워 있소이다."

노부인은 친절하기로 소문난 R. 후작 부인이었다.

"이 돌의자에?"

그녀는 물었다.

"난 19년 동안 나무 요 위에서 잤는데 이제는 돌 요를 깔고 자게 되었소."

"당신은 병정이었구려."

"그렇소. 병정이었소."

"왜 여관으로 가지 않나요?"

"돈이 없소이다."

"이런, 나는 4수밖에 갖고 있지 않으니 어쩌나."

"그거라도 주시오."

사내는 노부인에게서 4수를 받았다. 노부인이 말했다.

"이 돈으로는 방값이 부족할 거예요. 여관에 가 보기는 했나요? 여긴 너무나 추워서 밤을 지새울 수 없어요. 얼마나 춥고 배고플까. 당신을 도 와줄 집이 없진 않을 텐데."

"다 가 보았지만 아무 소용없소이다."

"왜죠?"

"모두 나를 내쫓았소."

친절한 노부인은 사내를 광장 건너편 주교관으로 데려갔다.

"어디나 다 가 보았나요?"

"그렇소."

"여긴 가 보지 않았겠죠?"

"그렇소만."

"한번 들어가 봐요."

문단속의 권고

그날 밤, 디뉴의 주교는 시내를 한 바퀴 돈 뒤에 늦게까지 자기 방에 앉아 있었다. 그는 의무에 관한 책을 쓰는 중이었다. 그는 중요한 문제에 대해서 교부와 사제들이 말한 것을 일일이 검토해 보았다.

그의 책은 두 부분으로 나뉘었다. 첫째는 모든 이의 의무, 둘째는 자신이 속한 계급에 따른 의무였다. 모든 이의 의무는 큰 의무로 그것은 다시 네 개로 나뉘었다. 성 마태오 복음사가는 이렇게 전했다. 주님에 대한 의무(〈마태오복음〉 6장), 자기 자신에 대한 의무(〈마태오복음〉 5장 29절), 이웃에 대한 의무(〈마태오복음〉 7장 12절), 만물에 대한 의무(〈마태오복음〉 6장 20절).

주교는 그 밖의 다른 의무에 대해 성서 곳곳에 나온 것들을 빠짐없이 조사했다. 군주와 신하 사이의 의무는 〈로마서〉에, 관리와 아내와 어머니와 청년의 의무는 〈베드로서〉에, 남편과 아버지와 아들과 하인의 의무는 〈에페소서〉에, 신자의 의무는 〈히브리서〉에, 처녀의 의무는 〈고린도서〉에 있었다. 주교는 이 모든 것을 정리해서 사람들에게 전해 주기 위해 골몰하고 있었다.

그는 8시가 넘도록 자리에 앉아서 무릎 위에 큰 책을 펼치고서 작은 종이에 무언가를 열심히 적었다. 그때 마글루아르 부인이 들어와서 침대 옆 벽장에서 은그릇을 꺼냈다. 주교는 식사 준비가 끝났다고 생각하고 식당으로 향했다.

식당은 벽난로가 놓인 장방형의 방으로, 문은 길가를 창은 뜰을 향해 있었다.

마글루아르 부인이 저녁 준비를 거의 마쳤다. 그녀는 바티스틴 양과 이야기를 나누는 중이었다.

식탁 위에 램프가 하나 있었고, 그 옆에는 난로가 바짝 붙어 있었다. 난롯불의 화력이 제법 셌다.

예순 살을 넘긴 두 여인을 상상하는 것은 어렵지 않을 것이다. 마글루아르 부인은 키가 작고 통통했고 활기찼다. 바티스틴 양은 키는 오빠보다 좀 크고 야위었으며 갈색 비단 드레스를 입고 있었다. 그 옷은 1806년에 유행한 옷인데 파리에서 산 뒤로 지금까지 입어 왔다.

한 페이지를 할애해도 부족할 그 설명을 한마디로 해 보자면 마글루아르 부인은 '농촌 부인', 바티스틴 양은 '귀부인' 같은 모양새를 하고 있었다.

마글루아르 부인은 주름 잡힌 보닛을 쓰고, 집 안에서 유일한 여자 액세서리인 금십자가 목걸이를 걸고, 넓고 짧은 소매의 모직 드레스에 흰 손수건을 꽂고 빨강색과 녹색이 들어간 체크무늬 앞치마에 가슴받이를 걸치고 마르세유 여자들처럼 두꺼운 단화에 누런 양말을 신고 있었다.

바티스틴 양은 1806년에 유행한 것으로 허리선이 높고 치마폭이 좁았으며, 소매에는 어깨받이가 달리고 단추와 끈도 달려 있었다. 이미 회색빛이 된 머리카락은 가발 아래 감추고 있었다.

마글루아르 부인은 총기가 있고 선량해 보였다. 입가가 비뚤게 들리고, 윗입술이 아랫입술보다 더 큰 것이 좀 경솔하고 성급할 듯한 인상을 주었다. 주교 예하가 말없이 있을 때는 존경심과 무례함이 반반 묻어나는 말투로 이야기를 했지만 예하가 말을 할 때면 바티스틴 양처럼 그의 말을 조용히 따랐다.

바티스틴 양은 말이 별로 없었다. 모든 것에 순종할 뿐이었다. 젊었을 적 그녀는 그리 아름답지 않았다. 툭 튀어나온 푸른 눈과 긴 매부리코는 예쁜 인상과 거리가 멀었다. 그러나 얼굴 전체에서 뿜어져 나오는 인상은 앞에 말한 것처럼 선량한 느낌을 주었다. 그녀는 온화함이라는 말로 표현되는 사람이었다. 또한 인간의 영혼을 따뜻하게 해 주는 신앙심과 자비심, 희망이라는 세 가지 덕목이 그녀의 온화함을 성덕으로 이끌어 주고 있었다. 자연에서 그녀는 순한 양 한 마리로 태어났지만, 종교를 통해 그녀는 천사가 되었다. 성스러운 여인이여! 사라져 간 추억이여!

바티스틴 양은 그날 밤, 주교관에서 일어난 일을 몇 번이고 되풀이했기 때문에 살아남은 사람 중 그때의 일을 자세히 알고 있는 사람은 많다.

주교가 식당에 들어왔을 때, 마글루아르 부인은 한창 떠드는 중이었다. 그녀는 입버릇처럼 오늘도 바티스틴 양과 이야기를 주고받았고, 그것은 주교도 익히 알고 있는 바로 문단속에 관한 이야기였다.

저녁거리를 사 오는 길에 마글루아르 부인은 거리에 떠도는 소문을 들었던 것이다. 무서운 사내가 마을을 돌아다닌다는 이야기였다. 시내 어딘가에 그가 숨어 있을 테니 늦은 밤 어떤 무서운 일이 벌어질지도 몰랐다.

지사와 시장 사이가 나쁜 지금 같은 때는 경찰도 큰 힘이 없었다. 그러니 현명한 사람이라면 스스로 경찰이 되어 자신을 지키는 수밖에 없었다. 어느 집이나 문단속을 하고 빗장을 단단히 채우고 대비를 철저히 하지 않으면 안 되는 것이다. 그야말로 철저히 문단속을 해야 했다.

마글루아르 부인은 마지막 말을 큰 소리로 강조했다. 그러나 주교는 난롯불 옆에서 몸을 녹이며 딴생각에 잠겨 있었다. 그래서 마글루아르 부인의 말을 듣지 못했다.

마글루아르 부인은 다시 한 번 말했다. 그러자 바티스틴 양이 오빠의 뜻을 거스르지 않으면서도 마글루아르 부인의 마음을 생각해서 조심스럽게 입을 열었다.

"오라버님, 마글루아르 부인의 말을 들으셨나요?"

"뭐라고 그랬지?"

주교는 의자를 돌려 두 손을 무릎 위에 가지런히 얹고서 불빛이 따뜻하게 비치는 늙은 하녀의 얼굴을 바라보았다.

"무슨 일이오? 무슨 위험한 일이라도 생겼소?"

마글루아르 부인은 방금 전에 했던 이야기를 다시 시작했다. 그러다가 자신도 모르는 사이에 과장을 하기 시작했다. 한 부랑자가, 어떤 거지가 시내에 들어왔다. 자캥 라바르 여관에서도 쫓겨났고, 가상디 산책로를 통해 시내로 들어왔고, 이 거리 저 거리를 헤매는 것을 사람들이 보았다. 배낭을 멘 무서운 얼굴의 사내였다.

"그게 사실이오?"

주교가 이야기에 관심을 보이자 마글루아르 부인은 신이 났다. '주교님도 걱정스러운 게 분명하구나!' 하고 마음을 놓은 것이다. 그녀는 의기양양하게 말을 이었다.

"그렇단 말이에요. 오늘 밤 시내에서 무슨 일이 벌어질지 몰라요. 모두가 알고 있죠. 경찰도 힘을 못 쓰는 위험한 지경인데 이 산간 지방에 등불 하나 없으니 밤은 칠흑같이 어둡지요. 불 꺼진 아궁이 같다니까요. 그래서 이렇게 말씀드리는 거예요. 아씨께서도 마찬가지고요."

"나는 아무 말도 하지 않았어요. 오라버님이 하시는 대로 따를 거예요."

누이동생이 말했다.

마글루아르 부인은 그녀의 말에 아랑곳하지 않고 말을 이었다.

"집단속이 이렇게 허술해서야 되겠어요? 주교님께서만 허락하신다면 자물쇠 장수 폴랭 뮈즈부아를 데려와 다시 빗장을 달아 달라고 하면 된답니다. 전에 쓰던 빗장이 그 집에 있어요. 오늘 저녁만이라도 좋아요. 아무나 문을 밀면 열리는 문만큼 무서운 게 또 어디 있을까요? 주교님께서는 누구나 들어올 수 있어야 한다고 하시잖아요. 한밤중에 누가 마음만 먹으면……."

그때 누군가 문을 두드렸다.

"들어오시오."

주교가 말했다.

다소곳한 복종

문이 열렸다.

문이 활짝 열렸다.—누군가가 세게 밀어젖힌 것처럼.

이윽고 한 사내가 들어왔다.

우리는 이 사내를 알고 있다. 잠자리를 찾아 디뉴 시를 헤매던 그 사내 말이다.

그는 들어와서 한 걸음 내딛더니 문을 열어 놓은 채 자리에 섰다. 그는 배낭을 메고 지팡이를 들고서 온갖 피로와 고통에 찌든 눈으로 주변을 보았다. 벽난로 불이 그를 비추자 끔찍한 몰골이 드러났다. 그는 마치 흉악한 악마 같았다.

마글루아르 부인은 소리를 내지를 힘도 없었다. 그녀는 온몸을 떨며 그 자리에 얼어붙어 있었다.

바티스틴 양은 그 사내를 보면서 자리에서 일어나다가 벽난로 쪽의 오빠를 바라보았다. 그녀는 다시 평정심을 되찾았다.

주교는 사내에게 따스한 눈길을 보냈다.

주교가 말을 꺼내려 했을 때 사내는 두 손을 지팡이 위에 올리고는 노인과 두 부인을 보면서 자기 말을 하기 시작했다.

"내 말을 들어 주십시오. 나는 장 발장입니다. 감옥에서 19년 동안 징역살이를 하다 나왔습니다. 나흘 전 석방되어서 퐁타를리에로 가려고 길을 나섰지요. 툴롱에서부터 나흘 동안 걸었습니다. 오늘도 12리그를 걸었고요.

저녁때 디뉴 시에 도착해 여관을 다녔지만 번번이 쫓겨났습니다. 시청에서 보여 준 내 노란색 통행증 때문이었습니다. 어디에 가든 그것을 보여 줘야만 합니다. 다른 여관을 찾아갔지만 다시 쫓겨났습니다. 감옥에서도 거절당했습니다. 개집에 잘못 들어갔다가 개한테 쫓겨났습니다. 개조차 나를 사람으로 취급해 주지 않더군요.

나는 들판으로 나가서 자려고 했습니다. 별 하나 떠 있지 않고 비가 내릴 것 같더군요. 거기엔 하느님도 계시지 않는 것 같았습니다. 그래서 어느 지붕 밑이라도 들어가 있으려고 시내로 왔습니다. 그리고 저 광장 돌의자에 누워 있었습니다. 그때 어느 친절한 노부인께서 여기에 가 보라고 하더군요. 그래서 이렇게 왔습니다.

여기는 어디입니까? 혹시 여관입니까? 나는 돈을 갖고 있습니다. 109프랑 15수, 내가 19년 동안 감옥에서 번 돈입니다. 이 돈을 드리면 되겠습니까? 나는 몹시 지쳐 있고 12리그를 걸어서 무척 배가 고픕니다. 여기서 쉴 수 있을까요?"

"마글루아르 부인, 여기 식사 1인분을 더 부탁합니다."

주교가 말했다.

사내는 가까이 다가와 식탁 위 램프 앞에 섰다.

"정말 괜찮을까요?"

사내는 못 믿겠다는 눈초리로 말을 이었다.

"내 말을 제대로 들으셨나요? 나는 징역살이를 한 죄수입니다. 항구의 감옥에서 왔단 말입니다."

그는 주머니에서 노란 종이를 꺼냈다.

"이게 내 통행증입니다. 이것 때문에 어디를 가나 모두 나를 쫓아내지요. 읽어 보셔도 좋습니다. 나도 읽을 수 있답니다. 감옥에서 글을 배웠지요. 거기에도 배우고자 하는 사람들을 위한 학교가 있습니다. 내가 읽어 보겠습니다. 통행증에는 이런 것들이 적혀 있습니다. '장 발장, 석방된 죄수, 태생은…… 19년 동안 징역살이를 함. 가택침입 및 절도죄로 5년, 네 번의 탈옥 시도로 14년, 아주 위험한 자.' 그래서 누구든 나를 쫓아냅니다. 그런데도 나를 받아 주시겠습니까? 여기는 여관입니까? 식사와 잠자리가 필요합니다. 아니면 마구간이라도 있을까요?"

"마글루아르 부인, 손님용 침대에 흰 시트를 깔아 주세요."

주교가 말했다.

두 부인이 주교의 뜻에 순종하는 것은 앞서도 여러 차례 이야기했다.

마글루아르 부인은 주교의 뜻을 받들기 위해 방을 나섰다.

주교는 사내를 바라보았다.

"여기에 앉아 불을 쬐시오. 식사는 곧 나올 겁니다. 식사를 하는 동안 잠자리도 마련될 겁니다."

사내는 이제야 한시름 놓는 모양이었다. 차갑고 음울하게 굳어 있던 그의 얼굴에 감동과 기쁨의 기운이 돌며 복잡한 표정으로 바뀌었다. 그는 마구 떠들어 대기 시작했다.

"정말 나를 재워 줄 겁니까? 나를 쫓아내지 않다니! 죄수인 나를 당신이라고 불러 주다니요. 너라고 하지 않고요. '당장 나가, 이놈!'이라는 말만 들어 봐서 이 댁에서도 쫓겨날 줄 알았습니다. 그래서 내 신상을 먼저 밝힌 겁니다. 이 댁을 알려 준 분께 정말 고맙군요. 저녁 식사를 먹고 잠자리까지 얻게 되다니요. 다른 평범한 사람들처럼 말입니다. 나는 19년 동안 침대에서 잔 적이 없습니다. 나를 쫓아내지 않다니 당신은 정말 훌륭한 분입니다. 돈은 있으니 사례는 하겠습니다. 주인 어르신의 성함을 여쭈어도 될까요? 돈은 분명히 드릴 겁니다. 정말 좋은 분이시군요. 여관의 주인장이 맞으시지요?"

"나는 이 집에 사는 사제입니다."

주교는 말했다.

"사제님이요?"

사내가 말을 이었다.

"고마운 사제님! 그럼 돈을 받지 않으시나요? 주임 사제님이십니까? 저 큰 성당의 주임 사제님이요? 어휴, 정말 정신이 나갔나 봅니다. 그 둥근 모자를 보고도 몰라뵙다니요!"

사내는 연방 떠들어 대면서 배낭과 지팡이를 구석에 놓고 통행증을 주머니에 넣고 자리에 앉았다. 바티스틴 양은 선한 눈길로 사내를 바라보고 있었다. 그가 말을 이었다.

"사제님은 정말 좋은 분이십니다. 나를 이렇게 대해 주시다니요. 정말 훌륭한 분이시군요. 그럼 사례를 받지 않으십니까?"

"그렇습니다."

주교는 말했다.

"돈은 잘 갖고 계시오. 얼마나 있다고 했소? 109프랑?"

"109프랑 15수입니다."

"그걸 버는 데 얼마가 걸렸다고요?"

"19년 걸렸습니다."

"19년이라니!"

주교는 한숨을 쉬었다.

사내가 말을 이었다.

"돈은 한 푼도 쓰지 않고 갖고 있습니다. 나흘 동안 그라스에서 수레에서 짐을 내리는 일을 하고 번 돈 25수로 버텼거든요. 사제님이시니 말씀드리겠습니다. 감옥에 교도 사제님이 계셨지요. 어느 날에는 주교님도 보았습니다. 예하라고 불리는 마르세유의 마조르 주교였지요. 많은 주교 사제님 위에 계신 훌륭한 분이라고 하더군요. 너그럽게 들어 주십시오. 뭐라고 표현해야 좋을지 잘 몰라서요. 우리와는 영 다른 분들이고요. 아무튼 그 훌륭하신 분이 감옥 한가운데 제단 위에서 미사를 드렸습니다. 머리에는 금관을 쓰고 있었고 한낮의 태양이 그 위를 비추었지요. 우리는 세 줄로 서 있었습니다. 앞에는 대포와 불을 당긴 화약심지가 있었어요. 우리에겐 잘 보이지 않았지만요. 뭐라고 한참 말씀하셨지만 잘 듣지는 못했습니다. 그분이 바로 주교였지요."

사내가 이야기하는 동안 주교는 창문을 닫았다.

마글루아르 부인이 1인분의 접시를 들고 와 식탁 위에 놓았다.

"마글루아르 부인, 벽난로 가까이에 놓으세요."

그리고 손님에게 말했다.

"알프스의 바람은 몹시 차답니다. 당신은 몹시 추웠을 겁니다."

주교가 '당신'이라는 말을 점잖은 목소리로 품위 있게 말할 때마다 사내의 표정은 한층 밝아졌다. 죄수에게 '당신'이라는 말은 메뒤즈호의 조난자에게는 물 한 컵과도 같았다. 비천한 자는 존경을 갈구했던 것이다.

"이 램프는 너무."

주교는 말을 이었다.

"어둡군."

마글루아르 부인은 주교의 말뜻을 알고 예하 침실의 벽난로에서 은촛대 두 개를 가져와 식탁 위에 놓고 불을 붙였다.

"사제님께서는 정말 좋으신 분입니다. 나를 무시하지 않고 집에 들여 주시고 또 촛불까지 켜 주시다니요. 내가 있던 곳과 내가 어떤 사람인지를 낱낱이 밝혔는데도."

주교는 사내의 곁에 앉아 그의 손을 부드럽게 잡아 주었다.

"당신의 신분이 어떻든 상관없소. 이곳은 내 집이 아니라 예수 그리스도의 집이오. 이 문은 여기 찾아온 모든 이의 이름을 묻지 않소. 다만 근심 걱정이 있는지 그것을 물을 뿐이오. 당신이 추위와 굶주림에 지쳐 있다면 여기에 들어오는 게 마땅하오. 내게 감사할 필요는 없소. 내가 내 집에서 당신을 맞이한 것이 아니오. 여기는 쉴 곳을 찾는 모든 이의 집이오. 나는 이곳에 잠시 머무를 당신에게 이렇게 말할 뿐이오. 이곳은 내 집이 아니라 당신의 집이오. 이곳에 있는 모든 것은 당신의 것이오. 그러니 내가 당신의 이름을 알 필요는 없소. 또한 당신이 말하기 전에 나는 당신의 이름을 알고 있었소."

사내는 놀라서 얼어붙었다.

"그렇습니까? 사제님은 나를 어떻게 압니까?"

"당신은 내 형제요."

"사제님! 나는 너무나 배가 고팠습니다. 그런데 이런 친절을 받으니 배고픔을 잊어버렸어요."

사내가 외쳤다.

주교는 그에게 말했다.

"얼마나 고생이 많았습니까?"

"어떻게 말로 다 옮기겠습니까? 붉은 죄수복에 족쇄 달린 쇠뭉치, 나무 잠자리, 더위와 추위, 노동과 매질! 툭하면 쇠사슬로 묶이고, 입만 열면 구덩이에 갇히고, 병이 나 몸이 뒤틀려도 사슬은 풀어 주지 않지요. 개보다도 못한 운명이지요. 19년! 이제 나는 마흔여섯 살입니다. 노란색 통행증을 지닌 이 꼴이 되었지요."

"당신은 참 힘든 곳에서 지냈소. 하지만 잘 들어 보시오. 하늘에는 선량한 사람 100명의 흰옷보다 잘못을 뉘우치는 자의 눈물 한 방울에 더 큰 기쁨이 있소.((루가복음) 15장 7절). 만약 당신이 그 힘든 곳에서 누군가에 대한 미움이나 노여움을 가지고 나왔다면 당신은 더 불쌍해질 거요. 그러나 평화와 친절과 밝은 마음을 가지고 나왔다면 누구보다 훌륭한 사람이 될 거요."

마글루아르 부인이 어느새 저녁상을 다 차렸다. 물과 기름에 빵과 소금을 넣은 수프, 베이컨 약간, 양고기 한 조각, 무화과, 신선한 치즈, 큰 호밀빵. 그녀는 자기 마음대로 주교의 식사에 모브 포도주 한 병을 꺼내 왔다.

주교의 얼굴에 손님맞이에 나선 주인장 같은 쾌활한 표정이 엿보였다. "어서 먹읍시다!" 하고 주교가 말했다. 다른 손님이 왔을 때와 마찬가지로 그는 자신의 오른편에 손님을 앉혔다. 바티스틴 양은 조용히 오빠의 왼편에 앉았다.

주교는 감사 기도를 드리고 수프를 따라 주었다. 사내는 허겁지겁 먹기 시작했다.

주교가 갑자기 말을 꺼냈다.

"뭔가가 허전하지 않습니까?"

마글루아르 부인은 은그릇을 세 개만 꺼내 왔던 것이다. 손님이 올 때면 은그릇 여섯 개를 꺼내는 게 이 집의 관습이었다. 이 천진난만한 허영은 검소한 품위를 지켜 나가는 이 집의 작은 사치이자 애교였다.

마글루아르 부인은 주교의 말을 듣자마자 방에서 나갔다. 그리고 잠시 뒤 세 벌의 식기를 가져와 식탁 앞에 놓았다.

퐁타를리에의 치즈 제조소 이야기

그 후 식탁에서 무슨 일이 있었는지는 바티스틴 양이 부아슈브롱 부인에게 보낸 편지를 인용하는 게 좋을 것 같다. 이 편지에는 주교와 죄수가 나눈 이야기가 비교적 상세하게 서술되어 있다.

……그 사내는 누구도 신경 쓰지 않고서 허겁지겁 먹기 시작했지요. 그는 수프를 다 먹고 나서 이렇게 말했어요.

"하느님의 사제님, 제게 이 음식은 너무도 과분합니다. 그렇지만 저를 내쫓던 식당의 수프는 이것보다 더 좋았던 것 같아요."

당신에게 솔직하게 말해 보자면 그 사내의 말을 듣고 나는 좀 서운했답니다. 오라버님은 이렇게 대답했지요.

"그 사람들은 나보다 더 힘든 일을 합니다."

"그렇지 않습니다."

사내가 말을 이었습니다.

"그들은 돈을 많이 가졌고 당신은 가난합니다. 나는 알 것 같습니다. 당신은 주임 사제가 아닐 거예요. 아니, 사제는 맞습니까? 아, 정말 하느님께서 공평하시다면 주임 사제가 되어야 마땅할 분이신데요."

"하느님께서는 공평하신 분이랍니다."

오라버님은 대답하셨지요. 그런 뒤 잠시 후에 덧붙이셨답니다.

"장 발장 씨, 당신은 퐁타를리에로 갑니까?"

"그럴 생각입니다."

사내의 대답은 분명 그랬습니다. 그는 말을 이었지요.

"내일 새벽에 떠나야 합니다. 고생길이 따로 없지요. 밤은 춥고 낮은 더우니까요."

"그곳은 좋은 곳입니다. 혁명으로 우리 집안이 몰락했을 때 나는 프랑슈콩테로 피난을 갔습니다. 거기서 일을 하며 지냈지요. 굉장히 열심히 일했던 기억이 납니다. 일자리는 많았고 어떤 일이든 시작하기만 하면 됐지요. 제지 공장, 피혁 공장, 증류 공장, 제유소, 시계 공장, 제강소, 제동소, 스무 곳이 넘는 제철소, 그중에서 로, 샤티용, 오댕쿠르, 뵈르에 있는 제철소는 제법 큰 규모였습니다."

아마 내 기억은 틀리지 않을 거예요. 오라버님은 그렇게 말씀하셨습니다. 그러더니 내게 물으셨지요.

"바티스틴, 거기에 우리 친척은 없었니?"

나는 대답했습니다.

"있었지요. 뤼스네 씨는 혁명 전에 퐁타를리에 성문 수비 대장이었어요."

"그래. 하지만 1793년에는 친척이 없는 것과 마찬가지였으니 믿을 사람은 나밖에 없었습니다. 정말 열심히 일했지요. 장 발장 씨, 당신이 가려는 퐁타를리에는 특산물 제조 공장이 있습니다. 아주 오랜 역사를 가진 곳이고 괜찮은 곳이기도 하지요. 그 고장 사람들 말로 프뤼티에르라고 하는 치즈 제조소입니다."

오라버님은 사내에게 퐁타를리에의 치즈 제조소에 대해 더 자세하게 설명하셨답니다. 우선 '대형 치즈 창고'는 부자가 경영하는 곳인데 사오십 마리의 암소를 거느려 여름마다 칠팔천 근의 치즈를 만든답니다. '조합 치즈 창고'는 가난한 사람들이 운영하는데 산중턱에 사는 농민들이 공동으로 암소를 키우고 제품을 나눈다고 했어요. 그들은 그뤼랭이라는 치즈 제조 기술자와 일하는데, 그들은 하루 세 번 우유를 받아 가서 분량을 표시한답니다. 치즈 제조가 시작되는 건 4월 말쯤이에요. 치즈 기술자가 암소를 산으로 몰아넣는 것은 6월 중순경이고요.

사내는 식사를 하면서 점점 기력을 되찾더군요. 오라버님은 그 사내에게 귀한 모브 포도주를 따라 주었습니다. 오라버님이 마시지 않고 아껴 두었던 술이었지요. 오라버님은 가끔 내게 말을 걸 때 하는 자상한 태도로 그 사내에게 치즈 제조소에 대한 이야기를 들려주었어요. 그리고 그뤼랭이란 직업에 대해 설명하셨지요. 사내에게 좋은 은신처를 주지시키려는 게 아니라 절로 알아듣도록 하려는 것 같았어요.

그런데 내가 깊게 감동받았던 일이 하나 있었어요. 그 사내는 내가 앞서 말한 바대로 그런 사람입니다. 그런데 오라버님은 식사를 할 때나 또 그다음에도 예수님에 대한 이야기를 조금 했을 뿐 그 사내의 죄와 오라버니의 직책과 관계된 말을 한마디도 하지 않았어요.

내 생각으로는 회개를 권하는 말이라도 조금 해서 죄수에게 주교의 가르침과 위엄을 조금이라도 전해 줄 기회가 있었을 텐데 오라버님은 그러지 않으셨지요. 그 불쌍한 사내를 집에 들이고 보호했다면, 그의 정신에도 평화를 주고 충고를 해 줄 수 있었을 거예요. 죄를 나무라고 바른 길로 이끌 기회이기도 했지요. 하지만 오라버님은 그 사내가 어느 고장에서 태어났는지 어떤 신분인지조차 묻지 않았어요. 과거의 죄를 떠오르게 하는 것은 아무것도 입에 담지 않는 오라버니의 배려는 타인의 대한 깊은 사랑이었습니다.

오라버님은 퐁타를리에의 산골 사람들에 대한 이야기를 하셨어요. 그들은 '하늘과 가까운 곳에서 즐겁게 일한다.'고 말씀하시다가 갑자기 '그들은 죄를 짓지 않으니 행복하다.'라는 말에서 멈칫하셨어요. 별생각 없이 한 말에 사내가 상처를 입지 않을까 얼른 말씀을 돌리실 정도였지요.

깊이 생각해 보니, 그 마음을 알 것 같아요. 오라버님께서는 아마도 장 발장이라는 사내가 자신의 처지를 너무나 비관할까 봐서 그 마음을 위로해 주고 다른 사람과 똑같이 대해서 그에게 희망을 주려는 것 같았어요. 그런 마음이야말로 자비의 실천이지요. 섣부른 훈계나 충고를 삼가시는 것도 깊은 이해심 속에 복음이 녹아 있기 때문이 아닐까요?

인간이 깊은 슬픔에 빠져 있을 때 그에게 해 줄 수 있는 최대한의 일은 그 마음을 건드리지 않는 것일 거예요. 오라버님의 뜻은 아마 그랬을 거예요. 다만 확실한 것은 오라버님이 그런 마음을 가졌을지언정 내게 전혀 내색하지 않았다는 거예요. 오라버님은 여느 날과 다름없이 행동하셨지요. 성당 주임 사제나 교구의 어느 사제와 식사를 나눌 때와 똑같았어요. 그렇게 장 발장과 식사를 함께했답니다.

식사를 모두 마치고 무화과를 먹을 때 누군가 문을 두드렸어요. 어린아이를 안고 온 제르보 아주머니였지요. 오라버님은 어린아이의 이마에 입을 맞춰 축복을 주시고는 내게 15수를 빌려 제르보 아주머니에게 주었답니다. 사내는 별 관심을 보이지 않았어요. 그는 무척 피곤했으니까요.

가여운 제르보 아주머니가 돌아간 뒤 오라버님은 식후 기도를 드리고 나서 사내에게 "이제 그만 잠자리에 드시지요?" 하고 권하셨답니다. 마글루아르 부인이 식탁을 정리했어요. 나도 사내가 편히 잠자리에 들 수 있도록 마글루아르 부인과 함께 2층으로 올라갔어요.

그러고 나서 나는 내 방에 있던 포레누아르 사슴 모피를 그에게 가져다주도록 마글루아르 부인에게 부탁했어요. 그걸 덮으면 한결 따뜻하게 잠들

수 있을 테니까요. 아주 낡아서 털이 많이 빠져 있었지만요. 그것은 오라
버님이 독일의 토틀링겐에 계실 때 내가 지금 쓰는 상아 자루 달린 나이프
와 같이 사 주신 거랍니다.

마글루아르 부인은 2층으로 곧 돌아왔고, 우리는 빨래방에서 함께 기도를
드렸어요. 그러고는 각자 침실로 갔답니다.

정숙

누이동생에게 쉬라고 말한 뒤, 비앵브뉘 예하는 식탁 위의 은 촛대를
들고 다른 하나는 손님에게 주었다.

"자, 이제 방으로 가시지요."

사내는 주교의 뒤를 따랐다.

앞에 나온 것처럼 이 집은 손님방으로 가려면 주교의 침실을 거쳐야
했다.

그들이 침실을 지날 때 마글루아르 부인이 마침 벽장에 은식기를 넣고
있었다. 그것은 그녀가 맡은 마지막 일과였다.

주교는 손님을 벽장 침대로 안내했다. 거기에는 깨끗한 시트가 깔려
있었다. 사내는 테이블에 촛대를 내려놓았다.

주교는 말했다.

"편히 쉬십시오. 내일 아침 떠나기 전에 암소에게서 짠 신선한 우유를
드리겠습니다. 따뜻할 때 말이지요."

사내는 대답했다.

"정말이지 감사합니다."

이렇게 훈훈한 순간에 사내는 갑자기 묘하게 몸을 움직였다. 만약 두

성스러운 노부인이 그 광경을 보았다면 두려움에 떨었을지도 모른다. 그 때 사내가 어떤 생각을 했는지는 알 수가 없다. 앞으로 일어날 일을 예고 하려고 했던 것인지, 으름장을 놓았던 것인지, 스스로 억제할 수 없는 강한 욕구 때문이었는지, 그는 주교를 돌아보고는 팔짱을 끼고 매서운 눈초리로 주교를 쩨려보며 거친 목소리로 외쳤다.

"세상에! 나를 이 집에서 자게 하다니! 당신 옆에서!"

그는 잠시 동안 조용히 있더니, 꺼림칙한 웃음을 띠고 이렇게 말을 이었다.

"한번 생각해 보십시오. '혹시 살인범 아닐까?' 하고 누군가 말한 적이 없는지요?"

주교는 천장을 바라보며 말했다.

"그건 주님께서만 아시겠지요."

주교는 오른쪽 손가락 두 개를 사내의 이마에 대고 축복을 주었으나, 사내는 고개를 숙이지 않았다. 주교는 사내에게서 눈길을 거두고 그대로 자기 침실로 돌아갔다.

벽장 침대를 손님이 쓸 때는 기도실의 큰 커튼으로 제단을 가리곤 했었다. 주교는 커튼을 지나면서 잠시 무릎을 꿇고 기도를 올렸다.

그러고는 뜰로 나가 생각에 잠겼다. 그는 저 먼 곳에 보이는 주님이 만드신 끝없는 신비를 바라보았다.

한편 사내는 너무나 피곤한 나머지 흰 새 시트의 감촉을 느낄 새도 없었다. 그는 죄수들이 하는 것처럼 콧바람으로 촛불을 끄고는 옷을 그대로 입고서 침대에 눕자마자 잠들었다.

주교가 방으로 돌아왔을 때 시계가 12시를 알렸다.

그리고 잠시 후, 이 작은 집은 정적에 휩싸였다.

장 발장

장 발장은 한밤중에 잠에서 깼다.

그는 브리 지방의 가난한 농촌 마을에서 태어났다. 어렸을 적 글도 제대로 배우지 못한 형편이었다. 그는 파브롤에서 나뭇가지 치는 일을 했다. 어머니는 잔 마티외, 아버지는 장 발장 혹은 부알라 장이라고 불렀다. 이는 별명 같은 것으로 '부알라 장(장이란 녀석)'을 줄인 것이었다.

장 발장은 쾌활한 편은 못 되었지만 늘 어떤 생각에 잠긴 듯 보였다. 그것은 인정 많은 사람들의 특징이기도 했다. 하지만 대체로 보자면 장 발장은 어딘가 좀 둔하고 싱거워 보이는 사내였다. 그는 아주 어렸을 때 부모를 잃었다. 어머니는 산후 후유증으로 죽고, 아버지는 그처럼 나뭇가지 치는 일을 하다가 나무에서 떨어져 죽었다.

장 발장에게 유일한 혈육이라고는 나이 차이가 많이 나는 누이가 전부였다. 이 누이는 아들딸이 일곱이나 되는 과부였다. 그녀는 남편과 함께 동생을 자기 집에 데려와 길러 주었다. 그러다 남편이 죽었는데 그때 장 발장의 나이는 스물다섯 살이었다. 일곱 아이 중 첫째가 여덟 살, 막내가 한 살이었다. 장 발장은 그때부터 가장이 되어 자신을 길러 준 누이의 생활을 도왔다. 그 책임감이 얼마나 무거웠는지 장 발장으로서는 달갑지 않은 상황이었다. 그는 노동은 고되고 벌이는 좋지 않은 일을 하며 살아갔다. 장 발장에게는 애인이 없었다. 여자 꽁무니를 쫓아다닐 겨를도 없었던 것이다.

저녁이면 그는 완전히 지쳐서 겨우 집에 돌아와 스프를 먹었다. 누이인 잔은 접시에서 쇠고기나 돼지고기 조각 혹은 양배추 속 같은 것을 골라다가 부지런히 아이들에게 먹였다. 그는 식탁에 바싹 붙어 앉아 고개를 스프 접시에 박고 머리카락을 죄다 접시 둘레에 떨어뜨리고서 아무것도 못 본 척 누이가 하는 대로 놔둘 뿐이었다.

파브롤에는 장 발장의 오두막집에서 그리 멀지 않은 좁은 길 맞은편에 마리클로드라는 부인이 살았다. 늘 배고픔에 시달리던 장 발장네 아이들은 어머니 핑계를 대면서 가끔 마리클로드에게 찾아가 우유를 세 홉 얻어서는 길모퉁이나 울타리 뒤에 숨어서 우유를 마셨다. 어찌나 서로 먹겠다고 아우성을 쳤는지 어린 여자아이들은 턱 밑이나 앞치마에 우유를 흥건히 묻히곤 했다. 만일 어머니가 그 사실을 알았다면 아이들을 호되게 야단쳤을 것이다. 하지만 장 발장은 세심하지 못한 성격이었는데도 누이 몰래 마리클로드에게 아이들의 우윳값을 치러 주었고, 아이들은 누구에게도 혼나지 않았다.

나뭇가지를 치는 계절이 오면 그는 하루에 24수를 벌었다. 그 외에도 닥치는 대로 들일이며 농장일, 농사일을 했다. 그는 어떤 일이든 자기가 할 수 있는 일은 다 했다. 누이도 돈벌이를 다녔지만, 아이가 일곱이나 되니 늘 돈이 부족했다. 장 발장네 식구들은 갈수록 가난에 허덕여야 했다.

아무 일거리도 찾기 힘든 혹독한 겨울이 찾아왔다. 집에는 빵 하나가 없었다. 빵 부스러기도 찾을 수 없었다. 배고픈 어린아이가 일곱 명이나 있는데도 말이다!

어느 일요일 저녁, 파브롤 교회 앞 광장에 있는 빵집의 주인 모베르 이자보는 막 잠자리에 들려 하고 있었다. 그때 가게의 창문에 닿은 유리 진열장이 깨지는 소리가 났다. 누군가 창문과 유리창을 주먹으로 깨고서 손을 내밀고 있는 게 보였다. 그 손은 빵 하나를 훔쳐 달아났다.

이자보는 황급히 밖으로 쫓아 나갔다. 도둑은 도망치고 있었다. 이자보는 끝까지 쫓아가 그를 붙잡았다. 도둑은 벌써 빵을 던져 버린 뒤였지만 손에서 피가 뚝뚝 흐르고 있었다. 그는 바로 장 발장이었다.

그것이 1795년의 일이었다. 장 발장은 남의 집 창문을 부수고 도둑질을 한 죄로 법정에 끌려갔다. 그는 오래전부터 소총을 갖고 있었는데, 사냥 솜씨가 좋아 밀렵을 나가곤 했다. 그것이 불리하게 작용했다. 밀렵꾼은 좋은 평판을 얻지 못하기 때문이다. 밀렵자는 밀수업자나 도적처럼 여겨진다. 하지만 엄밀히 말하자면 그런 사람과 시내를 활보하는 무서운 살인자는 다를 수밖에 없다. 밀렵자는 숲 속에서 활동하고, 밀수업자는 산이나 바다에서 활동한다. 도시는 잔인하고 타락한 인간을 낳는다. 산과 바다와 숲은 야성적인 인간을 낳는다. 자연은 인간의 거친 면을 일깨워 주지만 그렇다고 해서 정서적인 면을 해치지는 않는다.

장 발장은 유죄판결을 받았다. 올바른 문명의 시대에도 비극은 찾아온다. 바로 형벌이 인생의 파멸을 선언할 때이다. 사회로부터 분리되고 고유한 정신을 지닌 인간이 재기할 수 없이 나락으로 떨어지는 순간! 그얼마나 고통스러운 순간인가! 장 발장은 5년 징역형을 받고 항구의 감옥으로 옮겨졌다.

1796년 4월 22일, 파리에 몬테노테의 승리 소식이 들려왔다. 집정관 정부가 오백인의회에 전한 혁명 제4년 화월(花月) 2일 통첩에 부오나파르테 이탈리아군 총사령관이 승리한 것이다. 그날, 비세트르에서는 커다란 쇠사슬 하나로 죄수 여러 명을 묶었다. 장 발장도 거기에 묶여 있었다. 지금은 거의 아흔 살이 다 된 그 간수는 가운데 마당의 북쪽 구석에서 네 번째 줄에 묶여 있던 그 불쌍한 사내를 똑똑히 기억한다. 그는 다른 죄수들처럼 바닥에 앉아 있었다. 그는 상상할 수도 없는 두려움 앞에 있다는 것 외에 자기가 어떤 상황에 놓여 있는지 전혀 알지 못했다. 다만 단정 지을 수 없는 이 상황이 자신에게 너무나 가혹하다고 느끼고 있었다.

목에 걸린 쇠목걸이의 나사를 쇠망치로 박는 내내 그는 울었다. 목이 메어서 목소리조차 나오지 않았다. 그는 나직이 이렇게 중얼거렸다.

"나는 파브롤의 가지치기꾼이오."

그렇게 눈물을 흘리면서 오른손을 들고 마치 일곱 계단을 쓸어내리듯 손짓을 했다. 키 순서대로 나란히 세워 놓은 일곱 아이들의 머리를 차례로 쓰다듬는 듯했다. 그것은 마치 자신이 어떤 잘못을 저질렀든 간에 그 일이 일곱 아이들을 끔찍이 위했기 때문이라는 것을 상징하는 듯했다.

그는 목에 쇠사슬을 감고 짐수레에 실려 27일의 항해 끝에 툴롱 항구에 닿았다. 거기서 그는 붉은 죄수복을 받았다. 그가 가졌던 모든 것은 다 사라져 버렸다. 그는 번호 24601로만 남았다.

누이는 어떻게 되었을까? 일곱 아이들은? 이제 누가 그 어린것들을 돌봐줄까? 나무가 밑동이 잘려 넘어지면 나뭇가지에 붙은 수많은 나뭇잎은 어떻게 될까?

그것을 예상하기란 어렵지 않았다. 그 불쌍한 아이들, 신의 선물이었던 그 아이들은 이제 의지할 곳 없는 형편이 되어 보살펴 줄 사람도 머물 집도 없이 그저 뿔뿔이 흩어질 터였다. 그리고 차디찬 운명 속에 홀로 남겨진 사람처럼 거대한 안개 속으로 사라져 갈 것이다. 그렇게 어두운 심연 속으로 수많은 불행한 사람들이 아무런 희망도 품지 못하고 걸어 들어가는 것이다.

누이와 아이들은 그 고장을 떠났다. 마을의 종루도 그들을 잊었다. 그들이 노닐던 들판의 지도도 그들을 잊었다. 항구에서 몇 년의 시간을 보낸 장 발장도 그들을 잊었다. 지난날 새겨졌던 깊은 상처는 작은 흉터를 남겼을 뿐이었다.

툴롱에서 그는 딱 한 번 누이의 소식을 들었다. 감옥살이가 4년째로 접어드는 해의 끝 무렵이었다. 누이의 소식이 어떻게 그에게 전해졌는지는 알 길이 없다. 같은 고향 마을 사람이 누이를 보았다고 했다. 누이는 파리의 생쉴피스 성당 근처 빈민가 뒤 쟁드르 거리에 살고 있었다.

그녀는 막내아들만 데리고 있었다. 위의 여섯 아이는 어떻게 되었을까? 아마 그녀도 모르고 있을 것이다. 그녀는 매일 아침 6시에 사보 거리 3번지의 인쇄소에 나가서 책장을 접고 책을 꿰매는 일을 했다. 겨울이면 해도 뜨기 전의 시간이었다. 인쇄소가 있는 건물에는 학교가 있었다. 그녀는 일곱 살 된 아들을 학교에 보냈다. 그러나 학교는 7시에 문을 열었으므로 아이는 안마당에서 한 시간을 기다렸다. 춥고 깜깜한 겨울에 밖에서 말이다! 인쇄소에서는 아이를 들여보내 주지 않았다. 방해가 된다는 이유에서였다.

인쇄소 사람들은 아침마다 이 가여운 아이가 추운 돌바닥에 앉아 조는 것을 보았다. 아이는 책가방 위에 웅크리고 잠들어 있기도 했다. 비가 오는 날이면 문지기 할머니가 아이를 오두막에 들어오게 해 주었다. 작은 방에는 침대 하나와 물레, 나무 의자 두 개가 있어서 아이는 구석에서 고양이에게 몸을 찰싹 붙이고 꾸벅꾸벅 졸았다. 그리고 7시가 되면 학교에 들어갔다.

장 발장이 들은 소식은 그게 전부였다. 어느 날 그 이야기를 전해 듣고서, 그는 마치 사랑하는 사람들의 운명의 문이 갑자기 열렸다가 닫혀 버린 허망함을 느꼈다. 그 이후로는 어떤 소식도 듣지 못했다. 그들을 만나지도 못했다. 이 비극적인 이야기 속에도 그들은 다시 등장하지 않을 것이다.

감옥 생활 4년 만에 장 발장은 탈옥의 기회를 맞았다. 형무소 동료들이 그를 도왔다.

그는 탈옥에 성공했다. 이틀 동안 그는 자유롭게—그것이 자유라면—들판을 거닐었다. 누군가 쫓아올까 봐 두려워하면서 바스락거리는 나뭇잎 소리에도 벌벌 떨며 그는 두려움을 떨칠 수가 없었다. 연기가 오르는 지붕과 거리의 사람들, 개 짖는 소리, 질주하는 말, 시계 종소리, 사물이 또렷이 보이는 대낮, 아무것도 보이지 않는 컴컴한 밤이 두려워서 큰길에서도 샛길에서도 덤불에서도 잠을 잘 때도 그는 떨었다.

그렇게 이틀째 되던 날 밤, 그는 다시 붙잡혔다. 만 3일 동안 아무것도 먹지 못하고 잠도 자지 못했다. 해양 재판소는 그에게 형을 3년 연장했다. 그래서 그의 형기는 8년이 되었다.

6년째에 또 한 번 탈옥의 기회가 왔다. 그는 탈옥을 감행했다. 그러나 점호에 걸려 실패하고 말았다. 대포 소리가 들렸다. 순찰조는 건조하던 배의 용골 밑에서 그를 발견했다. 그는 맹렬히 저항했다. 탈옥과 저항은 중형으로 다스려지고 그에게 5년 형이 추가되었다. 그중 2년은 두 겹의 쇠사슬에 묶여 지내야 했다. 그의 형기는 모두 13년이 되었다.

10년째에도 탈옥의 기회가 생겼다. 그러나 또다시 실패하고 말았다. 그 죄로 다시 3년 형기가 추가되었다. 모두 16년. 그리고 또다시—13년째였을 것이다.—마지막 탈출을 시도하다 네 시간 만에 잡히고 말았다. 다시 3년 형기가 추가되어 그는 모두 19년의 징역을 살았다. 빵집 유리창을 깨고 빵 한 개를 훔친 죄로 1796년 수감된 그는 1815년 10월에 석방되었다.

여기에 잠시 덧붙여 보자면, 작자가 형법 및 법률상의 판결에 대해 연구하던 중 빵 한 개를 훔친 죄로 파멸을 맞은 것은 장 발장이 두 번째였다. 클로드 괴(위고 작품의 작중 인물_옮긴이)도 빵 하나를 훔쳤다. 장 발장도 빵 하나를 훔쳤다. 영국의 어느 통계를 보자면, 런던의 도둑질 다섯 중 넷은 굶주림이 그 원인이라고 한다.

장 발장은 두려움에 떨며 항구 감옥에 수감되었다. 그리고 감정 없는 사람이 되어 감옥을 나왔다. 절망에 빠져 감옥에 갔다가 음울하게 나왔다.

대체 그의 영혼은 어떻게 변했을까?

절망의 구렁텅이

이제 장 발장의 영혼에 어떤 변화가 있었는지를 알아보기로 하자.

사회는 이런 문제를 등한시해서는 안 된다. 이런 문제를 낳는 곳이 바로 사회이기 때문이다.

앞서 말한 것처럼 그는 무식한 사내였다. 하지만 어리석은 자는 아니었다. 그의 내부에는 아직도 자연의 빛이 남아 있었다. 불행한 기운 역시 빛을 가지고 있어서 그 사내의 고유한 정신에 작은 빛을 더해 주었다. 쇠사슬과 몽둥이, 감방, 그리고 뜨겁게 내리쬐던 햇빛과 나무 잠자리, 그 모든 고통 속에서 그는 끝없이 자기 자신을 돌아보았다.

그는 스스로 심판대 위에 섰다.

장 발장은 자신이 부당하게 징역살이를 산 결백한 사람이라고 생각하지는 않았다. 그는 부인할 수 없는 죄를 저질렀다. 만약 그때 그가 빵 가게 주인에게 빵을 얻으려 했다면 아마도 거절당하지 않았으리라. 그는 차라리 빵 가게 주인에게 사정을 하든 아니면 일을 한 대가를 빵값으로 치렀어야 했다. '배고픔이 극에 달해 참을 수 없었다.'는 말은 그의 행동을 정당화해 줄 수 없었다. 첫째 인간이 굶어 죽는다는 건 쉬운 일이 아니다. 둘째 다행인지 불행인지 인간이란 정신적 육체적인 고통을 겪더라도 한순간에 죽지는 않는다. 그러니 무엇보다도 인내심이 필요했던 것이다. 불쌍한 일곱 명의 조카를 위해서라도 그래야 했다. 자신과 같이 힘없고 불쌍한 사람이 난폭하게 빈곤에서 탈출하려 했던 것은 너무나 경솔한 생각이었다. 그런 길로 들어서는 문은 빈곤에서의 탈출구가 아니었다. 그는 잘못된 선택을 했던 것이다.

그는 스스로에게 끊임없이 되물었다.

이 숙명적인 사건에서 과연 그 혼자서 잘못을 저질렀던가? 첫째로 그는 좋은 일꾼이었지만 추운 겨울 일자리를 찾지 못했다. 열심히 살아간 그가 빵을 갖지 못한 것을 그의 잘못이라고만 할 수 있을까? 다음으로 잘못된 선택이 벌어지고 그가 자백을 했음에도 형벌이 너무 무거웠던 것은 아닌가? 그에게 내려진 형벌은 죄의 정도와 맞았던가? 형벌은 뉘우침에 너무 치우쳐 있던 것은 아닌가? 형벌이 아무리 무거운들 이미 벌어진 범죄를 무화할 수 있던가? 무거운 형벌은 사태를 악화시키고, 죄인을 희생자로 만들고, 채무자를 채권자로 만들고, 범죄를 저지른 인간을 결국 법으로 용서해 준다고 든다. 탈옥으로 형기가 늘어난 것은 어땠는가? 강자 앞에서 약자는 얼마나 무력했는가? 사회는 개인에 대해 무죄였는가? 19년마다 매일매일 죄는 늘어나지 않았는가?

그는 스스로에게 물었다. 사회는 그 안의 부조리와 무자비함을 구성원에게 떠넘길 권리가 있는가? 한낱 불쌍한 영혼을 고통과 결핍 속에 몰아넣을 권리가 있는가? 우연히 이루어진 재산 분배에서 탈락한 불쌍한 사람들, 가장 동정받아 마땅한 그들을 사회가 매몰차게 대한다면 그것이 과연 정당한가?

그는 묻고 또 물었다. 그는 스스로 사회를 재판하고 유죄를 선고했다.

그는 증오심에 차올라 사회를 벌했다.

그는 자신이 겪은 가혹한 운명을 사회적 책임으로 돌렸다. 그리고 언젠가는 그에 대해 가혹하게 책임을 물으리라 생각했다. 자신이 남에게 해를 끼친 것과 남이 자신에게 해를 끼친 것 사이에는 아무 상관이 없다고 단정 지었다. 그리고 자신이 받은 형벌은 죄에 대한 대가였지만 불공정하다고 결론을 내렸다.

무언가에 대한 적개심은 이성을 흐리게 만들고 오류를 만든다. 사람은 아무 이유 없이 화를 내지는 않는다. 마음속에는 분명 그 원인이 숨어 있다. 장 발장은 크나큰 분노를 느꼈다.

사회는 그에게 얼마나 무자비했는가. 사회가 정의의 탈을 뒤집어쓰고 약자들에게 가하는 무서운 횡포, 장 발장은 그런 것들에 무방비로 당해 왔다. 누군가 그에게 다가왔다면 그것은 그를 해하기 위함이었다. 모든 이와의 만남에서 그는 상처를 받았다. 어릴 적 어머니 품에서조차 누이의 손에서 자랄 때조차 그는 따뜻하고 다정한 눈길 한 번 받아 보지 못했다. 끝없는 괴로움 속에서 그는 나름의 깨달음을 얻었다. 인생은 싸움의 연속이며, 자신은 패배자였던 것이다. 그는 끓어오르는 적개심 외에 아무것도 가진 것이 없었다. 그는 적개심이라는 무기를 감옥에서 날카롭게 갈아 사회에 나갈 때 갖고 가리라 다짐했다.

툴롱에는 이뇨랑탱 수도사들이 운영하는 죄수를 위한 학교가 있었다. 그곳에서는 배움을 갈구하는 불쌍한 죄수들에게 교육의 기회를 제공했다. 그는 그들 틈에 끼어서 마흔 살에 학교를 다니면서 읽기와 쓰기, 수학을 배웠다. 그는 지식을 쌓으면 그의 적개심을 굳건히 할 수 있으리라 믿었다. 때로 교육은 악과 결합하는 수도 있다.

딱한 말이지만, 그는 자신을 불행하게 만든 사회를 심판하고 나서, 그 같은 사회를 낳은 하늘을 심판하려 들었다.

그리고 그는 하늘에도 유죄판결을 내렸다.

고통스럽고 비참한 19년의 생활 동안 그의 영혼은 끝없이 나락으로 떨어졌다. 빛줄기가 내릴라치면 곧 어둠이 그의 영혼을 덮었다.

장 발장은 천성이 나쁜 사람이 아니었다. 감옥에 들어올 때만 해도 그는 좋은 사람이었다. 그런데 사회가 그를 험한 길로 이끌면서 그는 스스로 악해졌다는 것을 깨달았다. 그는 하늘을 맹렬히 비판하면서 스스로 불신에 빠져드는 자신의 영혼을 느꼈다.

이것은 생각해 볼 필요가 있는 문제이다.

인간의 본성이 그토록 뿌리부터 바뀌어 버릴 수 있는가? 신이 착하게 만든 인간이 지상에서 벌어진 일 때문에 악해질 수가 있는가? 인간의 영혼이 운명에 의해서 바뀌고, 나쁜 운명으로 인해 영혼이 사악해질 수 있다는 게 사실일까? 낮은 천장 아래 살면 등뼈가 굽듯이 사람의 마음도 무거운 불행을 견디다 못하면 불구가 되는 것일까?

인간의 영혼, 장 발장의 영혼 속에는 어떤 고유한 빛, 지상에서 영원히 간직되어 내세까지 이어질 불멸의 빛—선함을 만나 융성해지고 피어오르며 찬란히 빛나 온갖 악의 무리에도 흔들리지 않는 그런 빛이 없었던 것일까?

그것을 말하는 것은 쉬운 일이 아니다. 그리고 아마도 마지막 의문에는 어떤 생리학자라도 그런 것은 존재하지 않는다고 했을 것이다. 툴롱에서 장 발장이 명상에 빠져 있던 그의 휴식 시간을 지켜본 사람이라면 그렇게 대답했을 것이다. 휴식 시간에 그는 팔짱을 끼고 고패 자루에 앉아서 쇠사슬을 주머니에 집어넣고는 어둡고 진지한 눈빛으로 생각에 잠겨 있었다. 법률에 의해 인간으로서의 모든 권리를 빼앗겨 분노만이 남은 패배자의 얼굴이었다. 그는 문명으로부터 벌을 받고 차갑게 식은 눈으로 하늘을 바라보는 낙오자였다.

물론 우리도 그것을 모르는 체하지 않을 뿐 아니라, 어떤 생리학자라도 거기서 참담함을 느꼈을 것이다. 그리고 법률이 만들어 낸 이 죄인을 불쌍히 여겼을 것이다. 하지만 그를 도와줄 마음은 들지 않았을 것이다. 그는 사내의 영혼 깊숙한 곳에 있는 동굴을 발견했을 것이다. 지옥의 입구에 선 단테와도 같이, 신의 손가락이 모든 이의 이마에 새긴 '희망'이라는 글자를 사내에게서 지웠을 것이다.

우리가 여기에 말한 그의 영혼에 대해 독자에게 전해진 것만큼이나 장 발장은 스스로 이해하고 있었을까? 장 발장은 그의 영혼을 비참하게 만든 모든 요소와 그러한 변화의 과정, 그리고 그 이후를 똑똑히 자각했을까? 거칠고 무식한 이 사내는 자기에게 일어난 재앙과 이러한 흐름들을 제대로 알고 있었을까? 끊임없이 떠오르는 생각으로 혼란에 빠졌다가 오랜 세월 동안 생각의 벽에 갇혀 그만 실의에 빠지고 말았을까? 그는 자신의 영혼에 일어난 일을 과연 알고 있었을까?

이는 단언할 수 없는 말이다. 아니, 절대 그렇다고 할 수 없는 일이다. 장 발장은 어리석고 우둔했으며, 갖은 불행을 겪었음에도 진실을 제대로 파악하지 못하고 있었다. 그는 가끔씩은 그가 어떤 감정에 휩싸여 있는지조차 모를 때가 많았다.

장 발장은 마치 깊은 암흑에 빠져 있는 듯했다. 그는 그 안에서 끊임없이 분노하고 있었다. 그는 자신이 속한 어두운 현실을 철저히 증오하고 있었다. 그리고 그 어둠 속에서 맹인처럼 몽유병 환자처럼 헤매며 살고 있었다. 가끔 참을 수 없는 분노가 끓어오르는 고통이 그를 엄습해 왔다. 그것은 그의 영혼을 공격하는 푸르스름한 번개 같은 것으로 그의 운명에 놓인 어두운 골짜기와 냉혹한 현실을 그대로 보여 주었다.

번개 불빛이 사라지면 다시 고요한 어둠이 그를 휘감았다. 대체 그는 어디에 존재하는가? 그 자신조차 어느 것도 확신하지 못했다.

인간을 아둔하게 마비시키는 이러한 형벌은 인간을 차츰 야수로 만들고 맹수로 키운다.

장 발장은 탈옥 계획을 포기하지 않았다. 그는 설령 어리석은 짓일지언정 실패로 돌아갔을 때의 결과를 생각하지 않고 늘 기회를 엿보았다. 열린 틈을 타 재빠르게 우리에서 도망치는 이리처럼 빠져나갈 생각만 했던 것이다.

그의 본능이 그를 일깨웠다.

"달아나야 한다!"

그러자 그의 이성이 말했다.

"그래서는 안 된다!"

하지만 강렬한 유혹 앞에 이성은 매번 무릎을 꿇고 말았다. 그때 그에게는 본능밖에 남아 있지 않았다. 동물적 본능만이 그의 마음에 들끓었다. 다시 붙잡힐 때마다 언도받은 형벌은 그의 마음을 더욱 빗나가게 만들었다.

우리가 잊지 말아야 할 것은, 장 발장이 죄수 중 어느 누구보다도 강한 체력의 소유자였다는 것이다. 노역 시간에 닻줄을 꼬거나 고패를 돌리는 것을 보면 그는 네 명의 몫을 해내곤 했다. 등에 엄청난 짐을 지고서도 끄떡없이 기중기처럼 일을 했다.

기중기는 옛날에는 오르괴유라고 불렀는데, 파리 중앙 시장에 있는 몽토르괴유가의 명칭은 바로 거기서 유래된 것이다. 동료 죄수들은 그를 '기중기 장'이라고 불렀다. 툴롱 시청 발코니를 수리할 때였다. 발코니 기둥 중 퓌제의 귀한 여인상 하나가 쓰러질 뻔했는데 마침 그 앞을 지나던 장 발장은 그것을 어깨로 받치고 다른 동료들이 올 때까지 힘으로 버텼다.

그는 동작 또한 아주 날렵했다. 어떤 죄수들은 탈옥을 꿈꾸며 체력을 기르다가 갖은 묘기를 갖게 된다. 그들은 훌륭한 근육을 갖게 되는데, 자유로운 새나 파리를 어찌나 동경했던지 죄수들은 근육의 힘으로 갖가지 묘기를 펼친다.

벽을 수직으로 기어올라 맨 벽에 발을 디디는 것은 장 발장에게는 누워서 떡 먹기였다. 벽 귀퉁이만 있으면 등과 무릎의 힘으로, 팔꿈치와 발꿈치를 디뎌 가면서 4층 높이까지도 올라갔다. 어떤 날은 그렇게 해서 형무소 지붕까지 올라갔었다.

그는 말수가 적었다. 웃는 일도 드물었다. 마치 악마의 웃음과도 같은 죄수들의 어두운 웃음을 그에게서 찾는 일은 한 해에 몇 번도 힘들었다. 그는 늘 골똘히 생각에 잠겨 있었다.

그는 무언가에 사로잡혀 있었던 것이다.

불안한 성격과 허술한 사고방식은 그에게 마치 악마 같은 것이 몸에 깃들어 있다는 상상을 품게 했다. 그 푸르스름한 그림자가 그를 쫓아올 때마다 그는 온갖 두려움과 공포에 시달렸다. 그는 세상의 갖가지 요소들과 법률, 편견이 이루는 무서운 소름의 골짜기를 보았다. 그것은 또렷한 윤곽조차 가지지 않고 커다란 하나의 인상으로 빚어져 그를 공격했다. 그것을 우리는 아마도 문명이라고 불렀을 것이다. 어둡고 커다란 혼동 속에 어딘가는 가까이 또 어떤 곳은 멀게, 결코 닿을 수 없는 어떤 무리들이 숨어 있는 그것의 실체를 그는 알 수가 없었다. 간수와 몽둥이들,

헌병과 군도, 그리고 주교관을 쓴 대주교, 그리고 눈부신 왕관을 쓴 황제의 모습이 차례로 떠올랐다.

그 푸르스름한 빛은 밤을 비춰 주지 않고, 더욱 음산한 곳으로 그를 내몰았다. 모든 법률과 편견, 사물들은 신이 선사한 문명과 더불어 그를 괴롭히면서 그의 영혼을 짓밟았다.

결코 헤어날 수 없는 나락에 빠진 사람들, 불행의 끝에서 떨고 있는 불쌍한 사람들, 법률에 의해 고통받는 사람들은 모든 인간 사회의 무게를 온몸으로 떠안아야 했다.

장 발장은 바로 그 같은 상황에 방치되어 있었다. 그러면 대체 그는 어떤 몽상에 빠져들었을까?

만약 맷돌 속에서 좁쌀 알갱이가 생각을 할 수 있다면, 장 발장의 처지와 비슷하다고 할 수 있을까?

몽상에 목매는 현실과 현실을 파고드는 몽상은 그로 하여금 설명할 수 없는 깊은 어둠에 빠지게 했다.

바쁜 노역 중에도 그는 가끔씩 생각에 잠겼다. 내면의 성숙과 더불어 더욱 혼란해져 가는 그의 영혼은 헤매고 있었다. 지금까지 경험한 모든 일이 이해되지 않았다. 그를 둘러싼 모든 것이 저주스러웠다. 그는 혼잣말로 중얼거렸다.

"나는 꿈을 꾸고 있다."

그는 바로 옆에 서 있는 간수를 보았다. 그의 눈에는 간수가 마치 환영처럼 보였다. 갑자기 환영이 그에게 몽둥이질을 해 댔다.

그는 자연을 느낄 수도 없었다. 태양도, 무더운 여름날도, 빛나는 하늘도, 4월의 이른 아침도 장 발장은 느낄 수 없었다. 창구멍을 통해 들어오는 희미한 빛줄기만이 그의 영혼을 비추고 있었다.

마지막으로 우리는 지금까지 말했던 것 중에서 이것만은 반드시 기억해야 할 것이다. 파브롤의 평범한 가지치기꾼이자 툴롱의 무서운 죄수였던 장 발장은 19년 동안의 감옥 생활 덕분에 두 가지 악의 본성을 갖게 되었다. 첫째는 자신이 받은 악에 대한 저항으로 반성과 뉘우침 없이 저지르는 본능적인 악이며, 둘째는 가혹한 운명으로 인해 얻게 된 비뚤어진 생각에 따른 계획적인 악이었다.

그는 악행을 저지르기 위해서 골몰했다. 그것은 거친 기질을 가진 인간만이 가질 수 있는 것으로, 이론과 의지, 집요함에서 나오는 악이었다. 그러자면 몸에 밴 분노, 정신적 고통, 깊은 원한, 그리고 반동─만일 따라주는 사람이 있다면, 선량하고 올바른 사람들까지 아우르는─이었다.

그의 모든 사상은 문명과 법률에 대한 증오에서 시작되었다. 이때의 증오는 그 발생에서부터 하늘의 어긋난 뜻과 가혹한 운명에서 비롯되어 단단히 굳어진 증오, 인류에 대한 증오, 그리고 모든 사물에 대한 증오가 되어 모든 살아 있는 것들을 파괴하는 무서운 욕망이다. 노란 통행증에 장 발장을 일컬어 위험한 인물이라고 설명한 것은 일리 있는 말이었다.

세월이 지나며 그의 영혼은 더욱 피폐해졌다. 그리고 천천히 마음과 마찬가지로 눈물도 메말랐다. 그래서 형무소를 나올 때까지 19년 동안 그는 한 번도 눈물을 흘린 적이 없었다.

물결과 어둠

한 사내가 바다에 빠졌다.

어쩔 도리가 없다. 배는 제 갈 길을 간다. 바람이 매섭게 불고 배는 항해를 해야만 한다. 배는 그냥 지나간다.

사내가 시야에서 사라졌다가 다시 보인다. 그는 수면 아래로 고꾸라졌다가 다시 떠올랐다. 그러면서 살려 달라고 울부짖었다. 그러나 아무도 그의 소리를 듣지 못했다.

비바람이 몰아치는 바다 한가운데를 배는 거침없이 나아갔다. 선원과 승객 중 그 누구도 물에 빠진 사나이를 보지 못했다. 그의 가련한 머리는 물결 속의 작은 점에 불과했다.

그는 절망에 빠져 울부짖었다. 아! 멀어져 가는 돛이여! 그는 돛을 바라보았다. 죽을힘을 다해 쳐다보았다. 그러나 돛은 멀어지고 작아져 갔다. 그는 방금 전까지만 해도 저 배 위에 있었다. 그는 선원이었다. 동료들과 함께 갑판을 오가며, 공기와 햇빛을 누리며 살아 숨 쉬었다. 그런데 지금 그는 어떻게 되었는가? 발이 미끄러지면서 모든 것이 끝났다.

그는 깊은 바닷물 속에 떠 있다. 거센 물 폭풍이 그를 둘러쌌다. 바다는 그를 옭아매고 물보라는 함성을 지르고 파도는 그를 때리고 물결은 그를 삼켰다. 물속에 잠길 때마다 그는 어두운 벼랑을 보았다. 무시무시한 해초가 그를 잡아당겼다. 그는 점차 육체가 심연이 되어 가는 것을 느낀다. 그는 물보라가 되고 물결 사이로 던져진다. 사악한 대양은 그를 놓아주지 않고, 커다란 바다는 죽음의 고통을 던져 주었다. 모든 것이 그에게는 증오스럽다.

그러나 그는 포기하지 않고 싸웠다. 그는 사력을 다해 헤엄친다. 거대한 힘에 맞서 끝까지 싸운다.

배는 어디에 있을까? 저 먼 수평선에 작은 배 한 척이 보인다.

돌풍이 불고 물보라가 그를 감싼다. 그는 하늘을 올려다보았으나 어두운 구름이 보일 뿐이었다. 죽음의 고통에 울부짖으며 그는 찬란한 바다를 바라보았다. 그는 바다의 광기에 속절없이 무너졌다. 한 번도 들어본 적 없는 기이한 음성을 듣는다. 저 먼 육지에서, 저 먼 외계에서 들리는 소리 같다.

구름이 걸린 하늘에는 새가 지나고, 인간의 슬픔 너머에는 천사가 있다. 그러나 천사들이 무엇을 도와줄 수 있는가? 그들은 하늘을 날며 노래하지만, 그는 죽어 가고 있다.

그는 점점 가라앉는 것을 느낀다. 바다의 무덤에 갇혀 하늘의 수의를 입는다.

캄캄한 밤, 그는 몇 시간째 허우적거렸다. 몸에 남은 힘이 없었다. 사람들이 타고 있던 저 배도 흔적 없이 사라져 버렸다. 그는 황혼의 심연 속에 홀로 떠 있다. 그는 결국 빨려 들어가고 차갑게 굳어 갔다. 그는 속으로 외쳤다.

아무도 없구나. 그렇다면 신은 어디에 있는가?

그는 불러 보았다. 누구 없소? 누구 없소? 그렇게 불러 댔다.

수평선에도 하늘에도 아무것도 없었다.

그는 광활한 바다와 물결과 해초와 암초에 대고 절규하지만 아무런 대답도 돌아오지 않는다. 그는 폭풍에 애원했지만, 폭풍은 무한의 명령에 복종할 뿐 아무런 대답도 하지 않았다.

암흑과 안개, 거센 파도와 고독이 있을 뿐 그는 공포와 피로에 무너져 갔다. 추락만이 남아 있을 뿐 누구도 그를 구해 줄 수 없다. 그는 깊은 심연을 헤맬 그의 육체를 생각한다. 차가운 바닷물이 그를 마비시켰다. 온몸에 경련이 일어난다. 바람과 구름, 파도, 그리고 별들! 어떻게 해야 한단 말인가? 그는 이제 죽음을 받아들인다. 그렇게 몸을 내맡긴다. 그는 허탈해진다. 그리고 깊은 심연 속으로 빠져들었다.

가혹한 운명이여! 모든 인간의 영혼이여! 법률이 포기한 모든 것을 집어삼키는 바다여! 구원의 종말이여! 오, 정신의 죽음이여!

바다, 그것은 형벌이 죄인을 몰아세우는 차가운 밤과 같다. 바다는 영원한 비극이다.

영혼은 이 심연 속에서 시체로 남는다. 누가 그 일을 되돌릴 수 있는가?

새로운 피해

형무소를 나올 때 '너는 자유다!'라는 소리를 들었을 때 장 발장은 그 말이 실감 나지 않았다. 강렬한 빛, 인간 세상을 비추는 그 빛줄기가 그에게도 내린 것이다. 하지만 빛줄기는 오래가지 않아 사그라졌다. 장 발장은 자유라는 개념을 믿고 있었다. 모든 것이 좋아지리라 기대했다. 하지만 세상에서 노란 통행증을 지참해야 하는 자유가 무엇인지 그는 곧 깨닫게 되었다.

그리고 분노가 들끓어 올랐다. 그는 형무소에 있을 때 번 돈이 171프 랑이라고 생각했다. 하지만 일요일과 축제일에 쉬었기 때문에 19년간 24프랑이 감소되었다는 것을 그는 생각하지 못했다. 게다가 여러 가지 공제를 하고 나니 고작 109프랑 15수가 되었다.

그는 이것을 받아들일 수가 없었다. 그는 자신의 권리를 침해당했다고 생각했고, 그야말로 도둑질을 당했다고 생각했다.

출옥한 다음 날, 그는 그라스의 오렌지꽃 증류소 앞에서 하역을 하는 인부들을 보았다. 그는 거들겠다고 나섰고, 인부들의 허락을 받았다.

그는 기운이 좋아 일을 잘했다. 그는 열심히 일했고, 주인은 매우 만족 스러워했다. 그런데 어떤 헌병이 지나가다가 그를 수상쩍게 보고는 신분증을 보자고 했다. 그는 노란색 통행증을 보여 주었다. 장 발장은 다시 작업을 시작했다. 그리고 인부들에게 품삯이 얼마냐고 물었다. 그들은 30수라고 대답했다.

그는 이튿날 아침 일찍 출발하기 위해서 저녁 무렵 증류소 주인에게 품삯을 받으러 갔다. 그랬더니 주인은 그에게 25수만을 주었다. 그가 불만을 말하자, 주인은 콧방귀를 뀌며 그를 무시했다. 그가 뜻을 굽히지 않자, 주인은 '다시 콩밥을 먹고 싶나?' 하며 매섭게 쏘아붙였다.

그는 다시 한 번 도둑질을 당했다는 생각이 치밀었다.

사회와 국가는 그의 임금을 아끼는 것으로 그에게서 도둑질을 해 갔다.

석방은 완전한 자유가 아니었다. 그는 형무소에서 나왔지만 쇠사슬에서 영원히 벗어날 수 없었다.

이것이 그라스에서 장 발장이 겪은 일이었다. 디뉴에서 그가 어떤 일을 겪었는지 우리는 이미 알고 있다.

잠을 깬 사내

대성당의 시계가 2시를 알릴 때 장 발장은 잠에서 깼다.

그가 중간에 깬 것은 침대 시트가 너무 훌륭했기 때문이었다. 20년 동안 그는 침대를 써 본 적이 없었다. 옷을 그대로 입은 채였지만 바뀐 잠자리가 그의 숙면을 방해했다.

그래도 네 시간 넘게 눈을 붙여서인지 피로는 좀 풀려 있었다. 너무 긴 시간 동안 휴식할 생각은 없었다. 그는 어두운 사방을 살피다가 다시 자리에 누웠다.

어떤 일에 마음을 쏟거나 감정이 격해져 있으면 잠을 이루기가 힘든 법이다. 다시 잠자리에 들기 위해 애쓸 때보다 처음 잠자리에 들 때가 훨씬 잠들기 쉽다. 장 발장도 바로 그 같은 일을 겪고 있었다. 그는 다시 잠들기가 힘들었다. 그러다가 생각에 빠져들게 되었다.

모든 상념이 혼재된 순간이었다. 그의 머릿속에는 어두운 몽상들이 꾸물꾸물 피어올랐다. 오래된 추억과 최근의 일이 마구 뒤섞여 떠오르고 다시 사라져 갔다.—마치 흙탕물을 씌운 듯이.

그의 머릿속에 떠오른 많은 생각 중에서 유독 계속 그를 괴롭히는 것이 있었다. 그것을 얼른 말해 주고 시작하겠다. 그건 바로 마글루아르 부인이 식탁 위에 놓았던 여섯 벌의 은그릇과 스프 스푼이었다.

여섯 벌의 은그릇이 어디 있는지 그는 정확히 알고 있었다. 그의 곁에서 얼마 떨어지지 않은 곳이었다. 옆방을 지나 이 방으로 오면서 그는 늙은 하녀가 은그릇을 침대 벽장에 넣는 것을 똑똑히 보았다. 장 발장은 그것을 뇌리에 새겼다. 틀림없이 식당에서 들어오자마자 오른쪽이었다. 그것은 꽤 무거워 보였고 오래된 그릇이었다. 큰 스푼과 합치면 적어도 200프랑은 될 것 같았다. 그건 지난 19년 동안 번 돈의 두 배였다. 물론 국가가 그에게서 훔쳐 가지 않았다면 더 많은 돈을 모았겠지만.

아무튼 그의 정신은 거의 한 시간 동안 유혹을 뿌리치지 못하고 있었다. 시계가 3시를 알렸다. 그는 눈을 크게 뜨고 상체를 일으켜 침대 구석에 두었던 배낭을 더듬어 보더니, 두 다리를 바닥에 대고 침대에 앉았다.

그렇게 한동안 멍하게 생각에 빠져 있었다. 아마도 어둠 속에 홀로 앉아 있는 그의 모습을 누군가 봤다면 공포에 질렸을 것이다. 그는 갑자기 구두를 벗어서 침대 옆 방석에 놓은 뒤 다시 생각에 잠긴 채 아무 말도 하지 않았다. 이런저런 생각에 잠겨 있으면서도 우리가 말해 온 생각들이 끊임없이 그의 머릿속을 파고들며 괴롭혔다.

갑자기 브르베라는 죄수가 떠올랐다. 그는 형무소에서 알게 된 사내였는데 그는 멜빵을 멘 양복바지를 입고 있었다. 갑자기 그 멜빵의 바둑판무늬가 떠올랐다.

그는 계속 그 자리에 가만히 앉아 있었다. 어쩌면 날이 밝을 때까지 아무것도 하지 않고 기다렸을지도 모른다. 만약 시계가 15분을 알리는 종을 치지 않았다면 그랬을 것이다. 그러나 그 소리는 그에게 마치 재촉하는 소리처럼 들렸다.

장 발장은 자리에서 일어나 집 안의 소리에 귀를 기울였다. 집 안에는 정적만이 흘렀다. 그는 창문 쪽으로 슬그머니 다가갔다.

마침 보름달이 떠서 주변은 그리 어둡지 않았다. 바람을 타고 큰 구름이 하늘을 지나고 있었다. 밖은 어둠과 밝음이 교차되었고, 방 안은 어둑했다. 그러나 발아래를 보기에는 충분했다. 창문에는 창살도 없고 뒷마당과 닿아 있었으며 쐐기못 하나만 잠겨 있을 뿐이었다.

그는 창문을 열었다. 그러나 차가운 바람이 훅 불어와 얼른 문을 닫았다. 그는 조심스럽게 뜰을 살폈다. 둥글게 둘러쳐진 낮은 담장은 쉽게 뛰어넘을 수 있을 듯 보였다.

저편에는 나무 우듬지가 보였다. 담장은 뜰과 나무를 심은 길과 골목길의 경계였던 것이다.

바깥 풍경을 유심히 살핀 장 발장은 결연한 표정으로 침대로 걸어가 배낭을 열고 무언가를 꺼낸 뒤 침대 위에 늘어놓았다. 그러고는 구두를 배낭 주머니에 넣고 끈을 죄어 등에 메고는 모자챙을 눌러쓰고, 지팡이를 창 모서리에 올려놓고 침대로 돌아와 자기 물건을 챙겼다. 그것은 쇠몽둥이처럼 보였는데 한쪽 끝이 사냥용 창처럼 뾰족했다.

그 쇠몽둥이가 어떤 때 쓰는 것인지는 어둠 속에서 쉽게 알아챌 수 없을 것이다. 그것은 지렛대나 곤봉 따위로 보였다.

밝은 대낮이었다면, 그게 촛대라는 것을 쉽게 알았을 것이다. 죄수들은 툴롱 언덕에서 바위를 깎아 낼 때 그것을 이용했다. 그들이 연장을 마음대로 이용하는 것은 무척 드문 일이었다. 갱부의 촛대는 무척 두툼하고도 날카로웠다.

그는 그 촛대를 쥐고, 옆방 문으로 갔다. 그곳은 주교의 방이었다. 문이 조금 열려 있었다. 주교는 문을 꼭 닫아 두지 않았던 것이다.

그의 행위

장 발장은 문에 귀를 기울여 봤지만 아무런 기척도 들리지 않았다.

그는 조심스레 문을 밀어 보았다. 마치 고양이가 방에 들어서는 것처럼 조심스럽게.

문은 쉽게 열렸다. 그는 조금 기다렸다가 더욱 대담하게 문을 밀었다.

이제 문은 그가 드나들 수 있을 정도로 열렸다. 그러나 작은 테이블이 문을 막고 있었다.

장 발장은 방에 들어가기가 힘들다고 여겼다. 더 많이 열 수는 없을까?

그는 다시 한 번 문을 열었다. 이전보다 조금 더 세게. 돌쩌귀에 발라진 기름 때문에 삐거덕 소리가 길게 퍼졌다.

그는 소스라치게 놀랐다. 그 돌쩌귀 소리는 심판의 나팔 소리처럼 그의 귀에 무시무시하게 들렸다.

그는 돌쩌귀가 마치 울부짖는 짐승처럼 생각되었다. 모든 사람을 깨울 것만 같았던 것이다.

그는 온몸을 떨면서 뒷걸음질을 쳤다. 관자놀이에서 동맥이 뛰는 소리가 크게 울렸다. 마치 동굴 바람 소리 같은 탄식이 새어 나왔다. 문이 열려 있으면 사람들은 달려올 것이다. 노인은 일어나고 두 노부인은 소리를 지를 것이다. 누군가 도와주기 위해 들어오고 15분도 지나지 않아 헌병이 올 것이다. 그는 모두 끝났다고 생각하고 있었다.

그는 자리에 멍하게 서 있었다. 미동도 없이 마치 소금 기둥처럼 그 자리에 굳어 있었다.

몇 분이 지났다. 문은 여전히 활짝 열려 있었다. 그는 방 안을 들여다보았다. 변한 것은 아무것도 없었다. 집 안에는 여전히 정적이 흘렀다. 위기는 지나갔다. 하지만 두근거리는 가슴은 진정되지 않고 있었다. 그는 다시 한 번 시도했다. 끝났다고 생각하면서도 포기할 수가 없었던 것이다.

얼른 일을 해치우는 수밖에 없었다. 그는 방 안에 들어갔다.

방 안은 조용했다. 검은 물체들이 눈에 들어왔다. 대낮에 봤다면 테이블이며 책, 안락의자와 기도대의 모습을 분명히 보았겠지만, 그에게는 검은 물체로밖에 보이지 않았다. 장 발장은 가구에 부딪히지 않도록 조심하면서 걸어갔다. 주교의 조용한 숨소리가 들려왔다.

그는 갑자기 그 자리에 섰다. 주교의 침대가 바로 옆에 있었다.

자연은 그 크나큰 힘으로 우리를 일깨우려는 듯 우연히 어떤 파장을 일으키곤 한다. 반시간쯤 전에 하늘을 뒤덮던 구름이 물러가고, 한 줄기 달빛이 방 안에 비쳐 주교의 얼굴 위로 쏟아졌다. 주교는 곤히 잠들어 있었다. 알프스 산중의 밤은 몹시 추워 주교는 두툼한 잠옷을 챙겨 입었고, 손목까지 털옷 소매가 내려와 있었다. 그의 머리는 폭신한 베개 위에 놓여 있었다. 자선과 선의를 베푼 그의 신성한 손은 주교 반지를 낀 채 침대 밖으로 삐져나와 있었다.

그의 얼굴에는 만족과 희망의 빛이 어려 있었다. 그것은 눈부실 정도로 평안해 보였다. 이마 위에는 신비로운 광채가 흘렀다. 잠든 주교의 영혼은 신비로운 하늘을 만난 듯했다.

신비로운 그 하늘이 주교의 이마 위에 떠 있었다.

한없는 투명함이었다. 하늘은 그의 내부에 있었다. 그것은 바로 그의 양심이었다.

달빛이 주교의 영혼에 닿았을 때, 주교는 신의 영광 안에 있는 듯 보였다. 하지만 이 광경은 몽환적인 빛에 휩싸여 고요했다.

하늘에 뜬 달, 고요한 자연, 조용한 뜰과 이 집. 이 순간 이것들은 마치 현인의 휴식에 장엄한 기운을 주고, 백발이며 감은 눈, 그리고 희망과 믿음이 차오른 얼굴, 성성한 머리와 어린아이 같은 잠을 장엄한 빛으로 감싸고 있었다.

주교에게는 자신도 미처 깨닫지 못한 존귀함과 거룩함이 있었다.

장 발장은 쇠 촛대를 쥐고서 주교의 얼굴을 넋 놓고 바라보고 있었다.

그는 그런 신성한 모습을 본 게 처음이었다. 게다가 그런 모습은 장 발장으로 하여금 두려움을 느끼게 했다. 정신의 세계에서 가장 대단한 것이 있다면 죄악을 짓기 직전 의인을 보고서 두려움에 떠는 양심일 것이다. 고요한 잠, 위험한 사내를 옆에 두고도 편안한 잠을 자는 그에게서는 숭고함이 느껴졌다.

그는 가슴이 벅차오르는 것을 느꼈다.

그 누구도 장 발장이 어떤 감정을 느꼈는지 알지 못할 것이다. 그 자신조차 몰랐으리라. 그의 표정은 복잡하게 일그러져 있었다. 읽을 수 있는 거라고는 약간의 멍함과 놀라움이랄까?

그는 눈앞에 있는 주교를 물끄러미 바라볼 뿐이었다. 대체 그는 어떤 생각을 했던 것일까? 그것을 알아내기란 힘들다. 다만 그는 감동에 차오른 마음을 추스르지 못하고 있었다. 그때의 감동이란 무엇이었을까?

장 발장은 노인을 뚫어지게 쳐다보고 있었다. 그의 태도와 표정에 약간의 망설임이 묻어났다. 두 세계 사이를 헤매는 것 같았다. 그를 송두리째 집어삼키려는 심연과 그를 살려 내려는 심연 속에서 그는 누워 있는 사람의 머리를 깨부수거나 손에 입을 맞추거나 무언가를 할 것만 같았다.

그는 천천히 모자를 벗었다. 그리고 왼손에 모자, 오른손에 쇠촛대를 들고 다시 그를 쳐다보았다.

머리카락이 곤두서서인지 그는 무척 사나워 보였다.

그러나 주교는 여전히 편안히 잠들어 있었다.

달빛이 십자가상을 비추었다. 마치 두 팔을 벌려 두 사람을 안으려는 것같이 보였다. 한 사람에게는 축복을 내리고, 다른 한 사람에게는 용서를 내리는 듯이.

장 발장은 모자를 쓰고 주교의 침대를 돌아 벽장으로 갔다. 그는 자물쇠를 부수기 위해 쇠 촛대를 치켜들었다.

그런데 자물쇠에는 열쇠가 꽂혀 있었다. 벽장을 열자 은그릇이 담긴 바구니가 보였다. 그는 그것을 들고 발소리도 개의치 않고 기도실로 들어갔다. 그는 창문을 열고 은그릇을 배낭 속에 털어 넣은 뒤뜰을 지나 담장을 뛰어넘었다.

주교의 온정

이튿날 해 뜰 무렵, 비앵브뉘 예하는 뜰을 산책하고 있었다. 마글루아르 부인이 그에게 헐레벌떡 뛰어왔다.

마글루아르 부인이 물었다.

"주교님, 은그릇 바구니가 어디 있는지 아시나요?"

주교가 대답했다.

"물론이지요."

"정말 다행이군요. 전 또 무슨 일이 일어난 줄 알고요."

주교는 방금 꽃밭에서 그 바구니를 찾았다. 그는 부인에게 바구니를 주었다.

"여기 있습니다."

"세상에! 아무것도 없잖아요! 그릇은요?"

"아니, 부인이 걱정하는 게 은그릇이었습니까? 그렇다면 잘 모르겠는데."

"어쩌면 좋아요. 도둑맞은 거예요. 어제 왔던 그 사내가 훔쳐 간 거라고요!"

마글루아르 부인은 재빨리 기도실로 뛰어갔다가 주교에게 돌아왔다.

주교는 화단에 앉아 바구니가 땅에 떨어졌을 때 꺾인 기용의 물레나물을 들여다보고 있었다. 그는 마글루아르 부인의 고함 소리에 자리에서 일어났다.

"주교님, 그는 달아났어요. 은그릇을 도둑맞았다고요."

그녀는 뜰 건너편을 보았다. 담장에 흔적이 남아 있었다. 담 추녀가 무너져 있는 게 보였다.

"저기예요. 저걸 넘고 코슈필레 거리로 도망쳤어요! 세상에나! 어떻게 이런 일이! 우리 은그릇을 훔쳐 가다니!"

주교는 가만히 서 있다가 마글루아르 부인에게 조용히 이야기했다.

"그 은그릇이 우리 물건이었던가요?"

마글루아르 부인은 넋이 나가 멍하니 듣고 있었다. 잠시 침묵이 흘렀다. 주교가 다시 입을 열었다.

"마글루아르 부인, 다 내 잘못입니다. 우리가 그 은그릇을 가지고 있었지만 그것은 가난한 사람들의 것입니다. 그 사내는 어땠습니까? 가난한 사람이었지요?"

"그게 대체 무슨 말씀이세요!"

마글루아르 부인이 말을 이었다.

"저나 아씨 때문이 아니에요. 저희는 상관없어요. 하지만 주교님은 앞으로 어떻게 음식을 드시겠어요?"

주교가 깜짝 놀라 노부인을 바라보았다.

"무슨 걱정입니까? 놋그릇이 있는데!"

마글루아르 부인이 고개를 떨궜다.

"그 놋그릇은 냄새가 나요."

"쇠그릇이 있지 않습니까?"

마글루아르 부인은 눈살을 찌푸렸다.

"쇠에서는 이상한 맛이 나요."

"그럼 나무 그릇을 쓰면 되겠군요."

잠시 뒤 주교는 어제 장 발장과 나란히 앉았던 그 식탁에서 아침을 먹고 있었다. 비앵브뉘 예하는 아무 말없이 앉아 있는 누이동생과 중얼거리는 마글루아르 부인에게 빵을 우유에 적셔 먹으니 스푼이 필요 없다며 유쾌하게 떠들었다.

"어떻게 이런 일이!"

마글루아르 부인은 웅얼거렸다.

"그런 사내는 왜 집에 들여서! 바로 옆에서 재울 수가! 물건만 훔쳐 갔기에 망정이지! 정말 상상만 해도 소름이 끼쳐!"

두 남매가 식탁에서 일어설 때 문 두드리는 소리가 들렸다.

"들어오시오."

주교는 말했다.

문이 열렸다. 건장한 세 사람이 문 앞에 서 있었다. 그들은 헌병이었는데 한 사람의 멱살을 붙잡고 있었다. 그 한 사내는 장 발장이었다.

대장 헌병이 주교 앞으로 와서 경례를 했다.

"예하."

그 말을 듣자 힘없이 축 처져 있던 장 발장은 놀라서 고개를 들었다.

"예하라고요?"

장 발장이 기어들어 가는 목소리로 말했다.

"주임 사제가 아니시고요?"

"헛소리하지 마라!"

헌병이 말을 이었다.

"이분은 주교 예하이시다!"

주교는 재빨리 그들에게 다가갔다.

"어떻게 된 겁니까? 다시 만나 반갑습니다. 나는 촛대도 선물했는데 이것까지 합치면 200프랑은 될 겁니다. 왜 빠뜨리고 그냥 갔습니까?"

장 발장은 얼굴이 잔뜩 일그러져서 주교를 바라보았다.

"예하!"

대장 헌병이 말했다.

"그럼 이자가 한 말이 사실입니까? 이 사내는 미친 듯이 도망치고 있었습니다. 불러 세워 조사를 했더니 은그릇을 갖고 있었어요."

"이렇게 말했습니까?"

주교가 나직이 웃으며 그들의 말을 막았다.

"어제 하룻밤을 묵게 해 준 늙은 주임 사제가 주었다고요? 그렇습니다. 당신들이 오해를 했군요."

"정말 그렇다면야."

대장은 말했다.

"그럼 풀어 주겠습니다."

"그래야지요."

주교가 대답했다.

장 발장은 헌병들에게서 풀려났다. 그는 아직도 겁을 잔뜩 먹은 목소리로 말했다.

"나를 풀어 주는 겁니까?"

"그래, 왜? 도로 잡히고 싶나?"

헌병이 말했다.

주교가 말했다.

"잠깐만, 여기 은 촛대가 있습니다. 이것도 가져가야지요."

주교는 벽난로로 가서 은 촛대를 들고 와 그에게 주었다. 두 노부인은 아무 말없이 주교가 하는 대로 잠자코 있었다.

장 발장은 덜덜 떨고 있었다. 그는 넋이 나간 채로 은 촛대를 받았다.

"그럼, 이제 가 보시지요. 그리고 다음에 올 때는 길 쪽 정문으로 와도 됩니다. 문은 언제나 손잡이만 돌리면 열리니까요."

그리고 헌병들에게 말했다.

"수고 많으십니다. 그럼 안녕히 돌아가십시오."

헌병들은 돌아갔다.

장 발장은 정신을 잃을 것만 같았다. 주교는 그에게 가까이 가서 작은 목소리로 말했다.

"반드시 기억해야 합니다. 알겠습니까? 이 은을 판 돈은 당신이 정직한 사람이 되는 일에 쓰겠다고 약속했다는 것을요."

주교와 약속한 기억이 없는 장 발장은 멍하니 서 있었다. 주교는 다시 한 번 말했다.

"내 형제 장 발장이여, 당신은 이제 악이 아니라 선에 속하는 사람입니다. 나는 당신을 위해서 당신의 영혼을 샀습니다. 나는 당신의 영혼을 음울한 곳에서 구원하여 하느님께 바칠 겁니다."

프티 제르베

장 발장은 시내를 빠져나갔다. 그는 들판을 가로지르고 눈앞에 나타나는 길이란 길은 모조리 지나 자신이 왔던 길을 되돌아가고 있다는 것도 몰랐다. 아침부터 아무것도 먹지 못했지만 배도 고프지 않았다. 그의 속내는 말할 수 없이 복잡했다. 극도의 분노를 느꼈으나 그것이 누구를 향한 것인지는 뚜렷하지 않았다. 자신이 감동을 느낀 것인지 굴욕을 당한 것인지 구분도 되지 않았다. 가끔씩 마음이 편안해지기도 했지만 그는 과거부터 품어 오던 익숙한 불안함을 되새김질하면서 20년 가까이 느낀 냉혹한 심정을 마음에 품었다.

그는 무척 지쳤다. 불행한 운명으로 단련되어 온 자신의 차가운 마음의 벽이 점차 허물어지는 것 같았다. 대체 무엇이 그렇게 만드는지 생각해 보기도 했다. 헌병들에게 조사를 받고서 차라리 감옥에 가는 게 속편했을지도 몰랐다. 그렇다면 이런 감정의 변화도 없었을 것을.

계절은 지났지만 울타리에는 아직 꽃들이 남아 있었다. 꽃향내를 맡으며 그는 어린 시절의 추억을 떠올렸다. 그러나 그 추억은 오래가지 않았다. 이미 마음속에서 지워 버린 지 오래였기 때문이었다.

말로 다 표현할 수 없는 갖은 감정이 떠올랐다.

해가 지면서 작은 돌멩이의 그림자가 길어졌을 때까지 장 발장은 들판의 덤불 그늘에 앉아 있었다. 지평선에는 알프스의 산자락이 보일 뿐 먼마을에는 종루조차 보이지 않았다. 아마 디뉴에서 30리쯤은 떨어진 것 같았다. 광활한 벌판 위를 오솔길이 가로지르고 있었다.

그는 다시 생각에 잠겼다. 누군가 그의 모습을 보았다면 누더기 때문에 더욱 그를 무섭게 느꼈을 것이다.

그런데 어디선가 흥겨운 소리가 들렸다.

열 살쯤 된 사부아 소년이 노래를 부르며 오솔길을 걸어오고 있었다. 소년은 교현금(絞弦琴)을 허리에 차고 등에는 토끼 상자를 지고 있었다. 바지는 낡아 무릎이 들여다보였는데 이 마을 저 마을을 오가는 유쾌한 소년 같아 보였다.

소년은 노래를 부르다가 가끔 제자리에 서서 동전을 튕기며 공기놀이를 했다. 그것은 소년이 가진 돈의 전부였을 것이다. 40수짜리 은화가 보였다.

소년은 장 발장이 있는 건 눈치채지 못하고 동전을 던졌다. 그리고 손으로 싹 낚아챘다.

그런데 40수짜리 은화가 떨어지면서 장 발장이 있는 곳까지 데굴데굴 굴러갔다.

장 발장은 동전 위에 발을 올렸다.

소년은 장 발장을 발견했다. 그러고는 그의 앞으로 성큼성큼 걸어왔다.

얼마나 한적한 곳이었는지, 들판에는 그들 외에는 아무것도 없었다. 멀리서 철새의 울음소리가 들려왔을 뿐이었다.

소년은 해를 등지고 있었다. 머리카락은 금빛으로 빛나고, 장 발장의 얼굴은 노을빛을 받아 붉게 타올랐다.

사부아 소년은 천진난만하고 쾌활한 목소리로 말했다.

"아저씨, 내 돈 내놔요."

장 발장이 물었다.

"넌 누구니?"

"난 프티 제르베예요."

"저리 가라!"

소년이 말했다.

"돈을 줘야 가죠. 얼른 내놔요."

장 발장은 고개를 숙이고 대답하지 않았다.

소년이 다시 말했다.

"빨리 주세요, 아저씨!"

장 발장은 땅바닥만 바라볼 뿐이었다.

소년이 소리쳤다.

"내 돈이요! 내 돈! 내 은화요!"

장 발장은 아무 소리도 들리지 않는 사람처럼 행동했다. 그러자 소년은 장 발장의 멱살을 잡고서 세게 흔들었다. 그러고는 커다란 구두를 밀치려고 했다.

"내 돈 내놔요. 40수짜리 내 은화!"

소년은 울었다. 장 발장은 고개를 들고는 놀란 듯이 소년을 바라보았다. 그리고 지팡이를 짚으며 큰 소리로 말했다.

"넌 뭐야?"

"난 프티 제르베예요! 나라고요! 얼른 내 40수짜리 은화 내놔요! 빨리 발 좀 치워 보세요. 아저씨, 얼른!"

소년은 얼마나 속이 상했는지 으르렁거렸다.

"발 치워 봐요. 얼른!"

"너 계속 이럴 거야?"

장 발장은 돈을 밟은 채 꿈쩍도 하지 않았다.

"저리 가 버리라니까!"

소년은 놀라서 장 발장을 바라보더니 온몸을 떨기 시작했다. 그러고는 멍하니 서 있다가 도망치기 시작했다. 소년은 돌아보지도 못하고 소리 한 번 지르지 못했다.

얼마쯤 달려갔을까? 소년이 숨이 찼던지 그 자리에 멈췄다. 장 발장은 소년이 우는 소리를 들은 것 같았다.

이제 더 이상 소년의 모습은 보이지 않았다.

해는 졌다.

사방에 어둠이 드리워졌다. 소년이 도망쳤을 때와 같은 모습이었다. 거친 숨이 그의 가슴을 울리고 있었다. 그는 아무것도 먹지 못했고, 열까지 나는 것 같았다.

그는 그 자리에 계속 서 있었다. 열두어 걸음 정도 앞을 응시하고 있는 그는 풀숲에 있는 사금파리를 보는 듯했다. 갑자기 그가 몸을 떨었다. 밤의 차가운 기운이 일었다.

그는 모자를 깊숙이 쓰고 웃옷 단추를 채웠다. 그리고 지팡이를 집으려고 허리를 숙였다.

40수짜리 은화가 보였다. 그것은 발에 밟혀 흙에 묻힌 채 반짝거리고 있었다.

그는 중얼거렸다.

"이게 뭐야?"

그는 뒷걸음치다 멈추었다. 방금 전까지 밟고 있던 자리를 계속 바라다보았다. 마치 어둠 속에서 무언가가 자신을 노려보는 것 같았다.

그는 은화를 줍고 어두운 사방을 둘러보았다. 두려움에 떠는 들짐승이 숨을 곳을 찾는 듯이 지평선 너머까지 살펴보았다.

하지만 아무것도 보이지 않았다. 어둠은 더욱 짙어지고 추위가 몰려왔다. 황혼의 빛 아래 자주색 안개가 피어올랐다.

"이런."

그는 소년이 뛰어간 방향을 짐작해 빠르게 걸었다. 100걸음쯤 걷고서 사방을 둘러보았지만 아무것도 없었다.

그는 소리쳤다.

"프티 제르베!"

그는 조용히 귀 기울여 보았다.

대답은 돌아오지 않았다.

들판은 음산했다. 그는 광활한 적막에 갇혀 있었다. 주변에는 어둠과 정적만이 흐를 뿐이었다.

찬바람이 불어와 들판을 더욱 황량하게 만들었다. 관목은 마구 흔들렸다. 누군가가 쫓기는 것 같은 느낌이 들었다.

그는 걷다가 다시 뛰기 시작했다. 그리고 가끔씩 제자리에 서서 먼 곳을 향해 구슬프게 외쳤다.

"프티 제르베! 프티 제르베!"

소년이 그 소리를 들었다고 해도 무서워서 나오지 못할 목소리였다. 하지만 소년은 이미 멀리 간 것 같았다.

장 발장은 말을 타고 들판을 가로지르던 사제를 만났다. 그는 그에게 달려갔다.

"사제님, 혹시 어린아이 못 보셨습니까?"

"못 봤습니다."

"프티 제르베라고 하는데요."

사제가 말했다.

"난 아무도 보지 못했습니다."

그는 가죽 지갑에서 5프랑짜리 주화 두 개를 꺼내서 사제에게 주었다.

"사제님, 이것을 가난한 사람을 위해서 써 주십시오. 사제님, 그 아이는 열 살쯤 되었는데, 알프스 토끼와 교현금을 갖고 있었답니다. 사부아 소년입니다. 모르시겠어요?"

"나는 못 봤습니다."

"이름이 프티 제르베입니다. 이 근처에 사는 아이가 아닐까요?"

"아마도 다른 지방 아이 같군요. 간혹 그런 아이들이 있습니다. 그런데 어느 지방 아이인지는 알 길이 없지요."

장 발장은 화가 나서 5프랑짜리 주화 두 개를 다시 꺼내어 사제에게 주었다.

"가난한 사람을 위해 써 주세요."

그리고 그는 한참 횡설수설했다.

"저를 잡아가세요. 저는 도둑이니까요."

사제는 그 말에 놀라서 말을 달려 도망가 버렸다.

장 발장은 다시 달리기 시작했다.

하지만 그는 누구도 만나지 못했다. 무언가가 보이는 것 같으면 미친 듯이 달려갔지만 그것들은 낮은 바위이거나 떨기나무 숲이었다. 그는 세 갈래 길에 와서 멈추었다. 밤하늘에는 달이 떠 있었다. 그는 먼 곳까지 닿도록 크게 소리쳤다.

"프티 제르베! 프티 제르베! 프티 제르베!"

하지만 메아리조차 그에게 돌아오지 않았다.

그는 다시 한 번 중얼거렸다.

"프티 제르베."

그의 마지막 말은 너무 작아서 누구도 알아들을 수 없는 정도였다. 그것은 그의 마지막 몸부림이었다. 더 이상 몸을 지탱할 힘이 없었다. 어떤 막강한 힘이 그의 양심을 강하게 타격한 듯했다. 그는 돌 위에 쓰러져서 고개를 박고 울부짖었다.

"아, 나는 얼마나 불쌍한 인간인가!"

그러자 가슴이 찢어지게 슬퍼졌다. 그가 운 것은 19년 만의 일이었다.

주교의 집에서 나왔을 때 장 발장은 전과 똑같은 인간이었다. 그는 자기 마음속에 일어난 복잡한 감정을 이해하지 못했다. 그는 주임 사제의 따뜻한 태도에 적개심을 느끼고 있었다.

"당신은 정직한 인간이 되기로 약속해야 합니다. 나는 당신의 영혼을 샀습니다. 당신의 영혼을 주님께 바치겠습니다."

주교의 말이 끊임없이 머릿속에 떠올랐다.

무한한 관용에 대해 그는 마치 악의 소굴에 갇힌 듯 저항하고 있었다. 그는 무언가를 느끼고 있었다. 주교가 그를 용서한 것은 그를 향한 최대의 공격이자 타격이었다. 그래서 이렇게 마음속 동요가 일어나는 것이리라. 만약 주교의 관대함에 저항할 수 있다면 그의 냉혹한 마음은 굳어질 것이다. 만약 그것에 굴복한다면 그는 오랜 세월 동안 쌓아 올린 적개심의 벽을 허물어야 한다. 이기든가 지든가 둘 중 하나였다. 그 갈등은 자신의 악함과 주교의 관대함 사이에서 벌어지고 있었다.

이런 생각에 빠져 장 발장은 미친 사람처럼 시내를 빠져나왔던 것이다. 매서운 눈초리로 걷는 동안 그는 디뉴의 그 사건이 자신에게 어떤 영향을 미칠 것인지 알고 있었을까? 인간의 고유한 정신에 대한 경고 또는 그를 괴롭히는 신비롭고 낯선 그 소리를 그는 듣고 있었을까? 그는 어떤 소리를 들었을까? 그는 자신이 인생에서 엄숙한 순간을 맞이했다는 것을, 이제 중간 지점은 없다는 것을, 이제 성인이 아니면 악한이 될 것이라는 것을, 그러니 주교보다 더 높은 사람이 되거나 죄수보다 더 낮은 사람이 될 거라는 것을, 선량한 사람이 되기 위해서는 천사가 되어야 한다는 것을, 나쁜 인간이 되려면 악마가 되어야 한다는 것을 들었다.

이미 의문을 가져 왔으니 우리는 여기서 정식으로 의문을 제기해 보려고 한다. 과연 이 모든 것을 그는 받아들이고 있었을까? 불행 또한 앞서 말한 대로 인간에게 지혜를 준다.

그러나 장 발장이 우리가 여기에 말한 것을 모두 알아챘는지는 분명하지 않다. 그런 생각이 한순간에 일었다고 해도 그는 그것을 정면으로 보지 못하고 피했다. 그것을 감당하는 것은 매우 고통스럽고 혼란스러운 일이었다. 감옥이라는 흉악한 곳을 겨우 빠져나온 그에게 주교는 더 큰 고통을 주었던 것이다. 너무 강한 빛이 그의 눈에 고통을 준 것처럼 말이다.

이제 그의 앞에 펼쳐진 미래라는 것은 그에게 불안을 주었다. 그는 자신이 어떻게 될지 전혀 예상할 수가 없었다. 올빼미가 갑자기 햇빛을 본 듯이 죄수였던 그는 빛에 눈이 먼 장님이 된 것 같았다.

다만 확실한 것은 그가 지금과는 전혀 다른 인간이 될 거라는 사실이었다. 그의 내면은 완전히 변했다. 주교의 영향을 더 이상 받지 않을 수 없게 되었다는 것이다.

그렇게 혼란에 빠졌을 때 프티 제르베가 찾아왔고, 그 아이의 40수를 훔치고 만 것이다. 왜 그랬을까? 자기 자신조차 이해할 수 없었다. 그가 감옥에서 품었던 나쁜 영혼의 마지막 행동, 최후의 저항, 억제하지 못한 충동, 관성이라고 부르는 것들 때문이었을까? 그렇다. 어쩌면 그보다 더 미미한 것이었을지도 모른다.

말하자면 그는 훔치지 않았다. 그가 그런 것이 아니다. 갖은 혼돈과 상념에 휩싸여서 본능이 뚫고 들어온 것을 막지 못하고 돈 위에 발을 올린 것이다. 장 발장은 자신이 저지른 일을 보고서 고통에 떨며 뒷걸음치지 않았는가.

그것은 이해할 수 없는 일이었지만, 그는 소년의 돈을 빼앗으면서 자신이 하지 못할 일을 해내고 있었다.

그의 마지막 악행은 그에게 큰 영향을 주었다. 그 일은 그의 혼돈과 상념을 날려 버리고, 어둠과 빛을 둘로 가르고서 그의 영혼에 강력하게 잠식해 들어갔다.

그는 처음에는 생각을 정리할 틈도 없이 되는 대로 소년을 빨리 찾아내 돈을 돌려주려고 했다. 그러다가 그것이 불가능하다는 것을 알게 되자 절망에 빠졌다.

"아, 나는 얼마나 불쌍한 인간인가!" 하고 소리친 순간, 그는 자신을 되찾았다. 그는 자기 자신의 모습을 처음으로 마주 대했다. 지팡이를 들고, 작업복을 입고, 훔친 물건으로 꽉 찬 배낭을 지고, 음울하고 일그러진 표정으로, 사악한 생각을 품고 서 있는 죄수 장 발장의 모습 말이다.

과거의 불행들은 그를 괴이한 몽상에 빠지게 했다. 그러므로 지금 말한 모든 것도 환상처럼 여겨졌다. 그는 진실로 그 앞에 일그러진 얼굴로 서 있는 장 발장을 만났다. 그는 그가 누구인지 몰라 혐오감을 느꼈다.

그는 현실감을 잊을 정도로 격정적이고 떨리고 조용한 순간에 있었다. 그런 때는 자기 주변을 살필 수 없고 자신의 정신도 제대로 헤아릴 수 없는 법이다.

그는 자기 자신의 모습을 또렷이 보았다. 그리고 그 환상을 통해 어떤 신비로움을 만났다. 그 신비로움은 빛덩이처럼 느껴졌지만 잠시 뒤에 깨달은 그 빛은 주교의 모습이었다.

그는 자기 앞에 보이는 두 사람, 주교와 장 발장을 동시에 보았다. 그런데 장 발장의 모습을 지워 버리니 주교의 모습이 커졌다. 환상 속에서 주교의 모습은 더욱 커졌다. 그럴수록 장 발장의 모습은 작아졌다. 그러다 작은 점으로 변하더니 어느새 사라져 버렸다. 거기에는 주교의 모습만이 남아 있었다. 그는 이 불쌍한 사내의 영혼에 신성한 빛을 비추고 있었다.

장 발장은 엎드려 울었다. 그는 뜨거운 눈물을 흘리고 또 흘렸다. 어떤 여자보다도 연약하고, 어떤 아이보다도 무서워하면서.

끝없이 울면서 그의 머리는 차차 맑아졌다. 신비로움과 깨끗함, 그리고 충격적인 밝음이었다. 그의 과거와 처음 저지른 도둑질, 후회, 짐승처럼 변한 그의 모습, 차갑게 굳어 간 내면, 복수를 기다린 시간, 주교의 집에서 있었던 일, 그리고 그가 저지른 일들, 소년의 40수를 빼앗은 일, 주교의 용서 뒤에 있었던 사악한 일이 한꺼번에 머릿속에 되살아났다.

그는 자신의 모든 과거를 떠올렸다. 그것은 무척 피폐했다. 그는 자신의 영혼을 바라보았다. 너무나 무서웠다. 그러나 신비롭고 밝은 기운이 그에게 내리쬐고 있었다. 마치 천국의 빛줄기를 쪼이는 사탄처럼.

얼마나 울었던가? 그 후로 그는 어떻게 되었나? 어디로 갔는가? 그 누구도 알지 못했다. 확실한 사실이 있다면, 그날 밤 그르노블로 가던 마차꾼이 새벽 3시쯤 디뉴 주교관을 지났을 때 돌바닥 위에 한 사내가 엎드려 기도를 올리고 있었다는 것이다.

3. 1817년의 일

1817년

1817년은 루이 18세가 왕위에 앉아 의기양양하게 자신의 재위 22년 이라고 일컫던 해이다. 브뤼기에르 드 소르솜이 명성을 떨쳤던 해이기도 하다. 이발사들은 머리 분(粉)과 왕조의 헤어스타일의 부활을 열망하며 이발관에 파란 칠을 하고, 백합꽃을 장식했다.

랭슈 백작은 매주 일요일 프랑스 귀족원 의원복에 붉은 수장을 달았고, 그의 격조 높은 코에 어울리는 드높은 일을 해 낸 우아한 얼굴로 생제르맹데프레 성당의 지정석에 교구 회원으로 참가했던 평화로운 때였다. 랭슈 씨의 드높은 일은 바로 그가 보르도 시장직에 올랐을 때 좀 서둘러서 1814년 3월 12일(파리가 함락되던 날_옮긴이)에 그 도시를 앙굴렘 공작(루이 18세의 조카_옮긴이)에게 넘겼다는 사실이다. 그렇게 그는 귀족 의원이 되었다.

1817년에는 어린 남자아이들이 에스키모인처럼 뾰족한 모로코 가죽 귀덮개 모자를 쓰는 것이 유행이었다. 프랑스 군대는 오스트리아식 흰 제복을 입었다. 연대는 레지옹이라고 불렸고, 각 연대는 그 지방의 이름으로 불렸다. 나폴레옹은 세인트헬레나 섬으로 유배되었고, 영국이 그에게 새 옷을 허락하지 않아서 낡은 옷을 고쳐 입고 있었다.

1817년은 펠레그리니가 노래로 명성을 얻고, 비고티니 양이 무용으로 인기를 끌던 해이다. 연극계에서는 포티에의 시대가 열렸고, 오드리는 아직 알려지기 전이었다. 댄스계에서는 사키 부인이 포리오조의 뒤를 이었다.

프랑스에는 아직도 프로이센 군대가 남아 있었다. 들랄로 씨가 영향을 미치고 있었다. 정통 왕조는 플레니에와 카르보노와 톨르롱의 손목을 끊고 이어 목을 벰으로써 그 세력이 맹위를 떨치고 있었다.

탈레랑 공과 재무 대신 아베 루이는 마치 로마의 점쟁이 같은 옷을 입고서 화기애애해 보였다. 이들은 1790년 7월 14일, 마르스 광장에서 미사를 올렸다. 탈레랑은 주교였고 루이는 그의 부제(副祭)였다.

1817년에는 이 마르스 광장의 보도에 독수리와 꿀벌 무늬 금박이 벗겨진 나무토막이 마구 굴러다니는 것을 볼 수 있었다. 그것은 2년 전만 하더라도 열병식에서 황제의 사열대를 떠받치던 기둥이었다. 그것은 그로카유에 주둔한 오스트리아 부대가 피운 불로 인해 검게 그을려 있었다. 그중 몇 개는 야영 부대의 장작불이 되어 그들의 언 손을 녹여 주었다. 그 열병식의 특징은 바로 6월에 마르스 광장에서 거행됐다는 것이다.

1817년에 대해 사람들이 소곤대는 건 두 가지 때문이었다. 그것은 볼테르 선집, 그리고 헌법 조문이 찍힌 담뱃갑이었다. 그리고 그때 사람들의 관심을 끈 것은 마르셰오플뢰르의 연못에 자기 형제의 머리를 넣은 도롱이었다. 해군성에서는 메뒤즈호에 대한 조사를 시작했고, 이 사건은 쇼마레에겐 굴욕을, 그리고 제리코에게는 명성을 안겨 주었다. 셸브 대령은 솔리만 총독이 되기 위해 이집트로 갔다. 아르프 거리의 테름 궁전은 통 가게가 되었다.

클뤼니 저택 팔각탑 지붕에는 루이 16세 때 천문학자 메시에가 관측대로 썼던 판잣집이 남아 있었다. 뒤라스 공작 부인은 자신의 살롱에서 푸른 공단을 깐 X자형 다리가 달린 의자에 앉아 출판을 앞두고 있던《우리카》를 읽고 있었다. 루브르 박물관에서는 나폴레옹 이름의 첫 글자인 N자가 모두 지워졌다. 아우스터리츠 다리는 자르댕 뒤 루아 다리로 이름이 바뀌었다. 그것은 아우스터리츠 다리와 자르댕 데 플랑트 식물원을 감춘 이중적인 단어였다.

루이 18세는 호라티우스의 저서를 손톱으로 표시해 가며 읽으면서 황제가 된 영웅과 후계자들의 이야기를 보며 불안에 떨었다. 그것은 나폴레옹과 마튀랭 브뤼노 때문이었다.

프랑스 아카데미는 '학문 연구라는 행복'이라는 현상 문제를 내걸었다. 벨라르는 웅변으로 명성을 얻었다. 그 아래 미래의 검사 차장 드 브로가 세력을 넓혀 가고 있었다. 드 브로는 나중에 폴루이 쿠리에 설화 사건을 맡는다. 마르샹지라는 가짜 샤토브리앙이 출현하기도 했고, 다를랭쿠르라는 가짜 마르샹지도 출현했다.

《클레르 달브》와《말렉아델》은 명작으로 인정받았으며 코탱 부인은 작가로 명성을 얻었다. 학사원은 아카데미 회원이었던 나폴레옹 보나파르트의 이름을 지웠다. 그리고 앙굴렘은 해군 학교 소재지가 되었다. 앙굴렘 공작은 해군 대제독이었으며 앙굴렘 시는 항구 도시로서 모든 자격을 갖추고 있었으므로, 그렇지 않았다면 왕정이 바로 서지 않았을 것이다.

프랑코니 곡마단의 포스터에는 멋진 줄타기 그림이 그려져 사람들의 이목을 끌었는데 내각에서는 이런 그림을 용인할 것인가의 문제를 놓고 다투었다. '아녜즈'의 작곡가이자 뺨에 사마귀가 있는 각진 얼굴의 파에르는 빌레베크 거리의 사스네 부인이 연 작은 연주회에서 지휘를 맡았다. 젊은 아가씨들은 모두 에드몽 제로가 작사한 '생타벨의 은둔자'를 노래했다.

〈르 냉 존〉은〈미루아르〉라는 이름으로 바뀌었다. 랑블랭 카페는 황제

파임을 내세우며 부르봉파의 발루아 카페에 맞섰다. 베리 공작은 시실리의 어느 공주와 결혼을 했는데, 루벨이라는 자는 그때부터 그의 목숨을 노리고 있었다. 스탈 부인이 죽은 지 1년이 지났고, 친위대는 마르스 양의 무대에 비난을 보냈다.

유명한 신문의 지면은 작아졌다. 비록 크기는 줄어들었지만, 기사의 자유는 커졌다. 〈콩스티퀴시오넬〉은 입헌파였고, 〈미네르바〉는 샤토브리앙의 마지막 'd'를 't'로 써서 부르주아들의 웃음을 샀다.

신문사와 기자는 모두 매수되어 1815년에 추방당한 사람들을 모욕했다. 다비드는 재능을 잃었고, 아르노도 마찬가지이며, 카르노는 성실함을 잃었고, 술트는 전투에서 졌으며 나폴레옹은 천재가 아님이 확실하다고.

망명자에게 보내는 편지는 경찰이 엄중히 단속하므로 끝까지 배달될 수 없다는 것은 모두가 아는 일이었다. 데카르트 역시 그것을 한스럽게 생각했다. 다비드는 자신에게 보낸 편지가 오지 않았다는 이유로 벨기에의 한 신문에 불만을 말한 일이 있는데 왕당파 신문으로서는 썩 나쁘지 않은 일이었다. 시역자나 투표자, 적과 동맹자, 그리고 나폴레옹과 부오나파르테라는 말들은 그것을 말하는 사람들의 사이를 심연보다도 더 깊게 갈라놓았다.

알 만한 사람들은 모두 루이 18세가 혁명 시대를 종결했다고 믿었다. 퐁뇌프 기슭에는 앙리 4세의 동상이 놓일 예정이었던 자리에 소생이라는 의미의 '레디비부스'라는 글자가 새겨져 있었다. 피에 씨는 왕정의 위상을 더욱 세우기 위해 테레즈 가 4번지에서 고위 성직자 비밀회의를 열었다.

우익 세력가들은 큰 이슈가 있을 때마다 이렇게 말했다.

"바코에 편지를 보내야 해!"

카뉘엘과 오마오니와 샤프들렌은 왕제(王弟)의 후원을 받아 '강변의 음모'라고 불리게 될 사건을 모의하고 있었다. 에팽글 누아르 일파 역시 비밀리에 음모를 꾸미고 있었다. 들라베르드리는 트로고프와 접선했다. 자유주의 사상가 드카즈는 명성을 쌓아 가고 있었다.

샤토브리앙은 매일 아침 생도미니크 가 27번지 자택 창가에 서서 실내복에 마드라스로 된 모자를 쓰고 거울을 보며 치과 도구 가방을 열고 이를 손질하면서 비서인 필로르주 씨에게 《헌장에 의한 군주정치》라는 책의 여러 판본을 들어 차이를 설명해 주고 있었다.

뛰어난 비평가들은 탈마보다 라퐁을 높게 평가했다. 펠레츠 씨는 'A'라고 서명하고 호프만은 'Z'라고 서명했다. 샤를 노디에는 〈테레즈 오베르〉를 쓰고 있었다. 이혼은 폐지되고 있었고 리세는 콜레주라고 불렸다. 콜레주 학생들은 제복 깃에다 금색 백합꽃을 달고 로마 왕에 대해 떠들어 댔다.

왕궁의 경비 감독은 왕비에게 오를레앙 공작의 초상화가 걸려 있는 것을 지적했는데, 그가 제복을 입은 모습은 용기병 사령관 복장을 입은 베리 공작보다 훨씬 더 멋져 보이는 것이 아주 민망해 보였다.

파리 시는 군병원의 둥근 지붕 금박 칠을 보수하고 있었다. 생각 있는 사람들은 이런 때 트랭클라그 씨가 어떻게 행동할지 생각했다. 클로젤 드 몽탈 씨는 사사건건 형제인 클로젤 드 쿠세르그 씨와 의견이 맞지 않았다. 드 살라베리 씨도 불만이 많았다. 몰리에르도 받아 주지 않은 아카데미의 회원이었던 희극 작가 피카르는 오데옹 극장에서 〈두 사람의 필리베르〉를 상연했는데, 극장 정면에는 '황후 극장'이라고 쓴 자국이 남아 있었다.

퀴네 드 몽타를로에 대해서는 의견이 갈렸다. 파비에는 반역자가, 바부는 혁명가가 되었다. 펠리시에 사는 볼테르의 작품을 〈프랑스 아카데미 회원 볼테르 작품집〉이라는 제목으로 출판했다. 펠리시에 사는 "이 책은 독자들의 이목을 끈다!"라는 간결한 문구를 넣었다.

샤를 루아종은 당시의 천재로 손꼽혔다. 그를 시기하는 사람들이 많았으나 그것은 또한 그의 높은 천재성을 증명하는 것이기도 했다. 그들은 그를 두고 다음과 같은 시를 지어 무시했다.

'아무리 루아종이 날아 봤자 다리가 있다는 걸 모두가 안다.'

페슈 추기경은 사직을 거부했고, 아마지 대주교 드 팽 씨는 리옹 주교구를 맡았다. 스위스와 프랑스 사이에 다프 계곡을 두고 싸움이 일어났는데 뒤푸르 대위의 각서가 그 원인이었다. 그 무렵, 아직 세상에 알려지지 않은 생시몽은 훗날을 기약하며 한창 연구에 몰두했다. 과학 아카데미에는 유능했지만 후세에까지 이름을 날리지는 못했던 푸리에가, 그리고 아직 알려지지 않았지만 앞으로 이름을 날리게 될 철학자 푸리에가 있었다.

바이런의 이름이 알려지고 있었다. 밀부아의 어느 시에는 바이런 경이라는 말로 그를 프랑스에 소개하고 있었다. 다비드 당제는 열심히 대리석을 깎았다. 아베 카롱은 푀이양틴의 골목에 있는 신학교 학생들의 집회에서 라므네라는 이름으로 활동하게 될 펠리시테 로베르라는 사제를 칭찬했다.

센 강에 어떤 물체가 보였다. 마치 물속을 헤엄치는 개 같은 소리를 내고 연기를 내뿜으면서 루아얄 다리에서 루이 15세 다리까지를 오갔다. 그것은 기계이자 장난감, 발명가의 꿈이자 유토피아였다. 그것은 바로 증기선이었다. 파리 사람들은 그것을 별 감흥 없이 바라보았다. 드 보블랑 씨는 학사원을 개혁하고 많은 회원을 받았지만 정작 본인은 회원이 되지 못했다. 생제르맹 교외 사람들과 마르상 무리는 들라보 씨를 시경국장으로 추대하려 했다.

뒤퓌트랭과 레카미에는 예수 그리스도의 신성에 대해 파리 의과대학 강당에서 논하며 서로 날을 세웠다. 〈창세기〉를 그리고 한편으로 자연을 바라보는 퀴비에는 화석을 성서와 부합시키고 마스토돈으로 모세의 편을 들면서 환심을 사려 들었다. 파르망티에에 대한 연구를 했던 프랑수아 드 뇌샤토씨는 감자를 파르망티에르라고 부르게 하려고 시도했으나 실패하고 말았다.

그레구아르 신부는 주교이자 국민의회 의원이었고 상원 의원을 지냈지만, 왕당파가 되어 비열한 그레구아르의 상태에 들어갔다. 이때 '……에 들어간다'는 말은 루아예콜라르 씨에 의해서 신조어가 되었다. 예나 다리의 세 번째 아치 밑에 블뤼허 장군이 놓았던 폭약 갱은 2년 전에 돌로 때운 자리가 아직도 눈에 띄었다.

재판소에서는 한 사내를 심문하고 있었는데 그는 아르뜨와 백작이 노트르담 대성당으로 들어가는 것을 보고 이렇게 외쳤다.

"젠장! 보나파르트와 탈마가 팔짱끼고 연병장으로 가던 때가 그립구나!"

그래서 그는 6개월 징역형을 받았다.

반역자들은 거리를 활보했다. 전투 직전에 적과 교섭한 자들은 보수를 꿀꺽했으며, 호화로운 옷자락을 치렁치렁하며 거리를 누볐다. 리니와 카트르브라의 도망병도 그저 돈을 위해 국왕에게 충성하고 있었다. 그들은 모두 영국 공중변소 안에 쓰여 있는 이런 말을 모르는 것 같았다.—나가기 전에 차림을 단정히 하시오.

위에 늘어놓은 글은 오늘날에는 비록 잊혔지만 1817년을 어수선하게 만들었던 일들이다. 역사는 이런 일들을 흘려보냈지만 그럴 수밖에 없었으리라. 그렇지 않으면 역사는 흘러갈 수 없을 것이다. 사람들의 실수로 사소한 일이 되어 버린 이 일들은 인생의 어느 것 하나 사소한 것이 없고 식물에 쓸모없는 잎이 없듯 모두 중요한 것이었다. 한 해의 정황은 세기를 이루는 것이다.

1817년에 파리의 네 젊은이가 꼭두각시놀이를 열었다.

두 개의 사중주

그들은 파리의 네 젊은이였지만 한 사람은 툴루즈, 한 사람은 리모즈, 세 번째는 카오르, 네 번째는 몽토방 태생이었다. 그들은 모두 학생으로, 파리에서 공부를 한다는 것은 파리 사람과 같으므로 그곳 출신이나 마찬가지였다.

그들은 모두 평범한 젊은이들이었다. 선하지도 악하지도 똑똑하지도 멍청하지도 천재도 바보도 아니었다. 스무 살 나이에 걸맞은 겁 없는 청춘들은 평범한 오스카(스코틀랜드 신화의 영웅_옮긴이)였다. 이 시대에는 아직 아서 같은 인물이 없었으므로. '그를 위해 아라비아 향을 사르리라'는 사랑의 노래는 하소연에 가까웠다.

"오스카다! 오스카를 맞으러 가자!"

사람들은 오시앙의 전설에서 벗어나려 했다. 그러므로 그 시대에는 스칸디나비아나 칼레도니아적인 것을 멋으로 쳤고, 영국적인 것들은 나중에 유행했다. 아서 같은 인물인 웰링턴이 워털루 전쟁에서 승리한 지 얼마 지나지 않았을 때였다.

네 명의 오스카 중에서 툴루즈 태생은 펠릭스 톨로미에스, 카오르 태생은 리스톨리에, 리모즈 태생은 파뫼유, 몽토방 태생은 블라슈벨이었다. 그들은 모두 사랑하는 여자가 있었다. 블라슈벨은 영국에 갔던 경험 때문에 영국식으로 파부리트라고 부르는 여자가 있었다. 리스톨리에는 꽃 이름을 딴 달리아라는 여자를 사랑했다. 파뫼유는 조제핀을 줄여 제핀이라고 부르며 사랑했다. 톨로미에스는 태양처럼 아름다운 머리카락을 가져 블롱드라고 불리는 팡틴을 사랑했다.

파부리트, 달리아, 제핀, 팡틴, 이 네 명의 여자들은 모두의 눈길을 끌 만한 매력적이고 아름다운 아가씨였다. 직업이 바느질일 때문에 재봉공 같이 보이고 애정 문제에 정신이 팔려 있었지만 이들은 유쾌함과 순수함을 간직하고 있었다.

네 사람 중 가장 나이 어린 여자는 작은 아가씨라고 불렸고, 큰 아가씨라고 불리는 이는 스물세 살이었다. 위의 세 사람은 세상 물정에 밝았지만 작은 아가씨 블롱드 팡틴은 아직 순진하고 어리숙했다.

달리아와 제핀, 파부리트는 팡틴과 달랐다. 그녀들은 젊은 나이임에도 갖가지 경험들을 갖고 있었다. 그녀들의 연인은 1장에서는 아돌프, 2장에서는 알퐁스, 3장에 가면 귀스타브가 될 지경이었다.

빈곤과 교태란 둘 다 한심스러운 요소이다. 하나는 끊임없이 불평을 하고, 하나는 계속 귀찮게 한다. 하류계급 아가씨들은 그 두 가지 속성을 모두 갖고 있다. 그들의 속삭임은 주의를 끌기 마련이다. 그녀들은 무엇이든 쉽게 믿어 버린다. 그래서 그녀들은 타락하고 돌팔매질을 당한다. 사람들은 범접하기 힘든 순수하고 고매한 이상을 내세워 그녀들을 심판하려 한다. 만약 융프라우(순결한 처녀를 의미_옮긴이)를 굶주리게 한다면 어떻게 될까!

파부리트는 영국에서 살았던 것 때문에 제핀과 달리아의 부러움을 샀다. 그녀는 어린 나이에 독립을 했다. 아버지는 늙은 수학 교사로 거칠고 허풍선이였다. 그는 평생 결혼한 일이 없었고 가정교사 노릇을 하며 다녔다. 그는 젊은 날 하녀의 옷자락이 벽난로에 걸쳐 있는 것을 보고 갑자기 사랑에 취했고 그렇게 파부리트가 태어났다. 그녀는 가끔씩 아버지와 만났고, 아버지 역시 그녀를 피하지 않았다.

어느 날 아침, 광신자로 보이는 노파가 그녀에게 찾아왔다.

"날 모르겠느냐?"

"네, 모르겠어요."

"내가 네 어미다!"

노파는 찬장을 마음대로 열어 음식을 잔뜩 먹은 다음 가져온 이부자리를 펴고 눌러앉았다. 그녀는 파부리트와는 대화조차 제대로 나누지 않고 아침, 점심, 저녁 식사 때마다 4인분씩을 먹고는 문지기에게 찾아가 딸 욕을 하기 일쑤였다.

달리아가 리스톨리에를 좋아하고 뭇 사내들을 좋아하고 또 노는 생활에 빠진 것은 그녀가 너무나 예쁜 장밋빛 손톱을 가졌기 때문이었다. 그 고운 손톱으로 어떻게 고된 일을 하겠는가? 품행이 단정한 이들은 손을 아끼면 안 된다. 제핀이라면 "네, 맞아요!"라고 말하는 그녀의 귀여운 말투와 사랑스러움이 파뵈유의 마음을 녹였던 것이었다.

젊은이들은 친구 사이였고, 아가씨들도 마찬가지였다. 그런 우정과 연애는 통하게 되어 있다.

영리함과 분별력은 다르다. 아마 네 아가씨들을 들어 말해 보자면, 문란함을 제외한다면 파부리트와 제핀, 달리아는 분별력이 있었고, 팡틴은 영리했다.

영리함이라. 그런데도 톨로미에스를 좋아하다니! 솔로몬이 알았다면 이렇게 말했을 것이다. 사랑은 지혜와도 같다. 팡틴에게는 첫사랑이자, 유일한 사랑이었으며, 성실한 사랑이었다.

하지만 오직 한 사람에게서 '너'라는 이름으로 다정하게 불린 사람은 그녀들 중에 팡틴뿐이었다.

그녀는 민중의 밑바닥에서 자랐다고 할 수 있는 그런 여자였다. 사회의 음지에서 태어나고 힘겹게 살아간 기색이 표정에 묻어났다. 그녀는 몽트뢰유쉬르메르에서 태어났으나 그녀의 부모를 아는 사람은 아무도 없었다.

그녀는 다만 팡틴이라고 불렸다. 왜 팡틴이었을까? 다른 이름은 알 수가 없었다. 그녀는 집정관 정부 때 태어났다. 가족도 없었고 성씨도 없었다. 어릴 적 맨발로 거리를 지날 때 누군가가 붙여 준 이름을 자기 이름으로 알고 살아갔다. 비가 내릴 때 하늘에서 떨어지는 물방울을 이마로 받듯 그녀는 그렇게 이름을 받았다. 그녀는 어린 팡틴이라고 불렸다.

그녀에 대해 잘 아는 사람은 없었다. 한 인간으로서의 운명을 부여받은 그녀는 그렇게 세상으로 나왔다. 열 살 때 팡틴은 가까운 농가에서 일을 하며 자랐고, 열다섯 살이 되자 돈을 벌러 파리로 갔다. 아름다운 팡틴은 순결을 간직했다. 그녀는 예쁘고 가지런한 이를 가졌고 머리카락은 금발이었다. 그녀는 결혼 지참금으로 황금과 진주를 가졌던 것이다. 황금은 머리카락, 진주는 이였다.

그녀는 살아남기 위해 일했다. 그리고 살기 위해—마음의 굶주림을 벗어나기 위해—사랑했다.

그녀는 톨로미에스를 사랑했다.

남자에게는 정욕, 그리고 여자에게는 진실한 사랑. 학생과 바람 든 여직공들이 모여든 카르티에 라탱 거리에서 이 두 남녀의 만남은 시작되었다. 팡틴은 수많은 정사가 벌어지는 팡테옹 언덕에서 톨로미에스를 피하면서도 또 그를 만나 왔다. 한편으로 거절하면서도 한편으로 원하는 그런 관계도 있는 것이다. 말하자면 목가적 사랑이라고 할까.

블라슈벨과 리스톨리에와 파피유는 비슷하게 어울렸고, 톨로미에스는 대장 격이었다. 그는 재치 넘치는 유쾌한 인물이었다.

톨로미에스는 나이 많은 학생이었다. 그는 연 4천 프랑의 수입이 있는 부자였다. 그 정도의 수입은 생 주느비에브 산에서는 굉장한 자랑거리였다. 톨로미에스는 서른 살의 난봉꾼으로 벌써 기력이 빠진 상태였다. 얼굴에는 주름이 잡히고 이는 몇 개 빠져 있었다. 머리도 벗겨지기 시작했는데 그는 은근슬쩍 농담 삼아 말하곤 했다.

"삼십에 대머리, 사십에 앉은뱅이라지?"

그는 소화력도 신통치 않았고 한쪽 눈은 늘 축축했다. 하지만 젊음을 빼앗길수록 그는 더욱 유쾌하게 행동했다. 잇새로 익살을, 대머리로 유머를, 건강은 게으름으로 채워 갔다. 눈물을 머금은 눈으로는 웃음을 지었다. 몸은 늙어 갔지만 젊음을 빼앗기지 않기 위해 애썼다. 그의 청춘은 다소 일찍 사라졌지만 그는 마지막 북을 요란하고 쾌활하게 울렸으므로 다른 이들에게는 활기차게 보였다.

그는 지난날 보드빌 극장에 작품을 보냈다가 거절당했다. 이곳저곳에 시를 보내기도 했다. 그는 무엇이고 의심하는 버릇이 있었는데 그런 면은 가끔 위대한 면모로 보이기도 했다. 빈정거림이 심한 대머리는 대장 노릇을 했다. '아이언(iron)'은 영어로 '쇠'라는 뜻인데 '아이러니(ironie)'라는 말은 거기에서 나왔을까?

하루는 톨로미에스가 세 친구를 불러 의기양양하게 말했다.

"1년 전부터 팡틴이랑 달리아, 제핀, 파부리트가 이벤트를 해 달라고 아우성을 치고 있어. 우린 그러겠다고 했고. 그녀들은 나날이 재촉을 하지. 나한테 툭하면 그렇게 말해. 나폴리의 아낙들이 성 야누아리우스에게 말하듯이 말이야. '누런 얼굴의 성인이시여! 기적을 주소서!'라는 것처럼 그녀들도 말하지. '톨로미에스이시여! 이벤트를 해 줘요!' 게다가 요즘 우리 부모님까지 계속 편지를 보내오고 있어. 이제 때가 된 것 같군. 자, 그럼 계획을 짜 볼까?"

톨로미에스는 그들에게 낮은 목소리로 속삭였다. 무슨 재미있는 일인지 네 사람은 곧 껄껄 웃어 댔다. 블라슈벨이 소리쳤다.

"정말 멋진 생각이군!"

그리고 네 사람은 담배 연기가 자욱한 카페로 몰려갔다.

그들은 다음 일요일에 네 아가씨들을 만나기로 결정했다.

네 남자와 네 여자

45년 전의 남학생들과 바람 든 여직공들의 들놀이는 어땠을까? 오늘날 파리에는 그 시절의 교외가 없다. 파리 주변의 정취마저 이미 그때와는 완전히 다르다. 지난날 마차가 달리던 길에 지금은 기차가 지난다. 예인선이 오가던 길은 기선이 다닌다. 그 무렵 생클루는 오늘날 폐캉 같은 곳이었다. 지금 1862년 파리는 프랑스 모든 지역을 교외로 만든 도시가 되었다.

네 쌍의 남녀는 들놀이를 떠났다. 여름방학을 앞둔 맑은 날이었다. 젊은 아가씨들 중 유일하게 글을 쓸 줄 아는 파부리트가 전날 톨로미에스에게 편지를 보냈다. 그녀는 일찍 떠나는 게 좋겠다는 말을 '좋게 떠나는 게 빠르다.'고 잘못 썼다.

아무튼 그들은 아침 5시에 일어났다. 그리고 마차를 타고 생클루에 가서 마른 분수를 보면서 '물이 솟아 나오면 얼마나 좋을까!' 하면서 떠들고는 카스탱 사건이 일어나기 전의 테트누아르에서 아침 식사를 하고, 연못 옆 놀이터에서 고리 던지기 게임을 하고, 디오게네스 탑이 있는 전망대에 오르고 세브르 다리에서 마카롱 과자를 걸고 구슬치기를 하고 퓌토에서 꽃놀이를 하고 뇌이에서 갈대 피리를 불고 곳곳에서 사과파이를 먹으며 실컷 놀았다.

젊은 아가씨들은 새장을 뛰쳐나온 새처럼 날아다녔다. 젊은 사나이들은 가끔씩 손바닥을 쳤다. 그러나 아가씨들은 해방감에 취해 있었다. 아름다운 아침! 사랑스러운 청춘이여! 당신에게도 추억이 있지 않은가? 떨기나무 숲을 예쁜 아가씨와 함께 걸으며 나뭇가지를 헤쳐 주던 그 순간이! 비 오는 비탈길을 사랑하는 여자와 웃으며 내려가던 추억이! 그때 여자들은 이렇게 말했을 것이다.

"어머나! 내 새 구두가 엉망이 됐어요!"

하지만 유쾌한 방해꾼인 소나기는 그들에게 내리지 않았다. 헤어지기 전 파부리트가 이렇게 말했다.

"집 없는 달팽이가 기어가네요. 비가 올 것 같아요. 여러분!"

네 여자는 모두 기뻐했다. 마침 유명한 고전파 시인인 슈발리에 드 라부이스가 마로니에 아래를 산책하다 아침 10시쯤 그들을 보았다. 그는 미의 세 여신을 떠올리고는 "한 명이 더 있군!" 하고 외쳤다.

블라슈벨의 연인인 스물세 살의 파부리트는 선두에 서서 푸른 나뭇가지 밑을 달리고 개울을 건너고 덤불을 넘는 모습이 마치 들의 여신을 보는 듯했다. 제핀과 달리아는 다정하게 붙어 다니는 모습이 돋보였는데, 깊은 우정에서라기보다는 그들 스스로 더욱 매력적으로 보이기 위해 절대 떨어지지 않고서 영국풍 포즈를 취했다.

증정용 호화 장식본이 간행된 무렵, 훗날에는 바이런주의가 남자들에게 물들었던 것처럼 멜랑콜리는 여자들 사이에 퍼져 나가며 애수에 잠긴 듯 수양버들이 늘어진 듯한 머리 모양이 유행했다. 제핀과 달리아는 말아 올린 머리였다.

리스톨리에와 파뫼유는 한창 교수들 이야기를 하면서 팡틴에게 델뱅쿠르 선생과 블롱도 선생의 다른 점을 말하고 있었다.

블라슈벨은 파부리트의 캐시미어 숄을 일요일마다 빌려 입기 위해 세상에 태어난 사람 같았다.

톨로미에스는 그들을 감독하듯이 홀로 뒤에 서 있었다. 그는 무척 밝아 보였다. 그에게는 강한 지도력이 있었다. 유쾌함 속에는 독재의 빛이 있었다. 그는 두꺼운 무명으로 끝을 뭉툭하게 자른 양복바지를 입고, 200프랑쯤 나가는 등나무 단장을 들고, 남들을 따라서 여송연을 입에 물고 있었다. 그는 무엇이든 아끼는 사람이 아니었으므로 마구 피워 댔다.

"톨로미에스는 참 멋지지."

다른 사람들은 늘 그를 보며 말하곤 했다.

"저 바지에! 저 활력!"

팡틴은 그야말로 환희였다! 그녀의 밝게 빛나는 아름다운 이는 분명 신으로부터 웃으라는 임무를 받았다는 징표였다. 그녀는 흰 끈이 달린 밀짚모자를 들고 있었다. 치렁치렁한 금발 머리가 날려서 계속 감아 쥐야 했는데 그 모습은 마치 버드나무를 빠져나가는 갈라테이아의 머리 같았다.

장밋빛 입술은 무척 귀여웠다. 입가는 에리고네의 가면처럼 매혹적으로 올라가 사내의 욕망을 끓어오르게 했다. 그늘진 속눈썹은 화려한 얼굴을 매만져 주듯이 다소곳했다. 그녀의 몸은 하늘하늘하고도 붉게 타올랐다. 그녀는 라벤더 빛 비단옷을 입고 갈색 구두의 X자 리본 사이로 흰 양말이 드러났다. 그녀는 짧은 모슬린 코트를 걸치고 있었다. 그것은 마르세유에서 처음 만들어진 것으로 칸주라고 불렀다. 그 말은 칸비에르 가에서 좋은 날씨일 때나 한낮이라는 뜻의 '캥주 우'라는 말을 잘못 쓴 데서 나온 말이었다.

나머지 세 아가씨는 목덜미에서 가슴까지 파인 옷을 입고 있었다. 그런 옷에 여름용 모자라도 쓰면 사내의 마음은 설레게 마련이다. 그러나 그녀들의 차림에 비해서 금발의 팡틴의 엷은 칸주는 몸의 실루엣이 비치는 듯해서 더욱 매혹적으로 보였다. 짙은 바다색의 눈을 가진 세트 자작 부인이 여는 무도회였다면 단아함까지 갖춘 이 칸주가 매력상을 받았을 것이다. 때로 가장 수수한 차림이 가장 매혹적일 때가 있다. 그런 일은 생각보다 많이 일어난다.

눈부시게 빛나는 얼굴, 아름다운 얼굴선, 짙고 푸른 눈동자, 도톰한 눈꺼풀, 발등이 둥글게 오른 발, 아름다운 손목과 발목, 푸르스름한 혈관이 보이는 흰 피부, 싱그러운 뺨, 에기나 섬에서 발굴된 헤라의 동상처럼 곧은 목과 부드러운 목덜미, 쿠스투의 조각 같은 어깨, 꿈속을 거니는 듯한 명랑함과 우아한 옷맵시, 그리고 얇게 비치는 옷에 리본을 두른 하나의 조각상에 영혼이 깃들어 있는 모습이 바로 팡틴이었다.

팡틴은 스스로 깨닫지 못하고 있었지만 그녀는 무척이나 아름다웠다. 무엇이든 아름다움의 표본과 비교하기를 좋아하는 사람들은 파리의 아름다운 여성과 비교했을 때 이 아름다운 여직공에게 더욱 매혹되었을 것이다. 이 아가씨는 비록 천했을지언정 아름다움에서만은 좋은 혈통을 가진 듯했다. 그녀의 몸짓과 움직임이 모두 흠잡을 데 없이 아름다웠다.

우리는 팡틴을 환희라고 말했다. 그러나 동시에 팡틴은 가련함이기도 했다.

그녀를 주의 깊게 살펴보자면, 그녀의 나이와 청춘을 들여다보자면 그녀에게는 수줍음과 소심함이 있었다. 그녀는 항상 좀 놀란 듯한 표정을 지었다. 그런 순수한 놀라움은 프시케와 비너스를 구분할 때 필요한 그런 놀라움이었다. 팡틴은 황금 바늘로 성화의 재를 집는 로마 베스타 신전의 여인처럼 희고 아름다운 긴 손가락을 갖고 있었다.

나중에 알게 되겠지만, 그녀는 톨로미에스에게 그 무엇도 거절하지 않았다. 하지만 평소의 편안한 얼굴을 보자면 그녀는 그야말로 순결한 숫처녀 같았다. 어떤 숭고한 빛이 그녀를 감싸는 듯한 분위기가 감돌 때가 있다. 그러면 그녀는 명랑함을 지우고 음울한 표정으로 바뀌었다. 급작스럽게 싸늘한 표정으로 변하는 그녀는 마치 어느 여신처럼 도도해 보였다.

그녀의 이마와 코와 턱은 아름다운 선을 이루며 묘한 균형을 이루었고, 그것이 얼굴 전체의 아름다움을 만들어 냈다. 인중의 오목한 선은 무척 매혹적이었다. 그것은 순결을 상징하는 표시로 바르바로사가 이코니움의 보물 속에서 다이아나를 사랑하게 만든 바로 그것과 같았다.

사랑은 잘못이다. 그렇게 팡틴은 이 잘못 위에 뜬 순수함이었다.

흥겨워 스페인 노래를 부르는 톨로미에스

그날은 하루 종일 맑았다. 자연도 휴식을 맞은 듯이 유쾌하고 즐거워 보였다. 생클루의 꽃밭은 아련한 향을 풍기고, 센 강의 바람은 나뭇잎을 살랑이고, 나뭇가지는 바람에 흔들리고, 꿀벌은 재스민꽃을 파고들고, 나비는 집시처럼 가새풀과 토끼풀과 귀리 사이를 날았다. 이 프랑스 왕의 정원에는 작은 여행자들이 모여 있었다. 바로 작은 새 떼였다.

네 쌍의 남녀는 아름다운 자연 아래 빛나고 있었다.

천국과도 같은 공원에서 여자들은 소곤거리고 노래하고 달리고 춤을 추다가 나비를 쫓고 메꽃을 꺾고 풀 속에 들어가고 뛰어다니며 사내들의 입맞춤을 받았다. 하지만 팡틴만은 무리에서 잘 어울리지 않고 가끔 딴생각에 잠겼다. 그녀의 가슴속에는 사랑이 가득했다.

"너는 늘 요상한 표정을 짓고 있어!"

파부리트가 말했다.

즐겁도다! 이 아름다운 남녀들의 들놀이는 청춘과 자연에 대한 노래이며, 모든 것에서 깊은 사랑의 빛을 이끌어 냈다. 먼 옛날 어느 여신이 있어, 사랑하는 청춘들을 위해 숲을 만들었던 것이다. 그때부터 수업을 빼먹고 놀러 가기로 한 젊은 청춘들의 영원한 놀음이 시작되었다. 들과 숲과 학교가 있는 한 그것은 계속될 것이다. 누구든 즐겁게 뛰놀며 짝을 찾고, 눈부신 빛이 그들을 감싼다. 아! 사랑이란 얼마나 아름다운 것인가! 귀여운 대화, 풀밭의 술래잡기, 포옹과 아름다운 말들, 그 때문에 폭발하는 사랑의 감정, 입으로 주고받는 버찌, 그 모든 것이 한데 어우러진다.

아름다운 아가씨들은 마음껏 아름다움을 불사른다. 마치 그 일이 영원할 것처럼. 철학자도 시인도 화가도 그것을 지켜볼 뿐 어쩔 도리가 없다. 그들은 매혹당할 것이다. 시테라 섬으로 출발하기를 갈망할 것이다. 화가 랑크레는 하늘로 날아오르는 민중을 바라보고, 디드로는 연애를 붙들려고 팔을 뻗고, 뒤르페는 연애에 드루이드교의 사제를 끌어들일 것이다.

점심을 먹고 나서, 네 쌍의 남녀는 임금님의 꽃밭이라고 부르는 곳에 인도 식물을 보러 갔다. 이름은 잘 기억나지 않지만 그즈음 생클루에 파리의 사람들을 불러모았던 식물이었다. 그것은 아주 재미있고 요상한 모양의 작은 나무였는데, 무수한 가지를 내뻗고 끝에 장미꽃과 닮은 희고 작은 꽃을 달고 있었다. 그래서 나무들은 마치 화려하게 꾸민 머리 같았다. 나무 앞은 구경꾼들로 붐볐다.

나무를 보고 나서 톨로미에스가 외쳤다.

"나귀나 탈까?"

나귀 장수에게 값을 치르고 그들은 방브와 이시를 한 바퀴 돌았다. 이시에서는 모험을 즐겼다. 비앵 나시오날 공원은 군부대에 식료품을 대는 부르갱의 소유였는데 출입문이 열려 있었다. 그들은 모두 그 안으로 들어가서 동굴 속 허수아비를 구경하고 거울의 방에 있는 장치를 이것저것 만져 보았다. 그 방은 벼락부자가 된 사틸로스나 프리아프스로 변한 튀르카레가 나올 법한 기묘한 곳이었다. 그들은 베르니스 대수도원장의 노래처럼 두 개의 밤나무에 달린 밧줄 그네를 흔들었다. 톨로미에스는 미인들을 차례로 그네에 태웠다. 그러자 마치 그뢰즈의 그림처럼 여자들의 치마가 펄럭여 모두 탄성을 질렀다.

가끔 스페인 분위기를 풍기는 툴루즈 태생의 톨로미에스는 구슬픈 스페인의 옛 노래 '갈레가'를 불렀다. 아마도 그네에 탄 아름다운 아가씨를 보며 노래를 떠올렸을 것이다.

나는 바다호스(스페인의 도시_옮긴이) 사내
사랑에 넘어가
혼을 빼앗기고
눈만이 남아 있네.
그대의 어여쁜
발을 보고 말았으니.

팡틴은 그네를 타지 않았다. 파부리트가 중얼거렸다.

"혼자 고상한 척은 다 하네."

나귀를 타고 나서도 그들은 신나게 즐겼다. 배를 타고 센 강을 건너고 파시부터는 걸어서 에투알 시까지 갔다. 여러분이 아시다시피, 그들은 아침 5시부터 돌아다녔다. 하지만 파부리트는 "뭐가 피곤해? 일요일엔 피로도 쉬러 가거든?" 하고 말했다.

그들은 3시쯤 오락 전차를 타고 고갯길을 달렸다. 보종의 언덕 위에 세워진 그 시설은 샹젤리제 가로수 사이로 꼬불꼬불한 레일이 엿보였다.

파부리트가 소리쳤다.

"그런데 이벤트는 뭐죠? 빨리 대답해요!"

"기다려 봐."

톨로미에스는 대답했다.

봉바르다 요릿집

그들은 이제 저녁을 먹으러 가기로 했다. 하루 종일 신나게 뛰놀던 그들은 조금씩 지쳐서 봉바르다 요릿집으로 갔다. 그곳은 리볼리 거리의 들로름 골목에서 유명한 요리사로 알려진 봉바르다가 샹젤리제에 운영하는 분점이었다.

큰 방은 좀 어수선했다. 안쪽에는 벽장 침대가 있었다. 창문 밖으로 가로수와 강, 둑이 보였다. 8월의 햇살이 어른거렸다. 테이블 하나에는 남녀 여덟 명의 모자를 쌓아 놓고, 다른 테이블에 모두가 둘러앉았다. 테이블 위는 포도주와 맥주병, 술잔과 접시 등이 어수선하게 놓여 있었다.

몰리에르는 이렇게 썼다.

테이블 아래의 정다운 소리
서로의 다리가 부딪히는 묘한 소리

아침 5시부터 오후 4시 반까지 이어진 모임이었다. 해가 기우는 동안 그들의 허기도 채워졌다.

샹젤리제는 사람으로 넘쳐흘렀다. 마를리 상의 대리석 말이 황금빛 구름 앞을 뛰어올랐다. 사륜마차가 끊임없이 오갔다. 근위 기병대가 나팔수를 앞세우고 행진을 했다. 흰 깃발이 튈르리 궁전의 지붕 위에 펄럭였다.

그즈음 루이 15세 광장이라고 불리던 콩코르드 광장은 산책하는 사람들로 붐볐다. 많은 사람들이 백합꽃을 물결 모양의 흰 리본에 달고 있었다. 소녀들이 윤무를 추며 부르봉파의 무도곡을 불렀다. 그 노래는 나폴레옹의 백일천하를 무너뜨리기 위한 노래로 이런 후렴구가 있었다.

돌려주오, 우리의 품으로 강의 아버지를.
돌려주오, 우리의 품으로 우리 아버지를.

화려한 외출복을 입고 나온 교회 사람들도 옷에 백합꽃을 달고 마리니의 광장에 모여 고리 던지기 게임을 하고 회전목마를 탔다. 어떤 사람들은 인쇄소 직공 같은 모자를 쓰고 있었는데 왁자지껄하게 떠들어 댔다. 모두 환희에 벅차 있었다. 평화롭고도 안정된 시절이었다. 파리 교외 주민에 대해 경찰국장 앙글레스는 국왕에게 이런 특별 보고서를 제출했다.

'폐하, 민중의 생활은 평안합니다. 그들은 마치 고양이처럼 태평스럽고 게으릅니다. 지방의 하류계급은 분주하나 파리의 하류계급은 그렇지 않습니다. 폐하, 만약 정예부대를 더 만들려면 그들을 합쳐야 할 겁니다. 수도의 영세민들에 대해서도 걱정하지 마십시오. 그들의 키가 줄어들고 있다는 점은 주목할 만한 일입니다. 파리의 민중은 혁명 전보다 더욱 빈약해지고 있습니다. 위험은 없습니다. 그들은 그저 천민입니다.'

고양이가 사자로 바뀌는 것을 경찰국장은 믿지 않았다. 하지만 그건 가능한 일이었다. 그것이 바로 파리 민중의 힘이다. 고양이들은 앙글레스 백작에게 모욕을 당했지만 공화제에 대한 존경심을 갖고 있었다. 고대 공화국 사람들은 고양이를 자유의 상징으로 여겼다. 페이라이에우스의 날개 없는 미네르바 상과 대조적으로 코린토스 광장에는 고양이 청동상이 있었다. 왕정복고 시대의 경찰은 파리의 민중을 너무나 안이한 태도로 바라보고 있었다. 그러나 그들은 힘없는 천민이 아니었다. 파리 사람은 아테네 사람과 마찬가지였다. 파리의 민중만큼 깊은 잠에 빠져드는 이들도, 솔직하고 경솔하고 게으른 사람도, 잘 잊어버리는 것처럼 보이는 사람도 없을 것이다.

그것에 속아서는 안 된다. 태평스러워 보일지언정, 조국을 위해서라면 그들은 위력적인 힘을 발휘할 것이다. 창을 들고 8월 10일 사건을 일으키고 총을 들고 아우스터리츠의 승리를 차지한다. 그들은 나폴레옹의 거점이자 당통의 근원이다. 조국이 위기에 빠지면 징병에 응하고 자유가 핍박받으면 바리케이드를 쌓고 싸운다. 그들을 경계하라! 분노에 찬 그들은 누구보다 서사적이고, 그들의 작업복은 마치 고대 그리스 용사의 군복과도 같다. 그르네타 거리는 카디움의 길목이 될 것이다. 때가 되면 파리 교외 민중은 단결하고, 무서운 얼굴을 하고서, 알프스를 뒤흔들 힘을 일으킬 것이다. 군대가 나섰다고 해도 프랑스혁명이 유럽을 뒤흔든 것은 교외 민중의 힘이었다.

그들은 환희의 노래를 불렀다. 그들의 노래로 그들을 일깨우라! 그들에게 '카르마뇰'의 후렴을 외치게 하라! 그러면 루이 16세는 고꾸라질 것이다. '마르세예즈'를 부르게 하라! 그들은 세계를 제패할 것이다.

앙글레스가 쓴 보고서의 여백에 다음 사실을 덧붙였으니 이제 본래의 이야기로 되돌아가자. 놀이는 끝나 가고 있었다.

뜨거운 사랑

식탁에서의 수다와 사랑의 속삭임, 그것은 막을 수 없는 것들이었다. 사랑의 속삭임은 구름과 같고 식탁의 수다는 연기와 같다.

파뫼유와 달리아는 콧노래를 흥얼거리고, 톨로미에스는 술을 마시고, 제핀은 웃고, 팡틴은 미소를 띠고 있었다. 리스톨리에는 생클루에서 사 온 나팔을 불고 있었다. 파부리트가 블라슈벨을 보며 말했다.

"블라슈벨, 당신을 사랑해요!"

그러자 블라슈벨이 물었다.

"내가 널 사랑하지 않게 된다면? 파부리트?"

"나를?"

파부리트가 외쳤다.

"그런 말 하지 말아요. 농담이라도 싫어요. 당신이 날 버린다면 이 손톱으로 할퀴고 침을 뱉고 경찰에 데려갈 거예요."

블라슈벨은 만족스러운 미소를 지었다. 파부리트가 말을 이었다.

"정말이에요. 난 막 떠들어 댈 거예요. 그런데 정말 그렇게 되면 어쩌죠?"

블라슈벨은 흐뭇한 표정을 짓더니 몸을 기대고 두 눈을 감았다. 달리아가 파부리트에게 귓속말을 했다.

"너 정말 저 사람을 사랑하니, 블라슈벨을?"

"아니, 난 저런 사람 싫어!"

파부리트는 포크를 들어 올리면서 말했다.

"저런 구두쇠를? 내가 좋아하는 사람은 따로 있어. 우리 집 맞은편에 사는 키 작은 남자. 진짜 잘생겼어. 너도 봤니? 완전히 배우 같아! 난 배우가 좋아. 그 사람이 집에 들어가면 어머니가 이렇게 말하더라. '들어왔니? 또 시끄럽겠구나. 소리 지르기 대장이 들어왔으니 머리가 아파 오는구나!' 그 집은 다락방인데 너무 컴컴해. 꼭대기까지 올라가야 하는데 그 속에서 그는 낭독을 하는지 노래를 하는지 아무튼 소란해!

소송 대리인 사무실에 나가서 하루에 20수씩 번대. 생 자크 뒤 오 파 교회의 전 합창대원의 아들인데 정말 잘생겼어! 나한테 완전히 반한 것 같아. 전에 내가 과자 반죽을 하고 있었는데 이렇게 말하더라고. '당신의 장갑을 튀겨 준다면 내가 먹을 텐데요.' 정말 예술가답지 않니? 게다가 잘생겼고! 나도 그 사람한테 점점 빠지는 것 같아. 블라슈벨에게는 그냥 사랑한다고 할 뿐이야. 어때? 내 거짓말이? 그럴듯하지?"

파부리트는 잠시 숨을 고르더니 다시 말을 이었다.

"달리아, 난 너무 속상해. 여름에는 비도 많고 바람도 불어서 마음이 무겁지. 블라슈벨은 구두쇠 짓을 하지. 시장에는 완두콩조차 없어. 버터는 너무 비싸고! 지금은 뭐니? 이런 침대 딸린 방에서 식사를 하다니. 아, 세상이 원망스러워!"

톨로미에스의 지혜

그들은 무척이나 소란스러웠다. 한쪽에서는 노래를 불렀고 다른 한쪽에서는 와자지껄 웃어 댔다.

잠자코 있던 톨로미에스가 나섰다. 그는 소리쳤다.

"너무 떠들어 대지 말라고. 다들 냉정할 필요가 있어. 그렇게 떠들어 대기만 하면 머릿속엔 아무것도 남아나지 않을 거야. 맥주는 거품이 일지 않아. 그러니 다들 차분해집시다. 식사에는 예절이 있어야 해. 그러니 천천히 생각하면서 먹고, 끝까지 음미해. 서두르지 말고. 봄날도 섣불리 오면 실패하는 법이다. 모두 얼어붙지. 너무 뜨겁게 다가오면 복숭아도 살구도 병들지. 너무 달아오르면 훌륭한 만찬도 망가질 거야. 그러니 차분하게 즐기자고. 그리모 드 라 레이네르도 탈레랑처럼 말하지 않나!"

그러자 여기저기서 잔소리가 일었다.

블라슈벨이 말했다.

"톨로미에스, 적당히 좀 해!"

파뫼유가 말했다.

"전제군주여 물러나라!"

리스톨리에가 소리쳤다.

"봉바르다여, 먹고 마시자!"

파뫼유가 다시 말했다.

"일요일은 끝나지 않았어."

리스톨리에가 다시 말했다.

"우리는 아직 시작도 안 했지."

블라슈벨이 말했다.

"톨로미에스, 이 몽칼름(내 침착함_옮긴이)을 보아라."

톨로미에스는 대답했다.

"몽칼름 후작답군."

이 이야기는 갑자기 잔잔한 물결 위에 파문을 일으킨 듯 분위기를 바꾸었다. 몽칼름 후작은 왕당파였던 것이다. 그들은 모두 입을 다물었다.

"자, 다들!"

톨로미에스는 마치 왕이라도 된 듯이 소리쳤다.

"말장난 따위에 너무 감동받지 마. 훌륭하다고 해서 다 감동할 필요가 있겠어? 농담은 정신의 잔해야. 익살은 아무 데나 있지. 정신은 아무 말이나 지껄이고 하늘로 올라가고 흰 똥이 바위 위에 붙어도 독수리의 날갯짓을 막지 못하지.

내 앞에서 농담을 욕하진 마. 나는 농담조차 존중하는 사람이니까. 하지만 그뿐이야. 인류에게 가장 훌륭하고 존중받을 만한 이들 중 말장난을 하지 않는 사람은 없어. 예수 그리스도는 성 베드로에 대해, 모세는 이삭에 대해, 아이스킬로스는 폴리네이케스에 대해, 클레오파트라는 옥타비우스에 대해서 농담을 했지. 여기서 중요한 건 클레오파트의 농담은 악티움 전투 전에 있었어. 그러니 그 농담이 없었다면 그리스 말로 냄비 젓는 국자라는 뜻의 토리네라는 도시를 알 사람은 아무도 없었을 거야.

아무튼 나는 다시 본론으로 돌아가려고 해. 자, 더는 소란을 일으키지도 말고 예의를 지키도록 해. 농담이든 놀이든 뭐든 다 마찬가지야. 내 말을 잘 들으라고. 나는 암피아라오스의 신중함과 카이사르의 대머리를 갖고 있지. 정도를 지켜야 해. '사물에는 한도가 있다.' 식사도 마찬가지야.

그리고 아가씨들. 사과파이가 아무리 맛있어도 그렇게 많이 먹어서는 곤란합니다. 사과파이도 마찬가지이지요. 과식은 과식하는 자를 해치고 대식은 대식가를 벌합니다. 소화불량은 신의 벌입니다. 그리고 잘 기억해 두세요. 감정이란 연애 감정도 포함해서 나름의 몫을 갖고 있으니 너무 가득 채워서는 안 됩니다. 무엇이든 적당한 시기에 끝맺음을 해야 하니까요. 그러니 스스로 억제하도록 하세요. 도저히 못 참겠으면 자물쇠를 달아매고 스스로를 감시하세요.

사리 분별을 할 줄 아는 자는 필요한 때에 자신을 억제할 수 있는 자입니다. 내 말을 믿어 보세요. 나는 시험 성적표가 증명해 주듯이 법률도 공부했으니 벌인 일과 벌어진 일의 차이를 압니다. 나는 무나티우스 데멘스가 그 무서운 황제의 대법관이던 때에 로마에 어떤 고문이 있었는지에 대해 라틴어로 논문을 쓴 적도 있답니다. 앞으로 박사가 될지도 몰라요. 그러니 난 바보가 아닙니다. 나는 여기 있는 모든 분에게 말하겠습니다. 제발 자제해 주세요. 내가 펠릭스 톨로미에스라고 불리는 것이 진실이듯, 나는 지금 진심으로 말하고 있습니다. 때가 되었을 때 용감하게 결단을 내리고 술라처럼, 오리제네스처럼 모든 것을 버릴 줄 아는 자는 행복할 겁니다!"

파부리트는 잠자코 듣고 있다가 한마디 했다.

"펠릭스! 참 좋은 이름이에요. 그건 라틴어로 번영이라는 뜻이죠?"

톨로미에스가 말을 이었다.

"시민, 신사, 기사 여러분! 나의 친구들이여! 여러분은 과연 무감각할 수 있습니까? 혼인의 침상을 피하고 사랑 없이 살 수는 없나요? 간단합니다. 레몬 주스를 마시든지 미친 듯이 운동을 하든지, 강제 노동도 좋아요, 피곤해져야 합니다. 무거운 돌덩이나 나무를 끌고 밤을 새우고 초산수나 탕약을 드세요. 양귀비와 모형의 즙을 마시면 됩니다. 또 금식을 하고 냉수욕을 하고 허브 띠를 매고 연판(鉛版)을 쓰고 연산액으로 몸을 씻고 초산 섞은 물로 찜질을 하세요."

리스톨리에가 말했다.

"그것보단 여자가 좋지."

"여자!"

톨로미에스가 말을 이었다.

"여자를 조심해야 해. 여자라는 변하기 쉬운 동물에 몸을 의지하면 불행해지리라! 여자는 진실하지 않고 간사하지. 여자가 뱀을 싫어하는 건

동업자끼리의 시샘이야."

블라슈벨이 외쳤다.

"톨로미에스, 취했나?"

톨로미에스가 말했다.

"그래!"

블라슈벨이 다시 말했다.

"좀 더 밝게 해 봐!"

톨로미에스는 대답했다.

"좋아."

그는 술잔에 술을 따랐다.

"술에 영광을! '바쿠스여, 그대를 위해 찬양하리!' 실례지만 아가씨들, 이건 스페인식입니다. 자, 아가씨들. 여기 증거가 있지요. 카스티야의 술통에는 16리터, 알리칸테의 술통에는 12리터, 카나리아 제도의 술통에는 25리터, 발레아레스 제도의 술통에는 26리터, 표트르 대제의 술통에는 30리터.

표트르 대제 만세! 위대한 그 술통에 대해 만세! 아가씨들, 이 이야기는 귀담아들어야 합니다. 이웃 사람에게 반하세요! 사랑의 특징은 정신을 혼란하게 한다는 것이지요. 사랑은 무릎에 굳은살이 박인 영국 하녀처럼 쪼그려 앉으라고 있는 게 아닙니다. 사랑은 즐거운 방황이지요. 멋진 연애여! 인간은 모두 방황한다고들 하지만 난 이렇게 말하겠습니다. 방황이야말로 사랑이다.

아가씨들! 나는 당신들 모두를 숭배하오. 제핀! 조제핀! 사랑스러운 얼굴! 그대는 가만히만 있으면 예쁜데 자꾸만 찡그리는군요. 파부리트, 그대는 님프! 나는 뮤즈이지!

어느 날 블라슈벨이 게랭부아소 거리를 지나던 때였지. 흰 스타킹을 신은 두 다리를 매력적으로 드러낸 아름다운 아가씨가 있었어. 그는 한 눈에 반해 버려 사랑에 빠졌으니, 그게 바로 파부리트.

오, 파부리트, 그대는 이오니아 여인의 입술을 가졌구나. 그리스 화가 에우포리온은 입술 화가라고도 불렸지. 그대의 입술을 그릴 수 있는 자는 오직 그리스 화가들뿐이야. 그대여! 그대 이전에는 그 이름에 어울리는 여인이 존재하지 않았소. 그대는 비너스처럼 사과를 받기 위해, 이브처럼 그것을 먹기 위해 만들어졌소. 아름다움은 당신을 위한 것. 나는 이브를 이야기했지만 이브를 만든 것은 그대요.

오, 파부리트여! 이제는 그대라고 부르지 않겠소. 이제는 시에서 산문으로 옮겨 갈 테니. 당신은 내 이름을 말했지? 나는 감동하고 말았소. 우리가 어떤 신분이건 이름과는 연결 짓지 말기로 하오. 이름은 다를 수가 있지. 나는 펠릭스이지만 행복하지 않다오. 말은 거짓말쟁이와 같소. 그들의 이야기를 그대로 믿어서는 안 되오. 병마개를 얻으려고 리에주에 편지를 쓴들, 장갑을 사려고 포에 연락을 한들 무슨 소용이 있겠소?

그리고 달리아 양. 내가 당신이라면 나는 로자라는 이름을 택하겠소. 꽃에는 향기가 있고 여자에게는 재치가 있어야 하지.

팡틴은 어떨까. 그녀는 명상적이고 날카로우면서도 예민하지. 님프의 자태와 수도녀의 수줍음을 가진 아가씨. 어쩌다가 바람 잔뜩 든 여직공 사이에 끼어들었지만 그녀는 상상 속으로 숨어 기도하고 노래하며, 먼 푸른 하늘의 새를 보고 더 큰 공상에 잠기리라.

오, 팡틴! 이 점을 잘 알아야 해. 나 톨로미에스는 그저 환영일 뿐이라는 것을. 내가 아무리 말해도 그녀는 알아듣지 못하지. 공상에 빠진 금발머리 아가씨! 그녀가 가진 싱그러움과 푸르른 청춘과 아침의 평화여! 오, 팡틴! 마르그리트(데이지)나 페를(진주)이라는 이름이 어울릴 아가씨여! 당신은 가장 아름답게 빛나는 진주와 같아.

자, 아가씨들! 한 가지 더 충고하겠소. 결코 결혼하지 마시오. 결혼은 나무의 접목 같아서 잘될 수도 잘 안 될 수도 있지. 그러니 그런 위험은 피하는 편이 나아. 아니, 내가 대체 무슨 소리를 하고 있지? 아무리 말해도 소용없지. 아가씨들의 결혼관에는 무엇도 도와줄 수 없으니. 우리 남자들이 아무리 말한들 조끼를 만들거나 구두를 꿰매는 아가씨들은 다이아몬드를 가져다주는 남편을 원하지. 거기까진 그렇다고 합시다.

하지만 미녀 여러분. 이것을 기억해 두시오. 그대들은 입에 단것을 너무 좋아하고 있어. 그대들의 단점은 사탕을 너무 많이 먹는다는 것이지. 아, 달콤함을 머금는 성이여! 그대의 아름다운 이는 사탕을 사랑하지. 하지만 사탕에도 염분이 있지. 소금은 수분을 날리고, 사탕은 아주 건조력이 강해. 혈관을 타고 혈액의 수분을 말리고 혈액을 굳게 하지. 그렇게 폐에 결핵을 일으키고 죽음을 낳는 거야. 당뇨병과 폐결핵이 비슷한 것도 그 때문이지. 그러니 사탕을 먹지 말게나. 그게 좋을 거야.

이번엔 신사 여러분께 말할까? 여러분, 당장 여자를 가지시오. 여러분은 닥치는 대로 여자를 갖고 빼앗아야 하오. 사랑에는 우정도 소용없소. 아름다운 여인이 있는 곳에서는 싸움이 일어나기 마련이오. 무시무시한 혈투. 아름다운 여자는 싸움의 원인이오. 역사상 모든 전쟁은 치마 때문에 일어났소. 여자는 남자의 것이지. 로물루스는 사비네 여인을 약탈하고 기욤은 색슨의 여자를 약탈하고 카이사르는 로마의 여자를 약탈했소. 사랑을 가지지 못한 자들은 독수리처럼 허공을 맴돌지. 나는 그런 불행한 사나이들에게 보나파르트가 이탈리아 원정군에게 한 숭고한 말을 그대로 해 주고 싶소. 병사들아, 너희에겐 아무것도 없고, 적에겐 모든 것이 있다.

톨로미에스는 잠시 말을 쉬었다.

"숨 좀 돌리고 이야기하라고."

블라슈벨이 말했다.

그러더니 그는 리스톨리에와 파뫼유와 함께 구슬픈 노래를 부르기 시작했다. 그것은 아무렇게나 지어 낸 노래였다. 마음대로 운을 맞춘 뜻도 없고 내용도 없는 노래였다. 톨로미에스의 말에 어떤 답가를 했는지 알아보기로 하자.

멍청한 신부님들이
거간꾼한테 돈을 줬다네.
클레르몽 토네르가
성 요한의 축제일에 교황이 되게 해 달라고.
하지만 클레르몽은 사제가 아니니
교황이 될 수가 없지.
화가 난 거간꾼은
신부님들한테 돈을 돌려줬다네.

하지만 그 노래로도 톨로미에스의 흥분을 가라앉힐 수는 없었다. 그는 술잔을 비우더니, 다시 한 잔 가득 따르면서 말하기 시작했다.

"분별력아 사라져라! 내 말을 다 잊어라! 얌전한 척하지 마라! 나는 환희의 축배를 든다. 그러니 마음껏 즐겨라! 우리의 법률 공부에 더 많은 술을 섞자. 로마 법전은 소화가 안 돼. 유스티니아누스는 남자, 맛있는 음식은 여자! 저 먼 곳에 보이는 환희! 우주는 마치 커다란 다이아몬드와 같네! 아, 멋지도다! 새여, 마음껏 짖으라! 축제를 누리자! 나이팅게일은 아무 때나 울리는 엘비우라네. 오, 축복의 여름이여. 뤽상부르여, 마담 거리와 옵세르바투아르 가로수 길의 목가여! 어린아이를 보면서 자신이 낳게 될 아이를 상상해 보는 수줍은 하녀여! 오데옹의 둥근 화랑이 없으면 미국의 초원도 상관없지. 내 영혼은 초원을 날아간다. 모든 것이 아름답지. 파리는 붕붕 소리를 내며 날고, 벌새는 태양을 향해 노래하네. 키스해 줘, 팡틴!"

그는 파부리트를 잘못 껴안고 키스를 했다.

말의 죽음

"봉바르다보다 에동의 요리가 나아요."

제핀이 말했다.

그러자 블라슈벨이 말했다.

"나는 에동보다 봉바르다가 좋아. 훨씬 더 멋지다고. 아시아 냄새가 난 달까? 아래를 봐. 벽에 글라스가 걸려 있다고."

파부리트가 말했다.

"난 접시 안의 글라스가 더 좋은데."

블라슈벨이 다시 말했다.

"나이프도 그래. 봉바르다는 은 손잡이였는데 에동 것은 뼈야. 은이 더 비싸지."

톨로미에스가 말했다.

"은 수염의 턱을 가진 노인도 그럴까?"

그는 봉바르다 창문 밖으로 앵발리드의 둥근 지붕을 바라보고 있었다.

잠시 이야기가 끊겼다.

파뫼유가 입을 열었다.

"톨로미에스, 내가 아까 리스톨리에랑 말했는데."

톨로미에스는 대답했다.

"무슨 이야기? 싸움이라면 모를까?"

"우리는 철학적 토론을 했지."

"좋군."

"자네는 데카르트와 스피노자 중 어느 쪽이 좋은가?"

"데조지에가 맘에 들어."

톨로미에스는 그렇게 말하고는 다시 술을 한 모금 들이켜고 말을 이었다.

"나는 사는 게 좋아. 지상에서는 무엇 하나 잃을 게 없지. 나는 이치에 맞지 않게 사니까. 신께 감사드릴 뿐이야. 사람들은 거짓말을 하지만 웃으며 살지. 믿기도 하지만 의심도 해. 삼단논법에서 뜬금없는 것이 나오고 말이야. 아주 재미있어. 세상에는 역설을 펼치는 인간들이 있지. 아가씨들, 그대들이 마시는 이 술은 마데이라산 포도주랍니다. 해발 317투아즈의 고지에 있는 쿠랄 다스 프레이라스의 생포도주라고요. 그러니 잘 마시도록. 자그마치 317투아즈! 이 요리집 주인 봉바르다 씨는 317투아즈를 단돈 4프랑 50수에 준 거요."

파뢰유가 다시 말했다.

"톨로미에스, 자네가 제일 좋아하는 작가는 누구지?"

"베르……."

"혹시 베르캥?"

"아니, 베르슈."

톨로미에스는 다시 떠들어 댔다.

"봉바르다를 위하여! 봉바르다가 내게 이집트 무희를 준다면 엘레판타의 무노피스 같을 테지. 내게 그리스 창녀를 준다면 카이로네이아의 티젤리온 같을까? 아가씨들, 그리스나 이집트에도 봉바르다가 있었답니다. 아풀레이우스가 말했지요. 지상에 새로운 것은 없다. 창조주가 만든 것 중에 이 지상에 나오지 않은 건 없다. 솔로몬은 이렇게 말했지. 태양 아래 새로운 것은 없다. 그리고 베르길리우스는 말했네. 사랑은 누구에게나 같다.

이 시대에 남녀 학생들이 생클루의 놀잇배를 타는 건 아스파시아가 페리클레스와 사모스 바다에서 배를 타는 것과 다를 게 없어.

마지막으로 말해 두겠어. 아가씨들, 그대들은 아스파시아를 알고 있는가? 그녀는 여자들이 영혼을 갖지 못하던 시대에 유일하게 영혼을 가진 여자였지. 장밋빛으로 물들어 불보다 더 뜨겁고 싱그러운 영혼이었어.

아스파시아는 여성의 양극을 모두 갖고 있었지. 창부이자 여신. 소크라테스에 마농 레스코를 합친 것처럼. 아스파시아는 프로메테우스가 창부를 필요로 할 때를 대비해 만든 여자였어.

그때 강둑에서 말이 쓰러지지 않았다면 톨로미에스는 말을 멈추지 않았을 것이다. 말이 멈추자 짐수레도 그의 수다스러운 혀도 모두 멈추었다. 늙고 여위어 도살장으로 가는 게 어울릴 암말이 무거운 수레를 끌고 있었다. 말은 봉바르다 앞까지 와서는 도저히 한 발짝도 움직일 수 없었다. 사람들이 몰려들었다.

화를 주체할 수 없던 마차꾼이 내려와 채찍을 휘두르자 말은 완전히 쓰러졌다. 톨로미에스의 말을 듣고 있던 이들도 시끄러운 소리가 들리자 창밖을 쳐다보았다. 톨로미에스는 멈추지 않고 말의 이야기를 섞으며 연설을 마무리했다.

두 바퀴든 네 바퀴든
마차 끄는 말의 인생은 하나.
그녀는 살아갔네. 저 말처럼.
짧게도 짐말 같은 삶을.

"불쌍해라."
팡틴이 말했다.
그러자 달리아가 말했다.
"팡틴은 말이 불쌍한가 봐. 별걱정을 다 한다."
그때 파부리트가 팔짱을 끼고 도도하게 머리를 치켜세우고는 톨로미에스에게 말했다.
"자, 이제 말해 줘요. 이벤트가 뭐죠?"
"좋아, 이젠 때가 됐어."

톨로미에스가 말했다.

"이제 아가씨들을 놀라게 해 줄 순간이 됐군. 잠시만 기다려요."

블라슈벨이 말했다.

"처음 순서는 키스야."

톨로미에스가 말했다.

"이마에 말이지."

사내들은 각자 자신이 좋아하는 여자의 이마에 키스를 했다. 그러고는 손가락을 입에 대며 한 명씩 문으로 갔다.

파부리트는 박수를 쳤다.

"이거 무척 재미나겠는데?"

그녀가 말했다.

"너무 오래 기다리게 하는 건 싫어요."

팡틴이 조용히 읊조렸다.

환락의 즐거운 끝맺음

아름다운 아가씨들은 둘씩 창쪽 난간에 기대서 쏙닥거렸다.

그들은 네 청년들이 봉바르다를 나가는 것을 보았다.

청년들은 아가씨들에게 손짓을 하더니 매주 일요일마다 붐비는 샹젤리제 속으로 사라져 갔다.

"너무 오래 기다리게 하지 말아요."

팡틴이 소리쳤다.

제판이 말했다.

"뭘 갖고 올까?"

달리아가 말했다.

"아주 예쁜 것!"

파부리트가 말했다.

"금으로 만든 거였으면 얼마나 좋을까?"

아가씨들은 혼잡스러운 강둑 주변을 한참 바라보고 있었다. 우편마차와 승합마차가 출발하려고 했다. 그 무렵 남쪽과 서쪽으로 가는 마차는 모두 샹젤리제를 지났다. 모두들 강둑을 따라서 파시의 성문을 지나갔다. 노란색과 검은색을 칠한 마차가 트렁크며 궤짝을 가득 쌓고서 손님을 가득 태우고 강둑을 헤쳐 나갔다. 파부리트가 외쳤다.

"복잡해. 쇠사슬이라도 실은 것 같구나."

느릅나무 숲에 접어든 마차가 멈추었다가 다시 달렸다.

"왜 저러지? 승합마차는 중간에 서는 법이 없는데."

파부리트가 조롱하듯 말했다.

"팡틴, 넌 정말 이상해. 어이가 없어서 말도 안 나와. 당연한 걸 보고 왜 그렇게 놀라니? 내가 여행자라면 승합마차를 먼저 출발시키고 강둑에서 날 태워 가라고 하겠어. 그러면 승합마차가 서겠지. 그런 건 특별한 일이 아니야. 어쩜 그렇게 아무것도 모르니, 팡틴!"

그렇게 한참 시간이 흘렀다. 갑자기 파부리트가 몸을 돌렸다.

"이벤트는 대체 어떻게 된 거야?"

달리아가 말했다.

"그러니까 언제 해 준다는 거지?"

팡틴이 말했다.

"왜 이렇게 오래 기다리게 하는지."

팡틴이 말을 하자마자, 식사 시중을 들던 하인이 들어왔다.

그는 쪽지를 들고 있었다.

파부리트가 물었다.

"그게 뭐지?"

하인이 대답했다.

"아까 나가신 남자 손님들께서 전해 주라고 하셨습니다."

"근데 왜 이제야 갖고 왔지?"

"한 시간쯤 지난 뒤에 갖고 가라고 하셔서요."

파부리트는 쪽지를 빼앗았다. 남자들의 편지가 맞았다.

"뭐야! 누구에게라고 이름도 안 쓰고 위에는 그냥 이렇게 썼어."

그녀가 말했다.

'이벤트는 바로 이것이다.'

파부리트는 쪽지를 펼쳐서 읽었다.

오, 우리의 사랑하는 연인들아!

우리에게는 부모님이 계시답니다. 그게 어떤 것인지 당신들은 잘 모르겠지요. 멍청한 민법에서는 그것을 아버지와 어머니라고 부른답니다. 그런데 그들은 우리에게 온갖 불평을 하고, 우리를 나무라고, 선량한 청춘을 방탕하다고 하고, 조속한 귀향을 요구하며, 우리를 위해 송아지를 잡아 주겠다고 합니다. 우리는 예절을 갖춘 이들이므로 그에 따르려 합니다.

그대들이 이 편지를 읽을 때쯤, 우리는 다섯 마리 말이 끄는 마차를 타고 부모님께 떠나는 중일 겁니다. 보쉬에의 말처럼 우리는 철수하려 합니다. 우리는 떠난답니다. 아니, 이미 떠났지요. 우리는 라피트의 품에 안기고, 카야르의 날개에 실려 갑니다. 툴루즈행 승합마차는 우리를 심연에서 구원해 주는 거지요. 심연이란 바로 당신들이지요. 우리는 사회 속으로, 질서 속으로, 한 시간에 9마일을 달리는 마차를 타고 돌아갑니다.

우리가 세상의 다른 사람처럼 지사이자 한 가정의 아버지, 산림청장이나 국회의원이 되는 건 매우 중요한 일이지요. 우리를 존경해 주시겠습니까? 우리는 스스로 희생자가 되는 것입니다. 우리를 위해 눈물을 흘리고 우리 대신 다른 사내를 구하십시오. 만약 이 편지로 당신들의 마음이 찢어진다면, 부디 이 편지를 찢는 것으로 그 슬픔을 대신하기를. 안녕히. 지난 2년 동안 우리는 당신들을 행복하게 해 주었으니, 우리를 원망하지 않기를.

블라슈벨
파뫼유
리스톨리에
톨로미에스

추신—식사비는 지불했음.

네 아가씨는 서로의 얼굴을 쳐다보았다.

파부리트가 입을 열었다.

"놀라워! 꽤 그럴싸한 연극이었어!"

제핀이 말했다.

"귀여운데?"

"아마 블라슈벨이 생각해 낸 게 틀림없어."

파부리트가 말을 이었다.

"난 그가 더 좋아졌어. 그가 떠나고 나니 더 마음이 짠해지는군. 세상은 이런 걸까? 각본은 꽤 훌륭했어."

달리아가 말했다.

"어쩌면 톨로미에스의 생각일지도 몰라. 분명 그럴 거야."

파부리트가 말했다.

"그래, 그럼 블라슈벨이 아니라 톨로미에스여, 만세!"

달리아와 제핀이 외쳤다.

"톨로미에스 만세다!"

모두들 한바탕 웃었다.

팡틴도 그녀들을 따라 웃었다.

한 시간 뒤 자기 방에 갔을 때, 팡틴은 울었다. 톨로미에스는 그녀의 첫
사랑이었다. 마치 남편을 대하듯 자신을 내맡겼던 그녀의 몸에는 이미
아이가 자라고 있었다.

4. 맡김은 때로 버림이 된다

어머니와 어머니의 만남

19세기 초부터 25년 무렵까지 파리 근처의 몽페르메유에 여인숙을 겸한 음식점이 있었다. 그곳의 주인은 테나르디에 부부였는데 블랑제 골목에 있었다.

문 위에는 널빤지가 붙어 있었다. 거기에는 한 사내가 다른 사내를 업은 것 같은 그림이 있었다. 업힌 사내는 은별이 달린 장군의 견장을 달았고, 피 같은 반점을 여기저기에 묻히고 있었다. 배경 부분에 그려진 연기는 아마도 전쟁을 나타내는 것 같았다. 밑 부분에는 이렇게 씌어 있었다. '워털루 참전 중사에게.'

여인숙 앞에 모래를 실은 수레가 있는 것은 흔한 광경이다. 1818년 봄의 어느 저녁, 워털루 참전 중사의 음식점 앞에 마차의 앞부분이 놓여 있었다. 덩치가 어찌나 큰지 누가 지나갔더라도 눈을 떼지 못했을 것이다.

그것은 삼림지대에서 주로 쓰는 것으로 통나무나 커다란 널빤지를 나르는 차체의 머리였다. 커다란 쇠굴대와 어마어마하게 큰 수레바퀴 두 개의 모습이 보였다. 전체적으로 완만한 선을 이루었지만 묵직하고 웅장해 보였다. 거대한 대포의 시렁처럼 보였다. 수레바퀴와 바퀴통, 굴대와 채에는 진흙이 잔뜩 끼어 있었다. 진흙 색깔은 대성당의 벽에 바르는 누런 색깔과 비슷해 보였다. 목재는 진흙 아래, 쇠는 녹 속에 가려져 있었다. 굴대에는 죄인에게 어울릴 법한 사슬이 쳐져 있었다.

그 사슬은 목재 운반용이라기보다 마스토돈이나 매머드를 맬 때 써야 할 것 같았다. 거인의 감옥 같은 느낌이었다. 마치 괴물의 몸에 둘렀던 사슬이라고 할까. 호메로스라면 그 쇠사슬로 폴리페모스를 묶고 셰익스피어라면 캘리번을 묶었을 것이다.

왜 마차의 앞머리가 거기에 있었을까? 첫째는 길 앞을 막아 놓기 위해서였고 둘째는 녹슬 때까지 방치하려는 것이었다. 오래된 조직에는 무수한 법도가 있는 법이다. 그러니 그렇게 바깥에 놔두어 다른 사람에게 방해를 주더라도 그저 거기에 내놓고 지냈던 것이다.

쇠사슬의 매듭은 땅바닥에 닿을 만큼 내려와 있었고, 거기에는 여자아이들이 그네를 타듯 매달려 있었다. 한 명은 두 살쯤, 한 명은 한 살 반쯤으로 큰 아이가 작은 아이를 안고 있었다. 아이들은 떨어지지 않도록 목도리로 묶여 있었다. 사슬을 흔들어 본 어머니가 "이거 정말 멋진 놀이터겠다." 하면서 그렇게 해 두었던 것이다.

두 아이는 깔끔한 옷을 예쁘장하게 차려입고 있었고 생기 있어 보였다. 마치 쇳덩어리 안에 피어난 장미꽃 같았다. 아이들의 눈은 눈부시게 빛나고 붉은 뺨은 미소를 머금고 있었다. 머리카락은 각각 밤색과 갈색이었다. 그 천진난만한 눈망울은 무척이나 귀여웠다. 사람들의 눈길을 끄는 옆 덤불의 향기도 아이들의 향기인 것만 같았다. 한 살 반 된 아기는 옷이 올라가서 배가 다 드러났는데 그래서 더욱 순수하고 아름다워 보였다. 행복해 보이는 두 아이의 머리 위에는 검게 녹슨 마차의 머리가 동굴처럼 열려 있었다.

몇 걸음 옆에서는 어머니가 여인숙 문턱에 앉아 아이들을 흔들며 어머니다운 온화하고 천사 같은 표정을 지으며 아이들에게 무슨 일이 일어나지 않을까 하는 눈을 하고 있었다. 아이들을 흔들 때마다 쇠사슬에서는 날카로운 쇳소리가 났다. 아이들은 까르르 웃었다. 저녁 햇살이 밝게 비쳤다. 거인의 쇠사슬은 천사들에게 멋진 그네였다.

아이들을 밀어 주면서 어머니는 유행가를 마음 내키는 대로 불렀다.

아무 소용 없어, 그렇게 용사는 말했지……

노래를 부르며 딸들을 보느라고 그녀는 무슨 일이 일어나고 있는지 전혀 모르고 있었다.

그러나 그녀가 첫 구절을 부르기 시작했을 때 누군가 가까이 다가왔다. 그리고 이렇게 말했다.

"정말 귀엽군요."

아름답고 예쁜 이모진……

어머니는 노래를 부르며 돌아보았다.

한 여인이 서 있었다. 여인도 가슴에 아이를 안고 있었다.

그녀는 아주 큰 여행 가방을 들고 있었다.

그녀가 안은 아기는 이 세상에서 가장 순수하고 예쁜 존재 중 하나였다. 두 살쯤 먹은 여자아이였다. 옷차림도 사슬에 앉은 아이들만큼이나 단정했다. 고급 리넨 리본을 머리에 두르고, 조끼에는 작은 리본을 달고 모자에는 발랑시엔 레이스를 달고 있었다. 스커트 자락 속으로 포동포동한 다리가 보였다. 장밋빛 얼굴은 무척 건강하고 귀여웠다. 감은 눈 위로 속눈썹이 보였다. 아이는 잠들어 있었다.

아이는 그 아이가 누려야 마땅할 절대적인 신뢰를 안고서 잠들어 있었다. 어머니의 한없는 애정 속에서 아이는 포근히 잠드는 법이다.

어머니는 무척이나 가난하고 초라한 차림이었다. 고향으로 돌아가려는 여직공처럼 보였다. 나이는 젊었지만, 차림새가 허름해서 예전의 미모를 잃은 것처럼 보였다.

헝클어진 금빛 머리를 보니, 머리숱이 많을 듯했지만 수녀가 쓰는 모자 속에 머리카락을 다 쓸어 넣고 있었다. 아름다운 이를 가졌다면 환히 웃을 테지만 그녀는 조금도 웃지 않았다. 눈에는 눈물 마를 날 없었던 지난날이 담겨 있었다. 얼굴은 몹시 초췌했다. 어딘가 아픈 것처럼 보이기도 했다. 그녀는 어머니다운 모습으로 잠자는 아이의 얼굴을 들여다보고 있었다.

상이군인이 쓰던 것 같은 커다란 손수건으로 상체를 두르고 있었고, 손은 햇볕에 그을려 반점이 나 있었다. 검지에는 바느질 때문에 생긴 굳은살이 박여 있었다. 그녀는 굵은 모직 실로 짠 갈색 코트를 입고 무명 드레스에 헐거운 구두를 신은 모습이었다. 바로 팡틴이었다.

팡틴이 틀림없었으나, 한눈에 알아볼 수 없는 모습이었다. 하지만 유심히 보면 그녀의 얼굴에서 지난날의 미모를 찾을 수 있었다. 단지 오른쪽 뺨에 주름 한 가닥이 도드라져 보였다. 방울 소리가 울리고 라일락 꽃향기를 풍기는 듯한 명랑하고 즐거운 음악 소리 같던 그 맵시와 모슬린과 리본으로 장식해 마치 요정처럼 보였던 그 자태는 다이아몬드 같은 한겨울의 서릿발을 받아 사라진 뒤였다. 서리꽃은 녹고 검은 가지만 남긴 채.

그 우스꽝스러운 일화가 있은 지 열 달이 흘렀다.

그동안 무슨 일이 있었는지 알기는 그리 어렵지 않다.

버림받고 나서의 비참함. 팡틴은 한순간에 파부리트와 제핀, 달리아와도 멀어졌다. 총각들과의 만남이 끊긴 뒤 자연스럽게 그녀들과도 연락이 끊긴 것이다. 두 주일이 지난 뒤, 누군가가 친한 친구 사이가 아니냐고 묻는다면 그들은 곤란했을 것이다. 이미 친구라고 할 이유도 없어졌기에.

팡틴은 외로이 홀로 남았다. 아이의 아버지는 사라졌다.—이런 파국은 되돌릴 방법이 없다.—그녀는 철저히 고독해졌다. 성실히 일하던 습관을 잃고 노는 것에 정신이 팔려 있던 때였다. 톨로미에스와 사귄 이후로 그녀는 자기 일을 벌려 놓고도 열심히 하지 않았다. 그래서 마땅한 돈벌이도 잃고 말았다.

팡틴은 겨우 읽을 수는 있었지만 쓸 줄은 몰랐다. 자기 이름 쓰는 것도 어렸을 때 겨우 외운 정도였다. 그녀는 대서인에게 부탁을 해서 톨로미에스에게 편지를 보냈다. 여러 차례 더 보냈다. 하지만 톨로미에스는 답장을 보내지 않았다. 팡틴은 언젠가 거리의 여자들이 아기를 보고 수군대는 소리를 들었다.

"누가 저 애를 받아 주겠어? 저런 어린애를 대체 누가!"

팡틴은 톨로미에스가 왜 아이를 받아들이지 않는지 생각해 보았다. 그녀의 마음은 음울해졌다. 도대체 어떻게 해야 할까? 그녀는 누구에게도 말할 수가 없었다. 그녀는 잘못을 저지르고 말았다.

그러나 그녀의 본심만은 이미 독자들이 아는 것과 같이 순수하고 얌전했다. 그녀는 자기가 밑바닥에 떨어져 최악의 상황까지 왔다는 것을 깨달았다. 그녀는 용기를 냈다. 그리고 그녀가 태어난 몽트뢰유쉬르메르로 돌아가리라 마음먹었다. 하지만 자신의 잘못은 숨길 수밖에 없었다. 그녀는 처음 경험한 이별보다 더 큰 이별을 해야 한다는 것을 느꼈다. 가슴이 무너져 내렸다. 하지만 그녀는 결심했다. 앞으로 더 잘 알게 되겠지만 팡틴은 강한 생활력을 갖고 있었다.

그녀는 자신에게 돈을 쓰지 않고 무명옷을 입었으며, 자기의 비단과 리본, 레이스를 아이에게 둘렀다. 그것은 그녀가 누릴 수 있는 유일하고 또 신성한 사치였다. 그녀는 가진 물건을 모두 팔아서 200프랑을 만들었다. 이것저것 빚을 갚고 나니 수중에는 80프랑 정도가 남았다.

스물두 살의 봄날 아침, 그녀는 아이를 업고 파리를 떠났다. 누군가 모녀가 지나가는 것을 보았다면 불쌍하게 여겼을 것이다. 그녀에게는 아이밖에 없었고, 아이에게도 그녀밖에 없었다. 팡틴은 딸에게 젖을 물렸고, 무척 피로감을 느꼈으며 기침도 하기 시작했다.

펠릭스 톨로미에스에 대한 이야기는 더는 나오지 않을 것이다. 다만 여기에 조금만 밝혀 두기로 하겠다. 그는 지방의 거물급 변호사가 되어 부유하게 살았다. 그는 현명한 선거인이자 공정한 배심원이 되었다. 그러나 여전히 쾌락을 좇았다.

팡틴은 너무 힘이 든 나머지 1리그에 4수씩 하는 마차를 탔다. 그래서 정오에는 몽페르메유의 블랑제 거리에 도착할 수 있었다.

테나르디에 여인숙 앞을 지나가면서 그녀는 사슬 위에서 노는 어린 천사들에게 반해 발길을 멈추었다.

세상에는 사람의 마음을 홀리는 것들이 있다. 두 여자아이는 팡틴의 마음을 완전히 녹게 만들었다.

그녀는 감동 어린 눈빛으로 아이들을 바라보았다. 천사가 있는 곳은 천국과 같다. 그녀는 이 음식점에 하느님이 '신비로운 곳'이라는 글자를 써 놓은 것 같다고 생각했다. 두 여자아이는 얼마나 행복해 보이는가! 그녀는 넋 놓고 아이들을 바라보았다. 그래서 아이들의 어머니가 노래를 다시 부르기 시작했을 때 말했던 것이다.

"정말 귀엽군요."

누구라도 자기 자식을 예뻐해 주는 남을 싫어하지 않는 법이다. 설령 무서운 짐승일지라도 말이다. 어머니는 고개를 들어 고맙다고 말하고는 문간에 놓인 의자를 가져다주었다. 두 여자는 이야기를 나누었다.

아이들의 어머니가 말했다.

"나는 테나르디에의 아내예요. 여기서 음식점을 하지요."

그러고는 다시 노래를 부르기 시작했다.

어쩔 테냐, 나는 기사의 몸.

팔레스타인으로 떠나련다.

테나르디에의 아내는 뚱뚱한 몸집에 머리카락은 빨간색이었는데 어찌나 볼품이 없는지 마치 여자 병정처럼 보였다. 그리고 묘하게도 소설책을 읽은 영향인지 좀 온화한 척하는 구석이 있었다. 사내가 교태를 부리는 꼴이랄까? 싸구려 소설이 싸구려 음식점 주인을 만나 그런 사태를 야기한 것이다.

그녀는 서른이 될까 말까 한 나이였다. 그녀가 만약 자리에서 서 있었다면 그 큰 키와 우람한 몸매 때문에 옆을 지나가는 여자가 말도 붙이지 못했을 것이다. 하지만 그녀가 자리에 앉아 있었던 데에서 운명의 갈림길이 돋아났다.

여자는 좀 과장해서 자기 이야기를 털어놓았다.

자신은 재봉공으로 남편을 잃고 파리의 일자리도 잃어 다른 일자리를 찾아 고향으로 간다는 것이다. 오늘 아침 걸어서 출발했는데 아이를 안느라 몹시 힘들었고, 마침 빌몽블행 마차가 와서 중간까지 타고 거기서부터 다시 몽페르메유까지 걸어왔다는 것이다. 아이는 아직 너무 어려서 혼자 걷지 못해 줄곧 안고 왔는데 그러는 동안 잠에 폭 빠졌다는 것이다.

그러면서 여자는 아이에게 입맞춤을 했고, 아이는 눈을 떴다. 커다랗고 푸른 눈은 엄마와 똑 닮아 있었다. 그리고 그 무언가를 바라보았다. 이 모든 것을 말이다. 이미 빛을 잃어 가는 어른들 앞에 홀로 순수히 뜬 눈으로 천진난만한 그러나 준엄한 눈으로, 아이는 자신을 천사로 어른들을 인간으로 느끼는 것 같았다. 여자아이는 방긋 웃었다. 그러고는 엄마가 안고 있었는데도 갑자기 바닥에 쿵 떨어졌다. 아이는 그네를 타던 여자아이들을 보더니 혀를 쏙 내밀었다.

테나르디에의 아내는 목도리를 풀어서 아이들을 내려 주더니 말했다.

"이젠 셋이서 다 같이 놀아라."

아이들은 아이들끼리 친해지는 법이다. 얼마 뒤 테나르디에의 아이들은 새로 온 아이와 땅바닥에 구멍을 파며 놀았다.

새로 온 아이는 무척 활달했다. 엄마의 착한 마음씨가 아이에게 그대로 배어 있었다. 아이는 막대기로 땅을 파서 파리를 묻을 구멍을 만들고 있었다. 마치 무덤 파는 일같이 음침한 일도 어린아이가 하면 밝아 보이기 마련이다.

두 어머니는 이야기를 이어 갔다.

"아기 이름이 뭔가요?"

"코제트입니다."

코제트는 외프라지라고 해야 옳았다. 그 여자아이의 이름은 외프라지였다. 하지만 어머니가 외프라지를 코제트라고 해 버렸다. 어머니들이나 서민들은 그 멋스러운 본능으로 조제파를 페피타로, 프랑수아즈를 시예트라고 바꿔 불렀다. 마치 여러 개로 파생되어 언어학자를 괴롭히는 말처럼 말이다. 우리는 테오도르를 농으로 고친 한 할머니를 이미 알고 있다.

"몇 살이죠?"

"이제 세 살이 된답니다."

"우리 큰아이와 동갑이네요."

세 아이는 무척 다르면서도 기이하게 잘 어울렸다. 흙 속에서 커다란 벌레가 기어 나왔다. 어린아이들은 무서우면서도 한편으로 즐거워했다.

기쁨에 빛나는 아이들의 이마가 나란히 보였다. 하나의 후광을 가진 세 개의 머리처럼.

테나르디에의 아내가 말했다.

"아이들은 금세 친해지는군요. 누가 봐도 세 자매라고 할 거예요."

그 말은 다른 어머니가 그토록 원하던 말이었다. 그녀는 테나르디에 아내의 손을 덥석 잡고서 말했다.

"내 아이를 맡아 주시겠어요?"

테나르디에의 아내는 화들짝 놀라 아이의 어머니를 쳐다보았다.

코제트의 어머니가 말했다.

"아이를 고향으로 데리고 가기는 힘들어요. 일을 하지 못할 테니까요. 아이가 있으면 일자리를 구할 수 없지요. 그곳 사람들은 무척 괴팍하답니다. 이 집을 지나가게 된 게 주님의 뜻이었나 봐요. 댁의 아이들이 깨끗하게 차려입고 천사처럼 노는 것을 보고 나는 무척 감동을 받았답니다. 아이들의 어머니가 얼마나 좋은 분일까 싶었지요. 그래요. 셋은 사이 좋은 자매가 될 수 있을 거예요. 아이를 찾으러 돌아올게요. 그때까지 맡아 주시지 않겠어요?"

"글쎄요. 생각을 좀 해 봐야 할 것 같은데."

"한 달에 6프랑씩 드릴게요."

그때 사내의 거친 목소리가 들려왔다.

"7프랑 아래로는 어림도 없어. 반년 치는 미리 내야 하고."

"육칠은 사십이."

테나르디에의 아내가 말했다.

코제트의 어머니가 대답했다.

"그만큼 드릴게요."

사내가 다시 말했다.

"예치금으로 15프랑 더."

테나르디에의 아내는 말했다.

"모두 57프랑이에요."

그러고는 슬쩍 노래를 다시 불렀다.

'아무 소용없어, 용사는 그렇게 말했지.'

"좋아요. 80프랑을 갖고 있으니 고향에 돌아갈 돈은 충분해요. 걸어가면 되니까요. 거기서 돈을 벌어 자리가 잡히면 아이를 데리러 올게요."

사내가 말했다.

"어린아이 옷은 갖고 있소?"

"우리 집 바깥양반이에요."

테나르디에의 아내가 말했다.

"물론이지요. 옷이 있답니다. 제겐 하나뿐인 소중한 아이예요. 주인어른이신 줄은 알고 있었답니다. 모두 좋은 옷이에요. 값나가는 것들이죠. 저 가방 속에 있답니다."

사나이가 다시 말했다.

"그건 두고 가야지."

"그럼요! 딸을 맨몸으로 두고 갈 수가 있나요?"

주인이 불쑥 얼굴을 내밀었다.

"그럼, 좋아!"

흥정은 끝났다. 아이 어머니는 여인숙에서 하루를 묵고, 돈을 주고 아이를 맡기고 옷을 꺼내 가벼워진 가방을 들고 다시 돌아오리라 마음을 먹고 다음 날 아침 떠났다. 모든 게 순식간에 일어났지만 마음은 깊은 절망을 느끼는 법이다. 테나르디에의 옆집에 사는 한 여인이 그 어머니가 떠나는 것을 보더니 들어와서 외쳤다.

"방금 길을 나서는 여자가 울고 있어요. 어찌나 불쌍한지."

코제트의 어머니가 떠나자 주인이 부인에게 말했다.

"내일까지 갚아야 할 110프랑을 겨우 마련했군. 딱 50프랑 모자랐는데 다행이야. 집달리랑 거절 증서가 들이닥칠 뻔했으니. 당신이 딸들을 내놓아 장사에 한몫했군."

"그럴 생각은 아니었는데."

부인은 대답했다.

수상쩍은 두 인물 최초의 소묘

독 안에 든 생쥐는 참 볼품없었다. 하지만 고양이는 여윈 쥐도 마다하지 않는다. 테나르디에 부부는 어떤 이들이었을까?

지금부터 그에 대해 한 가지만 이야기해 두고 차츰 이 스케치를 완성해 보기로 하겠다.

이 두 사람은 조금 살 만한 사람들과 몰락한 지식인이 속한 계층에 속했는데 그들은 중류계급과 하류계급의 사이에 있으면서 두 계급의 악덕을 모두 갖고 있었다. 노동자다운 끈기도 중류층의 성실함도 없었던 것이다. 그 둘은 어쩌다가 사악한 마음이 뻗치면 물불 가리지 않는 고약한 사람들이었다. 여자는 들짐승 같은 본성을 가졌고, 남자는 거지 같은 속성을 가졌다. 둘 다 나쁜 일이라면 성가신 것일지라도 해내고 마는 사람들이었다. 이 세상에는 가재 같은 사람들이 있어서 계속 암흑 속으로 기어가고, 전진하기보다 후퇴하며, 추함을 취하고, 끝없이 악해지는 사람들이 있다. 두 남녀는 그런 사람들이었다.

특히 남편 테나르디에로 말할 것 같으면, 관상가의 눈에도 꺼림칙할 그런 얼굴이었다. 세상에는 슬쩍 보기만 해도 피해야 된다는 생각이 들 만한 사람이 있다. 그런 사람은 시종 어둡다. 늘 불안을 주면서 문제를 일으킨다. 그들 속에는 사라지지 않는 악한 기질이 있다. 과거에 무슨 일을 했는지 믿을 수 없고 앞으로 무슨 일을 저지를지 알 수가 없다. 눈가에 깃든 어두움은 그것을 알려 준다. 그들이 하는 말이나 행동을 보면 과거의 암울함과 희망 없는 앞날을 볼 수 있다.

테나르디에는 그의 말에 따르면 병사였다. 그는 자신이 중사였다고 했다. 아무튼 1815년 워털루 전투에 나가 용맹스럽게 싸운 모양이었다. 그에 대해서는 나중에 더 이야기하겠다. 음식점 간판 그림은 그의 공로를 나타내 주었다. 그는 그것을 손수 그렸다. 서툰 솜씨였지만 무엇이든 조금씩은 다룰 줄 아는 손재주가 있었기에.

때는 낡은 고전주의 소설은 《클렐리》에서 《로도이스카》로 변모하고 여전히 고귀하면서도 비속한 스퀴데리 양에서 바르텔르미아 부인으로 타락하고, 라파에트 부인에게서 부르농말라름 부인으로 타락하여 파리의 천한 여자들은 모두 정열에 휩싸이는 형국이었다.

테나르디에의 아내는 그런 책을 읽을 정도의 지식을 갖고 있었다. 그녀는 책을 마음의 양식으로 생각했다. 그녀의 모든 관심사가 거기에 있었다. 그래서 젊어서나 늙어서도 남편 곁에 앉아 생각에 잠긴 듯한 표정을 짓게 되었다. 남편은 악당 중의 악당이어서 겨우 문법을 뗀 주제에 유식한 척하고 교활하고 거세고 능청스러운 데다가 추잡한 피고르브룅의 소설을 읽어서 감정에 관해서나 또는 그의 말버릇처럼 성에 관한 일에 대한 일에 대해서는 쓰레기였다.

아내는 남편보다 열두서너 살 어렸다. 소설의 주인공처럼 수양버들 가지처럼 늘어뜨린 머리에 흰털이 보였고, 메가이라가 파멜라로부터 해방될 무렵에는 어쩔 수 없이 싸구려 소설을 읽는 심술 맞은 여인에 지나지 않았다. 멍청한 것을 읽으면 멍청해질 수밖에 없다. 그녀는 큰딸을 에포닌이라고 불렀다. 둘째 딸은 하마터면 귈나르라고 불릴 뻔했지만 막판에 다행히 뒤크레뒤미닐의 소설을 보고 아젤마라고 지었다.

세례명의 혼란기라고 부를 만큼 기이했던 시대라고 해서 모든 게 다 천박했던 것은 아니다. 우리가 지금까지 말해 온 기이한 것에는 사회성이 결합되어 있었다. 오늘날 목동을 보고 아르튀르나 알프레드나 알퐁스라고 부르고, 자작을—지금도 자작이 있다면—토마나 피에르, 자크 같은 평민 이름으로 부르는 일은 흔했다. 평민에게 고상한 이름을 붙이고, 귀족에게 촌스러운 이름을 붙이는 것은 평등을 바라는 사회적 열망이었다. 그를 향한 거센 바람은 중요한 현실을 안고 있었다. 그것은 바로 프랑스대혁명이다.

종달새

모질게 산다고 해서 무조건 성공하는 건 아니다. 이 싸구려 음식점은 망해 가고 있었다.

우연히 여인에게 얻어 낸 57프랑 덕분에 테나르디에는 거절 증서를 피했고 어음 기한을 맞출 수 있었다. 하지만 다음 달에도 돈이 부족해지자 부인은 코제트의 옷을 가지고 파리로 가서 몽드피에테 전당포에 주고 60프랑을 얻어 왔다.

그 돈마저 바닥이 나자, 테나르디에 부부는 이 어린아이를 맡아 키우는 아이로 대했다. 코제트는 변변한 옷 한 벌 없이 테나르디에의 딸들이 입던 낡은 옷, 그러니까 누더기를 입었다. 먹는 것도 그들이 먹다 남은 찌꺼기였는데 개밥보다 조금 나은 형편이었지만 고양이 밥보다는 못했다. 개나 고양이가 그녀의 식사 친구였다. 코제트는 테이블 밑에 앉아 개와 고양이와 어울려 그들 밥그릇과 똑같은 나무 그릇에다 밥을 먹었다.

코제트의 어머니는—나중에 나오겠지만—몽트뢰유쉬르메르로 가서 아이의 소식을 듣기 위해 매달 편지를 썼다. 아니 더 정확하게 말하자면 사람을 시켜 편지를 썼다. 테나르디에 부부는 늘 똑같이 답장을 썼다. '코제트는 잘 있답니다.'

여섯 달이 지나자, 어머니는 다시 양육비 7프랑을 보냈다. 그리고 다달이 한 번도 늦지 않고 양육비를 보냈다. 그러나 1년이 되기 전에 테나르디에는 말했다.

"어쩌나 고마운지, 대체 7프랑 갖고 뭘 하라는 거지?"

그는 양육비를 12프랑으로 올리라고 편지를 보냈다. 아이가 곱게 잘 있는 줄 아는 어머니는 순순히 12프랑을 보냈다.

한쪽을 아끼면 다른 쪽은 죽도록 미워하는 기질을 가진 사람이 있다. 테나르디에의 아내는 자신의 딸들을 무척 사랑했다. 그리고 남의 딸인 코제트를 미워했다. 어머니의 사랑에 추악함이 있다는 것은 얼마나 개탄할 일인가! 코제트는 테나르디에의 집에서 미미한 존재였지만, 테나르디에의 아내는 왠지 자기 딸들의 몫이 줄어들고, 딸들이 마시는 공기도 빼앗기는 기분이었다. 이 여자는 그런 부류의 여자들처럼 하루에 원하는 만큼의 애정을 쏟고 매질과 욕을 해야 직성이 풀렸다. 만약 코제트가 없었다면, 그녀의 두 딸은 어머니의 사랑과 매질을 동시에 받았을 것이다. 그런데 남의 딸이 어머니의 못된 성질을 감당했으므로 이들은 오직 사랑만을 받았다. 코제트는 언제나 벌을 받았다. 세상에서 가장 순수하면서도 혼자 떨고 있는 가여운 존재. 코제트는 매일같이 욕먹고 매 맞고 벌받으면서 자기 옆의 두 아이가 맑게 자라나는 것을 보았다.

테나르디에의 아내가 코제트를 학대하는 것을 본 에포닌과 아젤마도 코제트에게 심술을 부렸다. 아이들은 어머니의 축소판과 같다. 다만 몸집이 작을 뿐이다.

1년이 지났다. 그리고 다시 1년이 지났다.

마을에서는 모두들 이렇게 말했다.

"테나르디에 부부는 참 괜찮은 사람들이야. 부자도 아니면서 남의 아이까지 기르니 말이야."

모두들 코제트가 버려진 아이라고 생각했던 것이다.

그런데 테나르디에는 아이가 사생아이고 어머니에게 말하지 못할 속사정이 있다는 것을 알아내고는 아이가 이제 제법 자라 너무 많이 먹으니 한 달에 15프랑씩을 보내라고 하면서 돈을 내지 않으면 더는 키울 수 없다고 말했다.

"그런 여자한테 속아 넘어갈 내가 아니지. 마음 푹 놓고 있을 그 여자 앞에 애를 확 안겨 줘 봐. 돈을 올려 주지 않을 수가 없겠지."

그는 말했다. 어머니는 결국 15프랑씩을 보냈다.

세월이 흐르는 동안 아이는 무럭무럭 자랐다. 그리고 더 고되게 살았다.

코제트는 어렸을 때 두 아이의 장난감이었고, 다섯 살이 되면서는 집 안의 하녀가 되었다.

어떻게 다섯 살 아이에게 그럴 수 있느냐고 하겠지만 그것은 사실이었다. 어린 나이라도 세상의 고통은 피할 길이 없는 것이다. 최근에도 고아가 되어 결국 도둑이 된 뒤몰라르의 재판이 있지 않았는가. 재판 기록에 따르면, 그는 다섯 살 때부터 외톨이로 자라 살아남기 위해 도둑질을 했다.

코제트는 온갖 심부름을 하고 집 안팎을 청소하고 접시를 닦고 무거운 짐을 날랐다. 테나르디에와 그의 아내는 몽트뢰유쉬르메르에 있는 코제트의 어머니가 양육비를 밀리면서는 아예 대놓고 아이를 학대했다.

몇 달이나 양육비가 끊겼다.

3년이 지났으니, 코제트의 어머니가 몽페르메유에 왔어도 자신의 아이를 찾지 못했을 것이다. 천사 같았던 코제트는 이제 야위고 희멀쑥해져 있었다. "저런 발칙한 것!"이라며 테나르디에 부부는 늘 말했다.

부조리한 세상은 아이의 성격을 비뚤게 만들고, 불행은 그녀를 추악하게 만들었다. 아름다운 눈은 그대로였지만 어딘지 모를 슬픔이 잔뜩 배어 있었다.

겨울에는 차마 보기 안쓰러울 정도였다. 여섯 살도 되지 않은 아이가 해도 뜨기 전의 이른 시각에 누더기를 입고 덜덜 떨면서 눈물을 뚝뚝 흘리며 빗자루로 마당을 쓸었다.

마을에서는 아이를 종달새라고 불렀다. 이름보다 별명 부르기를 좋아하는 사람들은 코제트를 종달새라고 불러 댔다. 아이는 누구보다 일찍 일어나 추위에 떨며 날이 밝기 전부터 거리에 나와 있었다.

이 불쌍한 종달새는 노래 부르는 일이 없었다.

5. 전략

검은 구슬 신제조법 이야기

몽페르메유 사람들에게 아이를 버린 여자라고 알려진 그 어머니는 어떻게 되었는가? 어디에서 무얼 하며 살았는가?

어린 코제트를 테나르디에 부부에게 맡긴 그녀는 마침내 몽트뢰유쉬르메르에 도착했다.

독자들도 알겠지만 그때는 1818년이었다.

팡틴이 고향을 떠난 것은 10년 전이었다. 몽트뢰유쉬르메르는 너무나 변해 있었다. 팡틴이 변변치 못한 생활에서 나락으로 떨어지던 동안 고향은 매우 발전해 있었다.

마을의 공업에 변화가 생긴 것은 2년 전이었다. 지방 소도시에서 일어나기 힘든 사건이었다.

그러므로 이 일에 대해서는 자세히 말하는 게 나을 것 같다.

몽트뢰유쉬르메르에는 예전부터 영국과 독일의 검은 유리구슬 모조품을 만드는 공업이 있었다. 그런데 워낙 원료가 비싸 품삯도 줄 수 없을 만큼 어려운 지경이었다. 그런데 팡틴이 몽트뢰유쉬르메르에 갔을 무렵에는 검은 구슬 제조에 획기적인 변화가 일어나고 있었다.

1815년 어느 날, 이 도시에 정착한 한 사내가 수지 대신 칠을 사용해 보았다. 또한 팔찌에는 쇠를 용접하는 대신 끼우는 쇠고리를 사용했다. 그것은 아주 작은 변화 같았지만 혁신을 이루었다.

그리하여 원가는 파격적으로 줄고 품삯은 높여 줄 수 있게 되었으며 구매자에게 이득을 주고 제조사도 높은 수익을 거뒀다.

그렇게 한 가지 변화가 세 가지 이익을 얻어 냈다.

신기술을 발명한 사람은 3년이 되기 전에 부자가 되었고, 또 고장의 모든 사람도 형편이 나아졌다. 그는 그 지방 사람이 아니었다. 그에 대해 알려진 것은 아무것도 없었다. 그가 처음 마을에 왔을 때 그를 아는 사람은 아무도 없었다. 사람들은 그가 겨우 몇백 프랑을 들고 마을에 왔을 거라고 떠들었다.

그는 소자본을 가지고 남다른 아이디어를 통해 큰 재산을 모아 지역 전체를 부유하게 만들었다.

처음 몽트뢰유쉬르메르에 왔을 때 그는 평범한 노동자였다. 12월 어느 늦은 밤, 지팡이를 잡고 배낭을 멘 그는 몽트뢰유쉬르메르에 왔는데 마침 시청에 큰불이 났다. 사내는 불 속으로 뛰어 들어가서 두 어린아이를 구했다. 헌병대장의 아들이었다. 그 때문인지 그에게 통행증을 보여 달라는 사람은 없었다. 그때부터 그의 이름이 불리기 시작했다. 모두들 그를 마들렌 씨라고 불렀다.

마들렌 씨

그는 쉰 살쯤 먹었는데 늘 진지한 생각에 잠긴 온화한 사내였다. 그에 대해 말할 수 있는 것은 그 정도뿐이다.

마들렌 씨가 고안한 신기술 덕분에 몽트뢰유쉬르메르는 산업의 중심지로 성장했다. 검은 구슬의 수요가 높았던 스페인에서는 해마다 주문량을 막대하게 늘렸다. 몽트뢰유쉬르메르는 그 거래량만으로도 런던이나 베를린이 부럽지 않은 수준이었다. 마들렌 씨의 사업은 점차 커져서 2년이 지났을 때는 큰 공장이 새로 들어섰고, 두 개의 대형 작업장을 두어 남자 직공과 여자 직공을 따로 일하게 했다. 가난한 사람은 그 누구라도 그 공장에서 일자리와 빵을 얻을 수 있었다.

마들렌 씨는 남자에게는 선한 의지, 여자에게는 순결함, 그리고 모든 사람에게 성실함을 요구했다. 그는 남녀 작업장을 따로 두어서 처녀나 기혼 여성이 정절을 지킬 수 있도록 했다. 그는 그 점을 아주 중요하게 생각했다. 그가 타협하지 않는 유일한 것이 바로 그런 규칙이었다. 몽트뢰유쉬르메르는 군 주둔지에 있었기 때문에 타락할 여지가 많았고 그는 더 엄격해질 수밖에 없었다.

그가 이 도시에 온 것은 주민들에게 행운이자 하늘의 은총이었다. 마들렌 씨가 오기 전에는 모든 것이 침체되어 있었다. 그러나 지금은 왕성한 산업 덕분에 곳곳에 활기가 흘렀다. 모든 것은 잘 갖춰지고 반듯했다. 가난과 실업은 자취를 감추었다. 아무리 미천한 사람의 주머니에도 푼돈은 들어 있었다. 아무리 가난한 집안에도 작은 기쁨이 있었다.

마들렌 씨는 누구에게나 고용의 기회를 주었다. 단 정직성만은 철저히 살폈다.

앞서 말한 것처럼 마들렌 씨는 그 지역을 산업 기반의 주축으로 만들면서 막대한 재산을 모았다. 그런데 그는 사업가임에도 불구하고 돈벌이에 치중하는 것 같지는 않았다. 다른 사람의 일을 돌보느라 자기 일은 신경 쓰지 않는 것 같기도 했다. 1820년에 그는 자기 명의로 라피트 은행에 63만 프랑을 예금했다고 알려져 있었다. 그러나 그 돈을 예금하기 전에 벌써 시와 가난한 이들을 위해 100만 프랑 이상을 사용했던 것이다.

시의 자선병원은 큰 어려움 없이 운영되었다. 그는 침대를 열 개 더 기부했다. 몽트뢰유쉬르메르는 험한 지대와 낮은 지대가 골고루 있었다. 그가 사는 낮은 지대에는 초등학교가 하나밖에 없었으므로 그는 학교 두 개를 더 세워 주고, 교사들에게는 봉급의 갑절이 되는 수당을 자기 돈으로 챙겨 주었다. 모든 사람이 놀라자 그는 이렇게 말했다.

"보모와 교사 관리는 국가에서 가장 중요하게 생각해야 할 일입니다."

그는 그즈음 프랑스에서는 보기 드문 시설인 보육원을 세우고, 늙고 병든 노동자들을 위한 구제 기금을 조성했다. 그의 공장은 도시의 중심이 되었고, 가난한 사람들이 이주한 새로운 동네가 급속히 커져 갔다. 그는 거기에 무료 약국을 세웠다.

그가 사업을 시작했을 때 사람들은 "한몫 단단히 챙기려나 보지." 하고 얕보았다. 하지만 그가 돈을 모으기보다 다른 사람들을 위해 쓸 때는 "야심이 대단한데?" 하고 말했다. 그런 말들은 그가 모범적으로 신앙생활을 하고 그것은 남에게 좋은 평판을 듣기 때문에 더 그럴듯하게 여겨졌다.

그는 일요일 미사에 꼭 참례했다. 주변인들을 모두 경쟁 상대로 삼을 만큼 경계심이 강한 그 지방의 대의원은 그의 신앙심에 불안을 느꼈다. 그는 제정 시대의 입법의회 의원으로 오트랑트 공작, 곧 푸셰라는 이름의 오라토리오회의 사제와 친구였다. 그는 속으로는 신을 비웃었다. 그런데 부유한 사업가 마들렌이 7시 독송 미사에 참례하는 것을 보자 자신의 정치적 라이벌로 생각하고는 그를 깎아내리려고 마음먹었다.

그는 예수회 신부를 고해신부로 정한 뒤 대미사와 저녁 기도에 출석했다. 그 시대의 야심이란 성당의 종탑을 향한 경쟁과도 같았다. 그 대의원의 경쟁심 덕분에 주님과 가난한 사람 모두 덕을 보았다. 그 역시 자선병원에 침대를 두 개 기부했기 때문이다. 기부로 들어온 침대는 모두 열두 개가 되었다.

그런데 1819년의 어느 날, 이런 소문이 돌았다. 마들렌 씨가 지사의 추천과 이 지역에 끼친 혁혁한 공로로 국왕으로부터 몽트뢰유쉬르메르의 시장으로 임명된다는 것이었다. 다른 지역에서 흘러온 그에게 야심가라고 부르던 사람들은 그럴 줄 알았다며 호들갑을 떨었다. 몽트뢰유쉬르메르의 민심은 흥분에 휩싸였다. 소문은 사실이었다. 며칠 뒤 관보에 자세한 기사가 실렸다. 그러나 마들렌 씨는 이튿날 사퇴했다.

그해에 마들렌 씨의 새로운 기술로 만든 제품이 공업박람회에 출품되었다. 심사 위원의 보고를 받은 국왕은 그에게 레지옹 도뇌르 5등 훈장을 수여했다. 도시는 다시 흥분에 휩싸였다.

"그래, 그는 큰 걸 노렸어. 바로 훈장!"

하지만 마들렌 씨는 훈장도 사양했다.

마들렌 씨는 왜 모든 것을 거부했을까? 떠들기 좋아하는 사람들은 이렇게 말하기 시작했다.

"그는 틀림없는 사기꾼이야."

앞서 말한 것처럼 그 지역 전체가 그의 영향을 받고 있었다. 그는 도시 전체와 따로 생각할 수 없는 사람으로 모두가 그를 존경했다. 그의 온화한 인품과 바른 태도 때문에 사람들은 그를 따랐다. 특히 공장 직원들의 충성심은 말할 필요가 없었다. 그러나 그는 침착하고 냉정한 태도를 잃지 않았다.

그가 부자라는 것이 널리 알려지면서 사교계 인사들은 시내에서 그에게 마들렌 씨라고 부르며 자연스럽게 인사를 건넸다. 하지만 공장 직원들과 마을 아이들은 그를 마들렌 아저씨라고 불렀다. 그는 그렇게 불리는 것이 더 좋았다. 사교계는 서로 그를 차지하려 하면서 온갖 초청장을 보냈다. 몽트뢰유쉬르메르의 작은 살롱은 처음에 그에게는 들어갈 수 없는 곳이었지만 지금은 그에게 문을 활짝 열었다. 여기저기서 초대 요청이 끊이지 않았다. 하지만 그는 모든 부탁을 거절했다.

그러자 떠들기 좋아하는 사람들은 다시 말을 지어냈다.

"아마 무식해서 나서지 못하는 모양이야. 어디서 굴러 왔는지도 모를 사람이잖아? 상류사회에 나가려 해도 교양이 있나, 지식이 있나. 그가 글을 안다는 증거도 없잖아."

그가 돈을 버는 것을 본 사람들은 처음에는 장사꾼이라고 했다가 자선하는 것을 보고 사기꾼이라고 하고 이제 상류사회 입문을 거절하자 무식하다고 욕을 해댔다.

그가 몽트뢰유쉬르메르에 온 지 5년 째 되던 1820년, 그가 도시에 끼친 공로가 혁혁하므로 국왕은 다시 그를 시장에 임명했다. 그는 사퇴를 원했으나 지사가 만류했다. 각 고장의 명사들이 찾아와 그를 설득했고, 민중은 줄을 서서 탄원을 했으며 모두가 진정으로 그를 원했으므로 그는 이를 받아들였다.

그가 결단을 내린 것은 한 서민 노파의 강한 호소 때문이었다. 그 노파는 문 앞에 서서 매섭게 외쳤다.

"훌륭한 시장이 필요해요. 당신은 왜 자신이 할 수 있는 일에서 도망치려고 합니까?"

그것은 그에게서 세 번째 출세와 같았다. 마들렌 아저씨는 마들렌 씨가 되었고, 이제는 마들렌 시장님이 되었다.

라피트 은행에 예금한 액수

그는 맨 처음 이 도시에 왔을 때처럼 소박하고 검소했다. 회색빛 머리카락과 깊은 눈동자, 햇빛에 그을린 얼굴과 철학자처럼 보이는 표정. 그는 늘 챙 넓은 모자를 쓰고 값싼 모직물 프록코트의 단추를 끝까지 채운 단정한 모습이었다. 그는 시장으로서 맡은 임무를 성실히 해 나갔지만 생활은 고독했다. 그가 상대하는 사람은 몇 사람뿐이었다. 격식과 만남은 최소화하고 말하는 대신 미소로 답하고 그보다 자선에 힘썼다. 부인들은 그를 보며 이렇게 말했다.

"얼마나 친절한 호인인가!"

그는 사람들과 어울리기보다 들에서 산책하기를 즐겼다.

그는 책을 읽으면서 혼자 식사하기를 즐겼다. 그는 문고판을 즐겨 읽었다. 그는 독서를 즐겼다. 그것이야말로 냉철하고 진실한 벗이었다. 막대한 재산과 여유가 생기자 그는 교양을 쌓는 데 열중했다. 몽트뢰유쉬르메르에 온 이후로 그의 말투와 행동은 차츰 고상하고 온화하게 변했다.

산책할 때는 항상 총을 가져갔지만 사용하는 일은 없었다. 그러나 가끔 총을 쏠 때면 사람들은 그 정확한 사격술에 화들짝 놀랐다. 그는 짐승을 쏘지 않았고, 작은 새를 쏘는 일조차 없었다.

이제 젊음은 물러갔다고 할 나이였지만 그는 여전히 힘이 장사라고 알려져 있었다. 도움이 필요한 곳이라면 힘을 빌려 주고, 넘어진 말을 일으키고, 수렁에 빠진 바퀴를 들고, 도망치는 소의 뿔을 잡았다. 집을 나설 때면 주머니에 항상 잔돈을 갖고 있었는데 돌아올 때는 모두 나누어 주고 없었다. 허름한 누더기를 걸친 아이들이 늘 그의 주변으로 몰려들었다.

그는 농사일을 했던 게 틀림없었다. 그는 농사에 대한 해박한 지식을 농부들에게 나누어 주었다. 밀보리의 해충을 없애는 데 소금물을 곳간에 뿌려 두라고 일러 주고, 바구미를 없애는 데는 집 곳곳에 오르비오꽃을 달도록 했다. 그는 보리밭 이랑에 자라는 잡초와 황갈병, 깜부기병, 그리고 새콩과 가브롤과 독새풀을 없애는 여러 방법을 알고 있었다. 또 토끼장에 작은 모르모트를 집어넣어 그 냄새로 쥐를 쫓도록 했다.

어느 날 그는 쐐기풀 뜯는 사람들을 보았다. 산더미처럼 쌓인 쐐기풀이 말라 가자 그는 말했다.

"벌써 말라 버렸군요. 쐐기풀은 여린 줄기는 맛있는 나물로 먹고, 나중에는 대마나 아마 같은 섬유를 얻을 수 있답니다. 쐐기풀 조직으로 짠 옷감은 삼베만큼이나 훌륭하지요. 잎사귀를 자르면 오리나 거위 먹이로 쓸 수 있고, 빻으면 뿔 있는 짐승의 먹이가 되지요. 쐐기풀 씨를 먹이에 넣으면 짐승의 털에 윤기가 돌고, 뿌리에 소금을 섞으면 고운 노란색 물감이 되지요. 쐐기풀은 한 해에 두 번이나 거둘 수 있답니다. 그러니 쐐기풀 농사는 할 만할 겁니다. 땅도 조금만 있으면 되고 가꾸는 데 신경 쓸 일도 없답니다. 다만 씨가 여물자마자 땅에 떨어지니 수확할 때 좀 힘들다면 힘들까요? 조금만 부지런하면 쐐기풀은 여러 군데에 이롭게 쓰이지만 방치하면 해롭답니다. 쐐기풀을 솎아 내는 이유가 그 때문이지요. 사람 중에도 이런 쐐기풀 같은 사람이 있고요."

그는 잠시 쉬다가 다시 이야기하기 시작했다.

"내 말을 잘 생각해 보십시오. 이 세상에는 나쁜 풀도 나쁜 인간도 없답니다. 가꾸는 법을 모르는 인간이 있을 뿐이지요."

어린아이들은 그를 좋아했다. 그가 밀보리 짚이나 야자 껍데기로 장난감을 만들어 주었기 때문이다.

성당 문에 검은 막이 쳐져 있으면 그는 따지지 않고 성전으로 들어갔다. 모두가 세례식에 참여하듯이 그는 장례식을 빠뜨리지 않았다. 홀어미나 홀아비가 있는 집이나 다른 사람의 불행에 그는 유독 마음을 쏟았다. 가족을 잃은 슬픔에 빠진 친구와 상복을 입은 사람들, 슬퍼 우는 사제들 옆에는 언제나 그가 있었다. 그는 깊게 울려 퍼지는 장송곡을 마치 깨달음의 경전으로 삼는 것 같았다.

그는 하늘을 바라보며 무한함에 대한 동경으로 지상 가까이에 온 죽음 옆에 울려 퍼지는 슬픈 곡조에 귀 기울였다.

그는 많은 선행을 했지만 마치 나쁜 행동을 숨기는 사람처럼 숨어서 행동했다. 그는 저녁 무렵 이 집 저 집을 기웃거렸다. 어떤 사람이 자기

다락방에 돌아왔을 때 문이 열려 있는 것을 보았다. 누군가 눈을 억지로 연 것 같았다.

불쌍한 사내는 "도둑이다!" 하고 목청껏 외쳤다. 하지만 그가 집에 들어가서 가장 먼저 본 것은 금화 한 닢이었다. 도둑이 아니라 마들렌 씨가 다녀갔던 것이다.

그는 겸손하면서도 차분해 보였다. 사람들은 이렇게 말했다.

"그는 부자인데도 잘난 척을 하지 않고, 행복한데도 냉정해 보여."

어떤 사람들은 그를 기이하게 여긴 나머지, 그의 방에는 날개 달린 모래시계가 있고, 십자로 된 정강이뼈와 해골바가지가 있을 거라고 떠들었다.

그러자 결국은 몽트뢰유쉬르메르 상류사회의 젊은 부인들이 몰려와 그를 만나기를 청했다.

"시장님, 댁의 방을 꼭 확인해야겠어요. 모두 해골 소굴이라고 떠들어 대고 있다고요."

그는 온화하게 웃으며 그녀들을 소굴로 안내했다.

그녀들의 기대는 여지없이 무너졌다. 방은 무척 평범했다. 초라한 마호가니 가구와 12수짜리 벽지가 전부였다. 눈에 띄는 것이라곤 벽난로 위의 은 촛대 두 개였다.

하지만 소문은 계속되었다. 그의 방에 가 본 사람은 아직 없으며, 방은 해골 소굴인 데다 무덤과 같다는 말들이었다.

또 일부 사람들은 그가 막대한 예금액을 라피트 은행에 넣어 두고 언제라도 찾아갈 수 있게 해 두었다고 했다. 마들렌 씨가 아무 때든 라피트 은행에 가서 서명만 하면 그 자리에서 이삼백만 프랑을 찾을 수 있다는 거였다. 하지만 앞서 말한 것처럼 그의 예금액은 64만 프랑이 전부였다.

상복 입은 마들렌 씨

1821년 초 미리엘 씨의 죽음이 신문에 보도되었다. '비앵브뉘 예하'라고 불리던 디뉴의 주교는 여든두 살의 나이로 성자로서 영면했다.

기사에 따르면 디뉴의 주교는 이미 몇 해 전 시력을 잃었으나 누이동생의 극진한 보살핌을 받으며 만족하는 삶을 살았다고 한다.

눈이 멀고도 사랑받는다는 것, 그것은 불완전한 이 세상에서 참으로 얻기 힘든 행복일 것이다. 주변에는 한 여자, 한 처녀, 한 누이동생, 한 연인이 있다. 그는 그녀를 필요로 하며 그녀 역시 그를 떠나서는 살 수 없다. 그녀가 그에게 필요하듯 그녀에게도 그가 필요한 존재인 것이다. 그녀가 그의 곁을 어떻게 지키느냐를 보면 그녀의 애정을 알 수 있다. 그러면 이렇게 생각할 것이다. 그녀가 모든 시간을 내게 할애하는 것은 내가 그녀의 전부이기 때문일 거라고. 얼굴은 볼 수 없지만 마음은 보이는 것이다. 이 세상 모든 것을 볼 수 없는 처지더라도 그녀의 마음은 알 수 있다. 날개 파닥이는 소리 같은 그녀의 옷자락 소리, 발걸음 소리, 이야기하는 소리며 노래하는 소리를 들을 수 있다. 자신이 그런 움직임과 말, 노래의 중심임을 알고, 시시각각 자신에게 온 신경을 쓰는 그녀의 마음을 안다.

몸이 불편해지면 정신력은 한결 강해진다. 어둠 속에서는 자신이 태양이 되고 그 위로 아기 천사가 날아다닌다. 이보다 더 행복한 일은 없다. 인생에서 가장 큰 행복은 사랑받고 있다는 믿음이다. 그런 믿음은 눈먼 사람의 특권이기도 하다. 실명의 아픔을 겪으면서 극진한 시중을 받는 것은 사랑을 받는 것과 같다. 그런 그가 더 무엇을 바랐겠는가? 사랑을 얻었으니 그는 빛을 잃지 않았다. 게다가 어떤 사랑이었던가! 인품에서 흘러나오는 완전한 사랑이었다. 믿음이 있는 곳에 실명은 없다. 영혼은 영혼을 어루만지고 찾아낸다. 그 영혼은 바로 여성이었다. 그대를 지탱해 주는 손은 그녀의 손이었다. 그대의 이마에 닿는 입술은 그녀의 입술이었다. 그대는 바로 곁에서 나는 숨소리를 들었다. 그것은 그녀였다. 그녀의 모든 감정을 그는 이어받는다. 그는 결코 혼자가 아니다. 야윈 정다움이 그를 감싸 준다. 작은 갈대가 그를 부축한다. 신의 섭리를 느끼고 신에게 안긴다. 그것은 촉각으로 느껴지는 신이다. 아, 얼마나 큰 떨림인가! 그 보이지 않는 꽃은 신비를 머금고 자라난다. 그것은 어떤 빛과도 비교할 수 없는 그림자이다. 천사의 모습을 지닌 영혼이 거기에 있다. 늘 거기에 있다. 한순간 사라졌다가도 금세 돌아온다.

그것은 꿈처럼 갔다가 꿈처럼 돌아온다. 따스함이 가까이 다가온다. 와, 왔구나. 기쁨이 샘솟는다. 그대는 어둠 속의 광명과도 같다. 극진한 정성이다. 하찮은 몸짓일지언정 그에게는 거대하다. 고운 여성의 자장가가 그를 재우고, 사라져 간 세계를 일깨운다. 우리는 영혼의 사랑을 온몸으로 받는다. 아무것도 보이지 않지만 사랑을 받는다. 어둠 속의 낙원과 같은.

비앵브뉘 예하는 그런 낙원에서 다른 낙원으로 옮겨 갔다. 그의 선종 소식은 몽트뢰유쉬르메르의 지방신문에도 실렸다. 마들렌 씨는 이튿날 검은 띠를 두른 모자를 쓰고 상복을 입었다.

사람들은 그 일에 흥미를 느꼈다. 무언가 마들렌 씨에게 숨겨져 있던 일이 있는 것 같았다. 사람들은 그가 주교와 무슨 관련이 있는 게 분명하다고 말했다.

"마들렌 씨가 디뉴의 주교님을 위해 상복을 입었다네!"

살롱에서는 이런 말만 오고 갔다. 그리고 이 일은 마들렌 씨의 품격을 드높여 몽트뢰유쉬르메르 귀족사회에서 상당한 존경을 얻게 되었다. 그 도시를 관할하는 생제르맹 교구 사람들은 주교라는 대단한 신분의 사람과 친척 관계일 가능성이 높은 마들렌 씨의 사순절 속죄 고행을 막으려고 했다. 마들렌 씨는 노부인들과 젊은 부인들의 눈빛을 보며 자신의 인기가 더 올라간 것을 느꼈다. 어느 날, 사교계의 거물인 노부인이 슬쩍 말을 꺼냈다.

"시장님, 돌아가신 디뉴의 주교님과는 친척 사이시죠?"

그는 대답했다.

"아닙니다, 부인."

"하지만 그때 상복을 입으셨잖아요."

그는 대답했다.

"예전에 그 댁에서 일한 적이 있었답니다."

사람들의 관심을 끄는 일이 하나 더 있었다. 시내에 굴뚝 청소부 사부아 소년이 들어오면 시장은 그들을 불러 다정히 대하고 용돈을 챙겨 주었다. 사부아 소년들은 자기들끼리 그 일을 자랑스럽게 말했고, 일부러 돈을 받으려고 오는 소년도 생겨났다.

지평선의 아련한 빛

세월이 흐르면서 반감은 잦아들었다. 특출 나게 성공한 사람들에게 따라붙는 중상모략과 험담이 마들렌 씨 주변을 어슬렁거렸지만 그것들은 험담에서 흠집 잡기로 줄어들더니 나중에는 완전히 사라졌다. 그는 모든 시민의 지지와 존경을 받았다. 1821년에 몽트뢰유쉬르메르에서 시장이라는 말은 1815년 디뉴의 주교 예하라는 호칭만큼이나 존귀한 말이 되었다. 마들렌 씨를 만나려고 100리 밖에서도 사람들이 찾아왔다. 그는 그들의 자초지종을 들어 주고, 소송을 방지하고, 원수처럼 사이가 갈린 이들을 화해시켜 주었다. 그는 그들에게 올바른 재판관과 같았다. 그는 자연 법칙을 정신의 근원으로 삼는 듯했다. 그에 대한 존경심은 육칠 년 동안 그 지방 전체로 퍼져 나갔다.

그런데 시와 지방을 통틀어 한 사내만은 그에게 존경심을 품지 않았다. 그리고 마들렌 씨가 무슨 일을 하든 늘 의심을 품었다. 어떤 강하고 굳은 본능이 그를 통제하는 듯했다.

어떤 사람들에게는 다른 본능만큼이나 동물적 본능이 발달해 있다. 그 본능은 저항과 공감을 일으키고 다른 성격을 가진 사람을 철저히 무시하고, 망설이거나 흔들리지 않고, 결코 뒷걸음질 치지 않으며, 자신의 감정에 휘둘리지 않고, 어둠 속에서도 빛을 잃지 않으며, 굴하지 않는 의지로 실수를 하지 않으며, 어떤 충고나 설득에도 완강하고, 운명이 어떻게 뻗어 나가든 실존하는 다른 것들을 경계했다.

마들렌 씨가 많은 사람의 열광 속에 온화하고 수수한 모습으로 거리를 지날 때, 짙은 쥐색 프록코트를 입고 지팡이를 들고 챙이 처진 모자를 쓴 키 큰 사내가 그의 뒤에 불쑥 따라붙어 그를 쩨려보면서 그가 사라질 때까지 자리에 서 있는 일이 간혹 있었다. 이 사내는 팔짱을 끼고 고개를 좌우로 흔들고 입술을 모아 바짝 끌어당기고는 얼굴을 찌푸렸는데, 표정은 마치 이러했다.

"저자는 대체 어떤 인물일까? 확실히 어디선가 본 적이 있어. 나만은 절대 저자에게 속아 넘어가지 않을 거야!"

그는 경찰관 자베르였다.

그는 몽트뢰유쉬르메르에서 감시하고 파헤치는 자리를 맡고 있었다. 그는 마들렌 씨가 이 고장에 온 시절에 대해서는 알지 못했다. 자베르는 파리의 시경국장이었던 국무 대신 앙글레스 백작의 비서 샤부이예 덕분에 그자리에 올라 있었다. 자베르가 몽트뢰유쉬르메르에 왔을 때 그 사업가의 재산은 막강해져 있었고, 마들렌 아저씨는 이미 마들렌 씨가 되어 있었다.

오랜 세월 경찰 생활에 몸담은 이들은 엄숙함과 비열함이 섞인 특유의 표정을 갖게 된다. 자베르도 마찬가지였으나 비열한 면은 없었다.

인간의 영혼이 눈에도 보인다면 사람이 저마다 어떤 동물과 닮았다는 것을 알게 될 것이다. 참새나 독수리에서 돼지, 호랑이까지 모든 동물이 인간 안에 존재한다는, 사상가들에 의해 전해진 그 진리를 우리도 목격하게 되는 것이다. 어쩌면 몇 마리의 동물이 한 인간 안에 있는 일도 있을 것이다.

동물은 우리의 미덕과 악덕과도 같고 우리 주변을 떠도는 영혼의 망상이다. 신은 우리를 일깨우기 위해 그것을 우리에게 보여 준다. 그러나 동물은 망상이기 때문에 하느님은 그들을 교육하지 않는다.

그와 다르게 우리의 영혼은 사실이다. 하느님은 우리의 영혼에 지성을 주고 우리가 교육받을 수 있도록 했다. 사회가 민중을 제대로 교육시킨다면 어떤 영혼도 자신 안에서 훌륭함을 발견할 수 있다.

이것은 겉으로 드러나는 이 지상의 작은 부분에 불과하며 인간이 되지 못한 존재들에 대한 세밀한 문제까지 파고들기에는 무리가 있다. 눈에 보이는 자아로 인해 잠재적 자아를 그르치는 것은 어떤 사상가로서도 용납할 수 있는 일이 아니다. 이것을 염두에 두고 이야기를 해 나가도록 하겠다.

그런데 사람의 내부에 저마다 다른 동물이 있다면, 경찰관 자베르의 내부에는 무엇이 있었을까? 그것을 말하는 것은 매우 쉽다.

아스투리아 지방 농민들에 따르면 한배에서 태어난 이리 중에는 개가 한 마리 섞여 있는데, 어미는 그놈을 찾아 물어 죽인다고 한다. 그렇게 하지 않으면 그 개가 나머지 이리들을 잡아먹기 때문이다.

자베르는 어미 배 속에서 태어난 그 개와도 같았다.

자베르는 형무소에서 트럼프 점을 치는 어머니에게서 태어났다. 그녀의 남편은 항구 감옥에서 징역을 살고 있었다. 자베르는 자라면서 점점 자신이 사회의 어두운 그늘에 속한다는 것을 깨닫고 자신감을 잃어 갔다. 그는 사회가 두 부류의 사람을 그 테두리 밖에 두고 절대 들이지 않는다는 것을 알아 갔다. 사회를 무너뜨리는 자와 지키려는 자. 자베르는 그 둘 중 하나를 선택해야 했다. 그의 내부에 고집스럽고 결백한 본성이 들끓고 있었다. 자베르는 자신이 속한 부랑아 계급에 강한 적개심을 느꼈다. 그는 경찰의 길을 택했다.

그는 나날이 출세했고 마흔 살에 경위가 되었다.

젊었을 때는 남부 지방의 형무소에서 일했다.

이야기가 더 진행되기 전에, 여기서 자베르에 대해 좀 더 이해하고 넘어가기로 하자.

자베르의 얼굴에는 평평한 코와 깊은 콧구멍, 그 옆의 뺨에 드리워진 짙은 구레나룻이 있었다. 그 구레나룻과 사자 동굴 같은 콧구멍을 보면 누구나 두려움을 느꼈다. 자베르가 웃으면—그런 일은 좀처럼 없었지만 아주 무서운 웃음이었다.—얇은 입술이 열리며 잇몸이 드러났다. 코언저리에는 마치 들짐승 같은 거친 주름이 잡혔다. 이마는 좁고 턱은 발달해 있고 머리카락은 길게 눈썹까지 내려왔고 두 눈 사이에 주름살이 깊게 파여 있고, 눈초리가 어둡고, 삐쭉한 입매에서는 당장이라도 잔인한 명령이 떨어질 것 같았다.

이 사내의 성격은 매우 단순했다. 주권에 대한 존경, 그리고 반역에 대한 증오. 그의 눈에는 도둑질이든 살인이든 모두 똑같은 반역이었다. 국가에 운명을 건 자들이라면 총리에서부터 산림간수까지 무조건 신뢰했다. 한 번이라도 법을 어긴 자에는 끝까지 경멸과 혐오를 풀지 않았다. 그는 용서하는 법이 없었고 어느 때나 예외를 허용하지 않았다. 그는 종종 "관리들은 잘못을 저지르지도 부정한 일을 하지도 않을 것이다."라고 하면서도 "다들 구제불능이다. 제대로 일하는 것들은 하나도 없다."고 말하기도 했다.

세상에는 극단적인 면모가 두드러져서 형벌을 내리거나 만들 권리가 인간들이 만든 법칙 안에 존재한다고 믿어서 사회 바닥에 지옥의 강스틱스를 인정하는 자들이 있다. 자베르는 바로 그런 사람이었다. 그는 금욕주의자로서 진지하고 엄격했으며 우울한 몽상을 즐겼다. 광신자처럼 겸손하고도 오만했다. 그의 눈초리는 매섭고 날카로웠다. 그의 인생은 두 단어로 축약된다. '경계와 감시'. 그는 세상의 모든 굽은 길을 똑바로 걸었다. 그는 봉사와 자신의 일을 철석같이 지켰다. 그의 목표물이 된 자는 불행해질 수밖에 없다. 그는 자기 아버지가 탈옥을 했어도 잡았을 것이며, 어머니가 범죄를 저질렀다면 신고했을 것이다. 그는 그런 기질에서 만족감을 느꼈을 것이다. 그는 청렴결백하고 모범적으로 살았으며 노는 것을 멀리했다. 그는 마치 스파르타인처럼 든든하고 믿음직스러운 경찰관이자 노련한 감시자이자 무섭고 냉혹한 스파이이자 명탐정 비도크 속에 살아 숨 쉬는 브루투스(자기의 사상에 모든 것을 바치는 사람을 가리킴_옮긴이)였다.

자베르는 스파이형 인간이었다. 그즈음 급진파 신문에 우주 형성론을 기고했던 조제프 드 메스트르를 선두로 하는 신비파라면 자베르의 가치를 알아보았을 것이다. 그는 이마를 모자로 가리고, 눈은 눈썹으로 가리고, 두 손은 소매로 가리고, 지팡이는 프록코트에 가렸다. 그러다 각진 좁은 이마, 매서운 눈초리, 네모진 턱, 거대한 손, 무시무시한 지팡이가 불쑥 튀어나오곤 했다.

좀처럼 쉴 틈이 없었지만 여유가 생기면 자베르는 무엇이든 열심히 읽었다. 그는 무식한 사람은 아니었다. 매우 과장이 깃든 그 말투만 봐도 그랬다.

그가 그야말로 결백한 인간이라는 것은 앞서 말했다. 가끔 만족감을 느낄 때 담배를 피우는 것이 유일하게 인간적인 면모였달까.

자베르가 법무부 통계연감에 빨간 글씨로 '부랑아'라고 적힌 사람들이 가장 두렵게 느끼는 존재라는 것은 당연한 일이었다. 자베르라는 이름만 들어도 그들은 몸서리를 쳤다. 자베르와 마주치면 그들은 어깨를 움츠렸다.

얼마나 무시무시한 사내였던가.

자베르는 마들렌 씨를 주시하고 있었다. 그는 갖은 의혹을 받았던 사람이었다. 결국 마들렌 씨도 그의 존재를 알게 되었다. 그러나 마들렌 씨는 아무런 내색도 하지 않았다. 자베르에게 따지는 일도, 그에 대해 정확히 알아본 일도 없었고 그렇다고 피하지도 않았다. 자베르의 고압적이고 불편한 눈초리를 알면서도 그는 별로 신경 쓰는 것 같지 않았다. 그는 모든 사람에게 대하듯 그에게도 호의를 가지고 대했다.

자베르의 평소 말 습관을 생각해 보면 그는 인간에 대해 가진 그만의 호기심과 의지에서 나오는 호기심으로 마들렌 씨를 감시하는 것 같았다. 그는 행방불명된 어떤 가족에 대한 소식을 알고 있는 사람처럼 굴었다. "꼬리가 길면 잡히는 법!" 그리고 사흘 동안 생각에 잠겼다. 연결하려던 단서 조각이 딱 끊긴 모양이었다.

어떤 말이 너무나 극단적으로 쓰이는 것은 경계해야 할 것이다. 인간의 일에 확실한 것은 없다. 본능은 혼탁해지기 쉽다. 만약 그렇지 않다면 본능이 지성보다 앞서고 동물이 인간보다 번영할 것이다.

자베르는 마들렌 씨의 태연함과 침착함을 이해하기가 힘들었다.

그러던 어느 날, 자베르의 기이한 태도는 마들렌 씨에게 섬뜩한 인상을 남겼다.

포슐르방 영감

어느 날 아침, 마들렌 씨는 몽트뢰유쉬르메르의 작은 길을 거닐고 있었다. 포장되지 않은 길이었다. 혼잡한 소리가 들려 가 보니, 사람들이

웅성거리고 있었다. 짐마차의 말이 쓰러져 포슐르방 노인이 수레에 깔려 있었다.

이 포슐르방 노인은 끝까지 마들렌 씨에게 적개심을 가진 몇 안 되는 사람 중 하나였다. 마들렌 씨가 이 고장으로 왔을 때, 시골에서 남보다 나은 학식 때문에 공증인까지 했던 포슐르방은 가게를 하고 있었다. 장사는 갈수록 신통치 않았다. 평범한 노동자가 막강한 부를 쌓을 동안 선생님 소리를 들으며 직업인으로 잘나갔던 그가 망해 가고 있었던 것이다. 그는 마음이 비뚤어져서 온갖 험담을 늘어놓으며 틈만 나면 마들렌 씨를 욕했다. 결국 그는 파산했다. 그에게 남은 것이라고는 짐수레와 말뿐이었다. 가정도 없고 자식도 없었으므로 그는 마차꾼으로 나서게 되었다.

말은 양 뒷다리가 모두 부러져서 일어날 수가 없었다. 노인은 바퀴 사이에 끼어 있었다. 어쩌다 그렇게 깔렸는지 마차의 무게가 온통 그의 가슴으로 쏠리고 있었다. 수레에는 짐이 많았다. 포슐르방 영감은 고통에 몸서리치고 있었다. 사람들은 그를 도와주려고 했으나 방법이 없었다. 함부로 마차에 손을 올렸다가는 그가 목숨을 잃을 것 같았다. 마차를 완전히 밀어 넘기는 것밖에는 방법이 없었다. 마침 사고 현장을 지나던 자베르가 기중기꾼을 불러놓고 있었다.

마들렌 씨가 왔다. 사람들은 그에게 길을 열어 주었다.

포슐르방 노인이 외쳤다.

"살려 주시오! 늙은이 하나 살릴 사람이 없단 말이오?"

마들렌 씨가 사람들에게 물었다.

"기중기가 없습니까?"

"지금 가져오고 있습니다."

한 농부가 대답했다.

"얼마나 걸립니까?"

"가장 가까운 플라쇼로 갔는데 아무리 빨라도 15분은 걸릴 겁니다."

"15분씩이나!"

마들렌 씨가 소리쳤다.

전날 내린 비로 바닥은 질퍽했다. 짐마차는 계속 진흙 속으로 들어가고 늙은 짐마차꾼의 고통은 계속 심해졌다. 그의 갈비뼈는 5분을 버티기 힘들 것 같았다.

마들렌 씨는 농부들에게 말했다.

"그렇게 오래 기다리기만 할 수는 없습니다."

"어쩌겠습니까!"

"안 됩니다. 짐마차가 진흙 속에 더 빠져 들어가고 있어요."

"방법이 없습니다."

"마차 밑에 들어가 등으로 바칠 시간은 될 겁니다. 그러면 나머지 사람들이 노인을 끌어낼 수 있습니다. 누가 돕겠습니까? 허리 힘이 있고 용기 있는 사람 누구 없습니까? 루이 금화 다섯 닢을 드리겠습니다."

그러나 아무도 나서지 않았다.

"10루이를 드리겠습니다!"

모두가 침묵했다. 그들 중 한 사람이 말했다.

"천하장사라도 나서기 힘듭니다. 까딱 잘못했다간 자기가 깔려 죽을지도 모르지요."

"자, 이렇게 합시다!"

마들렌 씨가 말을 이었다.

"20루이 드리겠습니다."

그러나 모두가 그대로 서 있었다.

"누군들 가만히 서 있고 싶겠습니까?"

누군가가 입을 열었다.

마들렌 씨가 돌아보니 그는 자베르였다. 그는 자베르가 이 자리에 있는 줄 모르고 있었다.

"문제는 힘입니다. 이렇게 육중한 수레를 등으로 밀어 올리는 건 웬만한 힘으로는 힘들지요."

자베르가 말을 이었다.

"마들렌 씨, 당신이 지금 말하는 일을 해낼 사람은 내가 알기로는 한 사람밖에 없습니다."

마들렌 씨는 긴장했다.

자베르는 잠자코 있다가 마들렌 씨를 뚫어지게 바라보며 말을 이었다.

"그는 죄수였지요."

"음!"

마들렌 씨는 말했다.

"툴롱 감옥에서."

마들렌 씨의 얼굴은 백지장처럼 얼어붙었다. 그사이에 마차는 점점 더 빠져들고 있었다. 포슐르방 노인이 신음 소리를 냈다.

"숨을 못 쉬겠어. 갈비뼈가 부러지겠어. 기중기! 아니 뭐라도 제발!"

마들렌 씨는 주위를 둘러보았다.

"아무도 없군. 20루이로 노인을 구해 줄 사람이."

누구 하나 나서지 못했다. 자베르가 말했다.

"기중기를 대신할 만한 사람은 내가 아는 딱 한 사람뿐일 겁니다. 죄수였지요."

"아, 나는 죽는다."

노인이 외쳤다.

마들렌 씨는 자신의 표정을 뚫어지게 살피는 자베르의 눈을 보고, 부동자세로 서 있는 농부들을 보고 장엄한 표정을 지었다. 그는 무릎을 꿇는 듯하더니 어느새 마차 밑에 기어 들어가 있었다.

실낱같은 희망과 무서운 침묵의 순간이었다.

마들렌 씨는 육중한 마차의 무게를 팔꿈치와 무릎으로 받치려 애썼지만 소용이 없었다. 사람들이 소리쳤다.

"마들렌 씨! 나오세요!"

포슐르방 노인도 외쳤다.

"마들렌 씨! 어서 나가오. 나는 죽을 운명인가 보오. 당신마저 죽을까 무섭소. 제발 나가시오."

그러나 마들렌 씨는 대답이 없었다.

사람들은 그 광경을 숨죽이며 바라보고 있었다. 수레바퀴는 이미 진창에 빠져 마들렌 씨는 빠져나올 수 없게 되었다.

사람들은 육중한 마차가 갑자기 흔들리는 것을 보았다. 짐마차가 조금씩 들리며 수레바퀴가 반쯤 빠져나왔다. 사람들은 누군가의 외침을 들었다.

"어서! 도와주시오!"

마들렌 씨가 사력을 다하고 있었다.

사람들은 힘을 모았다. 한 사람의 희생을 보자 다들 의지가 솟아났던 것이다. 짐마차는 결국 들렸다. 포슐르방 노인은 무사히 구출되었다.

마들렌 씨가 일어섰다. 온몸이 땀범벅이 되었고 얼굴은 창백했다. 옷은 죄다 찢어지고 진흙이 묻었다. 모두가 눈물범벅이 되었다. 노인은 마들렌 씨 앞에 무릎을 꿇고 그를 하느님이라고 불렀다. 마들렌 씨의 표정은 고통스럽고도 행복해 보였다. 그는 여전히 그를 매섭게 노려보고 있는 자베르의 눈을 바라보았다.

포슐르방, 수녀원의 정원사가 되다

포슐르방은 짐마차에서 떨어졌을 때 이미 무릎관절이 빠졌다. 마들렌 씨는 공장 건물 안에 있는 직원 전용 진료소로 노인을 옮겼다. 거기에는 자선 수녀 두 명이 있었다.

이튿날 노인은 침대 옆 협탁에 천 프랑짜리 지폐와 마들렌 씨의 필체가 적힌 쪽지를 발견했다. '제가 당신의 짐마차와 말을 사겠습니다.' 짐마차는 부서졌고 말은 이미 죽은 뒤였다. 포슐르방은 건강을 회복했지만 무릎관절은 낫지 않았다. 마들렌 씨는 수녀들과 사제들에게 부탁해서 그를 파리의 생 앙투안 구의 어느 수녀원 정원사로 일하도록 도왔다.

그로부터 얼마 지나지 않아 그는 시장이 되었다. 자베르는 시장 장식띠를 두른 마들렌 씨를 보고서 마치 주인의 옷에서 늑대 냄새를 맡은 개의 심정이 되었다. 그는 마들렌 씨를 피했다. 어쩔 수 없이 시장을 만나야 할 때는 깍듯이 예의를 지켰다.

마들렌 씨가 몽트뢰유쉬르메르에 이룩한 번영은 앞서 말했듯 하나의 성과만이 아니라 강력한 영향을 미친 것이었다. 그것은 명백한 사실이었다. 민중이 고통받을 때, 일자리를 잃고 굶을 때, 장사가 망해 갈 때, 그들은 세금을 내지 못하기 때문에 국가가 강제징수에 많은 자금을 쓴다. 하지만 일자리가 늘고 납세자가 부유해지면 세금이 잘 걷히므로 국가 비용은 절감된다. 민중의 빈부는 세금 징수비로 가늠할 수 있는 것이다. 몽트뢰유쉬르메르 군의 세금 징수비는 7년 동안 4분의 3으로 줄었다. 그래서 군은 재무 대신 빌렐의 표창을 여러 번 수상했다.

팡틴이 고향에 돌아왔을 때 고향의 모습은 그랬다. 아무도 그녀를 기억하지 못했지만, 마들렌 씨의 공장은 그녀를 따뜻하게 맞아 주었다. 그녀는 여직공 작업장에 들어갔다. 팡틴은 일에 서툴러서 하루 종일 일해도 수입이 형편없었다. 하지만 불평하지 않았다. 아무튼 어려움은 넘긴 것이다. 그녀는 스스로의 힘으로 살아갈 수 있게 되었다.

빅튀르니앵 부인이 품행을 염탐하느라 35프랑을 쓰다

팡틴은 혼자의 힘으로 살아가게 되어서 무척 기뻤다. 나 스스로 벌어 정직하게 살 수 있다니 얼마나 감사한가! 그녀는 일의 가치와 행복을 마음 깊이 느꼈다. 거울을 사서 자신의 젊음과 아름다운 금발, 고운 이를 들여다보고 아픈 과거를 잊고 코제트와 밝은 미래만을 생각하기로 했다. 그녀는 작은 방을 구해 외상으로 가구를 들였다. 그것은 그녀에게 남은 방탕한 습성 때문이었다.

그녀는 결혼을 했다고 말할 수 없었기 때문에 어린 딸의 이야기를 누구에게도 하지 않았다.

얼마 동안은 테나르디에 부부에게 꼬박꼬박 양육비를 부쳤다. 그녀는 자기 이름 외에는 글씨를 쓸 줄 몰랐기 때문에 대서인에게 부탁해서 편지를 썼다.

그녀는 자주 편지를 보냈다. 그러자 사람들이 의심하기 시작했다. 작업장의 거친 여인들은 그녀가 편지질을 한다느니 수상하다느니 하는 소문을 퍼뜨렸다.

세상에는 자기와 아무 상관없는 일에 지나치게 참견하는 사람들이 있다. 저 사람은 왜 항상 저녁에 찾아올까? 저 사람은 왜 꼭 목요일에 외출할까? 저 사람은 왜 골목길만 골라 다닐까? 저 사람은 왜 집에 도착하기 전에 마차에서 내렸을까? 그 여자는 왜 편지지를 한가득 갖고 있으면서도 편지지를 사려고 할까?

그런 의문을 풀기 위해 진정 자신과 아무 상관이 없는데도 좋은 일을 하고도 남을 시간과 돈을 써 가면서 사서 고생을 하는 사람들이 세상에는 있다. 그것은 단지 호기심을 위한 것으로 그 외에 다른 목적은 없다. 그들은 몇 날 며칠을 다른 사람을 미행하고, 모퉁이나 골목길 입구에서 몇 시간이고 대기하며, 상인을 매수하고 마차꾼과 하인에게 술을 사고 하녀에게 돈을 쥐어 주고 문지기를 꼬드긴다. 대체 왜 그럴까? 거창한 이유는 없다. 그저 못 견디게 알아내고 싶고, 끝을 보고 싶기 때문이다. 그러다 비밀이 만천하에 드러나면 거기서부터 비극이 시작되어 결투가 일어나고 파산을 하며 집안이 몰락하고 인생은 파멸한다. 아무 관계없이 그저 호기심의 본능에서 모든 걸 파헤친 자는 기쁨을 만끽한다. 얼마나 비극적인 일인가.

어떤 사람들은 순전히 지껄일 목적으로 심술을 부리기도 한다. 그들이 객실이나 응접실에서 해 대는 잡담은 장작을 불사르는 벽난로와 같다. 벽난로는 땔감을 필요로 한다. 땔감은 바로 이웃과 친지다.

사람들은 그렇게 팡틴을 지켜보았다.

여자들은 그녀의 금발 머리와 가지런한 흰 이를 미친 듯이 시샘했다.

사람들은 팡틴이 작업장에서 다른 직공들과 있을 때도 가끔 흐르는 눈물을 감추지 못하는 것을 보았다. 그것은 코제트를 생각하며 흘린 눈물이었다. 가끔은 사랑했던 그를 떠올리며 눈물을 흘린 적도 있을 것이다.

과거의 슬픈 인연을 끊기란 매우 고통스럽다.

그녀가 한 달에 두 번 정도 같은 주소로 편지를 보내고 요금을 내는 일은 사람들의 관심을 끌었다. 결국 수취인이 '몽페르메유의 여관 주인 테나르디에 씨'임이 알려졌다. 사람들이 대서인에게 술을 사 주고 실토하게끔 만들었던 것이다. 대서인은 자기 주머니를 털지 않는 한은 붉은 포도주를 마실 수 없었다. 그렇게 팡틴에게 아이가 있다는 사실이 모두에게 알려졌다. 사람들은 그녀가 창녀였을지도 모른다고 생각했다. 결국 어떤 오지랖 넓은 부인이 몽페르메유에 가서 테나르디에 부부를 직접 만나고 왔다.

"35프랑을 쓰고 결국은 모두 알아냈어요. 아이까지 보고 왔다니까요!"

그녀는 빅튀르니앵 부인이었다. 쉰여섯 살이었는데 원래 박했던 얼굴이 나이를 먹으면서 더 흉해졌다. 염소 우는 소리와 비슷한 목소리에 고집스러운 머리, 그런 할멈에게도 젊은 시절이 있었다니 믿을 수 없는 노릇이다. 그녀는 청년 시절 혁명파의 빨간 모자를 쓰고 수도원을 나와 베르나르 수도회에서 자코뱅파로 변절한 수도사와 1793년 결혼했다. 그녀는 무척 차갑고 통통거리고 매몰차고 험악하고 표독스러웠다. 이미 미망인이 된 그녀는 지난날 자신을 보호해 주었던 수도사 남편을 늘 생각했다. 그녀는 법의에 깔린 쐐기풀 같았다. 왕정복고 때 독실한 신자가 되었기 때문에 사제들은 그녀를 보고 죽은 남편의 죄를 사해 주었다. 그녀는 얼마 남지 않은 재산을 종교 단체에 기부하고 유세를 떨었다. 아라스의 주교구에서는 그녀에게 경의를 표했다. 그런 빅튀르니앵 부인이 몽페르메유에 직접 다녀와 "아이까지 보고 왔다니까요."라고 말했던 것이다.

그 일이 일어난 것은 팡틴이 공장에서 일한 지 1년을 넘어서였다. 어느 날 작업장 여감독이 시장님의 뜻이라며 50프랑을 주더니 공장에 더는 오지 말라고 하면서 이 시를 떠나 달라고 말했다.

테나르디에 부부가 보육비를 12프랑으로 올리고서 다시 15프랑으로 올린 그달에 일어난 일이었다.

팡틴은 당황했다. 갑자기 그녀는 일자리를 잃고 말았다. 그 고장을 떠날 수는 없었다. 방세와 가구 빚도 남아 있었다. 50프랑은 더 있어야 했다. 그녀는 사정하며 매달렸다. 하지만 여감독을 화를 내며 그녀를 내쫓았다. 팡틴은 일에 능숙하지 못했다. 그녀는 창피해서 고개를 들 수 없었다. 그렇게 작업장을 빠져나와 자기 방에 파묻혔다. 과거의 잘못이 만천하에 드러난 것이다!

그녀는 모든 기력을 잃었다. 시장님을 만나 보라고 말해 주는 사람도 있었지만 용기가 없었다. 시장님이 50프랑을 준 것은 훌륭함 때문이며 자신이 일자리를 그만두어야 하는 것은 그분의 뜻이므로 그녀는 그에 복종하기로 했다.

빅튀르니앵 부인의 성공

그렇게 수도자의 미망인은 자신도 모르게 악역이 되었다.

마들렌 씨는 이 일을 전혀 모르고 있었다. 인생에서 겪는 잡다한 일은 간혹 짜 맞춘 각본처럼 돌아갔다. 마들렌 씨는 좀처럼 여자 작업장에 모습을 드러내지 않았다. 그는 나이 많은 독신녀에게 작업장 관리를 맡겼다. 그는 사제의 소개로 온 여감독을 전적으로 믿고 있었다. 그녀는 확실하고 존경받을 만한 여자로 불쌍한 사람에 대한 자선의 마음은 남달랐지만 사람을 깊이 이해하고 용서하는 마음은 얕았다. 마들렌 씨는 그녀에게 모든 일을 위임했다. 훌륭한 사람들은 자신의 일을 남에게 맡길 수밖에 없을 때가 많다. 여감독이 팡틴에 대한 사람들의 이야기를 듣고 재판을 하고 유죄판결을 내려 처벌한 것은 그녀가 그만큼의 권한을 갖고 있기 때문이었다. 그녀는 자신의 행동을 공정하다고 믿었다.

50프랑은 마들렌 씨가 여직공들의 처우 개선을 위해 맡긴 돈으로 그것의 사용처는 일일이 보고할 필요가 없었다.

팡틴은 고향에서 하녀로 일하기 위해 발품을 팔았지만 누구도 그녀를 들이지 않았다. 하지만 그녀는 떠날 수가 없었다. 그녀에게 형편없는 가구를 비싼 외상으로 넘긴 고물상 주인은 "도망쳤다간 도둑으로 체포되게 해 줄 거야."라며 엄포를 놓았다. 집주인은 밀린 방세에 대해 "아직 젊고 예쁘니 충분히 낼 능력이 되잖아?"라며 비웃었다. 그녀는 50프랑을 집주인과 고물상에게 주었다. 또 꼭 필요한 것만 남기고 가구의 4분의 3을 고물상에 내놓았다. 그녀는 일자리도 없이 100프랑쯤 빚을 진 신세였다.

그녀는 부대의 군인들이 입는 내의를 꿰매 하루에 12수씩 벌었다. 딸에게도 10수는 보내야 했다. 그녀는 그때부터 양육비를 제대로 송금하지 못했다.

그러나 저녁 무렵 그녀가 돌아오면 늘 촛불을 켜 주는 노파가 어떻게 살아가야 하는지 일러 주었다. 가난한 살림에서 무너지면 빈털터리 신세가 되는 것이다. 그것은 마치 방과도 같은데 가난한 방은 어둡고 빈털터리 방은 깜깜한 것이다.

팡틴은 많은 것을 깨달았다. 겨울에 냉골에서 지내는 법을, 이틀에 한 번꼴로 1리야르씩 드는 작은 새 기르기를 포기하고 사는 법을, 스커트를 담요로 만들고 담요를 스커트로 만드는 법을. 맞은편 창문 불빛에 의지해 식사해야 촛값을 아낀다는 것을 말이다. 가난한 약자들이 1수를 어떻게 쪼개 쓰는지 보통 사람들은 모른다. 그것도 묘기라면 묘기가 될 것이다. 팡틴은 그런 삶에 익숙해지고 묘기를 알아 가면서 조금씩 기운을 되찾았다.

그녀는 이웃집 여인에게 이렇게 말했다.

"난 괜찮아요. 다섯 시간만 눈 붙이고 나머지 시간에 바느질을 하면 빵값은 해결할 수 있지요. 그리고 슬플 때는 별로 먹고 싶지도 않아요. 그러니 빵을 먹을 수 있고 슬픔도 좀 감수한다면 그런대로 살 수 있을 것 같아요."

그때 어린 딸이 옆에 있었다면 그녀는 조금은 행복했을 것이다. 그녀는 딸을 데려오고 싶었다. 하지만 그럴 수가 없었다. 아이에게 이런 고생은 시키고 싶지 않았다. 게다가 테나르디에 부부에게 빚을 지고 있었다. 어떻게 거기까지 가며 어떻게 그 빚을 갚겠는가!

곁에서 그녀를 도와주는 노파는 마르그리트라는 고상한 노처녀로 깊은 신앙심을 지녔고, 자신도 가난하지만 남에게 베풀 줄 알고, 자기 이름을 쓸 정도는 되었고, 종교를 학문으로 생각하는 사람이었다.

세상에는 그녀처럼 덕망 높은 사람들이 많다. 그들은 죽어서 천국에 갈 것이다. 그런 생명에게는 희망이 있다.

한동안 팡틴은 밖에 나가지 않았다.

길거리에 나가면 사람들이 수군거리며 손가락질을 해 댔다. 다른 이들의 멸시가 그녀의 영혼을 찔러 댔다.

조그만 도시에서 불쌍한 여자는 모든 조롱을 한 몸에 받게 된다. 파리에 간다면 많은 이에게 숨길 수 있을 것이므로 그녀는 그것을 간절히 원했다. 하지만 갈 방법이 없었다.

그녀는 가난을 받아들인 것처럼 멸시를 받아들일 수밖에 없었다. 그녀는 점점 포기하게 되었다. 그렇게 두 달이 지나자 그녀는 밖으로 나갈 수 있었다.

"아무 상관없어."

그녀는 말했다.

고개를 빳빳이 들고 미소를 띠면서 그녀는 자신이 뻔뻔해졌다는 것을 온몸으로 느꼈다.

빅튀르니앵 부인은 가끔 그녀가 지나가는 것을 보고 그녀의 불행한 모습을 보며 기쁨을 맛봤다. 못난 인간은 흉악한 쾌감을 즐기는 법이다.

팡틴은 늘 피로했다. 가벼운 기침이 잦아들지 않았다. 그녀는 가끔 마르그리트에게 이렇게 말했다.

"제 손이 왜 이리 뜨겁죠?"

하지만 아침마다 부러진 빗으로 윤기가 흐르는 금발 머리를 빗을 때 그녀는 나름대로 멋을 내며 작은 행복을 찾으려 애썼다.

성공의 계속

그녀가 일자리를 잃은 것은 겨울의 끝 무렵이었다. 여름이 지나고 다시 겨울이 왔다. 해는 짧고 일거리도 줄어든다. 겨울은 춥고 빛도 없고 한

낮도 없다. 저녁은 금세 아침이 되고, 짙은 안개가 끼고, 황혼이 지고, 창밖은 흐려 아무것도 보이지 않는다. 하늘은 텅 빈 바람구멍 같고, 하루는 굴속 같고, 태양은 초라하다. 무서운 계절은 대기의 수분과 인간의 마음을 굳게 만든다. 팡틴은 빚쟁이들에게 시달리고 있었다.

팡틴의 수입은 너무 적었다. 빚은 나날이 불어났다. 마음대로 돈을 뜯어내지 못하자, 테나르디에 부부는 사흘이 멀다 하고 독촉장을 보내 그녀 앞으로 우편요금을 달아 놓았다. 그녀의 생활도 주머니도 얄팍해져 갔다. 어느 날은 이런 편지가 도착했다. '이 추위에 코제트는 변변한 치마 하나 없으니 10프랑을 조속히 보낼 것!' 그녀는 편지를 하루 종일 손에서 놓지 못했다. 저녁 때 길모퉁이의 이발소에 들어간 그녀는 머리를 풀었다. 아름다운 금발 머리가 허리까지 늘어졌다.

"정말 아름다운 머리카락이군요."

이발사가 말했다.

"얼마쯤 쳐주시겠어요?"

팡틴이 물었다.

"10프랑?"

"자를게요."

그녀는 털실로 스커트를 짜서 부쳤다.

그러자 테나르디에 부부는 부아가 치밀었다. 그들이 원한 것은 치마가 아니라 돈이었다. 그들은 치마를 에포닌에게 입혔고 불쌍한 종달새는 계속해서 추위에 시달렸다.

팡틴은 이렇게 알고 있었다. '우리 아이는 이제 따뜻하겠지? 내 머리카락을 입었으니까.' 그녀는 머리를 가리기 위해 동그란 모자를 썼다. 그마저도 아직은 아름다워 보였다.

그녀의 마음속에 작은 변화가 생겼다. 머리를 빗는 잠깐의 행복도 잃게 되자 그녀는 모든 것을 증오하기 시작했다. 그녀는 오랫동안 마들렌 씨를 존경해 왔다. 하지만 그는 자신을 내쫓았다. 자신의 불행이 그 때문이라고 믿은 그녀는 누구보다 마들렌 씨를 증오하게 되었다. 여직공들이 공장 문을 나올 때가 되면 그녀는 일부러 찾아가 노래를 불러 댔다.

언젠가 그녀의 모습을 본 한 여직공이 말했다.

"저런 여자는 끝이 사납지."

그녀는 아무 사내나 만나서 정부로 삼았다. 사랑이 아니라 반항심과 자포자기 때문이었다. 상대는 형편없는 사내들로 거지나 부랑아들이었다. 그들은 그녀를 때렸으며 버리고는 사라졌다.

그녀는 오직 딸만을 사랑했다.

그녀의 삶이 타락하고 음울해질수록 한편에서 그 작은 천사는 그녀의 영혼 깊은 곳까지 빛을 주었다. 그녀는 늘 입버릇처럼 말했다.

"내가 부자가 된다면 코제트를 데려올 거야."

그러곤 실없이 웃었다. 기침은 나아지지 않았고 등에는 식은땀이 흘렀다.

어느 날 테나르디에 부부에게서 편지가 도착했다.

'코제트는 전염병에 걸렸소. 속립열인데 좁쌀같이 땀띠가 돋고 열과 오한이 심하오. 비싼 약이 필요하지만 약값이 없소. 만약 일주일 안에 40프랑을 보내지 않는다면 아이는 죽을 것이오.'

그녀는 실소를 터뜨렸다. 그러고는 이웃 노파에게 말했다.

"이것 좀 보세요. 40프랑을 보내라네요. 나폴레옹 금화 두 닢을요! 이 촌구석 인간들 같으니! 나보고 도둑질이라도 하라는 건가?"

그러면서도 그녀는 층계참으로 가서 다시 편지를 읽었다. 그리고 큰 소리로 웃으면서 밖으로 뛰어나갔다. 그녀를 본 어떤 여자가 물었다.

"무슨 일 있나요?"

그녀는 대답했다.

"바보 같은 편지를 받았어요. 촌구석 사람들이 내게 40프랑을 보내 달라네요. 하하하."

그녀가 광장을 지날 때 많은 사람이 마차를 둘러싸고 있는 게 보였다. 마차 지붕 위에 붉은 옷을 입은 사내가 올라가서 무언가를 말하고 있었다. 그는 돌팔이 치과 의사로 틀니나 치약, 가루약과 물약을 팔고 있었다.

팡틴은 여러 사람 틈을 비집고 들어가 그 돌팔이의 괴상한 이야기를 들으며 낄낄 웃기 시작했다. 그는 자연히 아름다운 여자에게 시선을 던졌다. 그러더니 갑자기 소리를 질렀다.

"거기 예쁘게 웃는 아가씨! 이가 참 아름답군요. 당신의 전치를 두 개 준다면 내가 나폴레옹 금화 한 닢씩 쳐주겠소!"

"내 전치라고요? 그게 뭐죠?"

팡틴이 물었다.

"전치는 바로!"

돌팔이가 말을 이었다.

"앞니입니다. 윗니 두 개요."

"세상에!"

팡틴은 얼굴을 찌푸렸다.

옆에 서 있던 이가 다 빠진 노파가 말했다.

"나폴레옹 금화 두 닢이라니, 복도 많아라!"

팡틴은 급히 자리를 떴다. 그녀는 돌팔이 의사의 괴상한 이야기를 더는 듣고 싶지 않아 귀를 막고 달렸다.

"잘 생각해 봐요! 나폴레옹 금화가 자그마치 두 닢이라오. 그만하면 잘 쳐 주는 거요. 생각이 있으면 오늘 저녁에라도 오시오. 나는 티야크 다르장 여관에 있으니."

팡틴은 집으로 돌아왔다. 그녀는 화를 가라앉히지 못하고 옆방의 마르그리트 노파를 찾아갔다.

"어떻게 그런 무서운 말을 할 수 있을까요? 왜 그런 이상한 돌팔이들이 시내를 돌아다니게 하는지 모르겠어요. 멀쩡한 내 앞니를 뽑을 생각을 하다니! 아, 정말이지 흉측해요. 머리카락이야 다시 기르면 되지만 이는 도대체! 정말 기분 나쁜 사람이에요. 그런 짓을 하느니 6층 꼭대기에서 뛰어내리는 게 낫겠어요. 내게 소리치더라고요. 오늘 저녁에 티야크다르장 여관에 있다고요."

"그래서 얼마를 주겠다고 했지?"

마르그리트는 물었다.

"나폴레옹 금화 두 닢이요."

"딱 40프랑이군."

"네, 40프랑이에요."

그녀는 마음을 가라앉히고 바느질을 시작했다. 그러나 그녀는 다시 테나르디에 부부가 보낸 편지를 읽으려고 층계참으로 갔다.

그러고는 마르그리트 노파에게 갔다.

"속립열이 어떤 병인가요?"

"아주 무서운 병이지."

노파가 대답했다.

"약값도 많이 들겠군요."

"아마 그럴 거야."

"왜 그런 병에 걸리죠?"

"다른 사람한테 옮기 쉽지."

"어린아이들도 속립열에 걸리나요?"

"주로 어린아이가 앓기 쉬워."

"죽을 수도 있나요?"

"그럴 거야."

팡틴은 편지를 들고 다시 층계참으로 갔다.

그녀는 저녁 무렵 집을 나섰다. 그리고 여관들이 많은 파리 거리 쪽으로 나갔다.

이튿날 아침, 마르그리트 노파는 팡틴의 방으로 갔다. 그들은 초 하나에 의지하면서 함께 일을 하며 지냈다. 그런데 팡틴은 침대에 누워 새파랗게 질려 있었다. 그녀는 잠을 이루지 못한 것 같았다. 모자는 무릎 위에 떨어져 있었고 초는 거의 닳아 있었다.

마르그리트는 놀란 나머지 문턱에 서서 외쳤다.

"아니! 밤새 초를 다 썼군! 무슨 일 있었어, 팡틴?"

그러고는 물끄러미 그녀를 쳐다보았다. 팡틴은 머리카락이 없는 머리를 그녀 쪽으로 돌렸다.

팡틴은 어제보다 열 살은 더 들어 보였다.

"세상에! 대체 무슨 일이 있었던 거야?"

마르그리트 노파가 말했다.

"난 괜찮아요. 무서운 병에 걸린 아이가 죽지 않게 됐으니 난 행복하답니다."

그녀는 책상 위에서 밝게 빛나고 있는 나폴레옹 금화를 가리켰다.

"이 금화가 어디서 났어?"

마르그리트 노파가 물었다.

"그렇게 됐어요."

팡틴은 엷게 미소 지었다. 촛불이 그녀의 얼굴을 비추고 있었다. 그것은 가련한 미소였다. 입가에는 침이 말라붙어 있었고 입 안에는 시커먼 구멍이 뚫려 있었다.

그녀는 이 두 개를 뽑고 말았다. 그렇게 40프랑을 몽페르메유로 보냈다. 하지만 그것은 돈을 갈취하기 위한 테나르디에의 수작이었다. 코제트는 속립열을 앓지 않았던 것이다.

팡틴은 거울을 창밖으로 집어 던졌다. 그녀는 벌써 오래전에 3층 방에서 나와 다락방에서 지내고 있었다. 천장에 경사가 져서 머리를 찧을 수밖에 없는 다락방이었다. 가난한 사람이 계속 밑바닥으로 추락하듯 그녀는 방으로 들어가기 위해 몸을 숙였다. 방에는 이제 침대도 없고 겨우 누더기 담요와 요, 그리고 걸상뿐이었다. 장미 화분은 말라비틀어진 지 오래였다. 한쪽 구석에는 물을 담은 버터 단지가 있었다. 겨울이면 단지가 얼어서 몇 번이나 물을 부은 얼음 자국이 보이곤 했다.

그녀는 이미 자존심을 버렸고 몸치장도 하지 않았다. 완전히 그녀의 인생은 꺼져 가고 있었다. 그녀는 밖에 나갈 때면 낡은 모자를 눌러썼다. 속옷을 기워 입는 것도 잊어서 구두 속 양말은 다 해져 있었다. 닳고 닳은 코르셋은 헌 무명 조각으로 겨우 기웠다. 빚쟁이들은 하루가 멀다 하고 그녀를 찾아와 괴롭혔다. 그들은 길에서건 층계에서건 그녀를 붙들고 늘어졌다. 그녀는 날마다 울면서 뜬눈으로 날을 지새웠다. 왼쪽 어깨는 늘 욱신거렸다. 기침도 나날이 심해졌다.

그녀는 마들렌 씨를 증오했지만 대놓고 욕하는 일은 없었다. 열일곱 시간씩 바느질을 해서 굶지는 않았지만 형무소에서 여죄수들에게 헐값에 일을 몰아주면서 삯은 떨어졌다. 그래서 수입은 하루에 9수로 줄었다. 하루에 17시간씩을 매달려 겨우 9수를 받았던 것이다. 빚쟁이들은 더 악랄해졌다. 모든 가구를 도로 가져간 고물상은 그녀를 찾아와 욕설을 했다.

"이 더러운 창녀야! 당장 내 돈 갚지 못해!"

그녀는 어떻게 해야 하는가? 도저히 빠져나갈 구멍이 없었다. 그녀의 마음속에는 들짐승 같은 본능이 차츰 커져 가고 있었다.

그 무렵, 테나르디에의 새로운 편지가 도착했다. 이제까지는 너그럽게 봐주었으나 도저히 살림을 지탱할 수 없으니 100프랑을 부쳐라. 그렇지 않으면 죽을병에서 겨우 살아난 코제트를 엄동설한에 거리로 쫓을 수밖에 없다. 남의 딸이 어떻게 되든 우리는 책임 못 진다. 죽거나 살거나 우리도 이젠 방법이 없다. 이런 식의 내용이었다. '100프랑이라고?' 팡틴은

생각했다. '하루에 100수씩을 벌려면 어떻게 해야 하는가?'

"그래, 나를 모두 팔아 버리는 수밖에."

그녀는 말했다.

그 불행한 여인은 창녀가 되었다.

그리스도, 우리를 구하다

팡틴의 이야기를 우리는 어떻게 이해해야 하는가?

사회가 여자 노예를 사들였다.

누구에게서?

가난과 굶주림, 추위와 고독, 버림받음과 곤궁함에게서. 얼마나 비극적인 거래인가? 빵 한 조각과 영혼의 교환. 빈곤은 자신을 내놓고 사회는 그것을 산다.

예수 그리스도의 법은 우리를 지배한다. 그러나 법은 문명의 내부까지 다스리지 못했다. 유럽에서 노예제도가 사라졌다고 말하지만 그건 끝나지 않았다. 노예제도는 계속 존재한다. 그리고 불쌍한 여성들은 더 고통받는다. 매춘이라는 탈을 쓰고서.

매춘은 여성을 짓밟는다. 은총과 아름다움과 모성을 빼앗는다. 매춘은 남성들에게 치욕이다.

앞서 이야기한 것처럼 팡틴은 예전의 모습을 잃었다. 그녀는 진창 속을 구르며 멍청하고 싸늘하게 살아갔다. 그녀의 몸뚱이는 얼어붙을 듯 차가웠다. 그녀는 거리를 누비며 사내를 찾아 헤맸지만 그가 누구인지는 몰랐다. 그녀는 비참함과 냉혹함의 화신이 되었다. 한 인생과 사회질서는 그녀에게 작별을 고했다.

그녀는 모든 불행을 다 겪었다. 모든 것을 뼈저리게 느끼고 감내하고 겪고 괴로워하고 상실하고 포기하며 울고 또 울었다. 죽음과 잠이 비슷한 것처럼 그녀는 주변의 모든 것에 무관심하게 굴면서 다 포기해 버리고 말았다. 그녀는 어떤 일도 두려워하지 않았다. 운명의 그늘이 그녀를 뒤덮어도 어떤 파도가 몰아쳐도 그녀는 물러서지 않았다. 그런들 아무 상관없었다. 그녀는 이미 차디찬 바닷물에 떠 있었던 것이다.

그녀는 그렇게 생각했다. 그러나 모든 운명의 시련을 겪었다고 생각한 것은 잘못이었다.

아! 대체 그 가련한 영혼의 운명은 어디까지 흘러갈 것인가? 대체 왜 그렇게 되어야 했던가?

그것은 아는 이는 암흑 속을 볼 수 있는 단 한 사람뿐이다.

유일하신 분, 바로 예수 그리스도.

바마타부아 씨의 장난

어느 마을에나 또 몽트뢰유쉬르메르도 마찬가지로 어떤 무리에 속하는 젊은이들은 파리에서 해마다 20만 프랑을 쓰는 수준으로 시골에서 1500프랑을 써 댄다. 그들은 그야말로 중성 족속으로, 무능력한 쓰레기들이다. 약간의 땅과 게으름과 유머를 갖고 있는 이들은 사교계의 살롱에 가면 촌뜨기 취급을 받겠지만, 목로주점에서는 신사처럼 행동한다. 그들은 '내 목장에서는, 내 땅에서는, 내 소작인은' 하면서 떠들며 자신의 취향을 드러내기 위해서 여배우에게 능청을 떨고, 무술을 보여 준답시고 장교들과 싸움을 하고, 사냥을 다니고, 담배를 피우고, 하품을 해 대고, 술을 마시고, 코담배를 맡고, 당구를 치고, 승합마차에서 내리는 아가씨를 쳐다보고, 카페에서 하루를 보내고, 여관에 가서 저녁을 먹고, 개를 끌고 다니며, 정부를 불러 식사를 사고, 1수를 아까워하면서, 부인을 욕하고, 비극을 그리워하고, 장화가 닳도록 돌아다니며, 파리에서 런던 인인 척하고, 퐁타무송으로 파리 냄새를 풍기려 하고, 늙어 가면서 점점 멍청해지고, 일이라고는 도무지 하지 않고, 하는 일은 없지만 크게 해를 입히지도 않았다.

펠릭스 톨로미에스 같은 자도 파리에 오지 않고 시골에서만 평생을 살았다면 그런 작자가 되었을 것이다. 그들이 더 부유했다면 아마 괜찮은 사람들이라는 소리를 들었을지도 모른다. 그러나 더 가난했다면 온갖 무시를 당했을 것이다. 그들은 한심한 한량이었다. 놀고먹는 사람 중에는 귀찮은 사람도, 몽상가도, 권태로운 사람도, 괴상한 사람도 있다.

그즈음 멋진 사내라면 높은 칼라에 큰 넥타이를 매고, 장식이 치렁치렁 달린 회중시계를 차고, 안감이 빨간 푸른색 조끼를 입고, 허리가 긴 녹색 연미복에 은단추를 달고, 엷은 녹색 빛 바지 옆에 줄을 달았다. 그 줄은 아무리 많아도 열한 개를 넘기지 않았다. 거기에다 뒤축에 징 박은 신발에 테가 좁고 고가 높은 모자를 쓰고 머리를 기르고 굵은 지팡이를 들고 다니며 포티에의 술집에 앉아 유행하는 말을 지껄였다. 그들은 콧수염을 기르고 박차(拍車)를 달았는데, 콧수염은 부르주아의 상징이었고 박차는 걸어 다니는 사람이라면 다 달았다. 시골의 얼간이들은 유난히 긴 박차를 달고 콧수염을 경쟁하듯 길렀다.

마침 남미의 공화국들과 스페인이 전쟁을 벌이던 때였는데, 볼리바르와 모릴로는 생사를 걸고 싸우고 있었다. 챙이 좁은 모자를 쓰면 왕당파인 모릴로파라고 불리고, 자유주의자들은 챙이 넓은 모자를 쓰고서 볼리바르파를 표방했다.

그런데 앞서 말한 일들이 있은 지 여덟 달에서 일 년이 지난 1823년 1월, 도시가 눈에 덮인 어느 저녁, 닳고 닳은 쓰레기이자 모릴로파인 모자를

244

쓴 한 사내가 멋 부린 듯 커다란 망토를 쓰고는 장교들이 주로 가는 카페의 유리 창문 앞에서 한 여자를 희롱하고 있었다. 여자는 머리에 꽃을 꽂고 야회복을 입은 차림이었다. 사나이는 그즈음의 유행을 좇아 여송연을 피우고 있었다.

여자가 길을 걸을 때마다 그는 담배 연기를 내뿜으며 농담을 던졌다. 그는 무척이나 즐거운 듯 말을 툭툭 내뱉었다. "추하게 생겨 가지고는." "얼른 꺼져 버려라." "이 빠진 고양이 신세야." 그런 말들이었다.

여자는 화장을 진하게 하고, 어깨를 축 늘어뜨리고서 유령처럼 눈 위를 걸어갔다. 그녀는 아무 말도 하지 않고 사내를 쳐다보지도 않았다. 그러고는 왔다 갔다 하다 다시 그 자리로 되돌아와 사내의 욕을 그대로 들었다. 아무리 해 대도 반응이 없자 사내는 화가 치민 모양이었다. 그는 여자가 저쪽을 향해 발걸음을 돌렸을 때 슬쩍 다가가 눈 한 주먹을 쥐고서 여자의 목덜미에 내리쳤다. 여자는 괴성을 지르며 돌아서서 사내에게 달려들어 얼굴을 할퀴면서 욕지거리를 날렸다. 브랜디를 마셔서인지 거친 목소리가 괴이한 입속에서 흘러나왔다. 그녀는 앞니가 없었던 것이다. 불쌍한 팡틴!

카페에서 장교들이 우르르 나왔고, 길 가던 사람도 자리에 모여들었다. 그 속에서 두 사람이 눈밭을 뒹굴며 몸싸움을 하고 있었다. 사내는 모자가 벗겨진 채 뒤뚱대고, 여자는 분노에 치민 괴물의 형상으로 괴성을 지르며 사내를 주먹으로 쳤다.

키 큰 사내가 사람들 속에서 튀어나와 여자를 부축했다.

"일어나시오."

여자는 고개를 들었다. 그녀의 음성이 뚝 끊겼다. 눈은 흐려지고 얼굴은 파랗게 질린 채 온몸이 공포로 떨렸다. 여자는 자베르를 알아보았다.

얼간이는 서둘러 그 자리를 떴다.

몇 가지 경찰 문제의 해결

자베르는 구경꾼들을 물러가게 하고 그 불쌍한 여자를 데리고 광장 끝에 자리한 경찰서로 갔다. 그녀는 잠자코 시키는 대로 따랐다. 두 사람 다 아무 말도 하지 않았다. 수많은 사람들이 재미있는 구경거리를 놓친 게 아쉬워 그들을 뒤따라갔다. 비참함은 끝내 더러운 희롱거리가 되었다.

경찰서는 천장이 매우 낮았는데 난롯불이 타오르고 당직자가 한 명 있었으며 창살 달린 유리문이 길 쪽으로 나 있었다. 자베르는 팡틴을 안으로 들여보내곤 문을 닫아 버렸고 사람들은 실망해서 경찰서 유리문에 달라붙어 안을 엿보려 들었다. 그릇된 호기심은 얼마나 추잡한가? 보고자 하는 사람의 욕심은 추한 본능일 뿐이다.

팡틴은 방구석에 털썩 주저앉아서 고개를 숙였다.

당직 반장이 초를 가져와 테이블 위에 두었다. 자베르는 자기 자리에 앉고는 서랍에서 관인이 찍힌 종이를 꺼내 무언가를 작성하기 시작했다.

이런 여자들이 있으면 경찰이 나서서 해결했다. 경찰은 여자들을 마음대로 심문하고 처벌하면서 여자들에게 변명의 기회조차 주지 않았다.

자베르는 무척 근엄한 표정이었다. 그의 얼굴에는 특유의 고지식함 외에는 아무 표정도 없었다. 그러나 마음은 바쁘게 움직였다. 그는 이 일을 신중하고도 말끔히 처리할 생각이었다. 마치 자신이 경찰서가 아니라 재판관석에 앉아 있는 것 같은 기분이 들었다. 그는 지금 재판을 앞두고 있었다. 그는 죄를 선고할 것이다. 그는 온 신경을 기울여 사건에 집중했다.

그는 매춘부의 행위에 혐오를 느꼈다. 명백한 범죄였다. 선거권을 가진 평범한 신사가 인간 이하의 계집에게 욕을 먹고 공격당한 것이다. 매춘부가 시민에게 해를 끼치다니! 자베르는 그 광경을 분명히 보았다. 그는 부지런히 펜을 움직였다.

그러고 나서 서명한 종이를 반으로 접어 당직 반장에게 주었다.

"이 여자를 감옥에 집어넣어."

그리고 팡틴 쪽으로 고개를 돌리며 말했다.

"너는 여섯 달 동안 감옥에 있어야 해."

불쌍한 여자가 몸을 떨었다.

"여섯 달이라고요? 감옥에서 여섯 달이나요?"

그녀가 울부짖었다.

"하루에 7수밖에 벌지 못하는데, 갇히면 우리 불쌍한 코제트는 어떻게 하라고요! 내 딸! 내 딸 때문에 안 돼요. 나는 테나르디에에게 100프랑이나 빚을 지고 있어요. 경위님, 제발 이렇게 부탁드리겠어요."

그녀는 두 손을 모으고 흙더미로 진창이 된 바닥을 기었다.

"자베르 님, 나를 용서해 주세요. 나는 나쁜 짓을 벌이려고 하지 않았어요. 처음부터 보지 못했잖아요. 하느님께 맹세할 수 있어요. 내 잘못이 아니라고요. 모르는 사람이 내게 시비를 걸며 내 등에 눈덩이를 던졌어요. 아무런 잘못도 끼치지 않고 조용히 걸어가는 사람에게 눈덩이를 던졌다고요. 화가 치밀어 올랐어요. 나는 보시다시피 몸도 이 지경이에요. 그런데 못생겼다느니 이 빠진 고양이라느니 하면서 나를 놀려 댔어요. 그래요, 난 이가 빠졌어요. 하지만 가만히 참고 있었어요. 그랬더니 그 사람이 결국은 눈덩이를 던졌어요.

자애로운 자베르 경위님, 누군가 처음부터 목격한 사람이 없을까요? 물론 화를 낸 건 잘못이에요. 하지만 그럴 수밖에 없었답니다. 제 욱하는 성격 탓이었겠지요. 무방비 상태로 눈덩이를 맞고는 이성을 잃었답니다.

그 사람의 모자를 패대기친 건 잘못했습니다. 그분은 도망가 버렸지요. 여기 계시다면 그 일에 대해 용서를 구할 텐데요. 하느님! 나는 그에게 용서를 빌고 싶습니다. 제발 나를 용서해 주세요. 자베르 님. 형무소에 들어가면 7수밖에 벌지 못해요. 저는 빚이 100프랑이나 된답니다. 그걸 갚지 못하면 딸아이가 엄동설한에 쫓겨나요.

하느님! 나는 아이를 데리고 살 수가 없어요. 성모마리아의 작은 천사인 우리 아이를 도와주세요. 우리 코제트! 성모마리아의 어린 천사! 그 아이는 어떻게 해요! 내 말을 들어 보세요. 딸아이를 대신 키워 주는 여인숙 주인 테나르디에는 시골 사람인데 이해심이라곤 눈곱만큼도 없는 사람이에요. 돈에 환장한 사람이지요. 날 감옥에 넣지 말아 주세요. 그들은 아이를 쫓아 버리고 말 거예요.

자베르 님, 내 딸이 불쌍하지도 않으세요? 좀 더 자랐다면 자기 힘으로 먹고살 수 있겠지만, 지금 그 애는 너무 어려요. 나는 나쁜 여자가 아닙니다. 쉽게 놀고먹으려는 사람이 아니에요. 브랜디를 좀 마신 건 괴로움 때문이었어요. 그저 고통을 잊기 위해 좋아하지도 않는 술을 들이켰습니다. 내가 이 지경까지 내몰리기 전에 내 옷장을 보았다면 나를 다르게 보았을 거예요. 속옷도 단정히 갖추고 살던 여자였답니다. 나를 불쌍히 여겨 주세요. 자베르 님이시여!"

팡틴은 눈물범벅이 되어 울부짖으면서 몸을 부들부들 떨었다. 모은 두 손은 비틀리고 가슴은 훤히 드러난 채 마른기침을 하면서 열을 올렸다. 고통이란 음울한 빛에 싸인 한 영혼의 진실한 모습을 비춰 준다. 팡틴에게서 예전의 아름다웠던 모습이 드러났다. 그녀는 말을 멈추고서 경찰관의 프록코트 자락에 입을 맞추었다. 돌덩이 같은 마음이었다면 따뜻해졌을 것이다. 그러나 나무토막 같은 마음은 조금도 변하지 않았다.

자베르는 말했다.

"네 얘기는 잘 들었다. 그것뿐이냐? 어서 감옥에 가라. 여섯 달 징역이니, 하느님이 나서도 도와주시지 못한다."

그 말을 들은 팡틴은 모든 것을 포기했다. 그녀는 이렇게 말하며 쓰러졌다.

"내게 자비를 베풀어 주세요."

자베르는 고개를 돌렸다.

헌병들이 그녀를 붙들었다.

한 사내가 아까부터 방 안에 들어와 있었지만 아무도 알아채지 못하고 있었다. 그는 조용히 문을 닫고 문에 기대서 팡틴의 울부짖음을 모두 들었다.

꿈쩍도 하지 않는 그 여자를 헌병들이 잡자 그가 입을 열었다.

"잠깐만."

자베르는 마들렌 씨의 얼굴을 보고 깜짝 놀랐다. 그는 모자를 벗고는 멋쩍은 듯 차갑게 인사를 했다.

"오셨습니까? 시장님."

그 말에서 팡틴은 큰 충격을 받았다. 그녀는 무덤을 뚫고 나온 유령처럼 벌떡 서더니 두 팔로 헌병들을 밀치고 마들렌 씨 앞으로 뚜벅뚜벅 걸어가 그를 쏘아보며 소리쳤다.

"그래, 네가 바로 시장 놈이구나!"

그리고 갑자기 큰 소리로 웃고는 그의 얼굴에 침을 뱉었다.

마들렌 씨는 얼굴을 닦으며 말했다.

"자베르 경위, 이 여자를 석방해 주세요."

자베르는 혼란에 빠졌다. 지금껏 느껴 본 적 없는 감정들이 소용돌이치며 한데 섞였다. 매춘부가 시장의 얼굴에 침을 뱉었다. 이런 일은 감히 일어날 수 없는 일이었다. 상상만 해도 소름이 끼쳤다. 대체 이 여자는 어떤 여자인가? 그리고 시장은? 이 둘 사이에 무슨 관계가 있는가? 그는 생각에 잠겼다. 침을 뱉는다는 불경한 행위에는 어떤 단순한 것이 끼어들어 있을 것 같았다. 그런데 그는 시장이 얼굴을 닦고는 여자를 풀어 주라고 하자 허탈해졌다. 머릿속이 텅 빈 듯했다. 엄청난 충격이었다. 그는 한동안 말을 잇지 못했다.

팡틴 역시 마찬가지였다. 그녀는 맨살이 드러난 팔을 들고서 연통의 구멍 마개를 잡았다. 그리고 주위를 둘러보고는 중얼거리기 시작했다.

"석방? 내가 여섯 달 동안 징역을 살지 않아도 되는 건가? 하하하. 대체 누가 그런 말을 했지? 아무도 그런 말을 할 만한 사람이 없는데. 잘못 들은 게 분명하군. 이 시장 놈이 그랬을 리는 없어. 자베르 님께서 한 말이었나요? 나를 석방하라고요? 그래요. 내 말을 들어 봐요. 그럼 나를 용서해 주시겠죠? 나쁜 사람을 꼽자면 바로 저 시장 놈을 빼놓을 수가 없죠. 모든 게 다 저놈 탓이니까요.

자베르 님, 저 사람이 날 해고했어요. 작업장에서 헛소리를 해 대던 여자들의 꼬임에 넘어가서요. 세상에 이렇게 억울한 일이 어디 있겠어요? 순진하게 일만 열심히 하는 여자를 내쫓다니요. 나는 그 뒤로 일거리를 찾지 못해 이렇게 망가졌어요. 경찰의 여러 어른들이 해 주실 일이 있어요. 형무소의 작업 중개인이 가난한 사람들에게 손해를 입혀서는 안 돼요. 말하자면 이렇답니다. 바느질을 해서 나는 하루에 12수씩을 벌었어요. 그런데 형무소의 죄인들이 하청을 맡아서 내 품삯은 9수로 떨어졌어요. 살 길이 더 막막해졌지요. 그래서 먹고살 수 있는 일이라면 뭐든지 했어요. 게다가 나한테는 코제트가 있어요. 그러니 나는 어쩔 수 없이 나쁜 여자가 된 거예요. 아시겠어요? 내가 이런 나쁜 일에 빠진 게 전부 다 시장 때문이라는 것을요.

나는 장교들이 다니는 카페 앞에서 그의 모자를 던졌지요. 하지만 그는 눈덩이로 내 드레스를 망쳐 놓았어요. 나 같은 여자는 밤에 돈을 벌 때 입을 비단 드레스가 한 벌밖에 없어요. 나는 나쁜 짓을 하려던 게 아니에요, 자베르 님. 나보다 훨씬 나쁜 여자들도 나보다는 잘살고 있어요. 자베르 님. 나를 석방하라고 했지요? 잘 조사해 보시면 알 거예요. 우리 집주인에게 물어봐도 좋아요. 이제 방세도 다 갚았으니까요. 누구든 내가 정직하다는 걸 알아요. 어머! 제가 난로 구멍을 막았네요. 그래서 연기가 나는군요. 용서하세요."

마들렌 씨는 잠자코 그녀의 말을 듣고 있었다. 그녀가 떠들어 대는 동안 그는 조끼 안에서 지갑을 꺼내 열었다. 그런데 돈이 없었다. 그는 지갑을 다시 넣고 팡틴에게 말했다.

"빚이 모두 얼마요?"

자베르 쪽만 보고 열심히 말하던 팡틴이 그를 돌아보았다.

"너하고는 말 안 섞어."

그리고 헌병들에게 말했다.

"모두 알죠? 내가 이 시장 놈한테 침 뱉는 것을요. 이 악랄한 놈! 날 겁주려고 왔나 본데, 난 너 따위에 떨지 않아. 내가 무서워하는 건 자베르 님이야. 나는 자애로운 자베르 님을 두려워할 뿐이야!"

그러면서 그녀는 자베르를 바라보았다.

"경위님, 모든 일은 공정하게 돌아가야 해요. 나는 경위님이 공정하다는 것을 안답니다. 아주 간단한 문제였어요. 한 사내가 여자에게 장난을 치다가 혼자 화를 내면서 눈을 던졌어요. 그래서 사람들을 좀 웃게 만들었고요. 사람들은 무슨 일만 생기면 몰려가서 웃는 걸 좋아하죠. 나 같은 여자를 장난감처럼 여기니까요. 그때 경위님이 오신 거예요. 당신은 사회질서를 바로잡는 분이죠. 그러니 내게 책임을 물으려 한 거고 날 여기로 데리고 왔죠.

하지만 당신은 상황을 제대로 알고 난 뒤 나를 풀어 주라고 한 거예요. 어린 딸 때문이죠. 그래요, 형무소에 여섯 달이나 들어가 있으면 내 딸은 쫓겨나요. 그러니 이제 내게 그런 소동을 벌이지 말고 똑바로 살라고 하실 일만 남았어요. 알겠어요. 다시는 이런 일을 벌이지 않을 거예요. 자베르 님! 이제부터는 누가 어떤 일로 나를 괴롭히든 가만히 있을게요. 오늘은 그만 화를 참지 못했어요. 눈덩이를 던질 거라고는 상상도 못 했어요. 그리고 난 여기저기가 아프답니다. 기침도 심하고 배 속에 뭔가 큰 종양이 있어서 의사 선생님도 조심하라고 했어요. 믿지 못하겠으면 만져 봐요. 좋아요, 여기예요."

그녀는 더 이상 울지 않았다. 목소리는 나긋나긋해져 있었다. 그녀는 자베르의 큰 손바닥을 자신의 가슴 위에 올리고 밝게 웃었다.

그녀는 옷매무새를 바로잡고 드레스 자락을 정리하고는 문 쪽으로 가서 헌병들에게 정답게 인사를 했다.

"안녕히 계세요. 저는 경위님이 보내 주셨으니 이만 갑니다."

그녀는 손잡이를 잡았다. 이제 한 걸음만 더 가면 경찰서를 벗어난다.

자베르는 그 자리에 선 채 잠자코 있었다. 마치 어딘가로 옮겨지기를 원하는 조각상처럼.

막상 손잡이 돌리는 소리를 듣자 그는 정신을 차렸다. 그러고는 마치 최고 권력자 같은 표정을 지었다. 그것은 악에 받친 표정이었다. 짐승이 지을 법한 잔인한 표정이 자베르의 얼굴에서 잔혹하게 드러났다.

그가 소리쳤다.

"경관! 저 계집을 붙잡아. 누가 나가라고 했나!"

"내가 그랬소."

마들렌이 말했다.

팡틴은 자베르의 말에 위축이 되었다. 그리고 도둑이 훔친 물건을 내놓듯 스르르 손잡이를 놓았다. 마들렌의 말에 그녀는 뒤를 돌아보았다. 그때부터 그녀는 한마디도 하지 못하고서 두 사람의 대화를 듣고만 있었다.

시장이 팡틴을 석방하라는 권고를 내린 앞에서 자베르가 경관들을 나무란 것은 분명 예의에 어긋나는 일이었다. 시장이 엄연히 그 자리를 지키고 있다는 것을 그는 잊어버렸던 것일까? 아니면 어떤 권력자라도 그런 명령을 내리는 것은 적절하지 않으며 시장은 단순히 착각을 했다고 생각한 것일까? 아니면 두 시간 전에 시작된 이 소동 앞에서 그는 확고한 결정을 내리고서 말단 경관이 고관이 되고, 형사도 장관이 되고, 경관을 재판관으로 여긴 것일까? 그래서 이 위험한 사태 속에서 모든 질서와 사회정의를 자베르 자신이 지켜 내야 한다고 여긴 것일까?

아무튼 마들렌 씨가 "내가 그랬소."라고 말한 순간, 자베르 경위는 얼굴이 창백하게 질리고 입술은 파래지고 온몸을 떨면서 아래쪽으로 시선을 거뒀지만 여전히 뜻을 굽히지 않았다.

"시장님, 그건 안 되겠습니다."

"어째서 그렇소?"

마들렌 씨가 말했다.

"이 여자는 한 시민을 공격했습니다."

마들렌 씨는 침착하면서도 타이르는 말투로 말했다.

"자베르 경위, 내가 말해 보겠소. 당신은 좋은 사람이니 이해심 또한 갖추고 있겠지. 사건의 진상을 말해 주겠소. 당신이 이 여자를 체포할 때 나는 광장에 있었소. 그리고 남은 사람들에게서 자초지종을 들었소. 나쁜 쪽은 남자였고 체포되어야 할 사람도 그였소."

자베르는 대답했다.

"이 여자는 시장님 또한 모욕했습니다."

"그것은 나와의 문제요. 내가 모욕을 들은 것은 내가 감수하겠소. 그건 내가 처리하겠소."

"시장님, 죄송하게 생각합니다만, 시장님에 대한 저 여자의 모욕은 법과 질서에 대한 모욕이기도 합니다."

마들렌 씨는 대답했다.

"자베르 경위, 법의 근본에는 양심이 있소. 나는 이 여자의 이야기를 들었소. 그리고 어떻게 해야 할지도 알 것 같소."

"시장님, 저는 도대체 영문을 모르겠습니다."

"내 말에 따르면 되오."

"저는 제 의무를 따르겠습니다. 저 여자는 여섯 달 징역을 살아야 합니다."

마들렌 씨는 여전히 온화한 목소리로 말했다.

"이 여자를 가두어서는 안 되오."

그러자 자베르는 시장을 매서운 눈으로 쳐다보았다. 하지만 목소리만은 공손했다.

"시장님의 뜻을 거스르게 되어 송구합니다. 이런 일은 처음 겪는군요. 그러나 제가 직권을 이용하지 않았다는 것은 아시리라 믿습니다. 시장님의 그 말씀에 대해서 저는 그 시민의 입장에서 말하려 합니다. 저는 사건 현장에 있었습니다. 바마타부아 씨를 공격한 것은 이 여자입니다. 그는 선거권을 가졌고 광장 모퉁이의 발코니 딸린 석조 4층집을 가진 선량한 시민입니다. 그러한 사정도 함께 생각해야 하겠지요. 시장님, 이 일은 풍기 단속 차원에서 그냥 넘어갈 수 없습니다. 저는 이 여자, 팡틴을 구속할 겁니다."

그러자 마들렌 씨는 팔짱을 끼고 지금과는 다른 근엄한 어조로 말을 이었다.

"이 사건은 시내 경찰에 대한 사항으로 형사소송법 제9조, 제15조와 제66조의 조문에 의해 내가 판결권을 갖습니다. 나는 이 여자를 석방할 것을 명령하는 바이오."

자베르는 끝까지 저항했다.

"하지만 그것은……."

"만약 불법감금을 한다면 1799년 12월 13일자 법령 제81조에 따라서……."

"시장님, 감히 말씀드리자면……."

"그만두시오."

"그게……."

"이만 나가시오."

시장은 말했다.

자베르는 마치 러시아 병정처럼 서서 굳은 채로 가슴 한복판에 공격을 받았다. 그는 시장에게 예의를 갖춰 경례를 하고는 자리를 떴다.

팡틴은 물러서서 길을 비켜 주며 자베르가 나가는 것을 물끄러미 바라보았다.

그녀 역시 혼란에 빠져 있었다. 그녀는 자신이 두 권력자들의 싸움의 원인이 된 것을 보았다. 눈앞에서 생생한 모습으로 그들은 그녀의 자유와 생명, 영혼과 어린아이를 놓고 한판 싸움을 벌였다. 둘 중 한 명은 그를 깊은 어둠 속으로, 한 명은 광명 속으로 끌고 가려 했다. 걷잡을 수 없이 불어난 이 사태 속에서 그 두 권력자는 마치 거인처럼 느껴졌다. 한 사람은 악마처럼, 한 사람은 천사처럼 보였다. 결국 천사가 악마에게 승리했다.

그녀를 온통 감동시킨 것은 천사였다. 그녀가 그토록 증오했으며 그녀를 불행으로 몰아넣었던 바로 마들렌 시장이었다. 그녀가 침을 뱉고 모욕을 했던 자가 그녀를 구해 준 것이다. 그녀는 틀렸던 것일까? 이것을 어떻게 받아들여야 할까? 그녀는 아무것도 확신할 수 없었다.

그녀는 떨었다. 그리고 겁에 질린 얼굴로 마들렌 씨의 한 마디 한 마디에 귀 기울이면서 마음속에 타올랐던 증오가 차츰 신뢰와 애정으로 변해 가는 것을 느꼈다.

자베르가 나가자 마들렌 씨는 팡틴을 보고 애써 흥분을 누그러뜨리며 말했다.

"당신의 이야기는 잘 들었습니다. 하지만 나는 그동안 아무것도 모르고 있었소. 하지만 당신의 말이 진실임을 알 것 같습니다. 나는 당신이 내 공장의 직원이었고 쫓겨났다는 것을 정말 몰랐소. 왜 내게 찾아오지 않았소?

이렇게 하면 어떻겠소? 내가 당신의 빚을 대신 갚아 주겠소. 어린아이를 찾아올 수 있도록 돕겠소. 아니면 아이에게 갈 수 있게 해 주겠소. 여기든 파리든 원하는 곳에서 함께 사시오. 경비는 내가 대겠소. 일하기가 싫다면 당분간 쉬어도 좋소. 돈은 얼마든지 있소. 다시 행복을 되찾으면 모든 게 제자리로 돌아올 거요. 그리고 한 가지 더 말해 주겠소. 나는 단언할 수 있소. 물론 나는 당신의 말을 믿소. 그러니 당신은 더럽혀지지도 타락하지도 않았소. 당신은 하느님 앞에서 깨끗하오. 다만 불쌍한 영혼일 뿐이오."

불쌍한 팡틴은 더 이상 참을 수가 없었다. 코제트와 함께 살게 되다니! 이 고통에서 벗어날 수 있다니! 자유와 여유, 그리고 코제트와 함께 사는 행복한 삶! 인생의 벼랑 끝에서 이런 행운을 만나다니! 그녀는 자신에게 이야기를 하는 한 사람을 바라보며 "아! 아! 아!" 하면서 흐느낄 뿐이었다. 그녀는 다리에 힘이 풀려 마들렌 씨 앞에 주저앉았다. 마들렌 씨는 팡틴의 손을 잡고 입을 맞추었다.

그녀는 결국 정신을 잃고 쓰러졌다.

6. 자베르

안식의 시작

마들렌 씨는 그의 집에 있는 병실로 팡틴을 데려갔다. 수녀 간호사들이 팡틴을 침대에 눕혔다. 온몸에 열이 났다. 그녀는 밤중까지 헛소리를 거듭하다 겨우 잠들었다.

이튿날 정오쯤, 팡틴은 침대 바로 옆에서 나는 숨소리를 들었다. 커튼을 열어 보니 마들렌 씨가 자리에 서서 그녀의 머리 위쪽을 바라보았다. 마치 모든 연민과 괴로움에 휩싸여 기도를 하는 것처럼 보였다. 그녀가 머리 위를 보니 십자고상이 걸려 있었다.

그것을 계기로 팡틴의 눈에는 마들렌 씨가 남다르게 보였다. 그는 빛을 내뿜는 사람 같았다. 그는 기도를 드리고 있었다. 그녀는 그런 모습을 오래도록 바라보았다. 마침내 팡틴은 이렇게 말했다.

"뭘 하고 계시나요?"

마들렌 씨는 한 시간이 지나도록 서 있었던 것이다. 그는 팡틴이 깬 줄도 모르고 있다가 그녀의 손목을 잡고 맥을 짚어 보았다.

"이제 좀 괜찮소?"

"네, 오랜만에 푹 잠을 잤어요. 한결 나아진 것 같습니다."

그는 이윽고 이렇게 말했다.

"나는 하늘에 계신 순교자에게 기도하고 있었소."

그리고는 마음속으로 이렇게 말했다.

'수난받는 모든 이들을 위하여!'

마들렌 씨는 전날 밤과 이날 아침 내내 여자의 사정을 자세히 알아보았다. 그리고 모든 것을 알게 되었다. 팡틴의 신상부터 가여운 사연까지. 그는 말했다.

"가련한 어머니여, 당신은 모진 고생을 했더군요. 이제 슬퍼하지 마시오. 하느님은 당신 곁에 계신답니다. 인간은 고통을 통해 천사가 됩니다. 고통받았던 것은 인간의 죄가 아닙니다. 어떻게 해야 할 줄 몰라 헤매었던 것일 뿐이지요. 자, 당신은 지옥을 거쳤으니 이제 천국을 만나게 될 겁니다. 거기서부터 시작합시다."

그는 한숨을 내쉬었다. 그녀는 앞니 없는 숭고한 미소를 그에게 보냈다.

자베르는 늦은 밤 편지를 한 통 써서 이튿날 아침 몽트뢰유쉬르메르 우체국에 가서 직접 부쳤다. 그 편지는 파리의 경찰국장 비서 샤부이예에게 보내는 편지였다. 어제 경찰서에서 일어난 일은 이미 모두가 알고 있었으므로 우체국장이나 다른 사람들은 그가 사직서를 보냈다고 생각했다.

마들렌 씨는 테나르디에 부부에게 편지를 썼다. 팡틴은 그들에게 모두 120프랑의 빚이 있었다. 그는 300프랑을 보내서 빚을 제하고, 병든 어머니를 위하여 딸을 몽트뢰유쉬르메르로 데려오게 했다.

그러자 테나르디에가 발끈했다.

"말 같지도 않은 소리! 아이를 내놓으라고? 종달새가 젖소가 된 마당에. 그 어미가 어디서 부자를 꼬드겼나 보지?"

그는 아내에게 이렇게 말했다.

테나르디에는 500프랑이 넘는 영수증을 교묘하게 조작해서 답장에 덧붙였다. 300프랑이 조금 못 되는 영수증 두 개였다. 의사의 청구서와 약사의 청구서였는데, 그것은 사실 에포닌과 아젤마의 치료비였다. 코제트는 심하게 앓은 적이 없었던 것이다. 그는 슬쩍 이름을 고쳐 적었다. 그리고 '이 중 300프랑은 영수하였음.'이라고 썼다.

마들렌 씨는 다시 300프랑을 보내고 어서 코제트를 데려오라고 했다.

"못 내놔! 어림 반푼어치도 없는 소리!"

테나르디에가 말했다.

팡틴의 건강은 신통치 않았다. 그녀는 여전히 병실의 침대에게 신세를 지고 있었다.

수녀 간호사들은 이 여자를 처음 맡았을 때만 해도 그녀를 경계했다. 랭스의 대성당에 있는 부조를 본 사람이라면 누구나 정숙한 처녀들이 행실 나쁜 처녀들을 보며 찌푸리는 장면을 떠올릴 것이다. 불행한 여자에 대한 고귀한 여인의 경멸이란 여성의 존엄성에서 비롯된 뿌리 깊은 본능이다. 수녀들의 경멸은 종교의 영향으로 더욱 굳건했다. 하지만 얼마 지나지 않아 팡틴은 그런 수녀들의 마음을 녹였다. 그녀의 겸손한 태도와 나긋나긋한 말씨는 그녀 안에 숨어 있는 모성을 그대로 드러냈다. 어느 날, 수녀 간호사들은 팡틴이 열병에 시달리며 이렇게 중얼거리는 것을 들었다.

"나는 죄가 많아요. 하지만 내 아이를 돌려주신다면 주님께 용서를 받은 거겠죠. 내가 힘들고 나쁘게 살았을 때는 아이를 데려올 수가 없었어요. 하지만 내가 나쁜 길로 간 건 아이를 위해서였어요. 그러니 하느님은 용서해 줄 거예요. 코제트가 여기에 오면 나는 하느님의 은총을 느낄 거예요. 아이를 보면 내 몸도 나을 거예요. 아이는 아무것도 모르는 작은 천사예요. 수녀님, 그 나이의 아이들은 날개를 갖고 있답니다."

마들렌 씨는 매일 두 차례 그녀를 만나러 왔다. 그녀는 늘 똑같이 물었다.

"코제트를 정말 만날 수 있을까요?"

그는 대답했다.

"부디 내일 아침에 만날 수 있기를 나도 고대하고 있답니다."

그러면 어머니의 얼굴은 환히 밝아졌다.

"아, 정말 그렇게 된다면 얼마나 좋을까요."

좀처럼 나아지지 않는다고 말해 두었지만 사실 그녀의 건강은 나날이 악화되어 가고 있었다. 그녀를 강타한 눈덩이는 일순간 그녀의 몸을 얼어붙게 만들었고 오랫동안 잠복해 있던 병을 끌어냈던 것이다. 그즈음 폐병 치료의 권위자 라에네크의 연구가 점차 퍼져 나가고 있었다. 의사는 팡틴을 진찰하더니 표정이 일그러졌다.

마들렌 씨가 의사에게 물었다.

"좀 어떻습니까?"

"만나고 싶어 하는 아이가 있다면서요?"

"그렇습니다."

"서둘러야겠습니다."

마들렌 씨의 표정이 일순간 굳었다.

팡틴이 물었다.

"의사 선생님께서 뭐라고 하셨지요?"

마들렌 씨가 가까스로 미소를 지었다.

"아이를 빨리 데려오는 게 좋겠다고 했습니다. 그러면 병세가 금세 나을 거라고요."

"맞아요! 그런데 테나르디에는 왜 코제트를 빨리 보내 주지 않는 건가요? 어서 코제트를 만났으면! 꼭 그랬으면!"

그러나 테나르디에는 아이를 볼모로 갖은 수작을 부렸다. 코제트가 허약해서 겨울에 먼 길을 갈 수 없다는 둥, 계산해 보니 아직도 빚이 남아 있어 영수증을 정리하는 중이라는 둥 잔머리를 굴렸다.

마들렌 씨가 말했다.

"직접 코제트를 데려와야겠소. 내가 직접 가도 좋고."

그는 팡틴의 말을 편지에 그대로 받아 적고, 그녀의 서명을 받았다.

테나르디에 씨,

이분께 코제트를 보내 주세요.

남은 비용은 치러 드리겠습니다.

잘 부탁드립니다.

―팡틴

그러던 중 사건이 터졌다. 인생의 불가사의한 바윗덩이는 아무리 다듬으려고 해도 제대로 깎이지 않는다. 운명의 음침한 광맥이 나타났기 때문이다.

장이 상이 되는 이야기

마들렌 씨는 직접 몽페르메유로 가게 될 경우를 대비해 몇 가지 긴급한 일을 처리하기 위해 시청에 나갔다. 그때 자베르 경위가 면담을 요청했다. 마들렌 씨는 뭔가 불길한 느낌이 들었다. 경찰서에서 소동이 있은 뒤로 자베르는 마들렌 씨를 의도적으로 피했으며, 마들렌 씨도 자베르가 여간 껄끄러운 게 아니었다.

"들여보내시오."

마들렌 씨가 말했다.

자베르가 들어왔다.

마들렌 씨는 벽난로 옆에 앉아 펜을 들고, 도로 치안 위반에 관한 조서 서류에 무언가를 적고 있었다. 자베르가 들어왔지만, 그는 계속 일을 했다. 마들렌 씨는 팡틴의 일을 아는 이상 그에게 너그럽게 대할 수 없었다.

자베르는 등을 돌리고 있는 시장에게 예의를 차려 인사를 했다. 그러나 시장은 모르는 체하고서 서류만 들여다보고 있었다.

자베르는 방 안으로 들어와 조용히 멈춰 섰다.

만약 자베르의 관상을 읽을 줄 아는 사람이 있어서 문명의 유산인 이 야만인을, 로마인과 스파르타인과 수도사와 병사가 섞인 이 잡종을, 거짓말을 못하는 이 스파이를, 이 순수한 스파이를 오래도록 연구했다면, 마들렌 씨에 대한 끈질긴 반감과 팡틴에 얽힌 일화까지 알았다면, 그 관상가는 그에게 무슨 일이 생긴 건지 이해하지 못했을 것이다. 이 사내의 정직성과 명석한 두뇌, 진지하고 엄중하며 잔인한 본심을 안다면 자베르가 어떤 심경 변화를 겪었는지 이해할 수 있었을 것이다. 그런 마음이 자베르의 얼굴에 그대로 드러났다. 그는 충동적인 사람들이 그렇듯 자기 말을 잘 바꾸었다. 하지만 이처럼 변덕스러웠던 일은 없었다.

그는 어떤 원한도 의심도 없는 눈으로 마들렌 씨에게 인사를 하고 시장의 의자에서 몇 걸음 떨어진 곳에 가서 섰다. 그리고 예의바른 태도로, 또한 소박하고 냉정하고 고집스러운 태도로 서 있었다. 그는 아무 말도 하지 않았고 움직이지도 않았다. 그저 겸손하고 평안한 마음으로 시장이 쳐다봐 주기만을 기다렸다. 그는 무척 진지해 보였다. 모자를 들고 바닥에 시선을 두고서 마치 장교 앞에 선 병사나 재판을 앞둔 죄인을 한데 섞은 표정을 지었다. 그는 지금까지 생각했던 모든 것을 버린 뒤였다. 돌덩이처럼 단순하고 알 수 없는 그의 얼굴에는 잔잔한 우울함이 깃들어 있었다. 그는 온몸으로 굴욕과 자포자기에 대한 저항을 지탱하고 있었다.

잠시 뒤 시장이 펜을 내려놓고 반쯤 몸을 돌렸다.

"무슨 일이오, 자베르 경위?"

자베르는 아무 말도 하지 못하다가 솔직하고 진지한 목소리로 말했다.

"다름이 아니라, 어떤 범죄 행위가 일어난 것을 말씀드립니다."

"어떤 사건이오?"

"어느 하급 관리가 행정관을 모독했습니다. 그것을 보고드리려고 합니다."

"그 하급 관리는 누구요?"

마들렌 씨가 물었다.

"바로 접니다."

"당신 말이오?"

"맞습니다."

"그렇다면 행정관은?"

"시장님이십니다."

마들렌 씨는 자리에서 일어났다. 자베르는 계속 진지한 태도로 바닥에 시선을 둔 채 말을 이었다.

"시장님, 당국에 저의 파면을 청해 주십시오."

마들렌 씨가 당황해서 말을 꺼내려 할 때 자베르가 그것을 가로막았다.

"시장님께서는 만류하시겠지만 그러면 안 됩니다. 스스로 사직하는 것이니 수치스럽지 않습니다. 저는 실수를 저질렀으니 벌을 받는 게 마땅합니다. 당국에 의한 파면을 원합니다."

그는 잠시 뒤 다시 말을 이었다.

"시장님은 전에 제게 부당하게 근엄하셨지만, 오늘은 제게 근엄하고도 정당하게 해 주십시오."

마들렌 씨는 소리쳤다.

"무슨 소린지 알아들을 수가 없군. 대체 무슨 일이오? 무슨 실수를 했다는 거요? 내게 무슨 짓을 했단 말인지. 어떤 나쁜 짓을 했다는 건지 모르겠군. 그에 대한 벌로 면직 처분을 내려 달라니."

"파면시켜 주십시오."

자베르는 말했다.

"파면? 정말이지 뜬금없군. 정당한 이유를 모르겠소."

"그에 대해 설명하겠습니다. 시장님."

자베르는 한숨을 내쉬더니 여전히 차갑고 무뚝뚝한 말투로 말했다.

"그러니까 6주 전에 그 여자의 사건이 벌어지고 나서, 저는 시장님을 고발했습니다."

"고발이라니!"

"파리의 경찰국에."

자베르처럼 평소 웃을 일이 없던 마들렌 씨가 웃음을 터뜨렸다.

"시장이 경찰권을 침해했다는 죄로?"

"수배 중인 전과자로서 말입니다."

시장은 낯빛이 바뀌었다.

자베르는 시선을 바꾸지 않고 말을 이었다.

"저는 그렇게 판단했습니다. 오래전부터 수사해 왔지요. 시장님이 파브롤에 조회하신 친척이나 괴력적인 체력, 포슐르방 노인 사건, 시장님의 사격 솜씨, 좀 저는 다리, 그 밖의 다른 것들에서 유사점을 찾았던 것입니다. 저는 시장님이 장 발장이라고 생각했습니다."

"뭐…… 뭐라고 했소? 그 이름이?"

"장 발장입니다. 20년 전 툴롱에서 간수보로 일한 적이 있습니다. 그때 장 발장을 보았지요. 그는 탈옥하자마자 어느 주교의 집에 들어가 물건을 훔치고, 사부아 소년을 위협해 무언가를 탈취했다고 합니다. 그 후로 8년간 자취를 감추었지만, 저는 수사를 계속 진행했지요. 그리고 결국은 일을 냈습니다. 분노가 치민 나머지 시장님을 경찰국에 고발했습니다."

마들렌 씨는 서류를 다시 들고는 무신경하게 말했다.

"어떤 답변이 내려왔소?"

"억측이라는 겁니다."

"또 다른 건?"

"그 답변은 옳았습니다."

"그것참 잘됐군. 당신의 오해가 풀렸다는 게."

"인정할 수밖에 없었습니다. 진짜 장 발장이 붙잡혔으니까요."

마들렌 씨는 서류를 떨어뜨렸다. 그는 자베르를 쳐다보며 뭔가 부자연스러운 말투로 "아!" 하고 말했다.

자베르가 말을 이었다.

"그러니까 이렇게 된 겁니다. 아이르오클로셰 가까이에 샹마티외라는 노인이 있었습니다. 미천한 그에게 관심을 둔 사람은 아무도 없었지요. 그들이 어떻게 먹고사는지는 알 길이 없습니다. 그런데 작년 가을, 샹마티외 영감이 양조용 사과를 훔쳐서 붙잡혔습니다. 어느 집에서였는지 아무튼 그렇습니다. 담을 넘어서 나뭇가지를 꺾어 달아난 거지요. 그는 붙잡힐 당시까지 사과 나뭇가지를 붙들고 있었습니다. 그는 구금되었습니다. 거기까지 들어 보자면 경범죄에 속하지요."

그런데 하늘이 도왔나 봅니다. 그 구치소가 허물어져 가고 있어 예심 판사는 샹마티외를 아라스의 도립 형무소로 보내라고 했습니다. 아라스 형무소에는 브르베라는 죄수가 있었습니다. 그는 무슨 죄로 들어왔는지는 모르지만 교도소 생활을 모범적으로 해서 문지기를 했습니다. 시장님, 그런데 샹마티외가 들어가자마자 브르베가 외쳤지요. '너로구나. 장 발장!' '장 발장? 그게 누구지?' 샹마티외는 모르는 척했지요. 그러자 브르베는 '수작 부리지 마.'라고 비꼬았지요. '자네는 장 발장 아닌가! 툴롱 감옥에 있었잖나. 우리는 20년 전 거기에 함께 있었지.' 그러나 샹마티외는 부정했습니다. 그럴 수도 있겠지요.

조사는 시작되었습니다. 제게도 그 일이 보고되었습니다. 그래서 이 모든 게 밝혀졌습니다. 샹마티외는 30년 전에 파브롤을 비롯해 여기저기서 가지치기꾼을 했는데 어느 날 자취를 감췄답니다. 그는 오베르뉴에도 나타났다가 파리에 나타났는데, 거기서 목수를 하고 그의 딸은 세탁업을 했다지만 증거는 없습니다. 그 뒤로는 아까 말한 그 고장에 정착했습니다.

그런데 파브롤에 살다 자취를 감춘 가지치기꾼이라면 장 발장밖에는 없습니다. 장 발장의 세례명은 장이고, 어머니는 처녀 때 마티외라는 성을 썼습니다. 그는 감옥에서 나와서 장 마티외라는 사람으로 살았던 겁니다. 그러다 오베르뉴로 갔는데 그 지방에서는 장을 상이라고 부르니 그는 거기서 상마티외가 되었을 겁니다.

파브롤에 대해서도 조사를 했답니다. 장 발장의 가족은 남아 있지 않았습니다. 어디로 갔는지 아는 사람이 없었습니다. 온 가족이 자취를 감추는 건 흔하게 있는 일이지요. 찾아낼 방법은 없습니다. 또 30년 전의 일이라 장 발장을 아는 사람도 남아 있지 않았습니다. 툴롱에서 알아보니, 장 발장을 아는 죄수는 두 명뿐이었습니다. 무기징역수 코슈파유와 슈닐디외였습니다. 그 둘을 끌어내어 상마티외와 대면을 시켰습니다. 두 죄수들은 한눈에 장 발장을 알아보더군요. 나이도 54세로 같고, 키와 몸집도 같았습니다. 그가 바로 장 발장이었던 겁니다.

그때 마침 제 고발장이 파리 경찰국에 도착했고, 당국은 장 발장이 체포되어 아라스에 있다고 알려 주었습니다. 장 발장을 붙잡은 것으로 생각했던 저는 큰 충격을 받았습니다. 저는 예심 판사에게 편지를 보낸 뒤 불려갔다가 상마티외를 만났습니다."

"그리고?"

마들렌 씨가 말을 끊고 물었다.

자베르는 우울한 낯빛으로 말을 이었다.

"시장님, 사실이었습니다. 그는 장 발장이었습니다."

마들렌 씨가 물었다.

"그게 확실한가?"

자베르는 얼굴을 일그러뜨리며 대답했다.

"그렇습니다."

그는 테이블 위에 있는 톱밥 상자에서 습관처럼 톱밥을 조금 떠내며 생각에 잠겨 있다가 말을 이었다.

"장 발장을 직접 만나고 보니, 왜 제가 그런 생각을 가졌는지 저 자신을 이해할 수가 없었습니다. 시장님, 부디 용서를 구합니다."

6주일 전, 다른 경찰들 앞에서 "이만 나가시오!"라고 했던 사람을 향해 애처롭게 탄원하는 자베르는 누구보다 솔직했다. 그 자신도 어리둥절해질 지경이었다. 마들렌 씨는 대답을 미루면서 다시 물었다.

"그가 뭐라고 했습니까?"

"시장님, 사건은 단순하지 않습니다. 그가 장 발장이라면 재범이라는 건데, 담을 넘지 않고 가지를 꺾어 사과를 훔쳤다면 경범죄이지만 전과자에게는 중죄입니다. 무단 가택침입에 절도까지 따지자면 중죄 재판입니다. 며칠간의 구류가 아니라 무기징역을 살아야 하지요. 사부아 소년에 얽힌 사건도 있으니 죄는 더 커질 겁니다. 그러니 끝까지 부정하는 게 당연하지요.

장 발장이 아닌 다른 사람이면 몰라도 장 발장은 아주 교활한 놈입니다. 역시 그답다는 생각이 들더군요. 다른 자라면 분을 삭이지 못할 겁니다. 불 위의 냄비처럼 열을 내며 장 발장이 아니라며 아우성을 치겠지요.

하지만 그는 차분하게 말했습니다.

'나는 샹마티외요. 그것밖에 할 말이 없소.'

그는 모자란 듯 연기를 하더군요. 여간 능글맞은 자가 아닙니다. 대단한 놈이지요. 하지만 증거는 충분했습니다. 증언자도 넷이나 되니 그놈은 유죄판결을 받을 겁니다. 지금 아라스의 중죄 재판소에 회부돼 있습니다. 저도 소환을 받아 증인으로 참석할 겁니다."

마들렌 씨는 다시 서류를 집어 들었다. 그리고 매우 바쁜 듯 상세히 살펴보고 적어 넣으면서 종이를 넘겼다. 그러더니 자베르를 보고 말했다.

"알겠습니다. 자베르. 어떤 이야기인지 잘 들었지만 나와는 상관없으니 시간 낭비일 뿐이오. 그리고 나는 지금 보다시피 매우 바쁘오. 그러니 당신은 지금 바로 생솔브 거리로 가서 채소 상인 뷔조피 아주머니에게 짐 마차꾼 피에르 셰를롱을 고발하라고 하시오. 그는 아주 난폭한 놈으로 그 아주머니와 아이를 치어 죽일 뻔했소. 마땅히 처벌해야 옳소. 그리고 난 뒤에는 몽트르드샹피니 거리의 샤르슬레 씨를 찾아가시오. 옆집에서 물이 새 자기 집 토방이 썩어 들어가고 있다고 하오. 또 기부르 거리의 도리스 미망인과 가로블랑 거리의 르네 르 보세 부인에게 가서 경찰법을 위반한 일이 있는지 알아보고 조서를 써 주시오. 너무 많은 일을 맡겼군. 아까 어디를 다녀와야 한다고 했던가? 아라스? 일주일이나 열흘 뒤에?"

"더 빨리 갑니다. 시장님."

"언제 갑니까?"

"재판은 내일입니다. 저는 오늘 저녁 승합마차로 떠날 생각입니다."

마들렌 씨는 눈에 띄지는 않았지만 몸을 떨었다.

"판결은 언제 납니까?"

"하루 정도 걸리겠지요. 아마 내일 저녁에는 나올 겁니다. 하지만 전진술이 끝나는 대로 돌아올 생각입니다. 어차피 판결은 뻔할 테니까요."

"알겠소."

마들렌 씨는 대답했다.

그리고 자베르에게 나가라는 손짓을 보냈다.

하지만 자베르는 나가지 않았다.

"시장님."

그는 말했다.

"또 무엇 때문에 그러시오?"

마들렌 씨가 물었다.

"아직 남은 일이 있습니다만."

"뭐요?"

"제 파면 말입니다."

마들렌 씨가 일어섰다.

"자베르, 당신은 꽤 훌륭한 사람이오. 나는 당신을 존중하오. 당신은 자신의 과오를 지나치게 크게 생각하고 있소. 그것은 나와 얽힌 사소한 실수일 뿐이오. 당신은 앞으로 승진을 해야 할 사람이지 물러나야 할 사람이 아니오. 나는 당신이 남아 주기를 바라오."

자베르는 마들렌 씨를 바라보았다. 그 안에는 청렴하고도 엄격하고 선량한 그의 양심이 들어 있었다. 자베르가 말했다.

"시장님, 저는 그에 따를 수 없습니다."

"이미 말한 대로 그건 나와 얽힌 문제요."

"제가 실수에 대해 지나치게 생각한다고 하셨지만 그게 아닐 겁니다. 제 생각은 이렇습니다. 저는 시장님께 부당한 의심을 품었습니다. 거기까지는 문제가 아닐 겁니다. 의혹을 갖는 것은 저와 같은 일을 하는 사람들의 습성이니까요. 자신의 직권을 넘어서는 실수만 저지르지 않는다면요.

그렇지만 증거도 없이 복수를 목적으로 당신을 고발한 것은 돌이킬 수 없는 잘못입니다. 당신과 같이 훌륭하신 분을, 이 지역의 시장을, 고위 행정관을 말입니다. 경관에 불과한 자베르가 이 나라 정부와도 같은 분을 모욕한 겁니다. 제 부하가 제게 그런 짓을 벌였다면 저는 그를 파면했을 겁니다.

시장님, 조금만 더 말씀 올리겠습니다. 저는 지금까지 맡은 임무를 엄정하게 처리해 왔습니다. 저는 올바른 행동을 하려 애썼습니다. 그러나 제가 제 자신에게 엄정하지 않다면 지난날의 제 모든 행동은 퇴색되고 말 겁니다. 저는 저 자신을 남을 대하는 것보다 관대하게 대할 수 없습니다. 더러운 인간이 되고 싶지는 않습니다. 모두 뻔뻔하다고 욕을 하겠지요.

시장님, 저는 친절을 바라지 않습니다. 시장님이 다른 이들에게 친절을 베푸실 때 저는 그것을 비뚤어지게 바라보았습니다. 저는 그런 친절에 익숙하지 않습니다. 많은 시민 앞에서 매춘부의 편을 들거나 경관의 입장을 생각해 주시거나 부하를 감싸는 그런 친절 말입니다. 저는 그런 것들을 부정적으로 생각했습니다. 그런 친절 때문에 질서가 무너지는 거라고 생각하니까요. 친절은 쉽지만 공정하기란 어렵습니다.

만약 당신이 제가 의심했던 그 사람이 맞는다면 저는 시장님께 친절할 수 없었을 겁니다. 자베르의 본성을 드러냈겠지요. 시장님, 저는 남과 저를 똑같이 대우하려 합니다. 범인을 잡고 부랑아를 처벌할 때 저는 이렇게 다짐했습니다. '네가 이런 죄를 저질렀다면 너 또한 그 몫을 감당해야 할 것이다!' 하지만 저는 잘못을 저질렀습니다. 그러니 어서 저를 파면하고 내치십시오. 제게는 성한 몸이 있으니 노동이라도 하겠습니다. 시장님, 모범을 보이십시오. 저는 자베르 경위의 파면을 바랍니다."

이러한 모든 말에는 겸손과 의지, 절망과 신뢰가 덧붙여져 그를 더 위엄 있어 보이게 해 주었다.

"생각해 보겠소."

마들렌 씨가 말했다.

그리고 손을 내밀었다.

자베르는 뒷걸음질 쳤다.

"안 됩니다, 시장님. 밀정꾼과 악수를 하시다니요."

그는 나직이 덧붙였다.

"밀정이지요. 경찰의 직권을 함부로 썼으니 저는 밀정입니다."

그는 깍듯이 예의를 갖추어 경례를 하고 문 쪽으로 갔다.

문 앞에 선 그는 시장을 돌아보며 여전히 시선을 바닥에 둔 채 말했다.

"그럼, 후임자가 올 때까지 근무를 하겠습니다."

그는 방을 나갔다. 마들렌 씨는 복도를 지나는 그의 발걸음 소리가 차츰 작아지는 것을 들으며 깊은 생각에 잠겼다.

7. 샹마티외 사건

생플리스 수녀

다음의 이야기는 몽트뢰유쉬르메르 전역에 알려진 이야기는 아니다. 하지만 그 나름으로 시민들에게 깊은 감동을 주었으므로 이 책에 적지 않는다면 오류로 남을 것이다. 내용을 자세하게 적으면 독자들은 그것을 사실로서 믿기 힘들지 모르나 사실을 밝히자는 뜻에서 그대로 쓰기로 하겠다.

자베르가 왔던 날 오후, 마들렌 씨는 평소처럼 팡틴에게 병문안을 갔다. 그는 잠시 짬을 내어 생플리스 수녀를 먼저 만났다. 병실의 두 수녀는 모든 자선 간호사들이 그렇듯 라자로회 수녀들로 한 명은 페르페튀 수녀, 다른 한 명은 생플리스 수녀라고 불렸다.

페르페튀 수녀는 친근한 인상의 시골 수녀로 마치 직업적인 일을 하듯이 드세고 품위 없는 자선 간호사였다. 수녀였지만 하는 일은 요리사와 비슷했다. 그런 경우는 많고 많았다. 수도회는 시골의 진흙을 받아들여서 탁발 수도사나 동정 수녀로 쉽사리 키워 낸다. 그런 시골 사람들은 종교계에서도 하녀 일을 맡았다. 소몰이꾼이 카르멜회의 수도사가 되었다고 해도 이상한 일이 아니었다. 그것은 별로 힘든 일도 아니었다. 시골 사람의 무지함과 수도원의 무신경함에는 어떤 공통점이 있으니 이미 시작은 갖춰진 것이나 마찬가지다. 그러니 시골의 뜨내기도 수녀가 될 수 있는 것이다. 들어올 때 입은 복장을 좀 늘리면 수도복도 될 수 있다.

페르페튀 수녀는 퐁투아즈 근처의 마린 태생으로 이목구비가 크고, 시골 사투리를 쓰며, 성가를 부르고, 계속 웅얼대고, 환자의 신앙심이 깊은지 아닌지를 봐 가며 탕약 속 설탕량을 조절하고, 환자에게 퉁명스럽게 대하며, 굶주린 자들을 막 대하고, 그들의 얼굴에 하느님의 모습을 던지듯 굴며, 임종의 고통 앞에 무시무시한 기도를 해 대는, 사나우면서도 정직하고 얼굴이 붉은 여자였다.

생플리스 수녀는 피부가 백랍만큼 하얬다. 페르페튀 수녀와 비교하자면 그녀는 작은 양초 옆에 있는 큰 양초 같았다. 뱅상 드 폴은 봉사 정신과 자유의 합일을 주장하면서 자선 간호사의 모습을 이렇게 표현했다.

"수녀들의 수도원은 병원으로, 방은 셋방으로, 예배당은 성당으로, 회랑은 거리나 병원 대기실로, 담은 순명으로, 철문은 주님에 대한 믿음을, 수도복의 검은 베일은 겸손으로 갖추어야 하리라."

생플리스 수녀 안에는 이런 믿음이 있었다. 그녀의 나이를 아는 사람은 아무도 없었다. 청춘의 시절도 늙음도 그녀에게는 없을 것 같았다. 늘 차분하고 품위 있고 공정하고 거짓말이라고는 한 번도 해 본 적 없는 사람—굳이 여자라고 말하지는 않겠다.—이었다.

그녀는 무척 여위었으나 돌덩이보다 더 굳셌다. 그녀는 가늘고 아름다운 손가락으로 불쌍한 사람들을 돌보았다. 그녀의 말에는 고요함이 있었다. 그녀는 꼭 필요한 말만 했고, 참회실에서는 신앙심을 북돋우는 목소리를, 객실에서는 사람의 마음을 움직이는 매혹적인 목소리를 가졌다. 가는 허리는 굵은 모직 옷으로 가리고 늘 하느님을 생각했다. 특별히 더 기억할 점은 거짓말을 한 적이 없다는 것, 어떤 일에든 진실이 아닌 것을 말한 적이 없다는 것이었다. 생플리스 수녀는 그런 사람이었다. 그녀의 성품에는 그런 기질이 뿌리내리고 있었다. 그 사실은 온 수도회가 알고 있을 정도로 유명했다.

시카르 수도원장도 농아 마시외에게 쓴 편지에서 생플리스 수녀에 대한 이야기를 한 적이 있다. 아무리 순결하고 성실한 사람이라고 해도 누구나 자신의 정당함과 결백을 위해 작은 거짓말은 하고 산다. 그러나 그녀는 그렇게 하지 않았다. 작은 거짓말, 죄가 아닌 거짓말, 그게 가능한 말인가? 거짓말이라는 건 어떤 이유를 달든 나쁜 것이다. 거짓말을 조금 했을 뿐이라고 넘어갈 수는 없는 일이다. 작은 거짓말을 한 사람은 큰 거짓말을 한 사람과 같다. 거짓말을 하는 것은 악마와 같다. 사탄은 두 개의 이름을 가졌다. 하나는 사탄이고 또 다른 하나는 거짓말이다. 그녀는 그런 신념을 철저히 지켰다. 그녀의 순결함은 거기서 비롯됐으며 그 빛은 그녀의 표정에 깃들어 있었다. 미소도 눈부시고 눈초리도 아름다웠다. 그녀의 양심에는 거미줄 하나, 티끌 하나 없었다.

성 뱅상 드 폴 수도회에 들어갔을 때, 그녀는 생플리스라는 이름을 택했다. 시실리의 생플리스는 유명한 성녀로, 시라쿠사 태생이었다. 그녀는 태생지를 부인했으면 목숨을 부지할 수 있었지만 거짓말을 하지 않고 두 유방이 잘리는 것을 택했다. 그녀는 생플리스를 자신의 수호 성녀로 삼는 것이 그녀에게 잘 맞을 거라고 생각했던 것이다.

생플리스 수녀는 수도회에 적응하면서 두 가지 문제를 겪었다. 맛있는 음식을 밝히는 것과 편지 교환을 좋아하는 것이다. 그녀는 버릇을 고쳐 나갔다. 큰 활자로 적힌 라틴어 기도서 외에는 무엇도 읽지 않았다. 그녀는 비록 라틴어를 몰랐지만 내용은 잘 알고 있었다.

이 신성한 동정녀는 팡틴의 내면에 깃들어 있는 아름다움을 알고는 헌신적으로 그녀를 간호했다.

마들렌 씨는 생플리스 수녀에게 특별히 그녀를 잘 간호해 달라고 신신당부를 했다.

마들렌 씨는 다시 팡틴에게 갔다. 그녀는 아침 햇살을 기다리는 마음으로 매일 마들렌 씨를 기다렸다. 그녀는 수녀들에게도 이렇게 말했다.

"나는 시장님이 와 계시면 기분이 한결 나아져요. 살아 있는 느낌이랄까요?"

그날따라 그녀는 몹시 아팠다. 그녀가 마들렌 씨에게 물었다.

"코제트는요?"

시장은 미소를 지으며 대답했다.

"곧 올 겁니다."

마들렌 씨는 평소처럼 팡틴을 대했다. 그리고 특별히 30분을 더 할애해서 한 시간 동안 말벗이 되어 주었다. 팡틴은 무척 기뻐했다. 그는 사람들에게 환자를 잘 보살펴 달라고 특별히 부탁했다. 그는 문득 얼굴이 일그러지는 것 같았다. 의사가 귓속말로 "병세가 아주 심각합니다."라고 말해서 그랬을까.

그는 시청으로 돌아갔다. 사환은 시장이 집무실에 걸려 있는 프랑스 지도를 유심히 들여다보는 것을 목격했다. 시장은 종이에다 연필로 무언가를 적어 내려갔다.

스코플레르 영감의 짐작

마들렌 씨는 시청을 나와서 시내 변두리에 있는 플랑드르인의 집에 갔다. 그 주인의 이름은 스카우플라에르였는데, 사람들은 프랑스식으로 그를 스코플레르라고 불렀다. 그는 말과 마차를 빌려 주는 일을 했다.

그 스코플레르 노인의 집으로 가려면 마들렌 씨가 사는 교구의 사제관을 지나는 인적 없는 거리를 가로지르는 게 가장 빨랐다. 사제는 훌륭한 사람임은 말할 것도 없었거니와 훌륭한 조언자였다. 마들렌 씨가 사제관 앞을 지나면서 단 한 사람과 마주쳤는데 그가 목격한 것은 다음과 같았다. 시장은 사제관을 지나다가 잠시 서더니 다시 사제관 입구로 향했다. 출입문에는 쇠고리가 달려 있었다. 그는 고리를 잡더니 갑자기 동작을 멈추고는 무언가를 골똘히 생각하다가 소리 나지 않게 슬그머니 내려놓고 아까처럼 빠른 걸음으로 길을 걸어갔다.

마침 스코플레르 노인은 가게에서 마구를 수선하고 있었다.

마들렌 씨가 물었다.

"스코플레르 영감님. 좋은 말 좀 있습니까?"

"시장님, 저희 말은 다 좋지요."

플랑드르인은 말을 이었다.

"시장님께서 원하는 건 어떤 말이죠?"

"하루에 20리그는 달려야 합니다."

"와! 20리그요?"

"그렇습니다."

"이륜마차를 달고요?"

"그렇습니다."

"달리고 나서 쉴 시간은 충분한가요?"

"그다음 날 다시 돌아와야 할지도 모릅니다."

"그렇다면, 바로 또 20리그를!"

"그렇습니다."

마들렌 씨는 연필로 숫자를 적은 쪽지를 주머니에서 꺼내 플랑드르인에게 주었다. '5, 6, 8 1/2' 이라고 적혀 있었다.

"합계가 대략 20리그요."

"알겠습니다, 시장님."

플랑드르인이 말을 이었다.

"좋습니다. 저 백마를 내어 드리지요. 저놈이 지나가는 것을 보신 적이 있나요? 바 블로네산으로 기특한 놈이지요. 기운이 무척 셉니다. 승마용이었는데 누가 올라타든 전부 패대기를 쳐서요. 길들이기 힘들다고 소문나서 탈 사람이 없었지요. 제가 저놈을 데려와 마차에 매어 보았더니 퍽이나 마음에 들었던 모양이에요. 마치 어린아이처럼 얌전히 잘 달리더군요. 하지만 등에 올라타면 안 됩니다. 승마할 생각은 없는 모양이니까요. 누구나 다 자기 나름으로 살지요. *끄는 건 허락하겠지만 태우지는 않겠다,* 아마 그렇게 생각하나 봅니다."

"저 말이면 가능하겠습니까?"

"20리그라면 빠르게 내달려서 여덟 시간도 채 안 걸릴 겁니다. 단 이건 지켜 주셔야 합니다."

"말해 보십시오."

"반쯤 달리거든 한 시간은 쉬게 해 주셔야 합니다. 그때 먹이를 주시되, 여관집 사내가 말먹이에 장난을 치지 않도록 신경 써 주셔야 합니다. 여관에서는 말먹이가 말보다 마구간 사내의 입속으로 더 들어가는 법이니까요."

"누군가 지켜보도록 하지요."

"그리고 시장님도 마차에 타십니까?"

"그렇습니다."

"고삐를 잡을 줄 아시나요?"

"물론이오."

"그럼, 시장님만 타셔야 합니다. 무게를 줄이기 위해서요."

"약속하겠소."

"그럼 말먹이도 시장님께서 감독하셔야겠군요."

"물론이오."

"하루에 30프랑 주십시오. 쉬는 날도요. 단 한 푼도 깎아 드리지 못한답니다. 말먹이도 준비하셔야 하고요."

마들렌 씨는 지갑에서 나폴레옹 금화 세 닢을 꺼내 테이블에 놓았다.

"이틀 치를 먼저 드리겠소."

"또 한 가지 있습니다. 그렇게 가려면 대형 마차는 너무 힘들 겁니다. 반드시 소형 마차를 타십시오."

"알겠소."

"덮개를 드리지요."

"그건 필요 없소."

"시장님, 지금은 겨울이랍니다."

마들렌 씨가 머뭇거리자 플랑드르인이 말했다.

"무척 추우실 거예요."

마들렌 씨는 아무 대답이 없었다. 스코플레르 노인은 말을 이었다.

"비가 올지도 모르고요."

마들렌 씨가 말했다.

"소형 마차와 말을 내일 새벽 4시 반까지 내 집 앞으로 보내 주시오."

"알겠습니다, 시장님."

스코플레르 노인은 대답했다. 그러더니 테이블 위의 판자에 붙은 얼룩을 손톱으로 긁으면서 플랑드르인 특유의 교활한 수법으로 툭 말을 던졌다.

"그런데, 어디로 가시는지는 듣지 못했군요. 어디로 가시죠?"

그가 알고 싶었던 것은 오직 그것뿐이었으나 내내 물어보지 못하고 있었던 것이다.

"앞다리는 튼튼한가?"

마들렌 씨가 물었다.

"물론입니다. 내리막에서는 좀 당겨 주셔야 합니다. 내리막길을 많이 지나나요?"

"내일 새벽 4시 반에 부탁하오."

마들렌 씨는 그렇게 말하고 가게를 나섰다.

플랑드르인은 나중에 회상한 그대로 넋이 나가 멍청히 서 있었다.

이삼 분쯤 지나 다시 문이 열리더니 마들렌 씨가 들어왔다. 그는 무표정한 얼굴로 무언가에 홀려 있는 것 같았다.

"스코플레르 영감. 내가 빌리는 소형 마차와 말값은 얼마나 됩니까?"

플랑드르인은 웃으며 말했다.

"마차에 말을 매는 거죠?"

"그렇소. 그럼 얼마지?"

"사시려는 겁니까?"

"만일의 사고에 대비해 보증금을 주겠소. 돌아와서 다시 찾아가면 되니까. 모두 얼마요?"

"500프랑은 될 겁니다, 시장님."

"자, 받으시오."

마들렌 씨는 지폐를 건넸고 이번에는 문이 다시 열리지 않았다.

스코플레르 노인은 1천 프랑이라고 말할 걸 하는 후회가 들었다. 하지만 말과 소형 마차는 합쳐서 그쯤 하는 게 맞았다.

플랑드르인은 아내에게 그 이야기를 했다. 시장님은 대체 어디를 가는 걸까? 그들은 이야기를 했다.

"파리에 가시겠죠."

아내가 말했다.

"내 생각은 달라."

남편은 말했다.

마들렌 씨는 종이쪽지를 난로 위에 놔두고 갔다. 플랑드르인은 그것을 보고 따져 보았다.

"아마 이건 말을 갈아타는 지점일 거야."

그는 아내에게 말했다.

"알 것 같군."

"어떻게요?"

"여기에서 에스댕까지 5리그, 거기서 생폴까지 6리그, 거기서 아라스까지 8리그 반이니까 시장님은 아라스로 가는 게 분명해!"

마들렌 씨는 집으로 돌아왔다. 스코플레르 노인의 집을 나와서 그는 먼 길을 돌아왔다. 사제관의 문을 피하려는 듯이.

그는 자기 방에 올라가서 나오지 않았다. 그리 특별한 일은 아니었다. 일찍 잠자리에 드는 날도 많았기 때문이다. 그런데 공장 문지기이자 그 집의 유일한 하녀였던 여자는 그의 방 등불이 8시 반에 꺼진 것을 보았다. 그리고 집으로 돌아온 회계원에게 이렇게 말했다.

"오늘은 좀 고되셨는지 다른 날과 다르세요."

회계원은 마들렌 씨의 방 바로 아랫방을 썼다. 그는 여자의 말을 대수롭지 않게 듣고 잠자리에 들었다. 한밤중에 그는 잠에서 깼다. 꿈에서였는지 이상한 소리가 들렸다. 그는 주변의 소리에 귀를 기울였다. 윗방에서 발걸음 소리가 들렸다. 마들렌 씨의 발소리가 분명했다. 그는 뭔가 이상하다고 생각했다. 평소에는 한밤중에 발소리가 들린 적이 없었던 것이다.

잠시 뒤 회계원은 벽장문 소리를 들었다. 뭔가 묵직한 가구가 움직이는 소리도 났다. 발소리는 또다시 들렸다. 회계원은 침대에서 일어났다. 그는 눈을 비비고 창가를 보았다. 맞은편 벽에 반사된 빛이 보였다. 마들렌 씨의 창문에서 새어 나오는 빛이 확실했다. 불빛은 등불 빛이라기에는 활활 타오르고 있었다. 유리 창틀이 보이지 않는 것을 보면 창문은 열려 있는 게 분명했다. 이렇게 추운 날 창문을 열고 있다니 뭔가가 이상했다.

회계원은 잠을 청했다. 한두 시간 뒤에 다시 깨어났다. 발소리는 여전히 들렸다. 불빛은 여전히 비치고 있었는데 아까보다는 흐릿했다. 창문은 열려 있었다.

마들렌 씨의 방에서는 이런 일이 일어나고 있었다.

머릿속의 폭풍

독자들은 마들렌 씨가 장 발장이라는 사실을 이미 알고 있을 것이다. 우리는 그의 의식의 깊은 곳을 들여다본 적이 있지만, 여기에서 다시 한 번 알아보기로 하겠다. 그것은 감동과 전율을 느끼게 할 것이다. 이렇게 속을 알아내는 것만큼 무서운 일도 없다. 정신은 인간 내면의 숨은 빛과 어둠을 찾아낸다. 인간의 마음보다 더 무섭고 복잡하며 신비롭고도 무한한 곳은 찾을 수 없을 것이다. 바다보다 더 넓은 것은 하늘이고, 하늘보다 더 넓은 것이 인간의 마음이다.

인간의 양심으로 지은 시는 미천한 한 인간의 것일지라도 모든 서사시를 모은 것보다 더 훌륭하고 이룩하기 어려운 것임이 틀림없다. 인간의 양심은 환상과 욕망과 유혹이요, 몽상이며 부끄러움의 도가니다. 그것은 궤변과 정욕의 전쟁터이기도 하다. 깊은 생각에 빠진 인간의 창백한 얼굴에서 그 내면을 찾아보라. 그 깊은 영혼 속을 암흑 속을 들여다보라. 겉보기에는 평온하지만 호메로스의 작품에 나오는 거인들이 싸우고, 밀턴의 작품에 나오는 용과 머리 일곱 달린 뱀의 혈투가 있고 요괴들이 들끓으며 단테의 작품에 나오는 환영이 소용돌이친다. 모든 사람의 내부에 있으면서 그 의지와 생활을 간섭하는 무한한 영혼의 소용돌이여!

알리기에리(단테의 성_옮긴이)는 지옥문 앞에서 망설였다. 우리에게도 그런 문이 하나쯤은 있다. 입구에서 우리는 망설인다. 하지만 과감히 그 안으로 들어가 보자.

프티 제르베와의 사건이 벌어진 뒤 장 발장이 어떻게 되었는지는 앞서 말한 것에서 더 보탤 부분은 없다. 그는 우리가 알고 있듯 딴판이 되었다. 그에게 새로운 운명을 살아가도록 한 주교의 의지는 실현되었다. 그것은 작은 변화가 아니라 기막힌 변주였다.

그는 가까스로 주교에게 훔친 은그릇을 모두 팔고, 기념으로 촛대를 남겨 두었다. 그리고 이 도시 저 도시를 헤매다가 몽트뢰유쉬르메르로 들어왔다. 앞서 말했듯이 기발한 아이디어로 사업을 시작하여 누가 건드리지 못할 정도로 성공한 뒤 몽트뢰유쉬르메르에 안착했다. 그러나 지울 수 없는 과거 때문에 늘 슬프고, 나중의 복으로 과거의 죄가 사해짐을 행복하게 느끼면서 평화와 안정, 희망을 가슴에 품고 오직 두 가지만을 생각하며 살았다. 철저히 이름을 숨기고 새사람이 되는 것, 그리고 속세를 떠나 하느님께 가는 것이었다.

이 두 가지 계획은 그의 정신 속에서 긴밀히 얽혀 마치 하나와 같았다. 그 두 가지가 강하게 그를 일으켜 세우며 아주 사소한 행위까지 제어했다. 보통은 그 두 가지가 나란히 그날의 행위를 끌어 주고 가련한 민중의 생활을 굽어보게 했으며 그가 자애롭고 소박한 인간이 될 수 있게 도와주었다. 하지만 가끔은 둘 사이에 갈등이 일어났다. 하지만 독자들이 기억하는 것처럼 몽트뢰유쉬르메르의 모든 이들이 마들렌 씨라고 부르는 그는 나중의 것을 위해 처음의 것을 포기했고 덕을 위해 자신을 희생했다. 그는 매우 조심스럽게 주교의 촛대 두 개를 보관하면서 주교를 위해 상복을 입고 사부아 소년을 불러 돌봐 주고 파브롤에 살던 가족의 일을 알아보고 자베르의 미행(尾行)을 알면서도 포슐르방 노인을 구해 낸 것이다. 하지만 그는 다른 많은 훌륭한 사람들이 그렇듯이 자신의 가장 큰 의무가 자기 자신을 위한 것이 아니라고 생각했던 것 같다.

이번 같은 일은 전에 없었던 것이다. 이렇듯 그 두 가지가 치열하게 싸웠던 적은 처음이었다.

자베르가 찾아와서 이야기를 하기 시작했을 때 그는 아스라하지만 심각하게 그 일을 받아들였다. 오래도록 묻어 두었던 그 이름이 불리는 순간, 그는 소스라치게 놀라 자신의 삶이 다시 고난으로 가는 듯한 아찔함을 느꼈다. 그렇게 멍한 가운데 가슴 깊은 곳에서 전율이 타오름을 느꼈다. 폭풍 직전의 떡갈나무처럼, 전투 직전의 병정처럼 몸을 떨었다. 검은 구름이 자욱하게 그의 머리 위에 드리우고 있었다.

자베르의 이야기를 들으면서 그가 첫 번째로 생각한 것은 스스로 자신의 신분을 밝힌 뒤 샹마티외를 감옥에서 구출하고 자신이 구금되는 것이었다. 그것은 생살을 도려내는 듯한 아픔이었다. 하지만 그는 망설였다. '아니야! 아니라고!'

그는 처음으로 자신의 신념에서 뒷걸음질 쳤다. 주교의 거룩한 말에 따라 뉘우침과 선행으로 살아온 그가 이 순간 천국으로 향하는 심연으로 위풍당당하게 걸어갔다면 그는 훌륭한 사람이었을 것이다. 하지만 그러지 못했다.

우리는 그의 영혼 속에 무슨 일이 벌어지고 있는지 이제 분명히 알아야겠다. 우리가 할 수 있는 건 그것을 전하는 것이다. 첫째로 그는 자신의 입장을 생각했다. 그는 있는 힘을 다해 신념을 억누르고, 누구보다 위험한 자베르가 자신 앞에 있다는 것을 기억하고, 무너져 내리는 이성의 끈을 겨우 붙들고서 자기가 무엇을 해야 할지 되도록 생각하지 않으면서 평정심을 되찾으려고 애썼다.

그는 그날의 나머지 시간을 그렇게 지냈다. 마음속에서는 소용돌이가 일지만 내색하지 않고 침착해지려고 애썼다. 모든 것들이 흐릿했다. 깊은 혼란으로 그 무엇도 할 수가 없었다. 큰 충격에 휩싸였다는 것 외에 자신의 마음을 읽을 수가 없었다.

그는 다른 날과 같이 팡틴을 병문안하고 또 다른 때보다 더 오래 시간을 보냈다. 자신에게 남은 일을 생각하면서 만약의 경우에 대비하여 팡틴을 잘 보살펴 달라고 자선 간호사를 따로 찾아가 부탁까지 했다. 결국 아라스에 갈 거라는 예감이 들었다. 그가 결심한 것은 아니었다. 그에게는 혐의점이 없기에 그저 재판에 입회해도 나쁠 게 없다는 생각에 마차와 말을 준비해 두었던 것이다.

그는 푸짐한 저녁 식사를 즐겼다.

그리고 자기 방에 틀어박혔다.

자신의 상황을 생각해 보자 허무한 마음이 들었다. 그는 말로 다 표현할 수 없는 불안과 우울함에 취해 문에 빗장을 채웠다. 그래도 누군가가 쫓아올 것 같다는 생각이 들었다.

얼마 뒤 그는 불을 껐다. 불이 켜져 있는 것이 왠지 불안했다. 누군가 자신을 엿보고 있을지도 모른다는 생각이 들었다.

누가? 누가 본다는 것인가?

아! 그러나 그가 막으려 했던 것은 이미 그를 보고 있었다. 그가 외면하려 했던 것은 이미 그를 지켜보았다. 그의 양심이.

양심은 곧 하느님이었다. 그는 처음 얼마 동안은 환상에 빠져 있었다. 빗장을 채우면 아무도 잡으러 오지 못할 것이라 생각했고, 촛불을 끄면 아무도 보지 못하리라 믿었다. 그는 마음을 편하게 먹고 책상 앞에 앉아 머리를 숙이고 생각에 잠겼다.

'나는 어디에 와 있는가? 꿈을 꾸고 있는가? 나는 무슨 말을 들었던가? 자베르가 내게 그런 말을 한 것이 현실이었던가? 상마티외는 누구일까? 나와 닮았을까? 정말 그런 일이 있을 수 있나? 어제까지만 해도 삶은 평화로웠다. 그런데 이젠! 어제 이 시간엔 무얼 하고 있었나? 왜 이렇게 돼 버린 것인가? 이제 어디로 흘러갈 것인가? 어떻게 해야 할까?'

그는 깊이 생각해 보았다. 그의 머릿속에는 갖가지 생각이 떠올랐다 흩어졌다. 그는 손으로 이마를 짚었다. 그의 이성과 의지를 혼란스럽게 만드는 것들, 그는 그것에서부터 다시 생각해 보고 싶었으나 불안과 공포만 깊어질 뿐이었다.

두통이 왔다. 그는 창문을 활짝 열었다. 별도 없는 짙은 밤이었다. 그는 다시 책상 앞에 앉았다.

그렇게 한 시간이 흘렀다. 어둠은 차츰 그에게 윤곽을 드러냈다. 그는 그것에 의지해 다시 생각에 잠겼다. 그리고 전체는 아니지만 몇 가지 사실을 확실히 알게 되었다. 아무리 위태롭고 두려운 상황이지만 이 상황을 제대로 해결할 수 있는 것은 자기 자신밖에 없다는 것을 그는 깨달았다.

그의 근심은 더욱 깊어졌다.

그가 신념으로 지켜 온 종교적 목적을 빼고 생각한다면, 지금까지 살아온 그의 생애는 자기 이름을 잃기 위한 몸부림일 뿐이었다. 자기 자신을 돌아볼 때나 쉽게 잠들지 못하는 밤에도 그는 자신의 이름이 다른 사람들 입에 오르내리지 않을까 늘 불안에 떨었다. 그러면 모든 것은 끝난다. 그 이름이 다시 되살아나는 순간 자신의 새로운 삶은 사라지고 자신의 새로운 영혼마저 사라질지 모른다. 그럴 수 있다는 상상만으로도 그는 두려웠다. 누군가가 그의 귓가에 그의 이름을 부르고 그 무서운 장 발장이라는 이름이 컴컴한 어둠 속에서 불쑥 튀어나와 그가 두른 비밀의 베일을 벗기고 그의 머리에 비쳤다면 그 이름은 그를 공격하지 않고 그 것은 어둠을 더 컴컴하게 만들고 벗겨진 베일로 오히려 비밀을 감쌌을 것이다. 그가 원했다면 그 존재를 분명히 밝혀 주면서 더욱 신비하게 만들어 주었을 것이며 장 발장이라는 과거와 싸워 이겨 마침내 새사람이 된 마들렌 씨는 시민들의 존경과 찬사를 들었을지도 모른다. 아니면 아무도 그 말을 믿지 않고 미친 사람의 헛소리로 치부했을지도 모른다. 그렇다면 사실은 어떨까? 그런 일은 일어날 수 없는 것이다.

그의 정신은 차츰 또렷해졌다. 그는 자신의 현실을 점차 받아들이게 되었다.

마치 방금 잠에서 깨어난 기분이었다. 밤의 어두움 속에 갇혀서 헤어 나오려 해도 소용이 없고 절벽 위에서 끝없는 심연으로 떨어지는 듯한 마음이었다. 어둠 속에서 한 낯선 사내의 모습이 보였다. 운명은 그 사 내가 바로 자기 자신이라고 말하면서 그를 깊은 낭떠러지로 내몰았다. 낭떠러지가 누군가를 집어삼키기 위해서는 누군가가 거기에 떨어져야 만 했다. 그 아니면 그 낯선 사내. 그는 무력하게 그 자리에 서 있었다.

어느새 머릿속은 깨끗해졌다. 그리고 그는 깨달음을 얻었다.

'형무소의 자리는 내 것. 도망치려 해도 소용이 없다. 그 자리는 늘 나 를 기다려 왔다. 프티 제르베에게서 돈을 빼앗은 일 때문에 나는 다시 그 곳으로 갈 수밖에 없다. 내가 들어갈 때까지 그 빈자리는 나를 끌어당길 것이다. 이것은 피할 수 없는 숙명인 것이다.'

그리고 그는 깊은 생각에 잠겼다.

'지금은 나를 대신해 주는 샹마티외는 얼마나 사나운 팔자인가. 나는 샹마티외가 되어 형무소에 있고, 또 마들렌 씨라는 이름으로 양지에 있 다. 무엇이 두려운가. 그 샹마티외라는 사내의 머리 위에 돌—마치 묘석 처럼 한번 자리하면 두 번 다시 들어 올릴 수 없는—이 떨어지기를 기다 리기만 하면 된다.'

어찌나 생각에 집중했는지 그 격렬함이 온몸 곳곳으로 퍼졌다. 아마 그러한 경련은 일생에 한두 번 경험하기 힘든 것이리라. 모든 혼란과 의 심, 절망, 희망을 뒤섞은 것이자 초탈의 경지라고 볼 수도 있을 것이다.

그는 초 심지에 다시 불을 붙였다.

'그래서 뭐가 달라진다는 것이냐! 나는 무엇을 두려워하는가! 왜 이렇 게 고통스럽게 고뇌에 빠져 있는가! 나는 구원되었고 모든 건 정리되었 다. 지금까지 나는 반쯤 열려 있는 나락의 문을 피할 수가 없었다. 그 틈 으로 언제든 과거가 들어올 수 있었다. 하지만 이제 문은 영원히 닫혔다!

내게 의구심을 갖고 치밀하게 뒤쫓았던 자베르! 내 정체를 알아채고 내 존재가 슬그머니 드러날 때마다 늘 그 자리에 와 있었던 무서운 직관, 늘 눈을 번뜩이며 냄새를 맡고 있던 괴수, 그마저 이제 길을 잃어 나를 놓쳐 버렸다. 그는 이미 만족하고 있다. 그는 이제 나를 놓아주겠지. 장 발장은 붙잡혔다. 그리고 완전히 이곳을 정리하려 하고 있다.

모든 것이 자연스럽게 이루어졌고, 그것은 내 뜻이 아니었다. 나는 무엇 하나 조종하지 않았다. 무슨 큰일이 닥친 것도 아니다. 내가 험한 일을 겪으면 사람들은 모두 동요하겠지. 누군가 어떤 일을 겪더라도 그건 나 때문이 아니다. 모든 것은 주님에 의한 것이다. 이것 또한 주님의 뜻이다. 그것을 뒤바꿀 의무가 내게 있는 건 아니다. 내가 원하는 것은 무엇인가! 나는 무엇을 하려 하는가! 그것은 나와 상관없는 일이다. 하지만 여전히 만족스럽지 않다. 그럼 더 무엇을 바라는가. 오랫동안 내가 꿈꾸던 일이 눈앞에 있다. 밤마다 주님께 기도했다. 그것이 드디어 이루어지고 있다. 그렇게 해 주신 분은 바로 주님이다. 나는 주님의 뜻에 순종해야 한다. 주님은 그것을 원하신다. 내 새로운 삶을 보고 계시고, 더 많은 선행을 위해서 내 뉘우침과 그동안의 노력이 이제 행복의 결실을 맺는다는 걸 보여 주시려는 것이다. 아까 사제의 집에 가서 신부에게 모든 것을 고해하려다가 멈춘 것도 잘한 일이다. 아마 사제도 주님의 뜻대로 말씀해 주었겠지. 그렇다. 모든 것은 정해졌다. 그러니 그것을 잠자코 두도록 하자. 주님의 뜻에 따르자.'

그는 자신의 심연을 헤아렸다. 양심은 그에게 그렇게 속삭였던 것이다. 그는 자리에서 일어나 방 안을 서성거렸다.

'이제 그 일은 잊자. 나는 이미 결론을 지었다.'

그는 생각했다. 하지만 마음은 개운하지 않았다. 그는 불행했다.

바닷물이 해변으로 다시 돌아오는 것을 막을 수 있는가. 우리의 생각이란 다시 원래대로 되돌아간다. 바다 사람들은 이를 조수라고 하고, 죄인들에게 이것은 반성이다. 하느님은 바다를 움직이듯 인간의 영혼도 움직인다.

그는 다시 우울한 기분에 빠져들었다. 이야기를 하는 사람도 듣는 사람도 자신이었다. 입 밖에 내지 못할 말을 해 대고, 피하고 싶은 말을 듣는다. 2천 년 전 사형수를 향해 '전진하라!'고 말했던 그 신비한 힘이 그에게 '생각하라!'며 외치고 있었다.

다음 이야기를 하기에 앞서, 더욱 깊은 이해를 돕기 위해 한 가지 이야기를 덧붙이고자 한다.

인간은 자신을 위해 혼자 말할 때가 있다. 인간은 생각하는 존재이며 그것을 경험하지 못하는 사람은 아무도 없다. 이렇게 표현할 수도 있다. 언어란 인간의 사고에서 양심으로 양심에서 사고로 흐르는 신비와 같고. 이 책에 나오는 '그는 말했다.'라거나 '그는 외쳤다.'라는 말은 그런 의미로 이해해야 한다. 사람은 외부의 침묵을 건드리지 않으면서 스스로 말을 하고 대화하고 외친다. 그것은 영혼의 혼란과 동요를 동반한다. 입술을 움직이지 않고도 어떤 대화든 주고받는다. 영혼의 현실은 눈으로 손으로 알 수 없지만 살아 있는 현실이다.

그는 자신의 처지에 대해 다시 물었다. 결심에 대해서도 진지하게 물었다. 아까 생각했던 일은 모두 버리고 '주님의 뜻에 따르자.' '현실에 순응하자.'는 말은 야비하다고 고백했다. 되돌릴 수 없는 죄, 그것을 묻고 간다는 것, 그것을 내버려 둔다는 것, 그럼으로써 자신의 미래를 도모한다는 것, 결국 가만히 있겠다는 것은 얼마나 비열한가! 그 얼마나 추악한 죄인가!

그는 8년 만에 처음으로 더러운 생각과 악행을 꿈꾸었던 것이다.

그는 모조리 그것을 게워 냈다.

그는 스스로 물어보았다. 모든 게 해결되었다는 생각을 품은 자신을 가혹하게 내몰았다. 그는 생각했다. 자신은 새로운 삶을 살았다고. 하지만 무엇을 위해서였는가? 이름을 숨기기 위해서? 경찰을 따돌리기 위해서? 그의 삶이 단지 그것을 위해서였는가? 더욱 진실하고 위대한 목적은 없었는가? 내 육신이 아니라 내 영혼을 위한 일, 선함을 되찾고 정직하게 사는 인생, 올바른 사람으로 살고자 했던 신념. 내가 진정 바랐던 것은 내가 주교에게 명령한 것은 모두 그것을 위한 게 아니었는가. 과거의 문을 닫았다고? 나는 그 문을 열어젖히려 했다. 이렇게 야비한 생각에 젖어 과거의 문을 열려고 하지 않았는가. 도둑, 비열한 도둑이 되려 하고 있었다. 무고한 인간에게 다른 존재가 되게 하여 그의 생명을, 평화를, 양지를 빼앗으려 하다니! 나는 살인자와도 같구나. 가련한 한 사내를 죽음으로 내몰다니! 살아서 맞는 죽음을! 푸른 하늘 아래 감옥이라는 죽음을!

그러나 불행한 운명을 맞이한 그 낯선 사내를 구해 내고, 내 이름을 밝히고 다시 죄수 장 발장으로 돌아간다면 진실을 되찾고 지옥을 끝낼 수 있을지 모른다. 겉보기에 그것은 지옥이지만 아니다. 그것은 지옥에서 벗어나는 길이다. 그렇게 해야 한다! 그렇게 하지 않는다면 나의 새로운 삶은 아무 가치가 없다. 나의 인생은 무의미해지고 나의 뉘우침은 수포로 돌아가며 아무 쓸모없는 운명이 될 것이다.

그는 마치 주교가 그의 곁에 와 있는 것 같은 착각을 느꼈다. 죽은 영혼으로 눈앞에 살아 있는 주교가 그를 노려보았다. 앞으로 자신은 시장 마들렌 씨로 올바른 인생은 살아가겠지만 주교의 눈에는 한낱 죄인이었다. 주교 앞에 순결한 인간이 되기 위해서는 장 발장으로 돌아가야 했다. 세상 사람들은 가면을 보고 있지만, 주교만은 그의 얼굴을 안다. 세상 사람들은 그의 겉모습을 보지만 주교는 내면을 안다.

그렇다. 그는 아라스로 가서 가짜 장 발장을 구하고, 자신이 진짜 장 발장이라는 사실을 밝혀야 한다. 그것이야말로 최선의 뉘우침이요, 지옥에서 벗어나는 길이요, 그가 새로운 삶을 살아간 이유인 것이다. 어떤 유혹이 있어도 반드시 그렇게 해야 한다. 가혹한 운명이여! 세상 사람들의 눈에 자신의 죄악을 드러낸 순간, 그는 하느님 앞에 순결한 인간으로 새로 태어나는 것이다.

"그렇게 해야겠다. 내 의무를 지키자. 그를 구하자!"

그는 말했다. 자신도 모르는 새에 소리 높여 외치고 말했던 것이다.

그는 남은 서류를 펼쳐서 정리해 두었다. 가난한 상인들의 차용증은 불에 던졌다. 그리고 편지를 써서 봉인해 두었다. 누군가 방에 있었다면, 봉투 겉면에 쓰인 글씨를 읽었을 것이다.

'파리, 아르투아 가 은행인 라피트 씨.'

그는 책상 서랍에서 지갑을 꺼냈다. 그 안에는 지폐 몇 장과 아라스에 선거하러 갔을 때 사용한 통행증이 있었다. 그는 고뇌에 가득 차 있으면서도 아주 일상적인 일을 했는데 누군가 그 모습을 보았다면 그의 근심을 짐작조차 못했을 것이다. 그는 입술만 움직일 뿐이었다. 마치 뭔가 더 붙들고 알아낼 게 있는 사람처럼.

그는 라피트 씨에게 보내는 편지를 지갑과 함께 주머니에 넣고 다시 방 안을 서성거렸다.

그의 생각에는 변함이 없었다. 그는 빛나는 글자로 쓰인 자신의 소임을 똑똑히 마주하고 있었다. 글자는 그의 눈앞에서 활활 타올랐다.

'가서 네 이름을 고백하라!'

그는 지금까지 자신을 이끌었던 두 개의 관념, 자신을 숨기고 순결한 영혼으로 살아가기 위한 그 관념을 목도했다. 그것은 마치 눈에 보이는 형태를 띠고 그의 눈앞에 왔다 갔다 하는 듯했다. 그러자 그 두 관념은 해체되고 그 차이가 눈에 보였다. 그는 그때 깨달았다. 하나의 관념은 선해도 다른 하나가 악할 수 있다는 것을 말이다. 하나는 희생이지만, 하나는 이기심이다. 하나는 타인을 바라보나, 하나는 자신을 바라본다. 하나는 빛이지만, 하나는 어둠이다.

그 둘은 치열하게 대립하고 있었다. 아니, 그것을 그는 똑똑히 보았다.

깊은 생각에 잠길수록 그 두 관념은 거인의 형상으로 뻗어 나갔다. 그리고 자신의 내부에서 무한 속에서 빛과 어둠 속에서 전투를 벌였다. 마치 신과 거인의 싸움처럼.

그는 두려웠다. 하지만 착한 생각의 기세가 더 컸다.

그는 자신이 다시 선택의 순간에 와 있다는 것을 느꼈다.

주교가 그의 인생을 한 번 뒤집어 주었다면, 샹마티외는 다시 한 번 그의 인생을 갈림길에 서게 했다. 위기를 극복하고 다시 시련을 맞은 것이다.

그러는 사이에 다시 두통이 시작되었다. 생각이 끊이지 않았다. 하지만 그의 결심은 더욱 단단히 굳어졌다.

그는 자신에게 말했다.

'너무 깊은 생각에 빠져 버렸군. 샹마티외는 그다지 대단한 인물이 아니야. 그는 좀도둑이지. 그가 사과 몇 개를 훔쳤든 고작 한 달 구류를 살 뿐이야. 형무소에 가는 것과 달라. 그리고 정말 그가 범인인지도 확실하지 않지. 증거가 있다고? 지금 장 발장이라는 의혹을 받고 있으니 사과 훔친 건 문제도 아니야. 검사들이 하는 짓은 다 그렇지. 도둑질을 했으니 전과자로 몰아 버린 것이지.'

또 이런 생각이 떠올랐다.

'내가 자수하면 아마 내 양심의 용기와 지난 세월 동안의 노력을 고려해 주겠지.'

하지만 그런 생각은 금세 사라졌다. 프티 제르베에게 40수를 훔친 일로 중범죄를 받을 것이며, 그러면 종신형을 받을 것이다. 그는 쓴웃음을 지었다.

그는 모든 생각을 뿌리치고 속세를 벗어난 곳에서의 평화를 생각했다. 그는 자신에게 말했다.

'내 소임을 다해야 한다. 의무를 다하는 것은 더 큰 불행으로부터 나를 구하는 길이야. 만약에 아무 상관없는 듯 몽트뢰유쉬르메르에 머문다면 나의 덕과 명예, 사람들에게 받은 존경, 자선 행위와 재산 그 모든 것은 죄가 된다. 추함에 가려진 신성함이 어떻게 가치를 가지겠는가! 내가 결심을 한다면 감옥 기둥과 쇠사슬과 푸른 모자를 쓰고 비참한 감옥살이를 하더라도 순결한 정신을 품을 수 있을 것이다.'

그리고 마지막으로 이렇게 생각했다.

'모든 일에는 필연이 있다. 내 운명은 이렇게 정해져 있었던 것이다. 신의 섭리를 막을 힘은 없다. 나는 지금 선택의 기로에 있는 것이다. 겉으로 덕을 보이고 썩은 내면을 품는 것과 안은 성스럽지만 겉으로는 추악한 것 중에서.'

온갖 고통스러운 일을 떠올렸지만 그의 용기는 오히려 강해졌다. 하지만 무척 피로했다. 그는 전혀 다른 일을 생각하기 시작했다.

관자놀이가 따끔거렸다. 그는 일어서서 방 안을 서성거렸다. 성당 시계가 자정을 알리고, 시청의 시계도 울렸다. 그는 큰 시계 소리가 열두 번울리는 소리를 마음속으로 세면서 종소리를 비교해 보았다. 며칠 전 철물점 앞에서 낡은 쪽지에 쓰인 낡은 이름을 보았던 게 떠올랐다.

'로맹빌의 앙투안 알뱅'

그는 추웠다. 그래서 불을 지폈다. 창문 닫는 일은 깜빡했다.

다시 그는 생각에 빠져들었다. 12시가 되기 전에 지금까지 무슨 생각을 했는지 다시 떠올리려 하자 무척 머리가 아팠다. 그리고 마침내 떠올리는 데 성공했다.

'맞아, 난 자수하려고 했었지.'

그는 중얼거렸다.

그러다 팡틴이 떠올랐다.

"그 불쌍한 여자는!"

그러자 다시 혼란이 왔다. 팡틴은 그의 고뇌 속의 한 줄기 빛처럼 내려

왔다. 그는 갑자기 찬바람이라도 맞은 듯 외쳤다.

'세상에! 난, 나만을 생각했어. 내 신상에만 빠져 있었지. 묵인할까, 자수할까, 도망칠까, 영혼을 구할까. 존경받는 행정관으로 남을 것인가, 비참하지만 순결한 죄수가 될 것인가. 하지만 그것은 나만의 일이었어. 어떻게 그럴 수가 있단 말인가. 다른 사람의 일도 생각해야 마땅하다.

가장 우선인 것은 남을 생각하는 정신이다. 다시 생각해 보자. 나를 앞세워 나를 되찾고 나를 버린다면 그 뒤로는 어떻게 될까? 내가 자수하면 나는 체포될 테고 샹마티외는 풀려나고 나는 항구의 감옥에 갇히겠지. 거기까진 그렇다고 하자. 그러면 이곳은? 여기에는 많은 공장과 노동자, 남녀노소, 가난하고 불쌍한 이들이 있다. 이 도시에, 이 지역에. 그것은 나에 의한 것이었다. 나는 그들이 굶지 않도록 도왔고 일할 수 있도록 했다.

연기가 피어오르는 굴뚝이 있는 곳이라면 어디든 찾아가 장작을 보태 주고, 냄비 속에 고기를 넣어 주었다. 나는 그들의 평안한 삶과 산업, 경제를 이끌었다. 내가 이곳에 오기 전에는 상상도 못할 일이었지만, 나는 이 지역을 발전시키고 활력을 불어넣고 윤택하게 만들었다. 내가 없으면 모든 이들은 어떻게 될까? 그리고 팡틴은 어떻게 될까? 그녀는 고난 가득한 삶을 살았지만 훌륭하고도 올바른 여자다. 나는 뜻밖에 그녀에게 빚을 졌다. 그래서 어린아이를 찾아가 팡틴에게 돌려주려고 했던 것이다. 나는 여자의 불행에 관련되어 있고 그녀에게 빚을 지고 있다. 내가 없어진다면 그녀는 죽을지도 모른다. 어린아이는 어떻게 될까? 내가 자수하면 그렇게 될 것이다. 만약 자수하지 않는다면?'

그는 이렇게 생각한 뒤 잠시 침묵에 잠겼다. 망설임 때문에 온몸에 전율이 흘렀다. 하지만 그는 다시 정신을 차렸다.

'그러면 그 낯선 사내는 항구 감옥으로 보내진다. 하지만 어쩔 수 없다. 사내는 도둑질을 했다. 그가 범인이 아닐 수도 있다고 아무리 생각해 본들 소용없다. 그는 도둑이다. 난 여기에 머물면 된다. 이 자리에서 계속 일을 하면 된다. 10년 동안 1천만 프랑쯤 벌어서 지역에 기부를 해야 한다. 나 자신을 위해서는 한 푼도 쓰면 안 된다. 내게 돈이 무슨 소용인가? 나는 나를 위해 남으려는 게 아니다. 모든 사람들에게 평화를 주고, 더욱 눈부신 공업 도시로 발달시키고 산업은 확충된다. 집 100채가 1천 채가 되고 더불어 행복해진다. 인구는 계속 증가하고, 논밭 자리에 마을이 생기며 황무지에 논밭이 생긴다. 가난함은 자취를 감추고, 그에 따르던 매춘과 도둑, 살인 등 모든 죄악이 사라진다. 저 가련한 여자도 아이를 되찾아 행복을 누린다. 지역 전체가 행복해질 것이다!

아, 얼마나 멍청했는가! 대체 무슨 생각을 했던가. 자수라니! 내 생각이 짧았다. 왜 그렇게 서두르려 했을까. 위대한 정신을 위해서라고? 그건 신파에 불과하다. 자신 하나를 위해서 자수를 택한다고? 천만에! 일면식도 없는 도둑에게, 틀림없이 쓰레기일 그자에게, 정당한 판결을 내려 주기 위해 한 지역을 파멸로 몰아간다고?

불쌍한 여자가 자선병원에서 죽음을 맞고, 어린아이가 엄동설한에 거리에서 죽어야 하는가? 정말이지 무서운 일이다. 어머니는 아이를 만나보지도 못하고, 아이는 어머니를 알지도 못한 채로 오직 사과 도둑을 위해서 모든 걸 손에서 놓다니. 그는 그때 사과를 훔치지 않았더라도 언제고 다시 감옥에 들어갈 짓을 할 게 분명하다. 그 한 사람을 위해 죄 없는 수많은 민중을 희생시키다니 그게 될 법한 일인가! 남은 인생이 그리 길지 않은 부랑아 노인을 위해서 어머니, 어린아이, 모든 민중을 희생시킬 수는 없다. 불쌍한 코제트를 도와줄 사람은 나밖에 없다. 어린아이는 지금도 포악한 테나르디에의 집에서 추위와 싸우며 불쌍하게 지내고 있을 것이다.

나는 다른 많은 가난한 이들을 잊을 뻔했다. 자수하려 했다니 되돌릴 수 없는 실수를 할 뻔했어. 모든 게 망가지기 전에 우선 그건 무조건 안 되는 일이라고 생각하고, 언젠가 그것을 후회하게 될지라도 나 홀로 감당하게 될 그 죄를, 영혼의 더럽혀짐을 다른 사람을 위해 감수해야 하지 않겠는가?

그는 다시 방 안을 서성거렸다. 마음이 후련했다. 다이아몬드는 깊은 땅속에서 발견되지 않는다. 진리라는 깊은 고뇌에서 얻을 수 있다. 그는 깊은 암흑 속을 헤매다 결국 다이아몬드를 찾았다고 생각했다. 그것을 바라보자 눈이 부셨다.

'드디어 진리를 찾았다. 나는 결론을 찾았다. 더 생각하려면 끝이 없는 일이다. 자, 이제는 그 결론에 따르자. 더는 갈등하지 말자. 이 모든 것은 타인을 위해서일 뿐 나 때문이 아니다. 나는 마들렌이다. 마들렌으로 살자. 장 발장은 불행해질 것이다. 장 발장은 나 아닌 다른 사람이다. 나는 그를 모른다. 절대 그를 모른다. 누군가 장 발장이 되었다면 그건 그가 알아서 해결할 일이다. 나와는 상관없다. 장 발장은 암흑 속에서 불행한 인생을 사는 자의 이름이다. 누군가 그 이름을 머리에 쓴들 그것은 그의 불행이다.'

그는 벽난로 위의 거울을 보며 말했다.

"결심을 하니 마음이 평화로워지는구나. 나는 다시 새로 태어났다!"

그는 다시 서성거리다가 멈췄다.

"자, 이제는 마음을 바꾸어서는 안 된다. 나를 장 발장과 연결시키는 물건이 남아 있지. 그것을 없애 버리자! 여기 이 방에도 나를 드러내는 게 있어. 증거가 있다. 그러니 모두 없애 버리자!"

그는 주머니에서 지갑을 꺼냈다. 그 안에는 열쇠가 있었다. 그는 벽에 열쇠를 밀어 넣었다. 자물쇠 구멍은 벽지에 가려져 있어 눈에 잘 보이지 않았다. 그 비밀의 공간이 열렸다. 그것은 벽과 난로 사이에 있었다. 그 비밀 벽장에는 푸른 작업복 재킷과 낡은 양복바지, 다 떨어진 배낭과 나무 지팡이가 있었다. 1815년 10월 디뉴에서 장 발장과 마주친 사람이라면 이 물건들이 낯설지 않을 것이다.

그는 그 물건들을 은 촛대와 마찬가지로 가지고 있었다. 그는 자신의 새로운 출발에 앞서 초심을 잃지 않기 위해 감옥의 물건들을 버리지 않고 잘 숨겨 두었다. 그리고 주교에게 받은 은 촛대만 장식용으로 올려 두었다. 그는 문 쪽을 보았다. 빗장을 걸었지만 혹시 누군가 들어올까 봐 겁이 났다. 그리고 위험을 무릅쓰고 간직해 왔던 그 물건들을 둘둘 말아 불 속에 집어넣었다.

그는 비밀 벽장을 닫고 다시 한 번 그 자리를 쓸어 보더니 커다란 가구로 그 자리를 가렸다. 방 안과 맞은편 벽이 커다란 불덩이 때문에 벌게졌다. 모든 게 타들어 가고 있었다. 나무 지팡이는 타닥 소리를 내며 불똥을 일으켰다.

배낭과 누더기는 함께 뭉쳐서 타들어 갔는데 재 속에 무언가를 남겼다. 그것은 한 닢의 은화였다. 바로 사부아 소년에게 훔친 40수짜리 은화였다. 하지만 그는 불을 보지 않고 여전히 방 안을 서성였다. 그의 시선은 은 촛대를 향했다. 은 촛대는 벽난로 위에서 반짝이고 있었다.

그는 두 개의 촛대를 들어 올렸다. 그것을 형체도 알아볼 수 없을 만큼 녹일 불은 남아 있었다. 그는 벽난로 앞으로 몸을 숙여서 잠시 몸을 녹였다. 정신이 평온해졌다.

"이 따뜻한 평화로움이란."

그는 말했다.

그는 촛대로 불 속을 쑤셨다.

잠시 뒤 두 개의 촛대는 불 속으로 사라질 터였다.

그때 누군가의 목소리가 그를 괴롭혔다.

"장 발장!"

그는 움찔했다. 그는 공포에 질렸다.

"잘하고 있어. 어서 끝내자! 촛대를 버려라. 이제 그만 없애 버려. 주교를 기억에서 지워라. 모든 것을 잊어라. 상마티외에게 덮어씌워라. 자신을 지켜라. 그럼 되는 거야. 그 낯선 사내가 어떻게 될지 모르지. 어쩌면 무죄일지도 모르지만. 네 이름을 뒤집어쓰고 불행의 끝으로 떨어지겠지. 네 형벌을 대신 받고 죽을 때까지 억울함과 학대 속에 눈물을 흘리겠지. 그것으로 됐어. 너는 네 인생을 살아라. 시장으로서 존경받는 그런 인생을 살아가라. 도시를 발전시키고 가난한 사람을 도우며 고아를 돌보아주고 사람들의 박수를 받아라. 한편에서 붉은 죄수복을 입고 억울하게 고통받는 누군가가 있겠지. 그럴듯하구나. 불쌍한 놈!"

이마에 땀방울이 맺혔다. 그는 두 개의 촛대를 바라보았다. 마음속 이야기는 아직 끝나지 않았다. 목소리가 말했다.

"장 발장! 언제고 네 주변의 목소리가 네게 말을 걸 거다. 너 아닌 다른 사람에게는 들리지 않는 소리. 그 소리가 너를 영원히 저주할 거다. 이 야비한 놈아! 너를 향한 모든 감사는 하늘에 닿기 전 모두 떨어져 내리고 하느님께 올라갈 때는 저주만이 함께할 것이다."

그 소리는 그의 가슴 가장 깊은 곳에서 울려 퍼졌으나 이제는 무시무시한 소리로 귓가에 울리고 있었다. 그는 마치 몸 밖으로 튀어 나가 자신을 향해 사납게 지껄이는 듯했다. 마지막 말은 너무나 가슴에 맺혀 공포감을 떨칠 수가 없었다. 그는 방 안을 살펴보았다.

그는 큰 소리로 외쳤다.

"거기 누구요?"

그런 다음, 바보같이 웃으며 말했다.

"멍청하군. 여기 누가 있다는 것인가."

그러나 분명 누군가가 있었다. 사람의 눈으로 볼 수 없는 것이었다.

그는 촛대를 벽난로 위에 놓았다.

그리고 다시 어두운 얼굴로 방 안을 서성였다. 그 발걸음 소리에 아래층 회계원의 잠을 깨웠던 것이다.

그 발걸음 소리는 그를 차분하게 만들면서 다시 흥분시켰다. 사람은 죽음만큼 두려운 위기의 순간이 왔을 때 무슨 희망의 끈이라도 잡아 보려고 아무 데나 걸어 다니는 일이 있다. 얼마 뒤 그는 생각을 정리했다.

그러나 그 마음 앞에서 또다시 공포에 휩싸여 떨고 있었다. 그가 맺은 결론 모두 그를 비참하게 했다. 이 무슨 운명의 장난인가! 샹마티외가 내 모습으로 오해받다니! 이 무슨 얄궂은 운명인가! 한때 하늘의 섭리를 받았을 그의 운명이 그에 의해 이렇게 꼬여 버리다니!

그는 다음 일을 생각했다. 자수한다면, 또 자백한다면! 그는 그가 놓아야 할 것과 다시 찾아야 할 모든 것들을 생각하며 절망에 빠졌다. 그토록 평화롭고 안정된 삶과 모든 사람들에게 받는 사랑과 존경, 명성과 자유를 모두 빼앗기다니! 이제는 들을 산책하지도 못하고 5월의 새소리도 듣지 못하며, 밝게 뛰노는 어린아이들의 모습을 구경조차 할 수 없다. 그가 지은 이 집, 이 방도 떠나야 한다. 갑자기 주변의 모든 것에 애정이 솟았다. 이제는 이 책도 읽을 수 없겠군. 이 책상에 앉아 무언가를 쓰는 일도. 우리 집의 유일한 하녀, 문지기 아주머니가 아침 커피를 들고 올 날도 없겠군.

아, 이제는 형벌, 목에 차는 칼, 붉은 작업복, 족쇄, 고통, 감옥, 나무 침대, 그 끔찍한 것들과 함께해야겠군! 결국 이 나이에, 이렇게 살아온 삶 끝에! 조금 젊기라도 하다면 어떨까. 이제 나이 든 내가 다른 사람에게 입에 담지 못할 욕을 먹고, 간수에게 수색당하며 몽둥이로 맞는다면! 쇠징 달린 구두를 맨발로 신고 쇠사슬 고리를 흔드는 간수의 쇠망치 앞에 발을 내밀다니. '저자가 바로 몽트뢰유쉬르메르 시장을 했던 장 발장이야!' 하는 죄수들의 시선을 한 몸에 받아야 하다니! 저녁때는 땀범벅이 된 걸레처럼 된 채 푸른 죄수 모자를 쓰고 감독의 채찍을 맞으면서 바다에 떠 있는 감옥 사다리를 올라가야 한다니! 얼마나 끔찍한가! 운명이란 이토록 무시무시하고 비열하구나.

그는 아무리 노력해도 다시 이런 생각에 빠지는 것이었다.

'천국에서 악마로 살 것인가? 지옥에서 천사로 살 것인가?'

도대체 어떻게 해야 하는가? 이미 생각을 마쳤다고 여겼지만 또다시 같은 물음을 안게 되었다. 그는 미칠 지경이었고 완전히 절망에 빠졌다. 철물상 앞에서 본 로맹빌이라는 이름이 기억났다. 언젠가 들었던 노래 두 구절의 기억과 하나로 섞여 들어갔다. 로맹빌은 파리 근교의 작은 숲으로, 젊은 청춘들이 아름다운 4월의 라일락을 보러 가는 곳이었다.

그는 비틀거리고 있었다. 걸음을 걸으려고 안간힘을 쓰는 아이처럼 방 안을 끊임없이 서성였다.

그는 이성을 찾으려고 무진 애를 썼다. 그 지긋지긋한 문제를 한 번 더 생각해 볼까? 자수를 할까? 가만히 있을까? 그는 도저히 판단을 내릴 수가 없었다. 결국 그가 내렸던 결론은 흐지부지 사라졌다.

그는 이렇게 생각했다. 어떤 결론을 맺든 일어날 일은 일어날 거라고. 어느 쪽으로 가든 마찬가지라고. 행복이든 뭐든 둘 중 하나는 끝난다고.

그렇게 그는 결론을 맺지 못했다. 그는 결국 처음으로 되돌아왔다.

그 불행한 영혼은 괴로움에 시달리고 있었다. 그보다 1800년 전에 인류의 모든 죄를 위해 자신을 바쳤던 사람도 올리브 산의 나무들이 바람에 흔들리는 동안 별빛 가득한 하늘을 보며 어둠의 잔이 나타났을 때 그것을 받기를 오래도록 주저했던 때가 있었다.

꿈에 나타난 고뇌의 형상

새벽 3시, 다섯 시간 동안 줄곧 방 안을 서성이며 고뇌를 겪었던 그는 의자에 앉았다.

그리고 잠이 들어 꿈을 꾸었다.

다른 꿈들처럼 자신의 상황과 아무 상관없는 일이 우울하고 찝찝한 기운을 남기며 그에게 큰 충격으로 다가왔다. 악몽은 너무나 또렷해서 그는 그것을 적어 놓았다. 다음의 글은 그가 손수 쓴 것을 그대로 옮긴 것이다. 그것을 여기에 싣고자 한다.

그게 어떤 꿈이든 그것을 빼놓고 이야기하면 이날 밤의 사건은 불완전하게 남겨질 것이다. 그것은 참담한 병자의 방황과 같았다.

그 기록은 이렇다. 앞에는 다음과 같이 제목이 쓰여 있었다.

그날 밤 내가 꾼 꿈

나는 들판 한가운데에 있었다. 풀 한 포기 자라지 않는 황량한 들판이었다. 낮인지 밤인지 알 수 없었다.

나는 형과 함께 걸어갔다. 어렸을 때는 형과 가까웠지만 한참 동안 잊고 살아서 이제는 거의 기억에 없다.

우리는 이야기를 나누고 있었다. 많은 사람이 옆을 지나갔다. 우리는 예전에 이웃에 살던 여자에 대해 이야기를 했다. 그 여자는 늘 창문을 열고 지냈다. 이야기하는 중에도 우리는 그 열린 창문 때문인지 몹시 추웠다. 들판에는 나무 한 그루 없었다.

우리는 옆을 지나는 사내를 보았다. 그는 회색빛 알몸인 채로 말에 올라 있었다. 두개골 위로 힘줄이 보였다. 손에는 포도덩굴 같으면서도 무거운 채찍이 들려 있었다. 사내는 우리를 지나쳐 갔다.

"낮은 길로 가자."

형이 말했다.

움푹 팬 낮은 길이었다. 그 길에는 덤불도 이끼 조각도 없었다. 그저 흙빛이었다. 하늘 위도 마찬가지였다. 한참 동안 내 말에 대답이 없는 형을 돌아보니 그는 이미 없었다.

나는 마을에 도착했다. 그곳은 로맹빌이었다.

'왜 로맹빌일까?'

처음 들어선 길에는 아무도 없었다. 다음 길로 들어서자 다시 갈림길로 이어지는 모퉁이에 한 사내가 서 있었다. 나는 그에게 물었다.

"여긴 어딥니까? 난 어디에 있는 겁니까?"

사내는 말이 없었다. 그때 문이 열린 집 한 채가 보였다. 나는 그 안으로 들어갔다.

방은 텅 비어 있었다. 나는 다음 방으로 갔다. 한 사내가 그 안에 서 있었다. 나는 그에게 물었다.

"여긴 누구의 집이지요? 나는 어디에 있는 겁니까?"

사내는 말이 없었다. 집 옆에 정원이 있었다.

나는 정원으로 향했다. 거기에는 아무도 없었다. 첫 번째 나무 그늘에 한 사내가 보였다. 나는 그에게 물었다.

"여긴 어느 정원입니까? 나는 어디에 있는 겁니까?"

사내는 말이 없었다.

나는 마을을 계속 걸었다. 그곳은 하나의 도시였다. 거리는 텅 비고 집 대문은 모두 열려 있었다. 집 안에도 방 안에도 정원에도 사람이라곤 없었다. 그런데 불쑥 모퉁이에서 문 그늘에서 나무 뒤에서 사내가 튀어나왔다. 어딜 가든 한 사람씩이었다. 그들은 나를 말없이 지켜보았다.

나는 다시 들판으로 향했다.

뒤를 돌아보니, 무수히 많은 사람들이 몰려왔다. 아까 거리에서 만난 사내들이었다.

모두 이상한 표정을 하고 있었다. 그들은 나보다 더 빨리 걷는 것 같았다. 하지만 발소리는 나지 않았다. 그들은 순식간에 나를 따라잡았다. 그리고 나를 둘러쌌다. 그들의 얼굴은 흙빛이었다.

그때 거리에서 처음 만났던 사내가 말했다.

"어디로 가오? 당신은 이미 오래전에 죽었소. 그걸 모르겠소?"

나는 대답을 하려고 했다. 그러나 이미 주위에는 아무도 없었다.

그는 잠에서 깨어났다. 그의 몸은 얼음장처럼 차가웠다. 새벽바람이 열린 유리창으로 들어왔다. 난로불은 이미 꺼져 있었다. 초도 다 타 버렸다. 아직 어두컴컴했다.

그는 창가로 갔다. 별은 여전히 보이지 않았다.

창문 밖으로 안마당과 바깥 길이 보였다. 갑자기 금속성 소리가 울렸다. 붉은 별이 두 개 보였다. 그 빛은 반짝였다 사그라졌다 했다.

그는 아직 꿈에서 완전히 헤어나지 못하고 있었다. 그래서 '왜 하늘의 별이 땅 위에 떠 있는지.' 하고 생각했다.

그동안 머리가 차츰 맑아지고 금속성 소리가 몇 번 더 들려 그는 완전히 잠에서 깨어났다. 그는 소리 나는 곳을 쳐다보았고 그것이 마차의 칸델라라는 것을 알았다. 작은 흰 말이 끄는 2인승 이륜마차가 와 있었다. 말의 발소리가 들렸다.

그는 중얼거렸다.

"이른 새벽부터 웬 마차란 말인가?"

그때 누군가가 그의 방문을 두드렸다. 그는 온몸이 얼어붙었다.

"누구요?"

누군가가 대답했다.

"접니다. 시장님."

그 목소리는 문지기 아주머니였다.

"무슨 일이시오?"

"이제 곧 5시입니다, 시장님."

"그게 무슨 문제요?"

"마차가 왔답니다."

"마차라니?"

"소형 마차요."

"무슨 소리요?"

"시장님께서 소형 마차를 부르셨잖아요."

"난 그런 적 없소."

그는 말했다.

"마부가 시장님 댁을 찾아왔다고 했는데요."

"누구?"

"스코플레르 영감네 마부요."

"스코플레르 영감?"

그는 그 이름을 들었을 때 온몸을 떨었다. 마치 번갯불을 맞은 것 같았다.

"맞소!"

그가 말했다.

"스코플레르 영감."

만일 문지기 아주머니가 그의 표정을 보았다면 깜짝 놀랐을 것이다.

긴 침묵이 흘렀다. 그는 계속 촛불을 보고 있었다. 그리고 촛대의 흘러내리는 촛농을 떠서 손가락 끝으로 문질렀다.

문지기 아주머니는 계속 기다리는 중이었다. 그러더니 다시 한 번 큰소리로 물었다.

"시장님, 어떻게 할까요?"

"지금 나가는 중이라고 전하시오."

고장

아라스와 몽트뢰유쉬르메르를 오가는 우편물은 작은 우편 마차로 실어 날랐다. 그 우편 마차는 바퀴가 두 개 달린 소형 마차로 내부는 갈색 가죽으로 싸고 스프링을 깔았으며 우체부 자리를 포함해 두 석만 있었다. 수레바퀴에는 다른 마차가 가까이 오지 못하도록 긴 바퀴통이 달려 있었다. 우편물 상자는 장방형으로 쌓여 마차 뒤에 끌려 있었다. 마차는 노란색이었고, 상자는 검은색이었다.

오늘날에는 그런 모습을 찾아보기 힘들 정도로 마차는 아주 괴이한 꼽추의 모습을 하고 있었고, 멀리서 지평선을 지나는 것을 보면 마치 흰개미처럼 보였다. 하지만 속력은 아주 빨랐다. 파리에서 정기 마차가 지나간 뒤 새벽 1시에 아라스를 출발하는 우편 마차는 아침 5시 무렵 몽트뢰유쉬르메르 마을에 도착했다.

그날, 에스댕 거리를 지나 몽트뢰유쉬르메르로 우편 마차가 들어올 때, 반대 방향에서 오던 흰 말의 소형 마차를 바퀴통으로 건드렸다. 그 소형 마차에는 흰 망토를 두른 사내가 한 명 타고 있었다. 소형 마차의 수레바퀴는 망가졌다. 우체부는 마차를 세우려 했지만 마차는 전속력으로 길을 빠져나갔다.

"몹시 급한 일이 있는 모양이군."

우체부가 말했다.

그때 가는 길을 재촉하고 있던 사람은 지금까지 우리의 동정심을 자아내는 온갖 고통과 고뇌에 찬 그 사람이었다.

그는 어디로 가고 있을까? 그조차 대답할 수 없었을 것이다. 왜 그렇게 서둘렀을까? 그마저도 알 수 없었다. 그는 그저 앞을 향해 전속력으로 내달렸다. 어디로? 아라스? 어쩌면 다른 곳을 향하는지도. 그는 가끔 그런 불안감을 느끼며 온몸을 떨었다.

그는 마치 심연 속을 달려가듯 어둠을 가로질렀다. 무언가가 그를 끌어당겼고 또 밀어냈다. 그의 마음속에서 어떤 일이 벌어지고 있는지는 알 수 없지만 우리는 그것을 천천히 알게 될 것이다. 적어도 일생에 한 번쯤은 그런 동굴에 들어가는 법이다.

아무튼 그는 아무런 결론도, 결심도, 약속도 하지 않았다. 그의 양심은 방향을 잃었다. 계속해서 제자리걸음이었다.

왜 아라스로 가려는가?

그는 스코플레르의 마차를 예약했을 때 생각했던 것을 다시 떠올려 보았다.

'결과야 어떻든 내가 그 사건을 보러 가는 것은 상관없는 일 아닌가. 오히려 신중한 처사가 아닌가. 상황이 어떻게 되어 가는지 똑똑히 보아야 한다. 그러지 않고서는 어떤 결론도 맺을 수 없다. 멀리 있을 때는 잘못된 판단을 내리기가 쉽다. 샹마티외라는 불쌍한 자를 보고 나면 그를 나 대신 감옥에 집어넣는 것을 안심할 수 있을 것이다. 하지만 그 자리에는 자베르가 있고, 나를 알고 있는 죄수 브르베와 슈닐디외와 코슈파유까지 있다.

그들이 어떻게 나를 알아보겠는가. 아, 나는 지금 얼마나 어리석은가! 자베르는 조금 따돌려 놓았다. 그는 완전히 샹마티외만을 생각하고 있다. 그러니 그 자리에서 그를 만난들 무슨 상관이 있겠는가.

불쾌감은 느끼겠지만 나는 곧 그것을 잊게 될 것이다. 아무리 운명이 나쁘게 꼬인들 나는 그것을 내 손으로 움켜쥐고 있다. 나는 운명을 지배한다.'

그는 이러한 생각에 빠져 있었다.

솔직하게 말하자면, 그는 아라스에 가고 싶지 않았을 것이다.

하지만 거기에 가고 있었다.

그는 채찍질을 했다. 말은 한 시간에 2리그 반을 달리는 속도로 갔다.

마차가 내달리듯이 그는 자신의 마음속에 일었던 그 무언가가 사라지는 것을 느꼈다.

동이 틀 때, 그는 들판에 있었다. 이미 몽트뢰유쉬르메르에서는 한참 떨어져 있었다. 그는 지평선을 바라보았다. 겨울의 새벽의 차갑게 언 만물을 그는 눈이 아닌 가슴으로 바라보았다. 아침에도 밤 같은 환상이 보인다. 그는 눈으로 보지는 못했지만 그의 육감으로 느꼈다. 검은 나무와 언덕은 그의 짓눌린 영혼에 더욱 불안한 기운을 퍼뜨리고 있었다.

가끔 외딴집을 지날 때면 그는 마음속으로 중얼거렸다.

'저기에도 고이 잠들어 있는 사람이 있다!'

말발굽 소리와 방울 소리, 바퀴 소리가 땅 위에 경쾌하게 울렸다. 마음이 가벼울 때는 즐겁게 들리지만 마음이 슬플 때는 처량하게 들리는 법이다.

에스댕에 도착했을 때는 날이 밝아 있었다. 그는 말을 쉬게 하고 먹이를 주기 위해 어느 여관 앞에 마차를 세웠다.

말은 스코플레르의 말처럼 작은 블로네산 말로 머리와 배가 크고 목은 짧았으며 가슴과 등은 넓고 다리는 가늘고 발굽은 튼튼했다. 잘생기지는 않았지만 거세고 튼튼했다. 이 훌륭한 말은 두 시간 동안 5리그를 달리고도 힘든 기색이 없었다.

그는 마차에서 내리지 않았다. 귀리를 가져온 마구간 인부가 마차 쪽으로 몸을 숙이더니 왼쪽 바퀴를 보며 말했다.

그가 물었다.

"이 바퀴로 먼 길을 가실 겁니까?"

그는 아직 생각에 잠긴 채였다.

"왜 그러시오?"

"멀리서 오셨나요?"

마구간 사내는 물었다.

"5리그를 달려왔소."

"세상에!"

"무슨 일이오?"

마구간 사내는 다시 몸을 숙여 바퀴를 살폈다.

"이런 바퀴로 5리그를 달리다니! 글쎄요, 그럴 수 있을지도 모르죠. 하지만 이젠 반리그도 가지 못하게 생겼습니다."

그는 마차에서 내렸다.

"그게 무슨 말이오?"

"이만큼 온 것도 기적입니다요. 나리도 말도 완전 진창에 빠질 뻔했습니다. 여기를 보십시오."

수레바퀴는 망가져 있었다. 우편 마차와 충돌했을 때 바퀴살이 부러지고 바퀴통 나사가 온통 찌그러졌다.

그는 사내에게 말했다.

"수리공을 부르고 싶소만."

"그러십시오, 나리."

"불러 주시겠소?"

"바로 저기 있습니다. 여기 보세요, 부르가야르 씨!"

부르가야르는 자기 집 문간에 있었다. 그는 바퀴를 보더니 마치 외과 의사 같은 모습으로 오만상을 찌푸렸다.

"이 바퀴를 고칠 수 있겠소?"

"그렇습니다, 나리."

"언제 출발할 수 있겠소?"

"내일이오."

"내일?"

"적어도 하루는 걸립니다. 급하신가요?"

"무척 급하오. 한 시간 뒤에는 출발해야 하오."

"도저히 안 되겠는데요, 나리."

"돈은 얼마든지 주겠소."

"정말 무리입니다."

"두 시간 드리겠소."

"오늘 안으로는 어렵습니다. 바큇살 두 개와 바퀴통을 통째로 바꿔야 해서요. 오늘 안으로는 떠나지 못하실 거예요."

"내 볼일을 그르칠 수는 없소. 그럼 수리하는 대신 다른 부품과 바꾸면?"

"글쎄요, 나리."

"당신은 수레 수선공이잖소."

"하지만 나리."

"바퀴 한 짝만 구하면 되는 일 아니오?"

"새 바퀴 말입니까?"

"그렇소."

"이 마차에 맞는 바퀴는 없습니다. 바퀴는 두 개가 한 쌍인데 짝짝이를 달면 굴러갈 수 없지요."

"그렇다면 두 개를 사겠소."

"손님, 하지만 같은 굴대에 잘 맞을지는 알 수가 없습니다."

"다른 방법이 없소?"

"죄송하지만 저희는 짐마차 바퀴만 팝니다. 여기는 작은 동네라서요."

"그럼 마차를 빌릴 수 없겠소?"

수레 수선공은 이 소형 마차가 빌린 것임을 알아챘다. 사내가 목소리를 높였다.

"빌린 마차를 이렇게 함부로 타시다니요! 제가 마차를 더 갖고 있더라도 빌려 드리지 못하겠는걸요."

"그럼, 나한테 파시오."

"마차도 없습니다."

"한 대도 없소? 이륜마차가 없소? 그럴 리가!"

"여긴 워낙 작은 동네 아닙니까. 광에 둔 것이 있긴 합니다. 읍내 양반 댁 것으로 낡은 사륜마차이지요. 자주 쓰지 않는 것입니다. 빌려 드릴 수는 있어요. 주인 양반을 마주치지만 않는다면요. 그런데 사륜마차라 말 두 필이 필요합니다."

"말을 빌리겠소."

"어디로 가시지요?"

"아라스."

"오늘 안에 아라스를요?"

"그렇소만."

"역마를 빌려서 말입니까?"

"왜 그러오?"

"내일 아침 4시에 도착해도 괜찮으시지요?"

"그건 곤란하오."

"그보다 만약 역마를 빌리신다면 통행증은 갖고 계십니까?"

"그렇소."

"그럼 역마를 빌려도 오늘 안에 도착하기는 힘드실 겁니다. 여기는 워낙 길이 좁아서 역마가 흔하지 않지요. 역마들도 모두 밭에서 일을 하니까요. 지금은 가래질할 때라서 말들이 모두 밭에 있습니다. 그러니 어디에서든 역마를 구해 오려면 서너 시간은 걸릴 겁니다. 잘 달리지도 못할 거예요. 오르막길이 많으니."

"그럼, 말을 타고 가야겠구려. 마차에서 말을 풀어 주시오. 안장을 구해야겠군."

"그런데 이 말에 안장을 얹어서 탈 수 있을까요?"

"아, 이 말에 올라타서는 안 돼."

"그렇다면."

"하지만 여기서 말을 빌릴 수는 있겠지."

"아라스까지 갈 말이지요?"

"물론이오."

"이 근처의 말로는 힘듭니다. 게다가 손님을 아는 사람도 없으니 말을 사셔야 할 텐데 1천 프랑을 낸다 해도 구하기 힘들 거예요."

"그럼, 어떻게 해야 합니까?"

"가장 좋은 방법은 제가 수레바퀴를 고친 다음 내일 출발하시는 겁니다."

"그건 너무 늦소."

"그것참."

"아라스로 가는 우편 마차는 없소? 언제 지나가오?"

"오늘 밤입니다."

"방법이 없군. 바퀴를 고치는 데 그렇게 오래 걸리오?"

"어쩔 수 없답니다."

"둘이 힘을 합쳐도?"

"열 사람이 따라붙어도 마찬가지지요."

"밧줄로 살을 묶으면."

"임시로 그렇게 할 수 있지만 바퀴통은 어쩔 수 없습니다. 테두리도 많이 상했고요."

"읍내에 마차 빌려 주는 가게가 없소?"

"없습니다."

"다른 수레 수선공은?"

마구간 사내와 수선공은 동시에 머리를 좌우로 흔들며 말했다.

"없습니다."

그 말을 듣고 그는 기쁨을 느꼈다.

그것은 하늘의 뜻이었다. 소형 마차 바퀴는 우연한 사고로 부서졌다. 그를 그 자리에 발이 묶여 있다. 첫 번째 기미가 보였을 때 그는 뜻을 꺾지 않았다. 어떤 방법을 써서라도 길을 떠나려 했다. 추위와 피로에도 불구하고 그의 생각은 여전했다. 자신을 탓할 필요는 없었다. 길을 더 가지 못한다고 하더라도 그의 책임은 아니었다. 그것은 양심의 일이 아니라 하늘의 뜻이었던 것이다.

그는 숨을 내쉬었다. 자베르가 집무실에 찾아왔던 이후로 그렇게 후련히 숨을 내쉰 적은 없었다. 그는 스무 시간 동안 그를 짓눌렀던 육중한 것이 사라진 기분이었다.

하느님은 자신을 돕고 있었다.

그는 모든 노력을 다했고, 이제는 하늘의 뜻에 따라 되돌아가야겠다고 마음먹었다.

만약 그가 수레 수선공과 여관 안에서 이야기를 나누었다면 그 광경을 본 사람이 없었을 것이다. 그러면 누구에게도 알려지지 않고 그 일은 그렇게 끝났을 것이다. 그리고 다음 사건도 일어나지 않았을 것이다. 하지만 그들은 길에서 대화를 나누었다. 그러면 주변 사람들이 관심을 갖고 꼬여 들게 마련이다. 구경꾼들은 어디에나 있다. 그가 수레 수선공과 말을 하는 동안 어느새 사람들이 모여들었다. 거기에 있던 한 소년이 어디론가 뛰어갔다.

그가 마음먹은 대로 하려고 길을 되돌아가려고 했을 때, 그 소년이 한 노파를 데려왔다.

"나리, 우리 아이한테 들었는데, 손님께서 마차를 빌리려고 하신다면서요?"

노파가 말했다.

노파의 말을 듣고, 그의 등줄기에서는 식은땀이 흘러내렸다. 그는 자기를 풀어 주었던 손이 어둠을 뚫고 다시 다가오는 것을 느꼈다.

그는 대답했다.

"그렇소, 할멈."

그리고 이렇게 덧붙였다.

"그런데 이 근처에는 마차가 없는 모양이오."

"왜 없겠어요?"

노파는 말했다.

"있단 말이오?"

수레 수선공이 말했다.

"우리 집에 있답니다."

노파가 말했다.

그는 온몸을 떨었다. 모진 운명이 다시 그에게 다가왔다.

할머니는 헛간에 버드나무로 만든 마차를 넣어 두고 있었다. 수레 수선공과 마구간 사내는 손님을 놓치게 된 것이 아쉬워 말을 가로막았다.

"이건 형편없이 낡았군. 굴대 위에 올라앉게 생겼어. 의자는 가죽 끈으로 매 놓고 말이야. 비라도 내리면 빗물이 새겠어. 습기 때문에 바퀴도 온통 녹슬었고. 저 소형 마차나 이 마차나 멀리 가기는 틀렸군. 어떻게 이런 고물을 타라는 거지? 혹여 나리께서 봉변을 당하시기라도 하면 어쩌려고!"

그것은 맞는 말이기도 했다. 하지만 그 마차는 어쨌든 수레바퀴를 달고 있었고 어떻게든 아라스까지는 갈 수 있을 것 같았다.

그는 값을 치르고 돌아갈 때 다시 탈 수 있도록 소형 마차를 수선공에게 맡긴 뒤 헌 마차를 흰 말에 매고 여행길에 올랐다.

마차가 움직였을 때 그는 아까 잠시 기쁨을 맛보았던 것을 떠올렸다. 하지만 지금 와서 그 기쁨은 분노할 만큼 어리석은 일로 느껴졌다. 그 일에 대해 왜 기쁨을 느꼈을까? 자신은 이 여행을 자기 의지로 하고 있다. 누구도 강요하지 않았다. 그리고 다음의 모든 일도 그가 바라는 대로 될 터였다.

에스댕을 떠나려던 무렵, "잠깐만 세워 주세요."라는 외침이 들려왔다. 그는 마차를 세웠다. 희망에 젖은 얼굴이 그를 쫓아왔다.

외침의 주인공은 노파를 데려온 소년이었다.

"나리, 마차 구해 준 사람이 저라는 거 아시죠?"

소년이 말했다.

"그런데?"

"제게는 아무것도 주지 않으셨잖아요."

누구에게나 친절한 그였으나 그는 어쩐지 불쾌한 기분이 들었다.

"그렇지. 하지만 네게 줄 건 아무것도 없다."

그는 말에 올라 빠르게 내달리기 시작했다.

그는 에스댕에서 예상보다 많은 시간을 허비했다. 그것을 따라잡으려면 속도를 더 내야 했다. 작은 말은 열심히 달렸다. 하지만 비가 내린 2월의 땅은 질퍽했다. 게다가 마차는 묵중하고 둔한 데다 오르막까지 올라야 했다.

에스댕에서 생폴까지는 총 네 시간이 걸렸다. 5리그를 가는 데 네 시간 걸린 것이다.

생폴에 도착해서 그는 여관을 찾아 말을 마구간에 데려갔다. 스코플레르가 일러준 대로 그는 말이 먹이를 먹는 것을 지켜보았다. 그리고 다시 괴로움에 잠겼다.

여관집 안주인이 마구간에 들어왔다.

"손님께서는 식사를 안 하시나요?"

"아, 잊고 있었소. 몹시 배가 고프군."

그는 말했다.

그는 안주인을 따라갔다. 안주인은 생기가 넘쳤다. 그녀는 천장이 약간 낮은 식당으로 데려갔는데, 테이블 위에는 식탁보 대신 기름칠한 종이가 깔려 있었다.

"서둘러 주시오."

그는 말을 이었다.

"금방 출발해야 하오."

뚱뚱한 플랑드르인 하녀가 그릇을 가져왔다. 그는 만족감을 느끼며 여자를 바라보았다.

'어쩐지 속이 나쁘더니, 식사를 거르고 있었군.'

그는 이렇게 생각했다.

음식이 나왔다. 그는 빵을 한 입 먹고는 접시에 내려놓고 다시는 손도 대지 않았다.

한 마차꾼이 다른 테이블 앞에 앉아 있었다. 그는 마차꾼에게 말했다. "여기 빵은 왜 이렇게 맛이 없소?"

그 마차꾼은 마침 독일 사람이었으므로 말을 알아듣지 못했다.

그는 마구간으로 갔다.

그리고 한 시간 뒤에는 탱크를 향해 전속력으로 달리고 있었다. 거기서 아라스까지는 5리그였다.

그동안 그는 무슨 생각을 했을까? 아까와 마찬가지로 그는 풍경 속에 눈을 던지고 있었다. 나무와 초가지붕과 밭들이 펼쳐졌다가 사라졌다. 사람은 아무 생각 없이 그저 풍경에 눈을 던지고 있어도 안정이 될 때가 있는 법이다.

그러나 이 모든 것을 더 이상 보지 못하게 된다면! 그건 얼마나 슬픈 일인가! 여행은 다시 태어나고 다시 죽는 일과 같다. 아마 그는 시시각각 변하는 풍경을 보며 그의 인생을 생각하고 있었을지도 모른다.

지상의 만물은 우리를 스쳐 지나간다. 눈부신 빛 뒤에는 그늘이 따라온다. 사람들은 그것을 바라보며 붙잡으려고 애를 쓴다. 크고 작은 사건들은 길모퉁이와 같다. 사람은 빠르게 늙어 간다. 그리고 어떤 두려움을 느낀다. 주위는 어두컴컴해진다. 어둠의 문이 보인다. 사람을 태운 인생의 검은 말이 걸음을 멈춘다. 그리고 복면의 사내가 말을 풀어 준다.

수업을 마치고 집으로 돌아가던 아이들이 탱크로 오는 마차를 본 것은 해질 무렵이었다. 1년 중 가장 해가 짧은 때였다. 그는 탱크에서 길을 멈추지 않았다. 그때 자갈을 깔던 인부가 소리쳤다.

"말이 무척 지쳐 보이는군요."

말은 이제 뛰지도 못하는 지경이었다.

"아라스로 가십니까?"

도로 인부가 물었다.

"그렇습니다."

"그러다가는 제시간에 도착하지 못할 겁니다."

그는 잠시 말을 세우고 인부에게 물었다.

"아라스까지는 몇 리그나 됩니까?"

"7리그 정도 되지요."

"그렇습니까? 지도에는 5리그 4분의 1이라고 되어 있습니다만."

"아!"

도로 인부가 말을 이었다.

"지금 공사 중인 걸 모르시는군요. 15분쯤 더 가면 진입 금지입니다. 더는 못 가지요."

"이럴 수가!"

"카랑시로 향하는 왼쪽 길로 가다가 강을 건너 캉블랭으로 가서 오른쪽으로 가면 됩니다. 그게 몽생텔루아에서 아라스까지 가는 길이지요."

"더 어두워지면 길을 찾기가 힘들 텐데요."

"이 지방 분이 아니시군요?"

"그렇습니다."

"휴, 이렇게 길이 복잡한데. 아, 참!"

도로 인부가 말을 이었다.

"그럼 다시 탱크로 가십시오. 거기에 좋은 여관이 있으니 하룻밤 쉬고 내일 아라스로 가시지요."

"오늘 꼭 도착해야 하오."

"흠, 그렇다고 해도 여관으로 가서 보조 말을 구해 보십시오. 길을 잘 아는 마부가 있다면 좋겠지요."

그는 도로 인부의 말대로 길을 되돌아갔다가 반시간 뒤에는 더 튼튼한 말을 달고 빠른 속도로 내달리고 있었다. 여관집 말구종이 마부랍시고 마차에 올라 있었다.

하지만 그는 여전히 초조했다.

해는 지고 있었다.

그들은 험한 샛길로 들어섰다. 마차는 바큇자국에 자꾸만 빠졌다. 그는 마부에게 말했다.

"전속력으로 갑시다! 술값은 얼마든 드리겠소."

어떤 울퉁불퉁한 길에서 기우뚱하다가 채의 가로대가 부러지고 말았다.

"나리, 가로대가 부러졌어요. 그러면 말을 매기가 힘듭니다. 이런 밤은 더 위험하죠. 탱크로 돌아가셔도 내일 아침 일찍 아라스에 닿을 수 있어요."

말구종이 말했다.

"새끼줄과 칼이 있나?"

"네, 나리."

그는 나뭇가지를 잘라서 가로대를 만들었다.

그러는 데 20분이 걸렸다. 하지만 그들은 다시 전속력으로 달리기 시작했다. 들판은 어두웠다. 좁고 낮은 검은 안개가 언덕 위에 깔리고 있었다. 구름 속에 빛이 남아 있었다. 바다에서 불어온 바람이 지평선에 닿아 소리를 냈다. 모든 것이 무서웠다. 지상의 만물이 두려움에 떨고 있었다.

추위로 몸이 움츠러들었다. 어제부터 먹은 게 없었다. 그는 디뉴의 넓은 들판을 헤매던 일이 떠올랐다. 8년 전의 일이 어제처럼 생각됐다.

멀리 종탑에서 종이 울렸다. 그는 말구종에게 물었다.

"몇 시지?"

"7시입니다, 나리. 아라스에는 8시에 도착할 겁니다. 이제 3리그 남았어요."

그는 그제야 다른 생각을 떠올렸다. 왜 미리 생각하지 못했는지를 한탄하면서.

'이렇게 달려왔지만 결국 수포로 돌아가지 않을까. 나는 재판 시간조차 모르고 있다. 그것을 챙겼어야 했는데. 그저 무작정 이렇게 달려왔으니 얼마나 멍청한가.'

그는 이것저것을 따져 보았다.

'중죄 재판은 아침 9시에 시작하고, 이 재판은 그리 오랜 시간이 걸리지 않을 거야. 사과 하나 훔친 일은 간단할 테지. 범인이냐 아니냐만 따질 뿐일 테니. 몇 명의 증언이 이어질 테고, 변호사가 변론할 것도 별로 없어. 내가 도착할 때에는 모든 게 끝났을지도 모르지.'

마부는 두 필의 말에 채찍질을 했다. 그들은 강을 건너서 몽생텔루아를 벗어나고 있었다. 밤은 깊어 갔다.

생플리스 수녀의 시련

그때 팡틴은 기쁨에 차 있었다.

그녀는 몹시 위태로운 밤을 지냈다. 심한 기침과 발열로 밤새도록 악몽에 시달렸다. 의사가 아침 회진을 왔을 때 그녀는 의식을 잃을 지경이었다. 의사는 무척 낙심한 얼굴로 마들렌 씨가 오면 불러 달라고 말한 뒤 병실을 나갔다.

오전 동안 그녀는 말이 없었다. 그리고 무언가를 재 보는 것처럼 시트 위에서 손가락을 움직였다. 그녀의 눈은 푹 꺼져 있었다. 무척 흐렸지만 가끔 기세를 차린 듯 반짝거렸다. 절망적인 시간이 오면, 스러져 가는 사람들을 위하여 하늘의 빛이 가득 차오르는 모양이었다.

생플리스 수녀가 기분을 물을 때마다 그녀는 이렇게 말했다.

"좋아졌어요. 마들렌 씨를 만나고 싶어요."

몇 달 전 팡틴이 마지막 정절과 자존심과 기쁨을 잃었을 때 그녀는 자신의 그림자일 뿐이었다. 그녀는 자기 자신의 망령이었다. 정신적 고통은 육체의 고통으로 이어졌다. 25세인 여자의 이마에 주름이 가고, 뺨이 파이고, 코끝은 메마르고, 잇몸이 드러나고, 얼굴빛은 검어지고, 목덜미에는 뼈가 다 드러나고, 쇄골은 툭 튀어나오고, 손발이 여위고 살갗은 생기를 잃고 금빛 머리카락에는 회색빛이 섞여 들어갔다. 아, 병은 여인의 젊음을 앗아 가는구나!

의사는 정오에 다시 와서 처방전을 쓰고는 시장님이 왔었는지 묻고는 고개를 저었다.

마들렌 씨는 늘 3시면 병문안을 왔다. 그는 그 시간을 어긴 적이 없었다.

2시 반쯤 되자 팡틴은 불안해졌다. 20분 동안 열 번 넘게 수녀에게 물어보았다.

"지금 몇 시죠, 수녀님?"

3시가 되었다. 팡틴은 마지막 시계 종소리에 침대 위로 몸을 일으켰다. 침대에서 몸을 움직이는 것조차 힘들어하던 그녀였다. 그녀는 앙상한 손을 마주 잡았다. 그리고 깊은 한숨을 쉬었다. 그녀는 문가를 바라보았다.

아무런 기적도 없었다.

그녀는 15분 동안 그렇게 앉아 있었다. 수녀는 그녀에게 말을 걸 수가 없었다. 교회의 종이 3시 15분을 알리자 팡틴은 다시 자리에 누워 버렸다.

그녀는 다시 시트에 손가락으로 무언가를 적었다.

30분, 그리고 다시 한 시간이 지났다. 아무도 병실에 들어오지 않았다. 시계 소리가 들릴 때마다 팡틴은 상체를 들어 문가를 바라보았다. 그리고 다시 침대에 고꾸라졌다.

누구나 그녀의 마음을 알 수 있을 것이다. 하지만 그녀는 누구의 이름도 말하지 않고, 불평을 하지도 않았으며 원망하지도 않았다. 그저 가엾게 기침만 할 뿐이었다. 어떤 어둠이 그녀를 뒤덮으려 했다. 얼굴은 납빛이 되었고 입술은 파랗게 질렸다. 그녀는 아주 조금 미소를 지었다. 5시가 되었다. 수녀는 팡틴의 목소리를 들었다.

"내일이면 나는 죽을 텐데, 오늘 뵙지 못했구나."

생플리스 수녀 역시 마들렌 씨가 늦는 것에 대해 놀라고 있었다. 그는 아예 오지 않을지도 몰랐다. 팡틴은 천장을 올려다보면서 무언가를 생각했다. 그러면서 작은 목소리로 겨우겨우 노래를 불렀다. 수녀는 그녀의 노래에 가만히 귀를 기울였다.

사러 가죠, 고운 것을.
들길을 걸어가요.
들국화는 푸르고 장미는 붉고,
들국화는 푸르고 아기는 예쁘네.

동정 마리아께서 수놓은 망토를 두르고
어제 난롯가에 오시어 말씀하셨지.

"내 옷자락 속에 살짝 숨겨
네 아이를 데려왔단다.
어서 가요 시내로, 옷감을 사러.
실과 골무도 필요하지."

사러 가죠, 고운 것을.
들길을 걸어가요.

나는 난롯가에 요람을 놓았지.
마리아여, 보소서. 리본 장식을.
하늘 아래 가장 아름다운 별보다
당신이 주신 아기가 더 예뻐요.
"무엇을 만들까, 옷감으로?"
"예쁜 아가 옷을 만들거라."

들국화는 푸르고 장미는 붉고,
들국화는 푸르고 아기는 예쁘네.

"깨끗하게 빨거라."
"어디서 빨지요?"
"개울에 가야지.
깨끗하게 손 씻고 잘라다가
예쁜 치마랑 저고리 만들어
꽃수는 내가 놓을 테니."
"아기가 안 보여요. 옷감은요?"
"홑이불로 만들어 나를 감고 묻거라."

사러 가죠, 고운 것을.

들길을 걸어가요.

들국화는 푸르고 장미는 붉고,

들국화는 푸르고 아기는 예쁘네.

팡틴은 코제트를 재울 때 이 자장가를 부르곤 했다. 아기와 떨어져 지
낸 5년 동안 그녀는 이 노래를 떠올려 본 적이 없었다. 하지만 수녀를 울
릴 만큼 구슬프고 다정한 목소리로 자장가를 불렀다. 늘 근엄한 표정의
생플리스 수녀는 눈물이 솟자 당황했다.

6시가 되었다. 하지만 팡틴은 시계 소리를 듣지 못한 모양이었다. 그녀
는 이제 다른 것에는 신경을 쓰지 않는 것 같았다.

생플리스 수녀는 시장님이 돌아오셨는지, 아니면 진료소로 와 주실
수 있는지 물으려고 하녀를 문지기 아주머니에게 보냈다. 하녀는 곧 돌
아왔다.

팡틴은 여전히 생각에 빠져 있었다. 하녀가 생플리스 수녀에게 한 말
에 따르면 시장님은 아침 6시에 흰 말이 끄는 소형 마차를 타고 혼자 길
을 떠났고 어디로 갔는지는 한마디도 하지 않으셨다고 했다. 아라스로
향하는 길을 지나는 걸 보았다는 사람도 있고, 파리로 향하는 길에서 보
았다는 사람도 있다고 했다. 여느 때와 다른 점은 없었다. 하지만 문지
기 아주머니에게 오늘 돌아오지 못할 수도 있다고 말했다는 것이었다.

두 여자는 팡틴의 침대에서 등을 돌리고 대화하는 중이었다. 팡틴은
금방이라도 자신을 집어삼킬 것 같은 죽음과 아직은 살아 있는 신체의
움직임을 느끼면서 갑자기 일어나 무릎을 꿇고 커튼 사이로 고개를 내밀
며 두 여자의 이야기를 들었다. 그러다가 갑자기 소리를 질렀다.

"마들렌 씨 이야기죠? 왜 그렇게 작게 말씀하시죠? 그분은 어디에 계
세요? 왜 오시지 않죠?"

그 목소리는 남자처럼 느껴질 만큼 매우 거칠어서 두 여자는 깜짝 놀라 뒤를 돌아보았다.

"어서 말해 주세요."

팡틴이 외쳤다.

하녀는 더듬더듬 말했다.

"문지기 아주머니 말씀이, 그분은 오늘 돌아오지 않으실 것 같대요."

"자, 진정하고 일단 자리에 누워요."

수녀가 말했다.

팡틴은 그 자세 그대로 외쳤다.

"왜요? 얼른 말해 주세요. 나도 알고 싶어요."

하녀는 수녀의 귀에 대고 말했다.

"시의회 일 때문이라고 하는 게 좋겠어요."

생플리스 수녀의 얼굴이 붉어졌다. 하녀의 말은 거짓이었기 때문이다. 하지만 진실을 말하면 환자에게 치명타가 갈 것이므로 그녀는 슬픈 눈빛으로 팡틴을 바라보며 말했다.

"시장님은 멀리 계세요."

팡틴은 몸을 고쳐 앉았다. 그녀의 눈이 반짝거렸다. 그녀는 기쁨에 겨워 외쳤다.

"멀리요? 분명 코제트를 데리러 가신 거예요."

그러더니 두 손을 하늘로 뻗었다. 그녀의 얼굴에는 말할 수 없는 감동이 차올랐고 입술은 부산히 움직였다. 그녀는 기도하고 있었다. 기도를 마치고 그녀는 말했다.

"수녀님, 전 다시 눕겠어요. 이제부터 얌전히 시키시는 대로 할게요. 버릇없는 행동을 해서 죄송합니다. 큰소리치는 건 정말 나쁘지요. 수녀님, 전 이제 아주 기뻐졌어요. 하느님은 좋은 분이세요. 마들렌 씨도요. 그분은 제 딸 코제트를 데리러 몽페르메유로 가신 거예요."

팡틴은 다시 누웠다. 그리고 생플리스 수녀가 준 은 십자가 목걸이에 입을 맞추었다.

"이제 편안히 잠자요. 이야기는 나중에 하고요."

수녀가 말했다.

팡틴은 땀이 난 두 손으로 수녀의 손을 쥐었다. 수녀는 그 식은땀을 느끼고 마음이 저렸다.

"그분은 오늘 아침 파리로 향하는 길로 가셨을 거예요. 파리를 거치지 않아도 되지만 거기서 왼쪽으로 돌면 되니까요. 어제 코제트 이야기를 했을 때 곧 만날 거라고 하신 말씀 기억나시죠? 저를 놀라게 해 주시려고 했던 말이었어요. 테나르디에에게 보내는 편지에 제가 서명한 것도 아시죠? 그쪽에서는 아무 말 못 하고 코제트를 돌려줄 거예요. 돈도 다 치러 주셨을 테니까요. 돈을 받고도 아이를 돌려주지 않는다면 당국에서도 가만히 있지 않을 거예요. 수녀님, 조금만 더 말할게요. 걱정 마세요. 전 지금 무척 기뻐요. 이제 병도 다 나은 것 같아요. 코제트를 만날 테니까요.

배가 좀 고픈 것 같기도 해요. 5년이나 코제트를 보지 못했어요. 그동안 얼마나 눈에 아이가 밟혔는지 수녀님은 모르실 거예요. 코제트의 손가락은 예쁜 장밋빛이었지요. 지금도 손가락이 아주 예쁠 거예요. 한 살 때는 좀 이상한 모양이었지만요. 이제 일곱 살이나 컸으니 꼬마 아가씨가 되어 있겠군요. 저는 코제트라고 부르지만 사실 이름은 외프라지예요.

오늘 아침 난로 틀의 먼지를 보다가 문득 이제 코제트를 만날 수 있을 거라는 생각이 들었어요. 아기를 만나지도 못한 채 몇 년을 보냈다니 정말 한스러워요. 사람이 영원히 살 수 있는 것도 아닌데 말이에요. 일부러 데리러 가 주시다니 시장님은 정말 친절한 분이세요. 날씨가 이렇게 추운데 외투는 잘 챙기셨는지 모르겠어요. 내일은 돌아오시겠죠? 내일은 설날이군요. 수녀님, 내일 아침이 되면 레이스 달린 보닛을 쓰라고 꼭 알려 주세요. 몽페르메유는 시골이랍니다. 저는 걸어서 거기까지 갔었죠.

무척이나 멀었어요. 하지만 승합마차는 빠르니깐 걱정 없어요. 아마 코제트를 데리고 오실 거예요. 몽페르메유까지 얼마나 걸리죠?"

수녀는 그에 대해 몰랐으므로 "그래요, 내일 돌아오실 거예요."라고 말했다.

팡틴은 말했다.

"드디어 내일! 코제트를 만나게 된다! 수녀님, 전 이제 다 나은 것 같아요. 마음도 가볍고요. 춤도 출 수 있을 것 같아요."

15분 전의 그녀의 모습을 본 사람이 있다면 지금의 모습을 이해하기 힘들었을 것이다. 그녀의 얼굴은 장밋빛이었다. 그녀는 생기 있고 건강해 보이기까지 했다. 얼굴에 웃음이 넘쳤다. 때로 낮은 목소리로 재잘재잘 떠들어 대며 환히 웃었다. 어머니의 기쁨은 어린아이처럼 천진난만했다.

"이제."

수녀는 말을 이었다.

"행복해졌으니 좀 조용히 쉬도록 할까요?"

팡틴은 베개 위에 머리를 얹고 말했다.

"네, 이제 조용히 할게요. 얌전하게요. 아이가 올 테니까요. 생플리스 수녀님 말씀을 들을 거예요."

그리고 즐거운 표정으로 방을 이리저리 둘러보았다.

수녀는 팡틴이 깊이 쉴 수 있도록 커튼을 내려 주었다.

의사가 7시쯤 저녁 회진을 왔다. 그는 팡틴이 잠든 줄 알고 조용히 다가갔다. 그가 커튼을 열어 보니 팡틴이 동그랗게 눈을 뜨고 의사를 바라보았다. 그녀가 말했다.

"선생님, 제 옆에 아기 침대를 대고 아이를 눕혀도 될까요?"

의사는 그녀가 헛소리를 한다고 생각했다. 그녀는 말을 이었다.

"자, 여기 그 정도 공간이 있어요."

의사는 생플리스 수녀를 불렀다. 수녀는 그동안 일어난 일을 설명했다. 마들렌 씨가 먼 길을 떠났으며, 팡틴은 그가 딸을 데리러 간 줄 철석같이 믿고 있다고. 수녀는 그녀가 실망할까 봐 그대로 놔두었다고. 그리고 팡틴의 말이 맞을지도 모른다고 했다. 의사는 고개를 끄덕였다.

그는 팡틴의 침대로 갔다. 그녀가 다시 말을 했다.

"그래야 아침에 눈을 뜨자마자 아이한테 인사를 할 수 있고, 아기의 잠자는 소리를 들으면서 밤에 쉴 수 있을 테니까요. 아이의 숨소리는 평화로움을 주지요."

"손을 들어 보세요."

의사는 말했다.

그녀는 팔을 쭉 뻗었다.

"선생님, 저는 다 나았답니다. 코제트가 내일 오니까요."

의사는 깜짝 놀랐다. 환자의 상태는 부쩍 좋아져 있었다. 숨 쉬는 것도 한결 편안해 보였다. 맥박은 힘차게 뛰었다. 어떤 강한 생명력이 이 나약한 육체에 들어온 것 같았다.

"선생님."

그녀가 말을 이었다.

"시장님께서 아이를 데리러 간 걸 수녀님께 들으셨죠?"

의사는 수녀에게 되도록 여자에게 충격을 주는 말을 하지 말라고 했다. 그는 키니네를 넣은 약과 진정제를 처방했다. 그리고 수녀에게 말을 덧붙였다.

"다행히 좋아졌군요. 하지만 내일 시장님께서 아이를 데리고 오지 않는다면 어떻게 될지 장담할 수 없습니다. 더러 기쁜 일 때문에 병세가 좋아지는 일도 있습니다. 환자는 내장 질환을 앓고 있습니다. 꽤 나쁜 상태였지요. 하지만 정말 놀랍게도 호전되었어요. 잘하면 살아날 수도 있겠습니다."

출발을 서두르다

우리와 헤어진 마차가 아라스의 우편 여관 마차 출입구에 들어섰을 때는 거의 저녁 8시였다. 지금껏 이야기한 그 사나이는 마차에서 내려 보조 말을 돌려보내고, 조그마한 백마를 끌고 마구간으로 갔다. 여관 사람들의 정중한 인사는 받는 둥 마는 둥이었다.

아래층의 당구장 문을 밀고 들어간 그는, 그곳 테이블 위에 턱을 괴고 앉았다. 애초에 여섯 시간 예정이었던 여행길이 열네 시간이나 걸렸다. 그것이 자기 탓이 아니라고 그는 스스로를 변명했다. 그러나 마음속으로 기분이 나쁜 것은 아니었다.

여관 안주인이 들어왔다.

"손님, 주무실 건가요? 식사는 어떻게 하실 거죠?"

그는 필요 없다고 고개를 가로저었다.

"마구간지기가 그러는데 손님의 말이 몹시 지쳐 있다고 하던데요."

그제야 그는 입을 열었다.

"말이 내일 아침에 다시 떠날 수 있을까요?"

"웬걸요, 손님. 그 말은 적어도 이틀은 쉬어야겠는데요.

그가 다시 물었다.

"여기에 우체국이 있나요?"

"예. 그렇습니다."

여관 안주인은 그를 우편 사무실로 인도했다. 그는 통행증을 보여 주며, 오늘 밤 우편마차로 몽트뢰유쉬르메르에 돌아갈 수 있는지 물었다. 마침 우체부의 옆자리가 비어 있었다. 그는 그것을 예약하고 돈을 치렀다.

"손님, 새벽 1시 정각에 떠나니, 꼭 오셔야 합니다."

사무원은 말했다.

일을 마치고, 그는 여관을 나와 거리를 걷기 시작했다. 아라스의 지리가 낯선 데다 거리도 어두워 그는 발길 닿는 대로 걸었다. 길 가는 사람에게 길을 묻지도 않았다. 작은 크랭송 강을 건너고, 좁은 골목의 미로에 들어선 그는 그만 길을 잃고 말았다. 마침 한 시민이 초롱불을 들고 걸어왔다. 좀 망설인 뒤 그는 그 사람에게 묻기로 했다. 그리고 자기가 묻는 말을 누가 들을까 두려운 듯 앞뒤를 잘 살핀 후 말했다.

"저기, 재판소가 어느 쪽인가요?"

"여기 사시는 분이 아니군요?"

나이 지긋해 보이는 시민이 대답했다.

"날 따라오십시오. 나도 마침 재판소 쪽으로, 아니 실은 도청 쪽으로 가는 길입니다. 재판소가 지금 수리 중이어서 도청에서 임시로 재판이 열리고 있지요."

"거기서 중죄 재판도 열리나요?"

"물론입니다. 사실 지금의 도청 건물은 혁명 전에 주교관이었지요. 1782년에 주교였던 콩지에가 거기에 넓은 홀을 만들게 했지요. 재판이 열리는 곳이 바로 그 큰 홀이지요."

길을 걸으면서 시민이 말했다.

"만일 재판을 보려 하신다면 좀 늦으셨군요. 대개 6시면 폐정하니까요."

그러나 두 사람이 넓은 광장에 다다르자 시민은 불이 환히 켜진 네 개의 창문을 그에게 가리켜 보였다. 그 창문은 어둠 속에 우뚝 솟은 커다란 건물 정면에 있었다.

"운이 좋으시군요. 제시간에 도착했습니다. 저기 네 개의 창문이 보이지요? 저곳이 중죄 재판정입니다. 불이 켜져 있으니, 아직 끝나지 않았네요. 사건이 오래 지연돼 저녁까지 계속하는 모양입니다. 당신은 저 사건과 관계가 있습니까? 형사 문제라도 있으십니까? 증인인가요?"

그는 대답했다.

"그런 볼일로 온 게 아닙니다. 그저 변호사와 이야기할 게 좀 있어서요."
시민이 말했다.

"다른 문제였군요. 멈추세요. 여기가 입구입니다. 문지기가 있을 텐데. 바로 저 큰 층계를 올라가시면 됩니다."

그는 사나이가 가르쳐 준 대로 따랐다. 몇 분 뒤 많은 사람이 있는 홀로 들어갔는데, 거기에는 법복을 입은 변호사를 둘러싼 사람들이 여기저기서 수군거리고 있었다.

법정 입구에서, 낮은 목소리로 서로에게 수군거리는 검은 옷 입은 사람들을 보는 것은 언제나 가슴 아픈 일이다. 관용과 연민이 그런 수군거림 속에서 나오는 경우는 매우 드물다. 대부분의 경우 거기서 나오는 것은 죄의 선고이다. 생각에 잠겨 그곳을 지나가는 방관자에게는, 이 사람들은 기분 나쁜 벌집 같은 것인데, 숱한 인간들이 머리를 맞대고 윙윙거리며 온갖 종류의 암흑의 건물을 쌓아 올리려는 것처럼 보인다.

단 한 개의 램프가 비치고 있는 널찍한 홀은 본디 주교관 응접실이었으나, 지금은 법정 대합실로 사용되고 있었다. 그 순간 닫혀 있는 두 짝 여닫이문은, 재판정으로 쓰이는 큰 방과 대합실을 분리하고 있었다.

안이 몹시 어두워서, 그는 처음 만난 변호사에게 부담감 없이 말을 걸었다.

"심문은 어디까지 진행되고 있습니까?"

"벌써 끝났어요."

변호사는 말했다.

"끝났다고요!"

이 말이 너무도 날카롭게 되풀이되자, 변호사가 돌아보았다.

"실례합니다. 혹시 친척 되는 분이십니까?"

"아니요. 여기에는 아는 사람이 아무도 없어요. 그런데 판결이 났나요?"

"물론입니다. 다른 도리가 없었지요."

"징역형입니까?"

"종신형입니다."

그는 거의 알아들을 수 없을 만큼 약한 목소리로 말을 이었다.

"그럼, 본인이라는 게 증명되었군요?"

변호사가 대답했다.

"본인이라고요? 본인이라는 증명 같은 건 필요 없었어요. 사건은 매우 간단했지요. 그 여자는 그녀의 어린아이를 죽였어요. 그런데 영아 살해 사실은 증명됐지만, 배심원은 계획범죄로 인정하지 않았어요. 그래서 종신형이 된 거지요."

그가 말했다.

"그럼, 그건 여자 사건이군요?"

"당연하죠. 리모쟁 집안의 딸이오. 당신은 무슨 사건을 말씀하시는 겁니까?"

"아무것도 아닙니다. 그런데 재판이 끝났다면서 왜 아직 법정에 불이 밝혀져 있지요?"

"다른 사건이 두어 시간 전부터 시작됐지요."

"다른 사건이요?"

"뭐 이것도 명백한 사건입니다. 불량배에 대한 사건이지요. 그는 두 번째로 체포되었는데, 절도로 유죄를 받은 전과자입니다. 이름이 정확히 기억나지 않네요. 보기에도 흉악한 인상이더군요. 나 같으면 그 인상만 보고도 항구의 감옥으로 보내 버렸을 거요."

"혹시 법정에 들어갈 방법이 없나요?"

그가 말했다.

"어려울 겁니다. 여간 사람이 많아야지요. 그렇지만 지금은 휴정 중입니다. 이미 나간 사람도 꽤 있을 겁니다. 재판을 속개하면 한번 시도해 보세요."

"입구가 어디인가요??"

"저쪽의 큰 문입니다."

변호사가 떠났다. 그동안 그는 만감이 동시에 어지럽게 뒤섞이는 것을 느꼈다. 무심한 변호사의 말이 얼음송곳이나 불에 달군 칼날이 되어 번갈아 그의 가슴을 찔렀다. 아직 아무것도 정해진 것이 없다는 것을 알았을 때, 그는 한 번 더 크게 숨을 내쉬었다. 그러나 그가 느낀 게 만족인지 고통인지 그는 말할 수 없었다.

그는 여기저기 모인 사람들 근처로 가 그들의 이야기를 들었다. 재판이 많이 밀려 있어 재판장은 그날에 간단하고 명백한 사건 두 개를 처리할 예정이었다. 먼저 영아 살해 사건의 재판이 있었다. 그리고 이제는 늙은 범법자인 '감옥의 명물'을 재판할 차례였다. 그 사나이가 사과를 훔쳤다고 했으나, 증거가 불충분했다. 그런데 그가 예전에 툴롱 감옥에 있었다는 증거가 드러났고, 이는 그의 사건을 나쁜 방향으로 이끌었다. 피고에 대한 신문과 증인들의 진술이 끝나고 변호사의 변론과 검사의 논고가 남아 있었다. 하지만 밤중까지도 이 일은 끝나지 않을 것 같았다. 그 사나이는 아마도 유죄를 선고받을 것이었다. 검사는 매우 영리한 사람으로 피고를 결코 놓치는 일이 없었다. 게다가 시까지 쓰는 똑똑한 사람이었다.

법정으로 들어가는 입구에 수위가 하나 서 있었다. 그가 수위에게 물었다.

"이 문이 곧 열리나요?"

"아니요. 열리지 않습니다."

수위가 대답했다.

"뭐라고요! 재판이 속개돼도 열리지 않나요? 지금은 휴정 중인가요?"

"지금 막 개정됐습니다만 문은 열지 못합니다."

수위가 대답했다.

"왜죠?"

"만원이니까요."

"뭐요! 빈자리가 하나도 없나요?"

"단 하나도 없습니다. 문은 닫혔고, 더는 아무도 들어갈 수 없습니다."

잠시 후 수위는 다시 덧붙였다.

"사실, 재판장님 뒤에 두어 개 자리가 더 있지만 오로지 관리에게만 허용됩니다."

그렇게 말하고는 수위는 그에게 등을 돌렸다.

그는 고개를 숙이고 물러나, 대합실을 가로질러 모든 걸음을 망설이는 듯 천천히 층계를 내려갔다. 아마도 마음속으로 자신 스스로와 의논하고 있었을 것이다. 어제저녁부터 그의 마음속에서 벌어지고 있던 그 격심한 갈등은 아직도 끝나지 않고 있었다. 그리고 시시각각 새로운 국면에 부딪혔다. 층계의 한가운데에 있는 층계참에 이르자, 난간에 기대어 팔짱을 꼈다. 갑자기 코트를 열어 수첩과 연필을 꺼냈다. 그리고 종이를 한 장 찢어, 등불 아래에서 다음과 같이 휘갈겨 썼다. '몽트뢰유쉬르메르 시장 마들렌.' 그러고 나서 다시 성큼성큼 층계를 올라갔다. 사람들을 헤치고 똑바로 수위에게 다가가 쪽지를 건네주며 위엄 있게 말했다.

"재판장님께 이것을 갖다 드려요."

수위가 쪽지를 받고 흘끗 보더니 그 말에 따랐다.

특별 입장

그 자신은 그렇게 생각하지 않았지만, 몽트뢰유쉬르메르의 시장은 세상에 명성을 떨치고 있었다. 이 7년 동안 그의 덕망은 바 불로네 전체에 퍼졌고, 마침내 좁은 지역을 넘어 두셋 정도의 이웃 지역에까지 알려졌다. 그는 검은 유리구슬 제조업을 부흥시켜 그 중심 도시에 막대한 공헌을 했다. 뿐만 아니라, 몽트뢰유쉬르메르 지방의 140개 마을 가운데 그에게서 무언가 혜택을 받지 않은 마을은 하나도 없었다. 필요에 따라서는 다른 지방의 산업도 돕고 발전시켜 나갔다. 예를 들어, 그는 경우에 따라 자기의 신용과 자본을 제공해서 불로뉴의 망사 직조업을 돕고, 프레방의 마사 방적업을 돕고, 브베르쉬르캉슈의 수력을 통한 직조업을 도왔던 것이다. 어디를 가나 마들렌 씨의 이름은 존경과 함께 사람들 입에 오르내렸다. 아라스와 두웨의 시민들은 그러한 시장이 있는 몽트뢰유쉬르메르라는 행복한 작은 도시를 부러워했다.

아라스의 중죄 재판 법정에서 재판장을 맡고 있는 두웨의 항소 법원 판사 역시 그처럼 세상 사람들과 마찬가지로, 널리 존경받는 이름을 잘 알고 있었다. 수위가 평의회실에서 법정으로 통하는 문을 조심성 있게 열고 재판장 의자 뒤로 가, 몸을 구부리고 쪽지를 내밀면서 말을 덧붙였다.

"이분이 법정으로 들어오시겠답니다."

재판장은 재빨리 공경하는 자세로, 펜을 잡고 종이의 아래에 몇 자를 적었다. 그리고 그것을 수위에게 건네주면서 말했다.

"들어오시게 하게."

우리가 여기서 그의 이야기를 하고 있는 불행한 사나이는, 수위가 갔을 때와 똑같은 자리에 똑같은 태도로 법정 대합실 문 앞에 서 있었다. 그가 멍하니 생각에 잠겨 있을 때 누군가가 그에게 말하는 소리를 들었다.

"어서 이쪽으로 오십시오."

바로 조금 전 그에게 등을 돌린 수위는 이제는 그에게 허리를 숙였다. 동시에 수위는 그에게 쪽지를 건네주었다. 그것을 펼쳤을 때, 마침 가까이에 램프가 있어 그것을 읽을 수 있었다.

"중죄 재판장은 마들렌 씨에게 경의를 표합니다."

마치 이 몇 마디가 그에게 몹시 낯설고 쓴 뒷맛을 남긴 것처럼, 그는 손 안에서 그 쪽지를 구겨 쥐었다.

그는 수위를 따라갔다.

조금 뒤 그는 사방에 판자를 두른 방 안에 혼자 남았다. 두 개의 촛불 이 초록색 천 위에서 방을 밝히고 있었다. 방금 나간 수위의 마지막 말이 아직도 그의 귓전에 생생했다.

"현재 평의회실에 계십니다. 저 문의 구리 손잡이를 돌리면, 법정의 재 판장님 의자 뒤로 나가게 됩니다."

그 말이 그의 머릿속에서, 방금 지나온 좁은 복도와 어두운 층계의 어 렴풋한 기억과 뒤섞였다.

수위는 그를 혼자 남겨 놓고 나갔다. 최후의 순간이 다가왔다. 그는 정 신을 가다듬으려고 애썼으나 잘되지 않았다. 머릿속에서 생각의 실이 끊어지는 것 같았다. 특히 인생의 고통스러운 현실에 그 사색의 실 끝 을 이을 바로 그때에 말이다. 그는 판사들이 토의하고 형벌을 정하는 바 로 그 자리에 서 있었던 것이다. 그는 미련스러운 침착함으로 무서우리 만큼 고요한 방 안을 둘러보았다. 많은 인간의 삶이 여기서 파멸됐던 방 을. 마침내는 그의 이름도 여기에서 울릴 것이다. 그리고 그 순간 그의 운명은 지금 방을 지나고 있었다. 그는 물끄러미 벽을 바라보고, 다음으 로 자기 자신을 돌아보고, 그것이 이 방이고, 그것이 자기 자신이라는 사 실에 놀랐다.

스물네 시간 동안 아무것도 먹지 않았고 마차의 흔들림에 지쳐 있었으 나, 그는 의식하지 못했다. 아무 느낌도 없는 것 같았다.

그는 벽에 걸린 검은 액자 앞으로 다가갔다. 사진틀 유리 아래에는 파 리 시장이며 대신이었던 장 니콜라 파슈의 오래된 자필 편지가 들어 있 었다. 혁명 제2년 '6월 9일'이라고 되어 있었는데, 그 날짜는 잘못된 것이었다. 그것은 파슈가 자택에 연금돼 있던 대신과 대의원들의 명부를 파리 코뮌으로 보낸 것이었다. 만일 이런 그를 본 사람이 있었다면, 편지가 그의 호기심을 몹시도 자극했다고 의심 없이 생각했을 것이다. 왜냐하면 그는 편지에서 눈을 떼지 않고 두어 번씩 되풀이해서 읽었기 때문이다. 그는 아무 주의도 기울이지 않고 무의식적으로 편지를 읽고 있었다. 그는 팡틴과 코제트의 일을 생각하고 있었던 것이다.

멍하니 생각에 잠긴 채, 그가 고개를 돌렸다. 그러자 그의 눈이 중죄 재판 법정과 그를 분리해 주는 문의 구리 손잡이와 마주쳤다. 그는 문에 대해 거의 잊어버리고 있었다. 처음에는 잠깐 멈추더니 곧 구리 손잡이에 고정됐다. 그리고 공포심을 자라게 하더니, 차츰 그에게 공포감을 심어 주었다. 땀방울이 머리카락 사이에서 솟아올라 관자놀이로 흘러내렸다.

그때 그는 반항 섞인 위엄을 드러내며 무어라 표현하기 힘든 이상한 행동을 했다. '제기랄! 누가 이런 걸 강요하는 거야?'라고 뜻을 전하는 것 같았다. 그리고 휙 돌아서서 아까 들어왔던 문을 바라보다 그 앞으로 다가가 열고 나갔다. 그는 이제 방에 없었다. 그는 복도에 나와 있었다. 복도는 길고 좁으며 층계와 쪽문으로 막히고 이리저리 구부러져 있었다. 환자용 초 비슷한 조명등이 여기저기 달려 있었다. 조금 전에 그는 이 복도를 지나왔다. 그는 숨을 내쉬고 귀를 기울였다. 앞에서도 뒤에서도 아무 소리가 나지 않았다. 곧 그는 쫓기는 사람처럼 달아났다.

몇 번인가 복도 모퉁이를 몇 번인가 돌고, 그는 다시 귀를 기울였다. 주위는 여전히 같은 침묵에 잠겨 있었고 같은 어둠이 깔려 있었다. 숨 쉬기가 힘들고 어지러워 벽에 몸을 기댔다. 돌은 차가웠다. 눈썹 위의 땀이 얼어붙는 것 같았다. 그는 몸을 떨며 서 있었다.

홀로 그곳의 어둠 속에 서서, 추위와 아마도 다른 어떤 일 때문에 떨면서 생각했다.

그는 밤새도록 생각했다. 하루 종일 생각했다. 그는 그의 마음속에서

'아!'라는 소리만 들을 수 있었다.

그렇게 15분쯤이 지났다. 이윽고 그는 고개를 떨어뜨리고, 괴로운 한숨을 지으며, 두 팔을 늘어뜨린 채 다시 발길을 돌렸다. 기진맥진한 듯 천천히 걸음을 옮겼다. 마치 누군가 도망치는 그를 따라와 그를 끌고 가는 것 같았다.

그가 평의회실에 다시 들어섰다. 제일 먼저 그의 눈에 들어온 것은 문의 손잡이였다. 둥글고 반들거리는 구리 손잡이는 두려운 별처럼 그를 향해 반짝거리고 있었다. 그는 마치 양이 호랑이 눈을 응시하듯 그것을 바라보았다.

그는 손잡이에서 눈을 뗄 수 없었다. 이따금 한 발씩 그는 문 앞으로 다가갔다.

귀를 기울였다면 옆방에서 나는 알아들을 수 없는 중얼거리는 소리를 들었을 것이다. 하지만 그는 귀 기울이지 않았다. 그리고 아무것도 들리지 않았다.

갑자기 그 일이 어떻게 일어났는지 자신도 모르게, 그는 문 가까이에 서 있었다. 손으로 발작적으로 손잡이를 잡았다. 문이 열렸다.

그는 법정 안에 있었다.

유죄로 판정되어 가는 장면

그는 한 걸음 들어서서 기계적으로 등 뒤의 문을 닫고, 선 채로 눈앞의 광경을 쳐다보았다.

그곳은 조명이 어두운 넓은 방이었다. 왁자지껄 소란스럽다가 갑자기 침묵에 싸였다. 군중 속에서 형사재판이 천박하고 비통한 진지함으로 진행되고 있었다.

그가 서 있는 홀의 한쪽 끝에는, 낡은 법복을 입은 판사들이 멍한 표정으로 손톱을 깨물거나 눈을 감고 있었다. 다른 쪽 끝에는 허름한 옷을 입은 사람들이 있었다. 그리고 여러 자세를 취한 변호사들, 직무에 충실한 엄격한 얼굴의 군인들, 오래되고 얼룩진 낡은 목조 시설, 지저분한 천장, 녹색이라기보다 차라리 황색에 가까운 모직 헝겊을 덮은 테이블, 까만 손때가 탄 문, 불빛보다 그을음을 더 많이 내는, 목로술집에나 있을 법한, 벽 판자 못에 걸린 램프, 테이블 위의 구리 촛대에 꽂힌 초, 어둠과 추함과 슬픔. 이 모든 것에서 엄격하고 존엄한 인상이 배어 나왔다. 왜냐하면 거기에서는 법이라고 부르는 인간의 중대사와 정의라고 부르는 위대한 신의 중대사를 느낄 수 있었기 때문이다.

그에게 집중하는 사람은 아무도 없었다. 모든 시선은 오직 하나로 모아졌다. 그곳은 재판장 왼편의 벽을 따라 조그만 문에 기대어 놓은 나무 벤치였다. 몇 개의 촛불이 비추는 벤치에 한 사나이가 두 헌병 사이에 앉아 있었다.

그 사나이가 바로 그 사람이었다.

그는 찾으려 애쓰지 않고도 곧 그 사나이를 보았다. 그의 눈은 마치 거기에 그 사나이가 있는 것을 미리 알았던 것처럼 자연스레 그쪽을 향했다.

그는 자신의 늙은 모습을 보는 듯하다고 생각했다. 물론 얼굴이 같은 것은 아니었지만, 행동이나 표정은 꼭 닮아 있었다. 뻗친 머리카락, 거칠고 불안한 눈, 작업복 상의를 입은 모습. 19년 동안 감옥의 돌바닥 위에서 키워 온 무서운 마음을 남몰래 영혼 속에 숨겨 증오심을 불태우며 디뉴로 들어오던 날의 그 모습이었다.

그는 몸서리치며 스스로에게 말했다.

'맙소사, 내가 다시 저렇게 될 것인가?'

그 사나이는 적어도 예순쯤 되어 보였다. 무어라 말할 수 없는 상스럽고, 어리석으며, 무서워 떨고 있는 모습이 그에게 있었다.

문 여는 소리가 나자, 사람들이 한쪽으로 물러나며 그에게 길을 만들어 주었다. 재판장은 고개를 돌려, 들어온 사람이 몽트뢰유쉬르메르의 시장이라는 것을 알고 그에게 고개를 숙였다. 일 때문에 가끔 몽트뢰유쉬르메르에서 마들렌 씨를 만나고 있었으므로, 검사 역시 그를 알아보고 인사를 했다. 그러나 그는 그것을 깨닫지 못했다. 그는 일종의 환각에 사로잡혀 있었다. 그는 주위를 둘러보았다.

판사들, 서기들, 헌병들, 잔인하리만치 호기심을 가진 방청객들. 그러한 모습을 이미 그는 27년 전에 본 적이 있었다. 끔찍스러운 그것들을 현실 속에서 다시 본 것이다. 그것들은 그 자리에 있었다. 움직이고 존재했다. 그것은 더 이상 기억하려 떠올린 것도, 기억이 빚어 낸 신기루도 아니었다. 현실의 헌병, 판사, 방청객이었고, 뼈와 살을 갖춘 인간들이었다. 이제 모든 게 끝이었다. 그는 과거의 그 끔찍한 광경이, 현실이 갖는 모든 두려움을 골고루 갖추고 자기 주위에 되살아나는 것을 보았다.

이 모든 것이 그 앞에 커다란 아가리를 벌리고 있었다. 그는 공포에 사로잡혔다. 그는 눈을 감았다. 그리고 마음속 깊은 곳에서 외쳤다.

"절대, 안 돼!"

게다가 그의 마음을 두려움에 떨게 하고, 거의 미치게 만드는 운명의 비극적인 장난에 의하여, 지금 법정에 있는 것은 또 하나의 그 자신이 아닌가. 재판을 받고 있는 그 사나이를 모두들 장 발장이라고 불렀다.

자기 생애에서 가장 무서웠던 한 순간이, 다시금 자기의 그림자에 의해 연출되는 것 같은 기이한 착각에 사로잡혔다.

모든 것이 거기 있었다. 조직이 같았다. 밤 시각, 판사와 헌병과 방청객의 얼굴이 모두 똑같았다. 단지 재판장의 머리 위에 걸려 있는 십자고상은 그가 처형되던 법정에는 없었다. 그가 판결을 받을 때 신은 없었던 것이다.

그의 뒤에 의자가 하나 있었다. 자신이 들킬 것 같다는 생각에 겁이 난 그는 의자에 주저앉아 버렸다. 자리에 앉으니, 판사의 책상 위에 쌓인 두꺼운 서류철 더미에 가려져 홀 안의 사람들로부터 자신의 얼굴을 가릴 수 있었다. 조금씩 그는 침착해졌다. 그는 완전히 현실감을 되찾았고, 외부의 일에 귀를 기울일 수 있는 정도로 평온해졌다.

바마타부아 씨도 배심원의 한 사람이었다.

그는 자베르를 찾았으나 보이지 않았다. 증인석은 서기의 책상에 가려 있었다. 게다가 전에 말했듯 홀 안은 너무 어두웠다.

그가 들어왔을 때는 피고의 변호사가 변론을 끝마치려는 참이었다. 모든 방청객들은 극도로 흥분하고 있었다. 재판은 세 시간 전부터 계속되고 있었다. 세 시간 동안 사람들은 정체불명의, 멍청한 것인지 교활한 것인지 알 수 없는 그 사나이가 무서운 진실의 힘 아래에서 차츰 굴복해 가는 것을 보고 있었다. 독자들이 이미 아는 바와 같이, 그 사나이는 부랑자로 피에롱이라 불리는 가까운 과수원의 사과나무에서 잘 익은 사과가 달린 가지를 꺾어 도망치다가 그 옆 밭에서 붙잡혔던 것이다. 그는 과연 어떤 인간인가? 조사는 이미 끝났다. 증인들의 진술은 모두 일치했다. 사건은 처음부터 명료했다. 기소 내용은 다음과 같았다.

"피고는 단순한 과일 절도범이 아니다. 피고는 실로 악한이고, 법을 위반했던 재범자, 전과자이며, 몹시 위험한 사람이다. 피고는 오래전부터 수배 중이던 장 발장이라는 위험한 악당이다. 8년 전 툴롱 형무소에서 나오자마자 큰길에서 프티 제르베라는 사부아 소년의 금품을 강도질했다. 이것은 형법 제383조에 규정된 범죄로, 법적으로 인물 증명이 성립됨을 기다려 다시 추가 고소할 것이다. 피고가 이번에 다시 절도죄를 범했으니 재범한 것이다. 우선 새로운 범죄에 대한 처벌을 하고, 지난 사실에 대해서는 나중에 다시 판결할 것이다."

이와 같은 기소와 증인들의 의견 일치에 대해 피고는 무엇보다도 놀라는 듯했다. 그는 그것을 부인하려는 것 같은 몸짓과 행동을 했다. 아니면 천장을 멍하니 바라보았다. 가까스로 입을 연 그는 당혹스럽게 대답을 하고 머리에서 발끝까지 온몸으로 부인했다. 자신을 포위 공격하는 사람들 앞에서 마치 백치와도 같고, 그를 붙잡으려는 사람들 속에서 마치 아무 상관도 없는 사람 같았다. 그러나 그것이 그의 미래를 위협하는 문제가 됐다. 시시각각 진상이 쌓여 가고, 방청객들은 피고보다 더 근심스럽게 그의 머리 위로 점차 불행한 판결이 내려지려는 것을 바라보고 있었다. 동일인임이 인정된다면, 프티 제르베 사건의 죄마저 덧씌워진다면, 사형이 선고될지도 모를 일이었다. 도대체 이 사나이는 누구인가? 그의 무감각은 어떤 것인가? 우둔함에서 오는 것인가, 교활함에서 오는 것인가? 그는 자신의 처지를 너무도 잘 알고 있는 것인가, 아무것도 모르는 것인가? 이런 문제로 방청객이 분열되고, 배심원까지도 양분된 듯했다. 이 사건의 공판에는 사람을 두렵고 어리둥절하게 만드는 것이 있었다. 이 사건의 내용은 단순히 암울할 뿐 아니라 불가해하기까지 했다.

변호인은 오랫동안 법조계의 웅변술이 밴 지방 말투로 상당히 유창하게 변론했다. 예전에는 모든 변호사가 로모랑탱이나 몽브리종에서는 물론 파리에서까지도 그런 말투를 썼다. 하지만 오늘날에는 그 말투는 일종의 고전이 되어 법조계의 공식 변론 외에는 사용되지 않았다. 그 장중한 억양과 위엄 있는 언변은 변호인들에게 잘 어울리는 것이었다. 이를테면 남편이나 아내를 '배우자', 파리를 '예술과 문명의 중심지', 왕을 '군주', 주교를 '성스러운 대사제', 검사를 '형벌의 웅변적인 소송 해석자', 변론을 '방금 청취하신 논고', 루이 14세 시대를 '위대한 세기', 극장을 '멜포메네의 전당', 왕가를 '역대 제왕의 존귀한 혈통', 연주회를 '음악의 성전', 사단장을 '뛰어난 용장', 신학생을 '상냥한 레위인', 신문의 오류를 '신문의 난에 독을 뿌리는 기만'이라는 등의 말로 표현하는 것이었다.

변호사가 먼저 사과를 훔친 일부터 설명하기 시작했다. 좋은 말로 변론하기에는 꽤 까다로웠다. 하지만 베니뉴 보쉐에도 지난날 추도사 속에서 닭 한 마리를 언급하지 않을 수 없지 않았던가. 더욱이 그는 그것을 훌륭하게 해냈던 것이다. 변호사는 사과를 훔친 것은 아무 증거가 없음을 주장했다. 계속해서 상미티외라고 부르는, 변호인 입장에서는 의뢰인인 그가 담을 넘어 사과나무 가지를 꺾은 것을 본 사람은 아무도 없었다. 그는 다만 그 가지(변호사는 굳이 그것을 '작은 가지'라고 표현했다)를 가지고 있다가 붙잡힌 것뿐이다. 더욱이 그는 땅바닥에 떨어져 있는 것을 주운 것뿐이라고 주장했다. 이에 대한 반증은 어디 있는가? 그 가지는 담장을 넘어 들어가 꺾어 훔쳤다가 주인에게 들킨 어떤 도둑이 거기 버렸던 것이다. 과연 그 도둑이 상마티외였다고 내세울 만한 증거가 있는가? 오직 한 가지, 전과자라는 그의 신분이 불행하게도 충분히 확증된 듯하다는 것을 변호사는 부인하지 않았다. 피고는 파브롤에 산 적이 있다. 피고는 거기서 가지 치는 일을 했었다. 상마티외라는 이름은 본디 장 마티외였을 것이다. 이 모든 것이 사실이다. 요컨대, 증인 네 명은 망설임 없이, 피고를 장 발장이라고 증언하고 있다. 그러한 증언에는 변호사도 피고의 부인, 이기적인 부인밖에 하지 못했다. 그러나 그가 장 발장이라고 밝혀져도 그것이 사과를 훔쳤다는 증거가 되는가? 그것은 어디까지나 추정이지 증거가 아니다. 그러나 피고는 '졸렬한 태도'를 취했다. 그것은 사실이었고, 변호인도 '솔직하게' 그것을 인정하지 않을 수 없었다. 피고는 모든 것을 완강하게 부인했다. 절도 행위도, 전과자라는 신분도. 그러나 전과자라는 사실은 확실히 자백하는 편이 좋았을 것이다. 그랬다면 판사들의 관대한 처분을 바랄 수 있었을 것이다. 변호사도 그렇게 하기를 권했으나, 피고는 완강히 거부했다. 아무것도 자백하지 않으면 틀림없이 풀려날 거라고 생각한 것이다. 그것은 잘못이었다. 그러나 이 사나이가 생각이 모자랐음을 고려해 주어야 하지 않을까? 확실히 이 사나이는 어리석었다. 오랫동안 감옥에서 힘든 생활을 하고, 출감한 뒤에도 처참한 생활을 오래해 왔기 때문에 머리가 돌아가지 않았던 것이다……. 피고의 변명은 옹색했지만, 그 이유로 그를 처벌할 수 있을까? 프티 제르베 사건에 관해서 변호인은 논의할 필요가 없었다. 이번 기소 내용 속에 그 사건은 들어 있지 않았다. 변호인은 법관과 배심원에게, 여러분께서 피고가 장 발장과 동일인이라고 단정할지라도, 감시 위반 죄인에 대한 경찰법에서만 죄를 묻고 재범에게 과하는 중죄는 적용하지 말아 달라고 탄원하면서 변론을 끝맺었다.

검사는 변호사를 반박했다. 그의 논고는 검사들이 으레 그렇듯 신랄하고 현란했다.

그는 변호사의 '공정한 판단'을 찬양하고, 그 공정한 판단을 교묘히 이용했다. 그는 변호사가 보류한 모든 것에 대하여 피고를 비난했다. 변호사는 피고가 장 발장이라는 의견에는 동감인 듯 보였다. 그리고 검사는 그 점에 주목했다. 따라서 피고는 장 발장이다. 이것은 기소 내용에서 이미 밝혀진 바로 더 부인할 여지가 없다. 여기서 검사는 교묘하게 범죄의 근원과 원인으로 말을 돌렸고, 낭만파의 부도덕성을 이야기했다. 낭만파는 그즈음 〈오리플람〉이 〈코티디엔〉의 평론가들이 지어 준 '악마파'라는 이름으로 활동 중이었다. 검사는 아주 그럴듯하게 상마티외, 아니 다른 말로 장 발장의 범죄를 그와 같은 퇴폐 문학의 영향으로 돌렸다. 그러한 고찰이 끝난 뒤 검사는 문제를 장 발장 개인에게로 돌렸다. 이 장 발장이라는 사람은 어떠한 사람인가? 이 세상이 만들어 낸 괴물이라는 등등 검사는 장 발장에 대해 자세히 설명했다. 이러한 묘사의 모델은 테라메의 이야기 속에서 볼 수 있다. 그런 종류의 화술은 비극에는 합당치 않지만 법정에서의 웅변에 많은 도움을 주었다. 방청객들과 배심원들이 몸서리쳤다. 설명이 끝나자, 검사는 다음 날 '도민 신문'의 찬사를 받기 위해 더욱 열정적으로 연설을 이었다. 피고는 실로 이런 인간이다. 어쩌고저쩌고 등등, 부랑자, 걸인, 생계를 가지지 못한 자, 어쩌고저쩌고 등등, 비난받을 과거의 삶에 익숙하고, 감옥에 있으면서도 교정되지 않았다. 프티 제르베에게 저지른 죄가 그것을 증명한다. 어쩌고저쩌고 등등. 피고는 흉악하다. 뛰어넘은 담장에서 몇 걸음 안 되는 들길에서 절도 현행범으로 체포되었다. 자신의 손에 아직 훔친 물건을 잡고 있었으면서도 모든 것을 부인했다. 심지어는 자기 존재까지도 부인하고 있다! 게다가 상기시키지 않아도 수많은 증거가 있다. 네 명의 증인이 그를 인정하고 있다. 우리는 여기에 일일이 제시한 것 외에도 수없이 많은 증거가 있다. 네 명의 증인은 공명정대한 경위 자베르와 피고의 옛날 오욕의 동료였던 브르베와 슈닐디외와 코쉬파유 세 명의 죄수이다. 이와 같은 증인들의 확고한 의견 일치에 대해 피고는 뭐라 반박할 것인가? 그가 부인하다니. 이 무슨 억지인가! 배심원 여러분께서 공명정대한 심판을 할 것이다. 어쩌고저쩌고 등등.

검사가 논고를 펼치는 동안, 피고는 입을 딱 벌리고 경이로운 얼굴로 멍하니 듣고 있었다. 인간이 이다지도 입심이 좋을 수 있는가에 대해 분명 놀랐던 것이다. 때때로 검사의 논고가 최고조에 이르러 억누를 길 없는 웅변이 굴욕스러운 형용사의 격류가 되어 넘쳐흐르고, 폭풍우처럼 피고를 에워싸는 순간이면 오른쪽에서 왼쪽으로, 왼쪽에서 오른쪽으로 그는 천천히 머리를 흔들었다. 그것은 변론의 시초부터 참고 견뎌 온 슬픈 무언의 항변이라고 할 수 있었다. 바로 그의 옆에 앉아 있던 방청객들은 두어 번 그가 이렇게 낮은 목소리로 말하는 것을 들었다.

"발루에게 물어보지 않아서 이 지경이 됐구나."

검사는 배심원들에게 피고의 바보 같은 그 태도를 지적했다. 그것은 분명 고의적인 수작으로, 피고의 어리석음이 아니라 교활함과 교묘함 그리고 재판을 기만하는 그의 기질을 드러내는 것이며, 이 사나이의 '엄청난 악랄함'을 유감없이 나타내는 것이라고. 검사는 프티 제르베 사건은 보류해 두고, 엄한 형벌을 요구하면서 논고를 끝냈다.

독자는 기억하겠지만, 엄한 형벌이란 종신형을 가리키는 것이다.

변호인이 일어나서 먼저 '검사님'의 그 '존경할 만한 논고'에 찬사를 보냈다. 그러고 나서 다음으로 힘닿는 데까지 변론을 시도했으나 그 논조는 약해져 있었다. 그의 발아래의 기반이 분명히 허물어지고 있었다.

부인하는 방식

변론을 끝맺을 때가 왔다. 재판장이 피고를 일으켜 세워 형식적인 질문을 했다.

"피고는 무슨 할 말이 없는가?"

사나이는 우뚝 선 채 때 묻은 모자를 손으로 만지작거리고 있을 뿐이었다. 재판장의 말을 이해하지 못하는 듯했다. 재판장은 같은 질문을 되풀이했다.

이번에는 그 말이 들렸다. 그 사나이가 알아들은 듯했다. 그 사나이는 막 잠에서 깬 듯한 몸짓으로 주위를 둘러보았다. 방청객, 헌병, 그의 변호인, 배심원, 법관을 바라보고 자기가 앉았던 의자 앞의 목책 테두리에 커다란 주먹을 올려놓고 여전히 주위를 둘러보다가 갑자기 검사에게 눈길을 멈추고는 지껄이기 시작했다. 마치 화산이 폭발하는 것 같았다. 그 말들은 모순되고, 격렬하고, 거칠고, 뒤죽박죽 뒤섞였는데, 마치 그의 입에서 탈출하려고 서로 밀고 당기는 것 같았다. 그가 말했다.

"제 말은 이것입니다. 저는 파리에서 수레를 고치는 일을 하고 있었습니다. 발루 영감 밑에 있었습니다. 그건 참 고된 일이었습니다. 수레 수선공이란 사시사철 밖에서, 안마당에서 일을 해야 하니까요. 좋은 주인을 만나면 헛간에서 일을 하기도 하지만, 결코 문을 닫고 일하지는 않습니다. 넓은 공간을 필요로 하니까요. 겨울에는 너무나 추워서 제가 제 팔을 주물러 몸을 덥히지만, 주인은 그러는 걸 좋아하지 않았습니다. 시간 낭비라고요.

길바닥에 깔린 돌도 얼어붙는 추운 날씨에 쇠를 다룬다는 건 무척 어려운 일입니다. 그런 일은 사람을 빨리 약하게 만듭니다. 그런 일은 젊은 놈을 빨리 늙게 해 버립니다. 마흔 살쯤 되면 끝입니다. 저는 쉰셋이니 안 좋은 상태였지요. 게다가 장인이란 놈들은 정말 비열합니다. 더 이상 젊다 생각하지 않으면, 그들은 그를 나이 먹은 참새나 짐승이라고 부릅니다! 저는 하루 30수밖에 받지 못했습니다.

제가 나이 들었다는 이유로 일을 싼값에 부리려 했습니다. 그리고 제게는 강의 세탁장에서 일하는 딸이 하나 있습니다. 그 아이 역시 쥐꼬리만큼 벌어 옵니다. 그것으로 저희 둘은 충분했습니다. 딸애도 고생을 했습니다. 비가 오나 눈이 오나 하루 종일 허리까지 닿는 물통 속에 들어가 일했습니다. 바람이 얼굴을 할퀴어도, 얼려도 늘 같았습니다. 반드시 빨래를 해야 했습니다. 옷이 얼마 없는 사람은 늦게까지라도 기다립니다. 빨래를 하지 않으면, 손님이 없어져 버립니다.

판자 조각이 꼭 들어맞지 않아, 여기저기서 물이 샙니다. 위아래 할 것 없이 옷은 늘 젖어 있지요. 물이 옷에 스며들어 몸까지 젖었지요. 또 딸 애는 앙팡루즈의 세탁장에서도 일했습니다. 거기는 수도꼭지에서 물이 나와 물통 속에 들어가지 않아도 되었습니다. 자기 앞의 수도꼭지를 틀어서 옷을 빨고는 뒤에 있는 대야에서 헹구는 거지요. 거기는 문이 닫혀 있어 춥지는 않았지만, 뜨거운 증기가 있었습니다. 눈을 망치게 하는 끔찍한 증기였죠.

딸은 저녁 7시에 돌아와서는 이내 자 버립니다. 몹시 지쳐 있으니까요. 그녀의 남편은 딸애를 두들겨 팼습니다. 그래서 죽어 버렸지요. 정말 불행했습니다. 언제나 착하고, 무도회 한 번 간 일도 없는 기특한 딸이었습니다. 사순절 전 화요일에 8시에 잠자리에 든 것을 기억합니다. 사실입니다. 사람들에게 물어보십시오. 아, 맞습니다. 제가 어리석군요. 파리는 넓은 곳인데 말입니다. 누가 상마티외를 알겠습니까? 그렇지만 발루 영감은 알고 있습니다. 발루 영감의 집에 가서 물어보세요. 결국 제게 무엇을 원하는지는 모르겠습니다."

사나이는 말을 멈추고 그대로 서 있었다. 그는 이러한 것들을 크고, 빠르고, 목이 쉰 것 같은 숨 가쁜 소리로 지껄였다. 그 솔직함 속에는 거친 노여움이 깃들어 있었다. 단 한 번 꽉 들어찬 방청석의 누군가에게 인사하기 위해 말을 중단했을 뿐이다. 씹어뱉듯 내던진 그 말들은 마치 딸꾹질처럼 튀어나왔는데, 한 마디 한 마디를 할 때마다 그는 장작을 패는 나무꾼 같은 몸짓을 했다. 말이 끝났을 때 방청석에서 웃음이 터져 나왔다. 그는 방청객들을 쳐다보고, 그들이 웃는 것을 인식하고, 이유도 모르면서 그 자신도 웃었다.

그것이 불행한 일이었다.

조심스럽고 동정심 많은 재판장은 입을 열었다.

그는 '배심원에게'에게 '피고를 고용하고 있었다는 수레바퀴 장인 발루를 소환했으나 출두하지 않았다. 그 사나이는 파산하여 행방불명되었다.'는 사실을 알렸다. 그리고 피고를 향해 돌아, 이제부터 하는 말을 잘 듣도록 주의시키고 이렇게 덧붙였다.

"피고는 지금 신중하게 생각하지 않으면 안 될 입장에 있소. 피고에 대한 굉장히 중대한 추정이 이루어지고 있으며, 상황에 따라 최악의 결과가 나타날지도 모르오. 마지막으로 한 번 더 묻겠소. 다음 두 가지를 똑똑히 설명해 주시오. 첫째로 피고는 피에롱 과수원 담장을 넘어 들어가 사과나무 가지를 꺾고 사과를 훔쳤는가, 곧 침입죄와 절도죄를 범했는가? 둘째, 피고는 석방된 죄인 장 발장인가?"

피고는 자신 있게 고개를 끄덕였다. 상대방이 하는 말을 이해하고 어떻게 대답해야 좋은지 잘 알고 있는 듯했다. 그는 입을 열고 재판장 쪽을 보며 말했다.

"첫째……."

그러고 그는 자기 모자를 보고 천장을 보더니 그대로 입을 다물어 버렸다.

검사는 준엄한 목소리로 말했다.

"피고, 주의하라. 질문에 아무 대답을 하지 못하는데, 그 당혹해하는 태도는 죄를 범했다는 증거이다. 피고 이름이 샹마티외가 아닌 것은 이제 명백한 사실이다. 그러므로 피고는 전과자 장 발장이다. 처음에는 외가의 성을 따서 장 마티외라는 이름으로 숨어 지냈다. 피고는 오베르뉴에 간 적이 있었고, 파브롤 태생으로 거기서 가지치기 일을 했다. 피고가 피에롱 과수원에 숨어들어 익은 사과를 훔친 것도 명백하다. 배심원 여러분도 이 점 충분히 인정하리라고 생각한다."

피고는 어느새 다시 의자에 앉아 있었다. 그러나 검사가 말을 마치자 갑자기 일어나 외쳤다.

"나리, 나리는 정말 지독하군요. 제가 말하고 싶은 것은 이겁니다. 무슨 말을 해야 할지 몰랐던 겁니다. 난 아무것도 훔치지 않았습니다. 나 같은 인간은 날마다 먹지 않는 사람이오.

그때 아이에서 오던 길이었습니다. 소나기가 내린 시골길을 걸었습니다. 길은 온통 누렇고, 웅덩이에 물이 넘치고, 길가에는 흙모래 덮인 풀잎만 그 끝을 내밀고 있었습니다. 그때 땅바닥에서 사과가 달린 채 부러진 가지를 하나 봤습니다. 그때 아무 생각 없이 가지를 주웠는데, 그 일이 이렇게 시끄럽게 될 줄은 몰랐습니다. 그로 인해 벌써 석 달이나 감옥에서 썩고 있고, 이리저리 끌려다니고 있습니다. 그리고 뭐라고 해야 좋을까, 모두들 나에게 지독하게 굴고, '어서 대답하라!'고 다그치고 있습니다. 친절하게도 헌병은 내 팔꿈치를 쿡쿡 찌르면서, 낮은 소리로 "얼른 대답해."

라고 합니다. 하지만 어떻게 설명해야 좋을지 모르겠네요. 나는 못 배우고 가난한 사람입니다. 그것이 그들이 내가 훔쳤다고 오해하게 만들었습니다. 왜냐하면 그들은 내가 훔치는 것을 보지 못했기 때문입니다. 나는 아무것도 훔치지 않았습니다. 나는 그저 땅바닥에 떨어져 있던 것을 주웠을 뿐입니다. 당신들은 장 발장이니 장 마티외니 하고 말하지만, 나는 그 사람들을 모릅니다. 마을 사람일지라도 말입니다. 나는 로피탈 거리의 발루 영감네 집에서 일하고 있었습니다. 저는 샹마티외입니다. 여러분들은 어지간히 심술궂은 사람들인 모양입니다. 여러분은 제가 태어난 곳까지 명확하게 말씀하시는군요. 제 자신도 모르는데 말입니다. 세상 사람 모두가 집에서 태어나는 것은 아닙니다. 그러는 편이 편리하겠지만요. 제 생각에 제 부모님은 떠돌이였던 것 같습니다. 하지만 나는 잘 모릅니다.

저는 어려서는 꼬마라고 불렸고, 지금은 늙은이라고 불리고 있습니다. 그것이 제 세례명입니다. 여러분 편할 대로 생각하십시오. 나는 오베르뉴에도 있었고, 파브롤에도 있었소. 틀림없습니다. 자! 감옥에 있었던 인간이 아니면 오베르뉴나 파브롤에 있었을 리 없다는 겁니까? 나는 절대 훔치지 않았습니다. 그리고 저는 샹마티외라는 사람입니다. 저는 발루 영감의 집에 있었습니다. 그곳에서 머물고 있었습니다. 여러분은 말도 안 되는 억지를 부려 절 곤란하게 하는군요! 왜 모두들 원수처럼 저를 쫓는 것입니까?"

검사는 선 채로 있었다. 그가 재판장을 향해 말했다.

"재판장님, 피고는 모호하면서도 교묘하게 부인하며 바보처럼 굴려 하지만, 쉽지 않을 것입니다. 우리는 그 수법에 넘어가지 않겠지요. 이제 재판장님과 법정의 여러분께 다시 요청합니다. 죄수 브르베와 코쉬파유와 슈닐디외와 경위 자베르를 불러내어 마지막으로 다시 한 번 피고와 죄수 장 발장이 동일인인지 아닌지 그들에게 물어 주십시오."

재판장이 말했다.

"검사에게 상기시키는데, 자베르 경위는 공무 때문에 이웃 지역으로 가기 위해 진술을 마치고 법정을 나간 뒤 곧바로 이 도시를 떠났소. 검사 와 피고 변호사의 동의를 얻어 본관이 허락했소."

"아, 그렇지요, 재판장님"

검사가 말을 이었다.

"자베르 씨가 지금 여기 없으므로, 그가 몇 시간 전에 여기서 진술했 던 것을 제가 다시 한 번 배심원들게 상기시켜 드릴 필요가 있다고 생각 합니다. 자베르는 낮은 직책에 있으면서도 엄격한 정직성으로 중요한 직 무를 수행하는 존경할 만한 사람입니다. 그의 진술은 대략 다음과 같습 니다. '저는 피고의 부인을 뒤엎을 심리적 추정이나 물질적 증거는 필요 로 하지 않습니다. 저는 이 사람을 잘 알고 있습니다. 이 사람은 상마티외 가 아닌 장 발장입니다. 매우 악질적이고 무서운 전과자입니다. 그러나 유감스럽게도 형기가 만료되어 석방됐습니다. 그는 흉악한 절도죄를 범 해 19년 동안 복역했습니다. 복역 중간에 그는 대여섯 번에 걸쳐 탈옥을 기도했습니다. 프티 제르베의 돈을 강탈, 피에롱에서의 도둑질 외에, 디 뉴의 돌아가신 주교님 댁에서 저지른 절도도 저는 그의 범행이라 생각 합니다. 제가 툴롱 감옥에서 간수보로 있을 때 그를 여러 번 보았습니다. 다시 말씀드리지만, 저는 이 사나이를 잘 알고 있다는 것을 진술합니다."

극히 간결한 이 진술은 방청객과 배심원들에게 강한 인상을 준 것처럼 보였다. 검사가 자베르를 제외한 세 증인 브르베, 슈닐디외, 코쉬파유를 다시 불러내어 엄격하게 신문할 것을 주장하며 말을 마쳤다.

재판장이 수위에게 명령을 전하자 곧 증인실의 문이 열렸다. 만일의 경우를 대비해 수위는 헌병의 도움을 받으며 죄수 브르베를 끌어냈다. 그 순간 방청석에서 불안한 빛이 감돌았다. 모든 사람의 가슴이 일제히 두근거렸다.

죄수 브르베는 중앙 형무소의 검은색과 회색이 섞인 조끼를 입고 있었다. 그는 예순 살쯤 됐는데, 사무원 같은 인상과 악당 같은 모습이 동시에 보였다. 때때로 그 두 가지는 잘 어울린다. 그는 새로운 범죄를 저질러 도로 감옥에 들어갔으나, 지금은 그곳에서 교도관 노릇을 하고 있었다. 상관들은 그에게 "쓸모 있는 사람이 되기 위해 애쓴다."라는 말을 했다. 교도소의 목사들도 그의 신앙 태도에 대해 말해 주었다. 그것이 왕정복고 뒤에 일어난 일임은 절대 잊지 말아야 한다.

　재판장이 말했다.

　"브르베, 그대는 수치스러운 판결을 받았으므로 선서할 수 없다."

　브르베가 눈을 내리깔았다.

　재판장이 말을 계속했다.

　"그러나…… 법이 지위를 떨어뜨린 인간의 마음에도 하느님이 자비를 베풀어 명예심과 정의감은 남아 있을 수 있다. 이 결정적 순간에 본관은 그 감정에 호소하고 싶다. 그대 마음속에 그 감정이 아직 살아 있다면―본관은 희망하는 바이다.―대답하기 전에 깊이 생각해 보라. 그대의 증언이 한편으로는 한 사람을 파멸시킬 수 있고, 다른 한편으로는 정의를 세울 수 있다. 중대한 순간이 왔다. 실수했다고 생각된다면 언제라도 먼저 했던 말을 취소해도 좋다. 피고는 일어나라. 브르베, 피고를 자세히 잘 보고 기억을 더듬어라. 그리고 그대의 영혼과 양심에 비추어 진술하라. 피고가 그대의 옛 감옥 동료인 장 발장이라고 변함없이 인정하는가?"

　브르베는 피고를 바라보고 나서 재판관 쪽으로 돌아섰다.

　"네, 재판장님. 이 사나이를 맨 처음 알아본 건 저입니다. 지금도 확신합니다. 이 사나이는 장 발장입니다. 1796년 툴롱에 들어와 1815년에 그곳을 나갔습니다. 저는 1년 뒤에 나왔습니다. 지금은 바보 같은 얼굴을 하고 있습니다만 나이 탓으로 그리된 것이겠지요. 감옥에서는 꽤 만만치 않았습니다. 저는 그를 확실히 기억하고 있습니다."

"착석하라. 피고는 계속 서 있으라."

재판장이 말했다.

슈닐디외가 끌려 들어왔다. 붉은 죄수복과 푸른 모자가 말해 주는 것처럼 그는 무기수였다. 플롱 감옥에 복역 중인데, 이 사건 때문에 불려온 것이다. 쉰 살쯤 된 사내였는데, 주름진 얼굴, 급한 성격, 빈약한 몸, 황달기 있는 뻔뻔스럽고 차분하지 못한 키 작은 사나이였다. 감옥 동료들은 그를 즈니디외라는 별명으로 불렀다.

재판장은 브르베에게 했던 것과 마찬가지의 말을 했다. 수치스러운 행동으로 선서를 할 권리가 없다고 지적되자, 슈닐디외는 머리를 쳐들고 똑바로 방청석을 바라보았다. 재판장은 그에게 잘 생각하라고 알려주고 브르베와 마찬가지로 지금도 변함없이 피고가 맞느냐고 물었다.

슈닐디외는 큰 소리로 웃었다.

"이거 원, 피고가 맞느냐고요! 우리는 5년 동안이나 같은 사슬에 묶여 있었습니다. 이봐, 늙은이, 왜 그리 뭘 그리 실쭉해하고 있나?"

"자신의 자리로 돌아가라."

재판장이 말했다.

수위가 코쉬파유를 데리고 왔다. 붉은 옷을 입은 무기수였는데, 슈닐디외와 같은 감옥에서 왔다. 이 죄수는 루르드의 시골뜨기로 피레네의 두메산골에 사는 사람이었다. 산에서 양 떼를 지키는 일을 했는데 양치기에서 도둑으로 전락했던 것이다. 코쉬파유는 피고에 못지않게 거칠었는데, 피고보다 더 우둔해 보였다. 그는 자연이 들짐승으로 만들어 내고, 사회가 무기수로 끝마치게 하는 상처받은 인간 가운데 하나였다.

재판장은 감동적이고 엄숙한 표현으로 그를 움직이려 했다. 앞선 두 사람에게 물었던 것처럼, 앞에 서 있는 사나이를 망설임이나 어려움 없이 알아보겠느냐고 물었다.

코쉬파유가 말했다.

"그는 장 발장입니다. 기중기라고 불릴 만큼 힘이 셌습니다."

세 사람의 단언은 확실하고 신념에 차 있어, 방청석에서는 피고에게 불리한 조짐인 속삭임이 일었다. 그 속삭임은 차츰 커져 갔으며, 새로운 진술이 나올 때마다 길게 꼬리를 이었다.

피고는 그 놀란 듯한 얼굴로 진술을 듣고 들었는데, 그런 태도는 고소하는 쪽에서 보면 그의 주요한 자기방어 수단으로 보였다. 첫 번째 증언 때, 피고의 옆에 있던 헌병들은 그가 중얼거리는 소리를 들었다.

"그렇군! 저것도 놈들 가운데 하나로구나!"

두 번째 증언이 끝나자, 조금 더 큰 소리로, 거의 만족스러운 태도로 말했다.

"좋아!"

세 번째에는 소리를 질렀다.

"잘한다!"

재판장은 그에게 말했다.

"피고는 잘 들었는가, 무슨 할 말이 있는가?"

피고가 대답했다.

"다들 잘하는군!"

방청객 사이에서 소란이 일더니, 배심원석까지 퍼졌다. 그 사나이가 질 것이 분명했다.

재판장이 말했다.

"수위, 정숙시키시오. 이로써 변론을 마칩니다."

그때 재판장 옆에서 누군가 움직이며 외치는 소리가 들렸다.

"브르베, 슈닐디외, 코쉬파유! 이쪽을 보라."

이 목소리를 들은 사람들은 모두 몸이 얼어붙는 것을 느꼈다. 아주 무섭고 비통한 목소리였다. 모두의 눈이 목소리가 나는 쪽으로 돌려졌다. 한 사람이 법관석 뒤의 특별한 방청객들 사이에서 일어나 법정과 재판관석을 가로막고 있는 무릎 높이의 낮은 문을 밀어젖히고 나와 홀 중앙에 서 있었다. 재판장, 검사, 바마타부아와 스무 명 남짓의 사람들이 그의 모습을 알아보고 일제히 소리쳤다.

"마들렌 씨!"

더욱 어안이 벙벙해진 샹마티외

과연 그는 마들렌 씨였다. 서기의 책상 위에 놓인 램프가 그의 얼굴을 비추었다. 한 손에 모자를 들었고, 프록코트도 단추가 채워져 있었다. 그의 복장은 조금도 흐트러진 데가 없었다. 그의 얼굴은 창백했고, 가볍게 떨고 있었다. 아라스에 도착했을 때까지도 회색이던 머리카락이 지금은 새하얬다. 여기에 있는 한 시간 동안 하얗게 세어 버린 것이다.

모두 고개를 들었다. 그것은 무어라 표현할 수 없었다. 방청객들은 한순간 멈칫거리고 있었다. 아까 그 목소리는 가슴이 미어지는 것 같았다. 거기 서 있는 사나이는 너무도 침착해 보여 처음에 그들은 모두들 어리둥절해했다. 대체 누가 소리쳤는지 서로에게 물었다. 그런 굉장한 고함을 지른 게 저렇게 조용한 사나이리라고는 믿지 않았다.

이 어리둥절함은 얼마 지속되지 않았다. 재판장과 검사가 말할 사이도 없이, 수위와 헌병이 행동을 취할 겨를도 없이. 모두가 '마들렌 씨'라고 부른 사람은 이미 증인인 코쉬파유와 브르베와 슈닐디외가 서 있는 곳으로 다가가고 있었다.

"자네들, 날 모르겠나?"

그가 말했다.

세 사람 모두 할 말을 잃은 상태로 모르겠다고 고개를 저었다. 코쉬파유는 겁을 먹고 군대식 경례를 했다. 마들렌 씨는 배심원과 법관석 쪽을 향해 차분한 목소리로 말했다.

"배심원 여러분, 피고를 석방해 주시기 바랍니다. 재판장님, 저를 체포하십시오. 당신들이 찾고 있는 사람은 이 사나이가 아니라 바로 저입니다. 제가 장 발장입니다."

모두 숨을 죽이고 있었다. 놀라움이라는 최초의 충격에 뒤이어 무덤 속 같은 침묵이 이어졌다. 사람들은 무슨 위대한 행위가 이루어질 때 느끼는 종교적 공포 같은 것에 사로잡혀 있었다.

그동안 재판장의 얼굴에는 동정과 슬픔의 빛이 떠올랐다. 그는 검사와 빠르게 신호를 교환하고는 배석 판사들과 낮은 목소리로 몇 마디 주고받았다. 그는 사람들을 바라보며 모든 사람이 알아들을 수 있는 소리로 물었다.

"이 가운데 의사가 안 계십니까?"

검사가 입을 열었다.

"배심원 여러분, 법정은 실로 낯설고 예기치 못한 일로 어지러워졌고, 우리나 방청인들도 묘한 감정에 휩싸였습니다. 여러분들은 모두 적어도 명성만으로도 존경할 몽트뢰유쉬르메르의 마들렌 시장을 알고 계시리라 믿습니다. 방청인 가운데 의사가 있으시면 마들렌 씨를 도와 자택으로 모셔 가 주실 것을 재판장님과 더불어 부탁드립니다."

마들렌 씨는 검사가 말을 마치도록 허락하지 않았다. 그는 검사가 말하는 중간에 온화하고 위엄에 찬 목소리로 상대방의 말을 가로막았다. 그는 다음과 같이 말했다. 이것은 그 자리에 있던 목격자 한 사람이 말을 듣고 바로 기록해 둔 그대로이다. 그리고 그것은 40년이 지난 오늘날까지도 그들의 귓가에 생생하게 울리고 있다.

"대단히 감사합니다, 검사님. 하지만 저는 정신이 나간 게 아닙니다. 곧 아시게 될 겁니다. 여러분은 커다란 잘못을 저지르는 것입니다. 이 사나이를 풀어 주십시오. 저는 제 의무를 다하고 있을 뿐입니다. 제가 바로 그 몹쓸 죄인입니다. 이 사건을 똑똑히 알고 있는 것은 저 하나뿐입니다. 저는 여러분에게 진실을 말하고 있습니다. 하늘에 계신 주님께서, 지금 제가 하는 일을 보고 계십니다. 그것으로 충분합니다. 여러분은 저를 체포할 수 있습니다. 제가 여기 있으니까.

그러나 저는 이제까지 최선을 다해 왔습니다. 저는 다른 이름 뒤에 숨었습니다. 그리고 부자가 되었고, 시장이 되었습니다. 저는 정직한 사람들 속으로 되돌아가려 했습니다. 그러나 그것은 불가능한 일인 것 같습니다. 요컨대 다 털어놓을 수 없는 일이 많이 있는 것이지요. 지금 이 자리에서 제 삶의 이야기를 하려는 것은 아닙니다. 언젠가는 다 아시게 될 겁니다. 내가 주교님의 물건을 훔친 것은 사실입니다. 프티 제르베의 것을 훔친 것도 정말입니다. 장 발장은 실로 사악한 인간이라고 말하는 것도 무리는 아닙니다.

그러나 아마도 모든 죄가 장 발장에게만 있는 건 아닐 겁니다. 존경하는 재판관 여러분, 잘 들어 주십시오. 저처럼 하찮은 인간은 하늘의 섭리에 불평하고 사회에 항변할 자격이 없습니다. 그러나 잘 들어 주십시오. 내가 벗어나려고 애쓴 불명예의 세계는 인간을 나쁘게 만드는 곳입니다. 감옥이 죄수를 만들어 냅니다. 그 점을 깊이 생각해 주시기 바랍니다. 감옥으로 가기 전에 저는 가난한 농민이었습니다. 좀 모자라는, 말하자면 일종의 백치였지요. 그런데 감옥이 그런 나를 완전히 바꾸어 놓았습니다. 멍청했던 저는 악인이 되었습니다. 나무토막에 지나지 않던 나는 횃불, 즉 선동자가 되었습니다. 그러다가 나중에 관용과 친절이 저를 구해 주었습니다. 아니, 실례했습니다. 여러분들은 제가 무슨 말을 하는지 이해 못 하실 겁니다. 제 집의 벽난로 속의 재에서 7년 전 프티 제르베에게서 빼앗은 40수짜리 은화를 찾을 수 있을 것입니다. 더 할 말이 없네요. 저를 체포하십시오. 아, 검사님이 고개를 저으시는군요. '마들렌 씨가 미쳤다.'라고 말하는 것입니까! 당신은 믿지 않으시는군요! 정말 딱한 노릇입니다. 적어도 이 사나이를 비난하지 마세요. 뭐라고요! 저 사람들이 나를 몰라본다고 말씀하시는 겁니까! 자베르가 여기 있었다면, 나를 알아보았을 텐데."

이 말투 속에는 얼마나 깊은 연민과 침통함이 섞여 있는지 도저히 표현할 수 없었다.

그가 세 죄수 쪽으로 돌아서서 말했다.

"저, 나는 자네들을 잘 알고 있네. 브르베, 자네 기억하고 있지 않나?"

그는 말을 멈추고 잠시 머뭇거리다가 다시 말했다.

"자네가 감옥에서 사용하던 바둑판무늬의 멜빵이 생각나나?"

브르베가 깜짝 놀라며 그를 머리끝부터 발끝까지 훑어보았다. 그는 말을 계속했다.

"슈닐디외, 자네는 별명이 즈니디외였지, 자네 오른쪽 어깨에는 지독한 화상 자국이 있었지. T. F. P라는 세 글자를 지우기 위해 어느 날 화톳불에 그 어깨를 태웠지만, 그 글자는 없어지지 않고 여전히 남았어. 안 그런가?"

"그대로지요."

슈닐디외가 답했다.

그는 코쉬파유에게 말했다.

"코쉬파유, 자네의 왼쪽 팔 안쪽에 화약을 태워 지진 파란 글씨로 된 날짜가 쓰여 있지. 그것은 황제가 칸에 상륙한 날짜인 1815년 3월 1일이야. 소매를 걷어 봐!"

코쉬파유는 소매를 걷었다. 모두의 시선이 코쉬파유의 드러난 팔 위로 쏠렸다.

헌병 하나가 램프를 들어 가까이 댔다. 거기에는 과연 날짜가 쓰여 있었다.

그 불행한 사나이는 미소를 띠면서 방청인들과 판사들 쪽으로 돌아 섰다. 그 미소를 본 사람들은, 지금도 그것을 생각하면 가슴이 시려 오는 것을 금치 못한다. 그것은 승리의 미소이며 동시에 절망의 미소였다. 그는 말했다.

"이제 여러분도 잘 아시겠지요. 제가 장 발장입니다."

법정 안에는 더 이상 판사도 검사도 헌병도 없었다. 다만 물끄러미 바라보는 눈과 감동에 떠는 마음만 있을 뿐이었다. 자기의 직무를 생각하는 사람은 아무도 없었다. 검사는 자신이 구형하기 위해 거기 있다는 것을 잊었다. 재판장은 재판을 주재하기 위해 거기 있다는 것을 잊었다. 변호사는 변호하기 위해 거기 있다는 것을 잊어버렸다. 신기한 것은 아무 질문도 없고, 아무 권력도 개입되지 않았다는 것이다. 숭고한 광경은, 모든 사람의 영혼을 사로잡고 모든 목격자를 방관자로 만들어 버리는 것이 그 본질이다. 아마 그 자리에 있던 모든 사람은 자신의 감정을 말로 하지 못했을 것이다. 사람들 모두 감탄을 마음속 깊이 느끼고 있었다.

분명히 그들의 눈앞에는 장 발장이 있었다. 그것은 명백했다. 그 사나이의 출현은 바로 전까지 그토록 어두웠던 이 사건을 빛으로 가득 채우기에 충분했다. 더 이상 어떤 설명을 기다릴 필요도 없었다. 그 자리에 있는 모두가 자기 대신 처형받을 사람을 구하기 위해 스스로 이름을 밝히고 나선 그의 단순하고도 장한 행위를 단박에 이해했다. 번갯불이 번쩍한 것처럼. 그에 대한 세세한 사실, 주저함, 사소한 반대 같은 것은 찬란히 빛나는 이 사실 속에 사라져 버렸다. 그 인상은 순식간에 사라져 버렸지만, 그 순간에는 저항할 수 없었다.

"더 이상 법정을 소란하게 하고 싶지 않습니다. 저를 체포하지 않았으니, 저는 나가겠습니다. 저는 할 일이 많습니다. 검사님은 제가 누구인지, 어디로 가는지 압니다. 언제고 원하실 때 체포하실 수 있습니다."

그가 그의 발걸음을 문 쪽으로 향했다. 아무 소리도 나지 않았다. 그를 잡기 위해 내미는 팔도 없었다. 모두 비켜서 있었다. 그 순간 사람들을 비켜서게 하면서 그를 위해 길을 터 주게 하는 어떤 성스러움이 그에게 있었다. 그는 천천히 사람들 사이를 빠져나갔다. 누가 문을 열었는지 알 수 없지만 그가 문 가까이에 갔을 때 분명히 열려 있었다. 문에 도착하자 그는 뒤돌아서서 말했다.

"당신의 처분만을 기다리겠습니다, 검사님."

그리고 방청인들에게 말했다.

"여러분, 이 자리에 계신 여러분, 저를 동정할 만한 사람이라 생각하시겠죠, 그렇죠? 아, 그러나 저는 제가 하려던 순간을 생각합니다. 저는 질시를 받아야 합니다. 그렇지만 이런 일이 일어나지 않는 편이 더 좋았을 것입니다."

그가 나가고, 문이 열렸을 때처럼 그의 뒤에서 문이 닫혔다. 숭고한 행위를 하는 사람에게는 언제나 군중 속의 누군가가 도와주기 마련이다.

그로부터 한 시간도 되기 전에 배심원 평결은 샹마티외의 모든 혐의를 취소하는 것으로 내려졌다. 그리고 샹마티외는 곧바로 풀려났다. 그는 모두 멍청이라고 생각하고 그 광경을 전혀 이해하지 못한 멍한 상태로 그 자리를 떴다.

8. 반격

마들렌 씨는 어떤 거울에 그의 머리카락을 비추어 보았나

동이 트기 시작했다. 팡틴은 즐거운 환상 때문에, 열에 들뜨고 잠 못 이루는 밤을 보내고, 새벽녘에야 잠이 들었다. 곁에서 밤을 새운 생플리스 수녀는 그녀가 잠든 사이 해열제를 만들러 갔다. 잠시 진료소의 약국 으로 들어간 존경할 만한 수녀는 희미한 새벽빛 아래에서 약병 위로 몸 을 구부리고 이런저런 약을 들여다보고 있었다. 갑자기 그녀가 고개를 돌리고 가볍게 외쳤다. 소리도 없이 들어온 마들렌 시장이 어느새 그녀 앞에 서 있었다.

"어머나, 시장님."

그녀가 외쳤다.

마들렌 시장이 낮은 목소리로 대답했다.

"그 가엾은 여자는 어떤가요??"

"지금은 나쁘지 않아요. 그렇지만 한때는 얼마나 걱정했는데요!"

그녀는 시장에게 경과를 설명했다. 하루 전만 해도 팡틴의 병세가 매 우 나빴으나, 지금은 시장님이 그녀의 아이를 데리러 몽페르메유로 가 신 줄로만 알고 좋아졌다는 것을. 수녀는 시장이 어디를 다녀왔는지 차마 물어볼 수 없었다. 그러나 시장의 표정을 보고 그곳에 다녀오지 않았다는 것을 곧 알아차렸다.

"그것 잘됐군. 사실대로 말하지 않기를 잘했어요."

그가 말했다.

"맞아요. 하지만 시장님, 지금 팡틴이 시장님을 뵙고 아이가 없는 것을 알게 되면 저희들은 뭐라고 말해야 할까요?"

수녀가 대답했다.

마들렌 씨는 잠시 생각에 잠겼다.

"하느님께서 가르쳐 주실 테지요."

그가 말했다.

"하지만 거짓말은 할 수 없어요."

수녀가 소리 내어 중얼거렸다.

방 안에 밝은 햇빛이 들어왔다. 마들렌 씨의 얼굴이 그 빛을 가득 받았다. 수녀가 눈을 들어 그 모습을 쳐다봤다.

"어머나 시장님! 무슨 일이에요? 머리가 새하얗게 되셨어요!"

그녀는 외쳤다.

"새하얗다고!"

마들렌 씨가 말했다.

생플리스 수녀는 거울을 가지고 있지 않았다. 그녀는 상자를 뒤져 작은 거울을 하나 찾아냈다. 그것은 병원의 의사가 환자가 죽었는지 혹은 숨이 멎었는지 확인할 때 사용하는 것이었다.

마들렌 씨는 거울을 들고 자기 머리카락을 비춰 보면서 말했다.

"이럴 수가!"

마치 다른 일에 생각이 팔려 있는 사람처럼 무심한 말투였다.

수녀는 왠지 불길한 마음이 생겨 소름이 돋았다.

"지금 만나도 괜찮겠지요?"

그가 물었다

"시장님께서는 분명 아이를 데려다 주실 작정이시지요?"

수녀가 겨우 용기를 내어 물어보았다.

"물론이지요. 하지만 적어도 이삼 일은 걸릴 거예요."

"그러면 그때까지 그녀를 만나지 않으시는 게 어떻겠어요?"

수녀는 조심스럽게 말을 이었다.

"시장님께서 돌아오셨다는 걸 그녀는 모를 테니 기다리게 하는 건 어렵지 않아요. 게다가 어린아이가 오면 시장님도 어린아이와 함께 돌아오실 거라고 자연스럽게 생각할 거예요. 그러면 거짓말하지 않아도 되지요."

마들렌 씨는 잠시 생각에 잠기는 듯했다. 그러고 나서 가라앉은 목소리로 말했다.

"아니요, 수녀님. 그녀를 만나야 해요. 아마도 서둘러야 할 것 같아요."

수녀는 이 '아마도'라는 말에 주의를 기울이지 않았다. 그 단어는 시장의 말에 모호하면서도 애매하면서도 특별한 어떤 의미를 주고 있었다. 수녀는 정중하게 고개 숙이고 공손히 대답했다.

"어쨌든 그녀는 지금 잠들었어요. 그래도 들어가 보세요."

그는 조심스레 병실 안으로 들어가 침대로 다가섰다. 삐걱거리는 문소리에 팡틴이 잠을 깰지도 모르는 일이었다. 그리고 커튼을 살그머니 젖혔다. 그녀는 자고 있었다. 그녀의 숨소리에는 병들어 죽음의 선고를 받은 아기가 잠든 옆에서 밤을 지새우는 가엾은 어미의 마음을 후벼 파는 듯한 특유의 슬픔이 섞여 있었다. 그러나 그 고통스러운 숨결도 그녀의 얼굴에 어린 형언할 수 없는 고요함과 편안함을 해치지 못했다. 그 때문인지 잠든 그녀의 모습은 몰라볼 정도였다. 그녀의 창백한 얼굴은 밝은 흰빛이 되었다. 뺨은 고운 붉은색을 띠었다. 순결과 청춘이 그녀에게 남겨 준 단 하나의 아름다움인 금빛 나는 긴 속눈썹은 낮게 감겨 떨렸다. 눈에 보이지 않지만 그녀의 온몸은, 움직이는 게 느껴지는 어떤 날개가 바야흐로 나래를 펼쳐 그녀를 데려갈 것같이 희미하게 떨리고 있었다. 그러한 모습을 보고 있으면, 희망이 없는 병자라고는 도저히 믿어지지 않았다. 그녀는 지금 죽어 간다기보다 차라리 날아가려는 듯했다.

꽃을 꺾으려고 손을 내밀 때 가지는 떨고 몸을 빼는가 싶다 동시에 몸을 내미는 것처럼 여겨진다. 죽음의 신비로운 손가락이 영혼을 꺾으려 다가오는 순간에 인간의 육체도 때로 그처럼 떨린다.

마들렌 씨는 두 달 전 처음으로 이 병원에 그녀를 보러 왔던 날처럼, 한참 동안 침대 옆에서 병든 여인과 십자고상을 번갈아 바라보았다. 그 둘은 지금도 똑같은 자세였다. 그녀는 자고 그는 기도한다. 다만 두 달이 지난 지금, 그녀의 머리는 회색빛이고 그의 머리는 새하얘져 있었다.

수녀는 그와 함께 안으로 들어오지 않았다. 하지만 그는 침대 옆에서 마치 조용히 하라고 방 안의 누군가에게 요청하듯 듯 손가락을 입에 대고 있었다.

팡틴은 눈을 떠서 그를 보았다. 그리고 조용히 웃으며 조용히 말했다.
"코제트는요?"

행복한 팡틴

그녀는 놀라거나 즐거운 몸짓을 하지 않았다. 그녀는 기쁨 그 자체였다. "코제트는요?"라는 간단한 물음은 불안과 의혹이 털끝만큼도 없는, 실로 깊은 신념과 강한 확신에 차 있었다. 그래서 그는 대답할 말을 찾지 못했다.

"저는 시장님이 거기 계신 줄 알았어요. 저는 잠들었지만, 시장님을 보고 있었거든요. 저는 시장님을 오래오래 보고 있었어요. 밤새도록 눈으로 쫓고 있었는걸요. 시장님은 영광에 싸이고, 하늘나라의 온갖 것이 시장님을 에워싸고 있었어요."

마들렌 씨는 십자고상을 올려다보았다.

그녀가 이야기를 계속했다.

"그런데…… 말씀해 주세요, 코제트는 어디 있나요? 제가 잠에서 깨어날 때에 맞춰 그 애를 제 침대 위에 왜 올려놓아 주시지 않으셨나요?"

그는 기계적으로 뭐라고 대답했지만, 무슨 말을 했는지 나중에 전혀 생각나지 않았다. 다행스럽게도 알림을 받고 의사가 왔다. 의사가 마들렌 씨를 도왔다.

의사는 말했다.

"진정하세요. 아이는 여기 있어요."

팡틴의 눈은 광채를 띠었고, 얼굴은 온통 환해졌다. 그녀는 기도하는 사람들에게서 볼 수 있는 격렬하고 부드러운 표정으로 두 손을 모아 쥐었다.

그녀가 외쳤다.

"아, 여기로 데려다 주세요!"

가슴을 울리는 거룩한 어머니의 모습이여! 그녀에게, 코제트는 언제까지나 안겨 있는 작은 아이였다.

의사가 말해다.

"지금은 안 됩니다. 당장은 안 됩니다. 당신은 여전히 열이 있어요. 아기를 보면 흥분해서 몸에 좋지 않아요. 우선 당신 치료부터 해야 해요."

그녀는 성급하게 의사의 말을 가로막았다.

"그러나 저는 나았어요! 오, 다 나았다니까요. 아무것도 모르는 의사 선생님이시네요! 제 아기를 보고 싶어요."

의사가 말했다.

"저, 흥분했군요. 계속 흥분하면 아이 만나는 걸 반대하겠소. 아이를 만나기만 해서 되는 게 아닙니다. 아이를 위해 살아야 해요. 당신이 진정하면 내 손으로 아이를 데려다 주겠소."

가엾은 어머니는 머리를 숙였다.

"죄송합니다, 선생님. 정말 죄송합니다. 예전 같으면 방금처럼 말하지 않았을 거예요. 하지만 너무 많은 불행이 오니, 가끔 제가 무슨 말을 하는지 모를 때가 있어요. 저도 알아요. 선생님께서는 제가 너무 감격할까 걱정하시는 거지요? 허락하실 때까지 기다리겠어요. 그렇지만 맹세코 딸아이를 만난다 해도, 제 몸에 아무 문제없을 거예요. 저는 지금 딸아이를 보고 있어요. 어제저녁부터 눈을 떼지 않고 있다고요. 아시겠어요, 선생님? 지금 아이를 데려다 준다면, 차분하게 이야기할게요. 그것뿐이에요. 특별히 몽페르메유까지 가서 데려온 자기 아이를 보고 싶어 하는 건 자연스러운 일이 아닌가요? 저는 흥분하고 있지 않아요. 이제부터 행복해지리라는 걸 저는 잘 알고 있어요. 밤새도록 저는 흰 무언가, 제게 웃어 보이는 사람들을 봤어요. 선생님이 괜찮다고 생각되실 때 우리 코제트를 안아다 주세요. 더 이상 열도 없어요. 다 나은걸요. 이젠 아무렇지도 않은 것 같아요. 그래도 수녀님들의 마음에 들도록 병자처럼 움직이지 않겠어요. 제가 꼼짝 않는다면, '제가 아기를 만날 거야.'라고 이야기를 하시겠지요."

마들렌 씨는 침대 옆 의자에 앉아 있었다. 팡틴은 그에게로 얼굴을 돌렸다. 인간을 마치 철부지처럼 만드는 쇠약함 속에서, 그녀는 자신의 말대로 얌전하고 조용하게 누워 있는 것처럼 보이려고 분명 애쓰고 있었다. 그렇게 하고 있으면, 그렇게 진정된 그녀를 보고 코제트를 데려오는 일에 아무 어려움이 없을 것이라고 생각했다. 그러나 자제하면서도 그녀는 마들렌 씨에게 질문을 하지 않고는 참을 수 없었다.

"즐거운 여행이셨나요, 시장님? 오, 저를 위해 그 애를 데리러 가시다니, 시장님은 매우 친절하세요. 그 애가 어떠했는지 말씀해 주세요. 그 애가 여행을 잘 견디던가요? 아, 저를 알아보지 못할지도 몰라요! 그 뒤로 저를 잊어버렸을 거예요, 아, 가엾은 우리 아기! 어린아이란 기억력이 없으니까요. 작은 새 같지요. 오늘은 이걸 보나 싶으면 내일은 다른 것을 보고, 그러곤 이미 아무것도 기억하지 못하지요. 속옷은 깨끗하던가요? 테나르디에 부부는 그 애를 깔끔하게 돌보았나요? 어떤 것을 먹였을까요? 아, 제가 고생하고 있을 때는 그런 생각을 마음속으로 되풀이하며 얼마나 괴로워했는지 몰라요! 그렇지만 이제는 지나간 일이에요. 저는 기뻐요. 아, 그 애가 무척 보고 싶군요! 그 애를 예쁘다고 생각하시나요, 시장님? 딸애가 아름답지 않던가요? 마차 속에서는 추우셨지요! 아주 잠깐만이라도 딸애를 데려다 주실 수 없을까요? 그런 뒤 곧 데려가셔도 좋으니까요. 시장님, 시장님은 모든 사람의 주인이시니, 시장님만 좋다고 하시면!"

그가 팡틴의 손을 잡으며 말했다.

"코제트는 예뻐요. 코제트는 건강해요. 곧 만날 수 있을 거예요. 하지만 우선 진정해야 하오. 그렇게 말을 많이 하고 침대 밖으로 팔을 내놓으니까 자꾸만 기침이 나는 거요."

사실 팡틴은 기침을 계속해 거의 단어마다 말이 끊어졌다.

팡틴은 중얼거리는 것을 멈추었다. 그녀는 너무 지나치게 불평을 늘어놓아 사람들을 안심시키려 한 일이 모두 허사로 돌아가지 않을까 두려운 마음에 다른 이야기를 하기 시작했다.

"몽페르메유는 아주 좋은 곳인가요? 여름에 사람들이 곧잘 놀러들 가지요. 테나르디에의 사업은 번창하던가요? 그곳은 여행객들이 그다지 많이 들르지 않아요. 그래서 그 여관은 그저 싸구려 음식점 정도에 지나지 않지요."

마들렌 씨는 여전히 그녀의 손을 잡은 채 걱정스러운 눈으로 그녀를 들여다보았다. 그는 팡틴에게 할 말이 있어서 왔는데, 지금 그녀 앞에서 망설이고 있었다. 의사는 이미 왕진을 끝내고 가 버렸고, 생플리스 수녀만이 그들 곁에 있었다.

침묵을 깨뜨리고 팡틴이 외쳤다.

"아이의 목소리가 들려요! 아, 우리 아기의 목소리가 들려요."

그녀는 팔을 뻗어 조용히 해 달라고 요구하고 숨을 죽여 황홀하게 귀를 기울였다.

마침 문지기의 아이인지, 아니면 다른 어느 여직공의 아이인지 모르지만, 마당에 나와 놀고 있는 한 아이가 있었다. 그것은 애처로운 사연의 신비로운 무대에서 한 부분을 차지하는 흔히 있는 우연이었다. 그 아이는 어린 여자아이로, 몸을 따뜻이 하려고 왔다 갔다 뛰어다니며 큰 소리로 웃고 노래 부르고 있었다. 아, 어린아이가 노는 소리까지도 이다지 기가 막히게 이 자리에 끼어드는 것일까! 팡틴이 들은 것은 그 아이의 노랫소리였다.

그녀가 이야기를 계속했다.

"오, 우리 코제트예요! 저 목소리로 알 수 있어요."

그 아이는 다가왔을 때처럼 가 버렸다. 목소리도 사라져 버렸다. 한참을 귀 기울이던 팡틴은 얼굴이 어두워졌다. 마들렌 씨는 낮게 말하는 그녀의 이야기를 들었다.

"의사는 정말 악독해. 딸애를 만나게 해 주지 않다니! 얼굴도 악독하게 생겼다니까."

그러나 다시 그녀의 머릿속에는 즐거운 생각들이 되살아났다. 그녀는 머리에 베개를 벤 채 혼잣말을 계속했다.

"우리는 앞으로 얼마나 행복하게 살까! 제일 먼저 작은 정원을 가질 거야. 마들렌 시장님이 약속해 주셨거든. 딸애는 그 정원에서 놀 거야. 그리고 이제는 그 애는 글을 배워야 해. 맞춤법도 가르쳐 줘야지. 아이는 풀밭의 나비를 쫓을 거야. 나는 그 모습을 바라보겠지. 그리고 그 애는 첫 영성체를 받을 거야. 아, 언제 첫 영성체를 하게 될까?"

그녀는 손가락으로 꼽아 보기 시작했다.

'하나, 둘, 셋, 넷—그 애는 일곱 살이구나. 5년 안에 그 애는 하얀 베일을 씌우고 환히 비치는 긴 양말을 신겨야지. 꼬마 숙녀처럼 보일 거야. 어머나, 수녀님. 제가 얼마나 바보인지 모르실 거예요. 내 딸의 첫 영성체를 생각하다니!"

그리고 그녀는 웃기 시작했다.

마들렌 씨는 어느새 팡틴의 손을 놓고 있었다. 그는 바닥에 눈길을 떨어뜨리고 그러한 말들을 바람결처럼 흘려들으며, 까닭 모를 깊은 생각에 잠겨 있었다. 갑자기 팡틴이 입을 다물었다. 그래서 마들렌 씨는 기계적으로 머리를 들었다. 팡틴은 겁에 질려 있었다. 그녀는 더 이상 말도 하지 않고 숨도 쉬지 않았다. 침대 위에서 반쯤 몸을 일으켰다. 말라빠진 어깨는 잠옷 밖으로 드러나고, 조금 전까지도 빛나던 얼굴이 핼쑥해진 채 그녀의 눈은 고정되어 있었다. 무언가 방 한구석의 놀라운 것을 바라보고 있는 듯 보였다. 그녀의 눈은 공포로 크게 떠졌다.

그가 소리 질렀다.

"이런! 무슨 문제요, 팡틴?"

팡틴은 대답하지 않고, 그녀가 바라보는 듯한 물체에서 눈을 떼지 않았다. 그녀는 그의 어깨에서 손을 떼고, 다른 한 손으로는 뒤를 보라는 신호를 했다. 그가 몸을 돌렸다. 뒤에는 자베르가 있었다.

만족한 자베르

그동안의 일은 이러했다.

마들렌 씨가 아라스의 재판소 법정을 나왔을 때는 밤 12시 반 종이 울렸다. 그가 여관에 돌아왔을 때, 우편 마차로 출발하기에 꼭 알맞은 시간이었다. 마차 좌석을 예약했던 것을 독자들도 기억하고 있을 것이다. 아침 6시가 되기 얼마 전에 몽트뢰유쉬르메르에 닿은 그가 맨 먼저 하려고 생각한 일은, 은행가 라피트 씨에게 쓴 편지를 우체국에 보내고, 진료소로 가서 팡틴을 보는 것이었다.

한편 그가 재판소 법정을 떠나고, 검사는 처음의 충격에서 벗어났다. 존경하는 몽트뢰유쉬르메르 시장의 상식을 벗어난 행동을 유감스럽게 생각한다고 말하고, 점차 밝혀질 이 기괴한 사건의 개입으로도 자기의 확신은 조금도 변함이 없다고 밝혔다. 그리고 지금은 우선 진짜 장 발장임에 틀림없는 저 샹마티외의 처형을 요구한다고 주장했다. 강력한 검사의 주장은 법관, 배심원, 방청인 등 다른 사람들과 명백히 대립됐다. 변호사는 큰 어려움 없이 검사의 논고를 반박했다. 그리고 마들렌 씨, 곧 진짜 장 발장의 고백으로 사건이 전혀 새로운 국면으로 접어들어 눈앞에 죄 없는 한 사람을 보고 있을 뿐임을 입증할 수 있었다. 변호사는 다시 그것을 실마리로 해서, 재판상의 과오며 그 밖의 여러 가지 문제에 대한 그리 새로울 것도 없는 감탄할 만한 결론을 내렸다. 변호사의 변론을 들은 재판장이 간단하게 동의한다고 결말을 지었다. 그리고 몇 분 뒤 배심원들은 샹마티외에 대한 기소를 중지했다.

하지만 검사에게는 어떻든지 간에 장 발장이라는 사람이 필요했다. 샹마티외가 필요 없게 된 그는 마들렌 씨를 붙잡아야 했다.

샹마티외를 석방하자마자 검사는 재판장과 한 방에 들어갔다. 둘은 '몽트뢰유쉬르메르 시장 긴급 체포'에 대해 논의했다. 이 문장은 검사의 작품이었고, 검찰총장에게 보내는 보고서는 모두 그가 직접 썼다. 처음의 흥분이 이미 가라앉은 뒤이므로 재판장은 별다른 이의를 달지 않았다. 정의는 결국 자신의 길로 가야만 했다. 게다가 말하자면 재판장은 선량하고 몹시 사려 깊은 사람이었는데, 동시에 열렬한 왕당파이기도 했다. 그래서 몽트뢰유쉬르메르의 시장이 칸 상륙을 말할 때 '보나파르트'라고 하지 않고 '황제'라고 한 것에 분개하고 있었던 것이다.

신속히 체포 영장이 발부되었다. 검사는 특사를 급히 몽트뢰유쉬르메르로 보내 자베르 경위에게 체포하도록 명령했다.

자베르가 진술을 마친 즉시 몽트뢰유쉬르메르로 되돌아간 일은 독자들도 이미 알고 있는 대로이다.

아침에 자베르가 막 일어나려고 할 때, 특사가 체포 영장과 구속 영장을 전했다. 특사도 능숙한 경찰관이었으므로 아라스에서 일어난 일을 자베르에게 간단하고 명료하게 알렸다. 검사의 서명이 든 체포 영장에는 다음과 같이 적혀 있었다.

"자베르 경위는 오늘 법정에서 전과자 장 발장으로 인정된 몽트뢰유쉬르메르 시장 마들렌 씨를 체포하라."

자베르를 모르는 사람이 그가 진료 대기실로 들어서는 것을 보았다면 무슨 일이 일어났는지 전혀 알아차릴 수 없었을 것이며, 그가 여느 때와 조금도 다름없는 모습임을 알았을 것이다. 그는 냉정하고 침착하고 위엄 있었으며, 회색빛 머리를 곱게 빗어 관자놀이에 붙이고는 늘 그렇듯 느릿한 걸음걸이로 층계를 올라왔다. 그러나 그를 아주 잘 아는 사람이 그를 주의 깊게 보았다면 소름이 끼쳤을 것이다. 가죽으로 된 옷깃 핀은 그의 목 한가운데에 있지 않고, 왼쪽 귀 아래에 있었다. 그것이 그의 유례없는 동요를 드러내는 것이었다.

꼼꼼한 성격의 자베르는 자기 의무나 옷차림에 조금도 빈틈이 없었다. 악인에게는 가차 없고 자신 옷의 단추에도 엄격했다. 옷깃 핀이 제자리에 없는 것을 보면, 지진이라고 할 만한 어떤 감정이 그의 마음속에 있었음이 틀림없다.

그는 근처 경찰서에 가서 하사 하나와 헌병 넷의 파견을 요청해 함께 와서, 마당에 대기시켜 놓고, 문지기 여자에게 팡틴의 병실을 물었다. 문지기는 시장을 찾아오는 경찰관을 늘 보아 왔으므로 그리 수상쩍게 여기지 않았다.

병실에 이르자 자베르는 손잡이를 돌려 간호사나 경찰 끄나풀처럼 살그머니 문을 밀고 안으로 들어왔다. 엄밀히 말하면 안으로 들어온 것이 아니라 모자를 쓴 채 턱 밑까지 단추를 채운 프록코트에 왼손을 찌르고 반쯤 열린 문어귀에 서 있었던 것이다. 구부린 팔 안에서는 등 뒤에 감추어진 커다란 지팡이의 납 손잡이가 보였다.

그렇게 그는 다른 사람의 눈에 띄지 않고 1분쯤 가만히 서 있었다. 그러자 갑자기 팡틴이 눈을 들어 그를 보고 마들렌 씨를 돌아다보게 했던 것이다.

마들렌 씨와 자베르의 눈길이 부딪친 순간 자베르는 동요도 없었고 서 있는 자리에서 꼼짝하지도 않고, 다가오지도 않았지만, 공포를 주었다. 무릇 인간의 감정 가운데 희열만큼 무서운 형상을 할 수 있는 것은 없다.

그것은 저주받은 인간을 찾아낸 악마의 얼굴이었다.

마침내 장 발장을 붙잡았다는 만족이 자베르의 영혼 속에 있는 모든 것을 그 얼굴 위로 떠오르게 했다. 휘저은 물 밑바닥의 것이 수면으로 떠오른 것이다. 상마티외로 인해 착각했다는 굴욕감은 처음부터 너무도 잘 알아보고 실로 오랫동안 올바른 육감을 지녀 왔다는 자만심 아래 사라져 버렸다. 자베르의 만족감은 그 고압적인 태도 속에 나타났다. 승리에 취한 흉한 모습이 좁은 이마 위에 빛났다. 그것은 만족한 얼굴이 한껏 나타낼 수 있는 공포의 모습이었다.

자베르는 그 순간 하늘 위에 있었다. 그 자신이 그것을 뚜렷이 자각하지는 않았지만, 자기가 반드시 필요한 사람, 성공할 것이라는 희미한 직감으로 악을 분쇄하는 거룩한 사명에 정의와 광명과 진리를 한 몸에 구현하고 있었다. 자신의 앞뒤와 근처의 무한한 거리에 권위, 정의, 심판, 합법적 양심, 공소 등 수많은 별을 거느리고 있었다. 그는 질서를 지키고, 법으로 벼락을 떨어뜨리고, 사회를 위해 응징하고, 절대자에게 도움을 주고, 영광 속에 우뚝 서 있었다.

그의 승리 속에는 도전과 투쟁의 흔적이 남아 있었다. 의기양양하고, 오만하고, 찬란한 그는 하늘 높이 솟아올라 흉포한 대천사의 초인간적인 야수성을 하늘 한복판에 과시했다. 그가 수행하는 일의 무시무시한 그림자는 타오르는 불 같은 사회의 칼끝을 꽉 쥔 주먹 속에 어렴풋이 드러나 보이고 있었다. 희열과 분노 속에서 죄악과 악덕과 반역과 영원한 벌과 지옥을 발아래에 짓누르고 있었다. 그는 밝게 빛났고 그는 박멸시켰다고 그는 미소 짓고 있었다. 이 기괴한 성 미카엘 속에는 항거할 수 없는 웅대함이 있었다.

자베르는 공포스러웠지만, 야비함은 없었다.

청렴, 강직, 진지, 결백, 확신, 의무감 등은 잘못 사용되면 혐오스러워진다. 그러나 혐오스러워도 위엄은 남아 있다. 인간의 양심만이 갖는 그러한 특별한 위엄은 두려움 속에서도 의연히 존속한다. 그것들은 착오에 빠질 수도 있는 하나의 결점만을 지닌 미덕이다. 흉악하기 이를 데 없는 광신자의 무자비하고도 외곬으로 달리는 희열 속에는 비통하면서도 존경할 만한 광채 같은 것이 있다. 자베르는 스스로 깨닫지 못했으나, 승리를 뽐내는 모든 무지한 인간처럼 그 포악한 행복 속에서 가엾은 존재가 되어 있었다. 선이 갖는 악이라고도 할 수 있는 것이 드러난 그의 얼굴만큼 무섭고 또 가슴을 치는 것은 아무것도 없었다.

권력을 되찾은 관헌

팡틴은 시장이 그녀를 자베르로부터 벗어나게 해 준 후 오랫동안 그를 본 일이 없었다. 그녀의 병든 머리로는 아무것도 이해할 수 없었지만, 그가 자기를 다시 잡으러 왔다는 것만은 확신했다. 그녀는 자베르의 무서운 얼굴을 바라보고 있을 수가 없었다. 숨이 끊어질 듯했다. 그녀는 두 손으로 얼굴을 가리고 고통스럽게 외쳤다.

"마들렌 씨, 살려 주세요!"

장 발장은 ─ 우리는 이제 앞으로 이 이름만 부르기로 하자. ─ 일어서 있었다. 그는 매우 친절하고 침착한 목소리로 팡틴에게 말했다.

"안심해요. 당신 때문에 온 게 아니에요."

그러고는 자베르를 향해 말했다.

"무슨 일로 왔는지 알고 있소."

자베르가 대답했다.

"자, 어서!"

덤벼드는 듯한 이 두 마디 억양 속에 흉포하고 격앙된 무엇이 있었다. 자베르는 "자, 어서!"라고 했다기보다도 "자서."라고 한 것 같았다. 어떤 말로도 그의 말투를 표현할 수 없었을 것이다. 그것은 이미 인간의 말이 아니었다. 그것은 포효였다.

자베르는 일반적인 진행에 따르지 않았다. 한마디 설명도 없었고, 영장도 제시하지 않았다. 그가 보기에 장 발장은 붙잡을 수 없는 신비로운 전사였다. 지난 5년간 붙들고 있으면서도 때려눕히기 힘든 암흑의 용사였다. 이 체포는 이제 시작이 아니라 끝이었다. 그는 다만 "자, 어서!"라고 할 뿐이었다.

그렇게 말하면서도 그는 한 걸음도 나오지 않았다. 그는 장 발장에게 갈고리 사슬 같은 눈빛을 던졌다. 그렇게 함으로써 언제나 악당들을 자기에게로 끌어당겼던 것이다. 두 달 전 팡틴이 뼛속까지 찌르는 듯한 느낌을 받았던 바로 그 눈이었다. 자베르의 외침 소리에 팡틴은 다시 눈을 떴다. 그러나 거기에는 시장이 있었다. 뭐가 무서울까? 자베르가 방 한가운데로 걸어와 외쳤다.

"자, 어서 나와."

불행한 팡틴은 주위를 둘러보았다. 수녀와 시장 말고는 아무도 없다. '이 참담한 말은 누구에게 한 것일까?' 그녀밖에 없었다. 팡틴은 소름이 돋았다. 그때 팡틴은 기이한 일을 보았다. 그처럼 기이한 일은 높은 열에 들뜬 가장 심한 혼미 상태일 때에도 일찍이 본 적이 없었다. 그녀는 자베르 경위가 시장의 멱살을 잡는 것을 보았다. 그리고 시장이 고개를 떨구는 것을 보았다. 그녀는 이 세상이 끝나 버린 것같이 느꼈다. 자베르는 과연 장 발장의 멱살을 잡고 있었다.

"아, 시장님!"

팡틴이 비명을 질렀다. 자베르는 웃음을 터뜨렸다. 이빨을 모두 드러내 놓은 무시무시한 웃음이었다.

"이제 시장 따윈 여기 없어!, "

장 발장은 자기 프록코트의 깃을 잡고 있는 손을 뿌리치려고도 하지 않았다. 그는 말했다.

"자베르……."

자베르는 그의 말을 막았다.

"경위님이라고 불러."

장 발장이 말했다.

"당신에게 부탁이 있소. "

자베르가 대답했다.

"크게! 크게 말해! 내게는 모두들 큰 소리로 말한다고."

장 발장은 목소리를 낮추며 말을 이었다.

"꼭 한 가지 당신에게 청할 것이 있는데……."

"큰 소리로 말하라고 했어."

"하지만 당신만 들었으면 좋겠소."

"뭐라고? 나는 듣지 않겠다!"

장 발장은 그를 향해 아주 빨리 그리고 아주 낮은 목소리로 말했다.

"사흘만 여유를 주시오! 이 불쌍한 여자의 아이를 데리러 가는 데 사흘의 여유를 주시오! 필요한 비용은 내가 치르겠소. 나를 따라가도 좋소."

"말도 안 되는 소리!"

자베르가 외쳤다.

"난 벌써부터 알고 있었어, 네가 바보가 아니라는 걸! 달아나게 사흘의 여유를 달라는 거지! 저 인간의 애새끼를 데리러 가는 목적이라고 말했겠다. 하하! 그것참, 좋군! 참 좋은 생각이야!"

팡틴이 부르르 떨면서 외쳤다.

"내 딸! 내 딸을 데리러 간다고요! 그럼, 그 아이는 여기 와 있지 않군요. 수녀님, 대답해 주세요. 코제트는 어디 있나요? 딸애를 주세요! 마들렌 씨! 시장님!"

자베르는 발을 쾅 굴렀다.

"이번에도 또 너로군! 닥쳐, 이 창녀 같으니! 죄수가 관리가 되고, 창녀가 귀부인처럼 떠받들어지다니, 참으로 아름다운 곳이군! 그러나 이제부턴 아주 달라질걸. 이젠 어림도 없어!"

그는 팡틴을 노려보고, 장 발장의 넥타이와 셔츠 깃을 다시 움켜잡으며 덧붙였다.

"잘 들어, 이젠 마들렌 씨도 시장도 없어. 도둑만이 있을 뿐이야. 도둑이, 도적이, 장 발장이라는 전과자가 있을 뿐이야. 그리고 내 손으로 그놈을 붙잡았지? 그것뿐이라고."

팡틴은 뻣뻣해진 두 팔과 두 손으로 몸을 버티며 침대 위에 벌떡 일어나 앉았다. 그녀는 장 발장을 보고, 자베르를 보고, 수녀를 보고, 무슨 말을 하려는 것처럼 입을 열었다. 가래가 목구멍에서 끓어오르고 이가 덜덜 떨렸다. 그리고 고통스러운 나머지 두 팔을 뻗쳐 올리고, 경련을 일으키듯 두 손을 펴서 물에 빠진 사람처럼 허우적거리며 갑자기 베개 위로 쓰러졌다. 머리가 침대의 가로쇠에 부딪혀 그녀의 가슴 위로 떨어지고, 입은 벌어졌으며, 눈빛은 희미해졌다.

그녀는 죽었다.

장 발장은 멱살을 잡은 자베르의 손 위에 자기 손을 얹고, 아이의 손처럼 그것을 떨쳐 냈다. 그리고 자베르에게 말했다.

"당신이 이 여자를 죽였소."

자베르가 분노하여 소리쳤다.

"어서 끝내! 나는 논쟁을 들으러 여기 온 것이 아니야. 그런 것 따윈 필요 없어. 경관이 아래 있다. 즉시 가야 해. 그렇지 않으면 수갑을 채울 테다!"

방 한구석에는 수녀들이 잠자리로 사용하고 있는 낡은 쇠침대가 하나 있었다. 장 발장이 침대로 다가가 이미 거의 망가져 있는 가로대를 눈 깜짝할 사이에 떼 내었다.—그의 억센 팔 힘으로는 손쉬운 일이었다. 그리고 굵직한 가로대 쇠몽둥이를 움켜잡고 자베르를 쏘아보았다. 자베르가 문 쪽으로 뒷걸음질 쳤다.

장 발장은 그 쇠몽둥이로 무장한 채로 천천히 팡틴의 침대 쪽으로 걸어갔다. 침대까지 다가가자 뒤돌아보며 자베르를 향해 들릴락 말락 한 소리로 말했다.

"잠시 동안 방해하지 않기를 바라오."

확실한 것은, 자베르가 떨고 있었다는 것이다.

호위 경관을 부를까 했으나, 장 발장이 그 틈에 달아날까 봐 하지 못했다. 그래서 지팡이 한쪽 끝을 잡고 장 발장에게서 눈을 떼지 않고 문 가장자리에 등을 기대고 선 채 그대로 머물러 있었다.

침대 머리맡에 팔꿈치를 올려놓고 손으로 자신의 이마를 짚고 있던 장 발장은, 그곳에 드러누워 움직이지 않는 팡틴을 물끄러미 들여다보기 시작했다. 그는 그대로 말이 없었다. 더 이상 아무것도 생각하고 있지 않는 게 분명했다. 그의 얼굴과 태도에는 말로 다 표현할 수 없는 연민이 서려 있었다. 그렇게 잠시 명상에 잠겨 있던 그는 팡틴 위로 몸을 구부리고 낮은 목소리로 속삭이기 시작했다.

팡틴에게 그는 무슨 말을 했던가. 세상에서 버림받은 사나이가 죽은 여자에게 무슨 말을 할 수 있었을까? 그가 한 말은 무엇이었을까? 이 세상의 어느 누구도 그것을 듣지 못했다. 죽은 여자는 그것을 들었을까? 이 세상에는 감동을 주는 환상이 있다. 이 환상은 숭고한 현실일지도 모른다. 다만 의심할 수 없는 사실은, 이 현장의 유일한 목격자인 생플리스 수녀가 자주 이야기한 바에 따르면, 장 발장이 팡틴의 귓가에 무언가 속삭인 순간 무덤을 앞에 두고 놀라움에 가득 차 빛을 잃은 눈동자와 희푸른 입술 사이에 무어라 말할 수 없는 미소가 떠오르는 것을 분명 보았다는 것이다.

장 발장은 두 손으로 팡틴의 머리를 받들었다. 그리고 어머니가 아기를 누일 때처럼 베개 위에 살며시 올려놓았다. 그녀의 잠옷 끈을 매어 주고, 흐트러진 머리카락을 쓸어 모자 속으로 넣어 주었다. 그것이 끝나고 그는 그녀의 눈을 감겨 주었다. 팡틴의 얼굴에 환한 빛이 비치는 것 같았다.

죽음, 그것은 거대한 빛 속으로 들어가는 문이다. 팡틴의 손은 침대 밖으로 늘어져 있었다. 장 발장은 손 앞에 무릎을 꿇고 그것을 살그머니 들어 올려 입 맞추었다. 그러고 일어서서 자베르에게로 돌아서며 말했다.

"자, 당신의 처분을 따르겠소."

어울리는 무덤

자베르는 장 발장을 도시의 형무소에 수감시켰다.

마들렌 씨의 체포가 몽트뢰유쉬르메르에 일대 흥분을 불러일으켰다. 아니, 차라리 기괴한 동요를 일으켰다고 하는 편이 옳겠다.

슬프게도 '그는 전과자였대.' 단지 이 한마디 때문에, 모든 사람이 장 발장을 버리고 돌보지 않은 사실을 숨길 수 없다. 두 시간도 못 되는 사이에 그가 한 온갖 선행은 잊혀졌다. 단지 그는 '죄수일 뿐'이었다. 그러나 아라스 법정에서 있었던 자세한 이야기는 아직 이곳에 알려지지 않았다고 덧붙여야 하겠다. 하루 종일 시내의 어디에서나 이런 대화를 들을 수 있었다.

"자넨 아직 모르나? 그 사람은 전과자였대!"

"누구?"

"시장 말이야."

"뭐라고? 마들렌 씨?"

"그렇다네."

"정말인가?"

"그 사람 이름은 마들렌이 아니고 베장이라나 보장이라나, 아니 부장이라든가, 아무튼 무시무시한 이름이야."

"아, 세상에!"

"그는 붙잡혔지."

"붙잡혔어!"

"이송될 때까지 시의 형무소에 있다네."

"이송될 때까지!"

"그는 이송될 거네!"

"어디로?"

"예전에 시골길에서 강도질을 했기 때문에 중죄 재판에 회부된다지."

"맞아. 어쩐지 수상쩍었어. 그자는 너무나 친절하고 지나치게 완벽했어. 훈장은 사양하고 떠돌이 아이들을 만나면 아무에게나 돈을 주어 보냈잖나. 나는 늘 여기에 무슨 심상치 않은 배경이 있을 거라고 생각했지."

이 이야기는 특히 사교계에서 화젯거리가 되었다, 〈드라포블랑〉의 구독자인 한 노부인은, 헤아릴 수 없이 깊은 뜻이 담긴 의견을 말했다.

"가엾다고는 생각지 않아요. 보나파르트파 놈들에게 좋은 본보기가 될 거예요."

이리하여 마들렌 씨라고 불리던 그 환영은 몽트뢰유쉬르메르에서 사라져 버렸다. 온 시내에서 훗날까지 그 기억을 가지고 있던 사람은 서넛밖에 없었다. 그의 시중을 들던 문지기 여인도 그들 중의 하나였다.

그날 밤 이 충실한 나이 든 여인은 그녀의 방에 앉아 여전히 겁먹은 채 슬픈 생각에 잠겨 있었다. 공장은 하루 종일 문을 닫았다. 대문은 빗장을 질렀으며, 한길에는 인기척 하나 없었다. 집 안에는 팡틴의 시체 옆에서 밤샘하고 있는 페르페튀아 수녀와 생플리스 수녀 두 사람뿐이었다.

마들렌 씨가 늘 돌아오는 시간이 되자, 이 충직한 문지기 여인은 기계적으로 일어나 서랍에서 마들렌 씨의 방문 열쇠를 꺼냈다. 그리고 저녁마다 마들렌 씨가 들고 올라가는 휴대용 촛대를 집어 들었다. 그리고 마들렌 씨가 늘 가지러 가는 열쇠 걸이에 열쇠를 걸고, 촛대를 그 옆에 놓고 마치 그를 기다리고 있는 것 같았다. 그런 다음 그녀는 의자에 앉아 다시 생각에 잠기기 시작했다. 가엾은, 착한 여인은 그 모든 일을 무의식중에 했다.

그로부터 두 시간이 지난 후, 그녀는 환상에서 깨어나 이렇게 외쳤다.

"어머나! 세상에! 그분의 열쇠 걸이에 열쇠를 걸어 놓다니!"

그때 문지기 방의 유리 창문이 열리고, 열린 틈으로 손이 하나 들어와 열쇠와 촛대를 집어서는, 불타는 다른 초에서 불을 붙였다. 문지기 여인은 고개를 들고 입을 크게 벌린 채 목구멍에서 치밀어 오르는 소리를 눌러 삼켰다. 손, 팔, 프록코트의 소매가 그녀의 눈에 낯익었던 것이다.

마들렌 씨였다.

문지기 여인은 한참이 지나서야 말을 할 수 있었다. 그녀가 뒷날 이 일을 사람들에게 이야기하면서 흔히 말했던 것처럼 완전히 '얼이 빠져' 버렸던 것이다.

그녀가 소리쳤다.

"세상에 시장님. 저는 시장님께서……"

그녀는 말이 막혔다. 그녀가 끝까지 말해 버렸다면 처음 말한 것에 대한 실례가 되었으리라. 그녀에게 장 발장은 여전히 시장님이었다.

장 발장은 그녀 대신 말을 마쳤다.

"형무소에 있는 줄 알았겠지. 거기 있었소. 나는 창문의 창살을 부수고 지붕에서 뛰어내려 이리로 온 거요. 지금 방으로 올라가 있을 테니 생플리스 수녀를 불러 줘요. 그녀는 그 불쌍한 여자 옆에 있을 거예요."

문지기 여인이 서둘러 그 말에 복종했다.

그는 문지기 여인에게 다른 명령을 하지 않았다. 그는 자기 자신이 지키는 것보다 그녀가 자신을 더 잘 지켜 주리라 확신했다.

대문을 열지 않고 그가 어떻게 마당으로 숨어 들어왔는지는 아무도 알 수 없었다. 그는 언제나 작은 쪽문 열쇠를 지니고 있었다. 그러나 당연히 몸수색을 당했을 것이고, 그 열쇠는 빼앗겼을 것이다. 이 점은 끝내 밝혀지지 않았다.

그는 자기 방으로 통하는 층계를 올라갔다. 위까지 올라가자 촛불을 층계 제일 위에 놓고, 소리 나지 않게 문을 열어 창문과 덧문을 손으로 더듬어 닫은 다음 돌아와 촛불을 들고 방 안으로 들어갔다. 주의해야 했다. 그 방 창문이 길에서 보인다는 것을 기억할 것이다.

그는 주위를, 책상을, 의자를, 사흘 전부터 건드리지도 않았던 침대를 홀긋 쳐다보았다. 그제 밤 어질러 놓았던 흔적은 조금도 남아 있지 않았다. 문지기 여인이 '방을 정돈했던' 것이다. 다만 그녀는 지팡이에 끼워 놓은 양 끝의 쇠붙이와 불에 그슬려 꺼멓게 된 40수짜리 은화를 재 속에서 주워 깨끗이 닦은 다음 책상 위에 올려놓았다.

그는 종이를 한 장 집어 다음과 같이 썼다.

"이것은 내 지팡이에 끼웠던 양 끝의 쇠붙이와 내가 중죄 재판소에서 이야기한 프티 제르베에게서 훔친 40수짜리 은화이다."

그리고 방에 들어오면 제일 먼저 눈에 띄도록, 그 종이와 쇠붙이와 동전을 잘 정돈해 두었다. 그는 벽장에서 낡은 셔츠를 꺼내 찢었다. 그리고 셔츠 조각으로 촛대 두 개를 감쌌다. 그는 서두르거나 그리 흥분하지 않았다. 주교의 촛대를 쌀 때 그는 검은 빵 한 조각을 씹고 있었다. 아마 감옥에서 도망칠 때 가지고 나온 빵인 듯했다. 나중에 경찰 당국이 가택 수색을 할 때, 방바닥에 떨어져 있는 빵 부스러기로 그것이 확인되었다.

누군가 문을 두 번 두드렸다.

"들어오시오."

그가 말했다. 생플리스 수녀였다.

그녀의 얼굴은 창백했고 눈은 충혈되어 있었다. 손에 든 촛불이 흔들거렸다. 운명의 격렬한 힘은 아무리 품위 있고 냉정한 사람일지라도, 그 사람이 지닌 본성을 폐부의 밑바닥에서 끌어내어 밖으로 드러나게 하는 특성이 있다. 이날의 감정으로 수녀는 다시 여자로 돌아가 있었다. 그녀는 울었고, 떨고 있었다.

장 발장은 종이에 무언가 몇 줄 쓰고 나서 그것을 수녀에게 건네면서 말했다.

"수녀님, 이것을 사제님에게 전해 주시오"

종이는 접혀 있지 않았다. 수녀가 그것을 흘긋 보았다.

"읽어도 좋소."

그가 말했다.

수녀가 읽었다.

"여기 남기는 모든 것을 사제님이 관리해 주시기 바랍니다. 이것으로 저의 소송 비용과 오늘 세상을 떠난 여인의 장례를 치러 주십시오. 나머지는 가난한 사람들을 위한 것입니다."

수녀는 무엇인가 말하려 했지만, 말을 더듬어 알아듣지 못할 소리를 냈다. 그러다 이렇게 말했다.

"시장님은 마지막으로 한 번 더 그 불행한 여자를 보시지 않을 건가요?"

그가 말했다.

"아니요, 나는 쫓기고 있소. 그 방에서 붙잡히게 될 뿐이오. 그렇게 되면 그 여인을 방해하게 되오."

말이 끝나기도 전에 떠들썩한 소리가 층계에서 울렸다. 그리고 두 사람은 떠들썩하게 층계를 올라오는 발소리와 외마디소리를 지르는 문지기 여인의 목소리를 들었다.

"이것 보세요, 하느님께 맹세하지만 낮에도 밤에도 하루 종일 아무도 여기 들어오지 않았어요. 나는 이 문에서 조금도 떠나지 않았단 말이에요."

한 사나이가 대답했다.

"그런데 저 방에 불이 켜져 있잖소."

두 사람은 그것이 자베르의 목소리임을 알았다.

그 방은 문을 열면 오른쪽 벽의 구석이 가려지게 되어 있었다. 장 발장은 촛불을 불어서 끄고, 구석에 몸을 숨겼다. 생플리스 수녀는 책상 곁에서 무릎을 꿇었다. 문이 열렸다.

자베르가 들어왔다.

몇몇 사나이가 수군대는 소리와 복도에서 문지기 여인이 애써 버티는 소리가 들려왔다. 수녀는 고개를 들지 않았다. 기도를 드리고 있었던 것이다.

촛불은 벽난로 위에서 희미한 빛을 던지고 있을 뿐이었다. 자베르는 수녀를 발견하고 흠칫 멈추어 섰다.

기억하겠지만, 자베르의 본질, 그의 원소(元素), 그의 호흡의 중심이 되는 것은 모든 권위에 대한 존경이었다. 그는 그야말로 완고하여 이론(異論)도 제한도 인정하지 않았다. 말할 필요도 없이 그에게 교회의 권위는 모든 권위에서도 가장 으뜸가는 것이었다. 다른 모든 것과 마찬가지로 그는 이 점에서도 근엄하고 정확했다. 그의 견해에 따르면 사제는 과오를 저지르지 않는 사람이며, 수녀는 죄를 짓지 않는 사람이었다. 그들은 진실을 말하기 위해서만 열리는 유일한 문으로 이 세상과 통하는 닫힌 영혼인 것이다.

수녀를 발견하자 그는 곧 물러가려고 했다.

그러나 다른 한편으로 그를 붙잡는 또 하나의 의무가 있었다. 그것은 그를 반대 방향으로 억지로 떠밀어 갔다. 그의 두 번째 행동은 거기에 머물러 일단 물어보는 것이었다.

더욱이 상대는 평생 거짓말이라곤 한 적 없는 생플리스 수녀였다. 자베르는 그것을 알고 있었고 이 점 때문에 특별히 수녀를 존경하고 있었다.

자베르가 말했다.

"수녀님, 수녀님은 이 방에 혼자 계십니까?"

가엾은 문지기 여인이 기절할 것 같다고 느끼는 무서운 순간이었다.

수녀가 고개를 들고 대답했다.

"예, 그렇습니다."

자베르가 말을 이었다.

"그런데 계속 여쭤서 죄송합니다. 제가 할 일이니까요. 오늘 저녁에 한 사나이를 보지 못하셨습니까? 탈옥한 놈을 찾고 있습니다. 장 발장이라는 놈인데 못 보셨나요?"

수녀가 대답했다.

"못 봤습니다."

수녀는 거짓말을 했다. 계속해서 두 번이나 연속해서, 망설이지 않고 즉각적으로, 아무 주저도 없이 자신을 희생하며 말했다.

"실례했습니다."

자베르는 말했다. 그리고 정중하게 인사하고 물러갔다.

오, 거룩한 동정녀시여! 오래전부터 당신은 이미 이 세상에 계시지 않습니다. 당신은 자매인 동정녀들과 형제인 천사들과 더불어 빛 안에 계십니다. 이 거짓말이 하늘나라에서 부디 당신을 위한 것이 되기를!

생플리스 수녀의 확답은 자베르에게 결정적인 일이었다. 그래서 책상 위의 초가 방금 불어 꺼져 연기가 나던 것은 그리 수상쩍게 여기지 않았다.

한 시간 뒤, 한 사나이가 몽트뢰유쉬르메르에서 숲과 안개를 헤치고 파리 쪽으로 급히 멀어져 가고 있었다. 그는 장 발장이었다. 그와 마주쳤던 두어 명의 마부의 증언에 의하면, 그는 보통이 하나를 들고 작업복 윗도리를 입고 있었다고 한다. 작업복 윗도리는 어디서 구했을까? 알 수 없는 일이었다. 그런데 얼마 전 공장 진료소에서 한 늙은 직공이 죽었는데, 그 사나이는 작업복 윗옷 하나만 남겨 놓았다. 장 발장이 입고 있었던 것은 아마도 그것이었을지도 모른다.

팡틴에 대해 마지막 한마디 할 말이 있다.

우리에게는 어머니 대지가 있다. 팡틴은 어머니 품으로 돌아갔다.

사제는 장 발장이 남긴 것 가운데에서 가난한 사람들을 위해 되도록 많은 돈을 간직해 두는 게 좋겠다고 생각했다. 그리고 그가 그렇게 한 것은 아마도 옳은 일이었으리라. 요컨대 누구에게 관계되는 일이었던가? 한 전과자와 한 창녀에게 관계된 일이 아니었던가? 그래서 사제는 팡틴의 장례를 간단하게 치르고 비용을 줄이기 위해 공동묘지에 묻기로 했다.

따라서 팡틴이 묻힌 곳은 모든 사람의 것이면서 동시에 그 누구의 것도 아닌 묘지의 한구석, 가난한 사람들이 잊혀 가는 공동묘지의 한구석이었다. 하느님께서는 그러한 영혼을 어디서 찾는지 알고 계신다. 사람들은 저 이름 모를 죽은 이들의 유골이 있는 어둠 속에 팡틴을 뉘었다. 그녀는 흙먼지 속에 파묻혔다. 그녀는 공동묘지에 던져졌다. 그녀의 무덤은 그녀의 잠자리와 비슷했다.

옮긴이 베스트트랜스

세계 여러 곳에 숨겨진 작품을 발굴·기획하고 번역하는 사람들의 모임이다. 베스트트랜스는 기
존의 번역가가 번역한 작품을 편집자가 편집하는 방식에서 탈피하여 번역가와 편집자가 한 팀
을 이뤄 양질의 책을 만드는 데 온 힘을 쏟고 있다. 번역한 책으로는 더클래식 세계문학컬렉션
《노인과 바다》《동물 농장》《어린 왕자》《사람은 무엇으로 사는가》《이방인》《그리스인 조르
바》《도리언 그레이의 초상》《벨 아미》《안나 카레니나》 등이 있다.

레 미제라블 1

개정 1쇄 펴낸 날 2020년 12월 1일
개정 2쇄 펴낸 날 2021년 1월 30일

지 은 이   빅토르 위고
옮 긴 이   베스트트랜스
펴 낸 이   장영재
펴 낸 곳   (주)미르북컴퍼니
자 회 사   더클래식
전   화   02)3141-4421
팩   스   02)3141-4428
등   록   2012년 3월 16일(제313-2012-81호)
주   소   서울시 마포구 성미산로32길 12, 2층 (우 03983)
E-mail   sanhonjinju@naver.com
카   페   cafe.naver.com/mirbookcompany

* (주)미르북컴퍼니는 독자 여러분의 의견에 항상 귀 기울이고 있습니다.
* 파본은 책을 구입하신 서점에서 교환해 드립니다.
* 책값은 뒤표지에 있습니다.

25 | 리어 왕 | 윌리엄 셰익스피어

대한민국 명사 101인의 대표 추천작 / 서울대학교 권장도서 100선 / 연세대학교 필독도서
미국대학위원회 선정 SAT 추천도서 / 〈가디언〉지 권장도서 / 세인트존스 대학교 권장도서
논술 및 수능에 출제된 책(1998~2005)

26 27 28 29 30 | 레 미제라블 1~5 | 빅토르 위고

저명한 문학비평가들이 극찬한 세기의 걸작 / WTO 북클럽 추천도서
2013년 개봉한 영화 〈레 미제라블〉의 원작 / 전자책 베스트셀러 1위(2013)

31 | 월든 | 헨리 데이비드 소로

미국대학위원회 고교추천도서 101 / 미국대학위원회 선정 SAT 추천도서

32 | 겨울 왕국(안데르센 단편선 1) | 한스 크리스티안 안데르센

어린이문학에 꽃을 피운 불멸의 작가 / 세계를 움직인 100권의 책 선정
노벨 연구소 선정 세계 100대 문학 작품

33 | 오만과 편견 | 제인 오스틴

서울대학교 동서고전 200선 / 연세대학교 필독도서 / 세인트존스 대학교 권장도서
〈텔레그라프〉지 완벽한 도서관을 위한 권장도서 100 / 〈가디언〉지 권장도서
미국대학위원회 선정 SAT 추천도서 / 국립중앙도서관 선정 청소년 권장도서

34 | 로미오와 줄리엣 | 윌리엄 셰익스피어

서울대학교 동서고전 200선 / 미국대학위원회 선정 SAT 추천도서
칼리지보드 선정 고교생 필독서 101권

35 | 바람이 분다 | 호리 다쓰오

미야자키 하야오의 애니메이션 영화 〈바람이 분다〉 원작

36 | 맥베스 | 윌리엄 셰익스피어

서울대학교 권장도서 100선 / 연세대학교 필독도서 / 미국대학위원회 선정 SAT 추천도서
국립중앙도서관 선정 청소년 권장도서

37 | 신곡 – 인페르노(지옥) | 단테 알리기에리

서울대학교 권장도서 100선 / 국립중앙도서관 선정 청소년 권장도서
미국대학위원회 선정 SAT 추천도서 / 〈뉴스위크〉지 선정 100대 명저

38 | 외투·코(고골 단편선) | 니콜라이 바실리예비치 고골

러시아 사실주의 문학의 지평을 연 작품

39 | 인간 실격 | 다자이 오사무

교육과학기술부 산하 사단법인 한국교육지원회 선정 아침독서 10분 운동 필독서
영화 평론가 이동진 추천도서

40 | 마지막 잎새(오 헨리 단편선) | 오 헨리

서울대학교·연세대학교 추천도서 / 서울시 교육청 추천도서
EBS 주최 북퀴즈 왕 선발 추천도서

* 더클래식 세계문학 컬렉션은 계속 출간될 예정입니다.